Los treinta apellidos

Benjamín Prado

Los treinta apellidos

ALFAGUARA

Papel certificado por el Forest Stewardship Council®

MIXTO
Papel procedente de
fuentes responsables
FSC® C117695
www.fsc.org
FSC

Primera edición: mayo de 2018

Printed in Spain – Impreso en España

ISBN: 978-84-204-3460-5
Depósito legal: B-5766-2018

Compuesto en MT Color & Diseño, S. L.
Impreso en Unigraf, Móstoles (Madrid)

A L 3 4 6 0 5

Penguin
Random House
Grupo Editorial

No es necesario ser una casa vacía
para estar embrujados.

EMILY DICKINSON

Capítulo uno
(Diciembre de 1862)

Uno de los barcos se aproximó a la isla bajo la lluvia, lentamente, con ese modo de llegar que tiene lo que parece no venir de ninguna parte. Acababa de dejar atrás la punta de los Frailes y la ensenada de la Cruz, y la tripulación ya buscaba un lugar donde echar el ancla, mientras observaba desde cubierta los volcanes de Luba, el collado de Belebú y las ruinas de la cárcel que habían construido los ingleses en el cañaveral que crecía al pie de los montes, cuando aquel territorio aún formaba parte de sus colonias.

Había sido un largo viaje, bordeando la costa de Senegal, Cabo Verde, Gambia y Sierra Leona, hasta llegar al golfo de Guinea y a esas playas de Fernando Poo donde iban a recoger su mercancía para llevarla a Santiago de Cuba; pero ahí estaban al fin, deseando cerrar el negocio que les había llevado a aquel lugar, establecer su campamento y después sentarse en la arena a comer atún con salsa de mandioca y ñame frito en aceite de palma. A cambio del banquete y, sobre todo, de la mercancía que iban a entregarles al amanecer, les darían a los caciques de la zona una caja de botellas de aguardiente, un barril de pólvora y un par de fusiles, algunas telas de algodón y un baúl lleno de abalorios. Y en cuarenta y ocho horas, cuando su bodega estuviese llena, tras hacer varias escalas para conseguir un cargamento adicional de madera de ébano, que también les pagarían bien a su vuelta, en Cádiz y en La Coruña, y algunas provisiones en los puertos del río Gabón y en el estuario del Wouri, en Camerún, seguirían su larga ruta hacia las Indias Occidentales.

Aquél era un oficio duro y peligroso en el que desde hacía mucho soplaban vientos desfavorables, la única forma de avanzar era nadando a contracorriente y se vivía de continuo en el alambre; pero las ganancias que iban a lograr a su regreso hacían que mereciese la pena. La ruta que llevaba de África al mar de las Antillas siempre había sido muy fértil y aún lo era, aunque las amenazas de toda clase se hubiesen multiplicado desde los tiempos en que se podía ir desde la desembocadura del río Volta a La Habana y Mozambique sin correr prácticamente ningún riesgo. Ahora era muy distinto y se encontraban a menudo entre la espada y la pared, sobre todo desde que la reina Isabel I de Inglaterra había otorgado patente de corso a sus súbditos, la hipócrita *letter of marque* que bajo pretexto de actuar como salvaguarda de la Royal Navy, o hasta ser algo parecido a una cruzada religiosa, no era más que una licencia para agredir y desvalijar a los portugueses y a los españoles, como hicieron o trataron de hacer en Cartagena de Indias, en Valparaíso, en Lisboa o en el puerto de Nombre de Dios, en el istmo de Panamá, para luego entregarle a la Corona su parte de la rapiña. El premio, cuando los bandidos regresaban a casa, era nombrarlos caballeros, y así ocurrió con muchos de ellos, empezando por el enemigo público número uno de Felipe II, el almirante *sir* Francis Drake.

Los indígenas se acercaron a la nave en sus canoas, llevando frutas, agua de coco y noticias frescas que ofrecían a los recién llegados, a base de gestos y alguna palabra suelta aprendida de otros capitanes y otros marineros: el resumen era que los dos últimos buques en atracar allí habían sido portugueses y que sus puertos de entrega eran en un caso Jamaica y en el otro Panamá y Brasil; pero también que algo debió de suceder en el primero de ellos el día de la partida, una pelea o tal vez un motín, porque se oyeron unas descargas y tres hombres malheridos fueron arrojados por la borda a las aguas del Atlántico. Los tiburones habían acudido en segundos a la llamada de la sangre. Mientras oían ese relato, muchos se dijeron que, entre una cosa y otra, aquel caladero de Biafra estaba a punto de agotarse y muy pronto ellos también se verían obligados a cambiar de aires y dirigirse más al sur, hacia Angola y el Congo, o hacia el noroeste, a Senegal.

Una vez en tierra firme, algunos de los españoles se dedicaron a construir barracas donde poner el género a buen recaudo y bajo llave, a encender hogueras y apostar su artillería de forma que estuviese a cubierto pero a la vez fuera visible bajo las ceibas, los egombe-gombe y los árboles del cacao, porque se trataba de un aviso para navegantes situado en los dos extremos del fondeadero, con sus seis piezas de ocho y de cuatro libras dispuestas para el fuego cruzado y con el punto de mira en la costa, por si los atacaban los piratas o, en el peor de los casos, uno de los galeones de la flota de Gran Bretaña que patrullaban sin descanso por aquel litoral. La arena se llenó de espeques, llaves de fuego, cabos para el oído de los cañones y esponjas para el ánima, balas rasas de hierro colado y un par de braseros de carbón, por si fuese necesario usar proyectiles al rojo vivo. Las baterías pesadas, las de treinta y seis libras, también estaban dispuestas en el alcázar del buque; el condestable y sus hombres, acuartelados hasta nuevo aviso en la santabárbara y el vigía, subido al palo mayor, controlando el horizonte desde la cofa, con su catalejo. El resto, armados con escopetas, pistolas, dagas y látigos de estómago de vaca, se repartieron en una docena de botes y pronto se los vio remar acompasadamente, río Mbini arriba. Para entonces, en el interior de la selva las manadas de antílopes huían como alma que lleva el diablo hacia la espesura y los búhos y las palomas verdes levantaban el vuelo al paso de los guerreros ndòwĕ, porque la cacería ya había empezado.

11

A unas ocho mil millas de ese punto y más allá del cabo de Hornos, otros barcos doblaban el escollo de Punta Rosalía y llegaban a su destino en el tercer vértice del triángulo de la Polinesia, un lugar que según sus mapas era la isla de San Carlos. El que comandaba la escuadra era una corbeta llamada Rosa y Carmen y en su pabellón ondeaba la bandera española. Los lobos de mar, que habían zarpado cuarenta días antes del puerto de El Callao, divisaron desde la cubierta de proa tres volcanes, con el inmenso Rano Kau al suroeste, las montañas Poike, las tres cruces que había mandado clavar en ellas el virrey de Perú y la colina del Ma'unga Terevaka; pero lo cierto es que no le prestaron la más mínima atención a nada de eso, porque sus ojos estaban clavados en las misteriosas estatuas que se alineaban como un ejército de piedra frente a ellos. Tenían un aire sobrenatural, sin duda, pero no les iban a hacer dar la vuelta y marcharse de vacío, porque después de veinte años en el oficio sabían por experiencia que para detener lo inevitable hacen falta algo más que unos cuantos ídolos y un hechicero. En mitad de la calma que imperaba en aquellas latitudes remotas del océano Pacífico, las órdenes de plegar velas y fondear frente a las playas de Vaihu y Anakena, que llegaban desde los puentes de mando, dieron la impresión de romper el aire como si fuese de cristal.

Cuando los primeros esquifes ya se acercaban a remo hacia la ensenada, algunos nativos empezaron a dejarse ver: los hombres tenían la piel cubierta de pintura amarilla y se adornaban con brazaletes y collares de caracolas; las mujeres usaban pendientes hechos de caña de azúcar y llevaban bandejas de plátanos, yuca y un plato hecho de carne de gallina y verduras cocinadas al vapor. No parecían temer a los forasteros, porque ya habían visto a muchos fondear en la bahía de la Tortuga a lo largo del tiempo, llegados de Holanda, Rusia, Estados Unidos, Inglaterra, Francia o Chile: el bajel Afrikaansche Galei, el Neva, la goleta Foster, el bergantín Adventure, las fragatas La Boussole y L'Astrolabe del conde de La Pérouse, el Colo Colo y la Bella Margarita... Y aquellos recién llegados, además, estaban dejando en el suelo cofres llenos de tesoros: espejos, pulseras y, sobre todo, ropa de colores vivos, que era lo que más les interesaba. Y también un par de barriles de aguardiente. Algunos de ellos empezaron a repartir flores a cambio de esos obsequios y el que parecía ser su líder se puso a leer algo escrito sobre unas tablas y que sonaba a discurso de bienvenida: a los conquistadores se les ofrece resistencia; a los visitantes, hospitalidad.

Pero aquello no era un regalo, era un señuelo, una maniobra de distracción; y mientras los rapanui, sin poder siquiera imaginar lo que se les venía encima, peleaban unos con otros, entre risas y forcejeos pacíficos, por hacerse con su parte del botín, no se dieron cuenta de que los extranjeros también desembarcaban, sobre una enorme balsa de madera, caballos de guerra protegidos con armaduras de escamas, toneles llenos de cadenas y grilletes, sogas para cazarlos a lazo igual que si fueran animales salvajes y media docena de perros de aspecto feroz con los que pronto los acorralaron. Los dos primeros en dar un paso al frente cayeron fulminados por los tiros de arcabuz de los invasores. A otros los derribaron con sus hachas y a los que intentaban escapar les daban alcance con sus monturas y los atrapaban echándoles redes por la cabeza. Ese día asesinaron, para dar ejemplo, a más de ciento cincuenta e hicieron cautivos a mil cuatrocientos, aunque al final no les sirvieron de mucho porque la mayor parte iba a morir en las mazmorras de los negreros, durante su traslado a Perú, donde planeaban venderlos como esclavos para trabajar en plantaciones de algodón o tabaco por todo el continente, haciendas, minas de cobre y, en algunos casos, recogiendo salitre en los yacimientos de la región de Tarapacá o guano en las islas Chincha. Entre las víctimas del exterminio estaban todos los miembros de la casta sacerdotal y su muerte significó la pérdida de la escritura rongorongo y, con ella, de gran parte de su historia, que tuvo que ser sustituida por leyendas e invenciones de toda clase. Mientras se alejaban, el último de los rehenes que los contrabandistas arrojaron por una trampilla a su cárcel en el fondo del barco aún pudo contemplar por última vez los moáis, las estatuas sagradas de la isla de Pascua, que parecían mirarlo, sin poder creer lo que veían, con sus ojos hechos de coral.

Sólo media docena de las personas secuestradas aquel día por los tratantes pudieron regresar allí, mucho tiempo después y tras sufrir mil y una calamidades, pero lo hicieron enfermas de viruela y tuberculosis, y contagiaron al resto esas enfermedades que les habían sido transmitidas en Tahití y otros países de América mientras los explotaban de sol a sol y malvivían hacinados en sótanos, desvanes, establos o cobertizos, padeciendo torturas de los sanguinarios capataces que gobernaban con mano de hierro los latifundios y alimentados con inmundicias. El resultado fue que aquella población, que en su época dorada llegó a superar los diez mil habitantes, se redujo a ciento once y nunca se pudo recuperar de esa y otras expediciones aniquiladoras. Los traficantes que los raptaron y los terratenientes a quienes les fueron vendidos por unas monedas de oro acumularon grandes fortunas gracias a esa mano de obra ilegítima, y con la autoridad que da y las voluntades que compra el dinero iban a transfigurarse no sólo en empresarios ricos, sino también en personalidades influyentes cuyos apellidos muy pronto constituirían la aristocracia financiera de España y, en algunos casos, a manejar los hilos de la política desde la sombra.

14

El capitán de aquel barco, que había sido construido dos décadas antes en los astilleros de El Masnou, el pueblo situado a pocos kilómetros de Barcelona del que era originario, fue perseguido por los abolicionistas de la Royal Navy y se puso precio a su cabeza, pero la Armada española, que no había olvidado la batalla de Trafalgar ni que el Santísima Trinidad, el Escorial de los Mares, estaba hundido en el fondo de la bahía de Cádiz; y que, por añadidura, también se llevaba su tanto por ciento de las ganancias de los corsarios, gracias a los célebres *asientos de negros,* que eran el tributo que les exigía la Corona por permitir que los colocaran en sus colonias, supo adelantarse a los soldados de la reina Victoria, le dio protección y lo puso a salvo. Murió en 1914, con cerca de noventa años y en su localidad natal, donde vivía tranquilamente desde hacía tiempo con su numerosa familia, convertido en un respetable y destacado miembro de su comunidad. La hija que había tenido con su mujer de Cuba seguía en La Habana.

Primera parte
(El Masnou)

Capítulo dos

Me miré en el espejo hasta que no fui yo. Aquella mañana me había decidido por las gafas de sol redondas de vidrios azules, el sombrero Panamá y la peluca rubia, un anillo de plata con el signo de la paz en el dedo corazón y una camisa de flores con las mangas subidas para hacer visible el tatuaje falso de una sirena que me acababa de pintar en el brazo izquierdo con una plantilla y un aerosol. Escondido tras ese disfraz y con uno de los pasaportes falsos que me habían dado por si tuviera que identificarme en algún momento, ya podía dejar mi guarida más o menos tranquilo y salir a la calle. Mientras estuviese fuera, llevaría en la mano un mapa de la ciudad y un pequeño diccionario de español, para dar a entender que sólo era otro turista extranjero de vacaciones en el país; y si por el motivo que fuese me veía obligado a cruzar unas palabras con alguien, hablaría exclusivamente en inglés. Me recordé lo importante que era tener presente cómo me llamaba de verdad, para no contestar si alguien decía mi nombre.

Antes de abandonar mi refugio, y siguiendo el protocolo de seguridad que me habían impuesto, me pegué a la pared como una salamandra a un muro caliente, descorrí un par de centímetros las cortinas de terciopelo azul, que siempre estaban echadas para no ofrecer un blanco fácil a los eventuales francotiradores, capaces de acertarle a una lata de conservas desde quinientos metros con sus fusiles Dragunov de mira telescópica, y miré cautelosamente por la ventana, con el fin de comprobar que no hubiera personas o automóviles sospechosos frente a la casa. No vi nada fuera de lugar, sólo a dos chicas jóvenes que tal vez volvían de una excursión en bicicleta a la playa de Montgat y a un hombre que paseaba a su perro delante del jardín y hablaba por el móvil. Iba vestido con una camisa vaquera, unos pantalones de hipermercado y unas zapatillas de deporte baratas; y no tenía la forma de caminar de un pistolero a sueldo, más bien todo lo contrario: en lugar de peligro irradiaba mansedumbre; no parecía alerta sino distraído, miraba las cosas como si tratara de imaginárselas y se movía con lentitud, igual que si cada paso que daba le costase dios y ayuda. Parecía que su vida fuese algo que hubiera tomado prestado y, en general, todo él te hacía pensar en la palabra *resignación*. Y, desde luego, no llevaba ningún revólver en el bolsillo, porque era, a todas luces, uno de los empleados domésticos que prestaban sus servicios en las mansiones de aquella zona residencial. Era mucho más fácil imaginarlo viendo un concurso frente al televisor de su casa que atándome el de la mía a los tobillos, antes de tirarme al mar desde una lancha. Lo descarté como posible amenaza y cinco minutos más tarde, y al volante de la furgoneta de alquiler que me habían entregado en el aeropuerto la noche en que llegué, dejaba atrás mi escondite y aquella parte de la ciudad, con sus palacetes modernistas, sus torres neoclásicas, sus masías góticas y sus jardines de árboles majestuosos, y conducía carretera abajo hasta el puerto, donde proliferaban los restaurantes con vistas al muelle y las tiendas de artículos playeros, con su extraño surtido de gafas de bucear, aletas, bronceadores, hamacas de lona, periódicos en cinco lenguas, sombrillas y postales. Todo lo necesario para que los veraneantes consigan hacer borrón y cuenta nueva, tomarse un respiro y no cambiar lo que ven sino de mirada. Relajarse es descansar de uno mismo. Lo sé porque yo no lo he logrado jamás.

Estaba pensando en eso para no tener que pensar en mí, mientras bebía un café que yo mismo había llevado en un termo y con el que había sustituido al que acababan de servirme después de echarlo con disimulo en una maceta, sentado en la terraza de un bar junto al embarcadero, con la mirada puesta en «el agua encanecida por la espuma», como dice Góngora; y me entretenía en observar las idas y venidas de las gaviotas y el acompasado vaivén de los mástiles, preguntándome si en alguno de ellos habría ardido el fuego de san Telmo una noche de tormenta, cuando mi teléfono móvil sonó y de algún modo supe que aquella historia, por fin, había terminado. No sé por qué tenemos esa clase de intuiciones o de dónde vienen, pero el caso es que existen. La voz al otro lado de la línea me dijo que no me equivocaba: era libre, nadie andaba ya tras mi rastro y podía regresar a mi vida, si es que aún recordaba dónde estaba. Así de rápido y así de fácil.

Llevaba oculto tres meses en ese antiguo pueblo de pescadores al borde del Mediterráneo, por orden judicial y como testigo protegido de la policía, después de haber investigado y hecho públicos en algunos artículos de prensa los crímenes de un antiguo banquero y empresario que tras cumplir una condena por estafa, delito fiscal y malversación había salido de su encierro con ganas de vengarse de sus enemigos y usaba como brazo armado a sus guardaespaldas rusos, unos veteranos de la KGB que ya se habían llevado por delante, al menos, a dos personas. Estaba claro que, después de lo que le había hecho, yo tenía todas las papeletas para ser el siguiente. En ese tipo de procesos, sin embargo, nuestra ley te ampara sólo mientras dure la causa y además tu identidad debe permanecer oculta a lo largo de la instrucción, de forma que en todo momento se refieren a ti con un simple número, en mi caso TP 9/13. Pero hay excepciones y la mía era una de ellas, porque me pusieron escolta a pesar de que había actuado por libre y, en vez de hacer una denuncia en comisaría, di a conocer los hechos por mi cuenta, para asegurarme de que no se echase tierra sobre el asunto: soy desconfiado, pero tengo disculpa, porque aquí sabemos de sobra que si las mafias existen es porque en demasiadas ocasiones lo que no tiene precio también está en venta y el que lo paga compra su impunidad.

El caso es que mientras el presunto delincuente y su ejército de abogados aún litigaban en los tribunales, yo era la principal prueba de cargo contra él y existía riesgo de que sus pistoleros vinieran a cerrarme la boca, de modo que seguí teniendo un par de agentes a mi servicio durante algún tiempo; y cuando el juicio quedó visto para sentencia, con una petición de cuarenta y seis años de reclusión por parte del fiscal, se me aconsejó que aún me quitase de en medio una temporada, porque esa gente tiene mal perder, yo me había enfrentado a ellos sin hacer caso de sus advertencias y todo el mundo sabe que en ese tipo de organizaciones no se acepta la insumisión: «Un desobediente ya es medio muerto», dicen los capos de la Cosa Nostra en Sicilia.

Por todo eso, aunque me retiraron la custodia y también la asignación económica que me habían concedido, se prorrogó seis meses mi derecho a usar documentación ficticia, dos agentes de élite de la Guardia Civil me dieron de manera oficiosa un curso de *krav magá,* el sistema de defensa personal que utilizan las fuerzas y cuerpos de seguridad de Israel, Estados Unidos y Gran Bretaña, y me ofrecieron aquella madriguera de lujo en El Masnou que nunca supe a quién pertenecía, si se trataba de un edificio secreto del Gobierno, una propiedad incautada a un narcotraficante o qué era. Eso sí, mi plan de aprovechar las circunstancias para escribir una novela o, al menos, para ocuparme de un negocio consistente en escribir biografías a la carta, que había montado en la red con un seudónimo, se vino abajo en diez minutos: es difícil empezar nada mientras tratas de impedir que otros acaben contigo. ¿Acaso no se ha dicho siempre que la KGB *depuró* a Albert Camus por condenar la ocupación de Hungría?, me preguntaba, y veía mentalmente la foto del coche accidentado, un Facel Vega oscuro, *le plus belle voiture française d'après guerre, le coupé à quatre places le plus rapide du monde,* hecho trizas al pie del árbol contra el que se estrelló, la rueda cuyo eje se cree que había sido cercenado, los cristales rotos, la puerta arrancada del maletero donde estaba el manuscrito de su novela *El primer hombre...* Lo de siempre, sólo que esta vez el que estaba dentro de ese automóvil era yo.

Ahora, al parecer la pesadilla había llegado a su fin. El jefe de la banda estaba entre rejas también por dos delitos de inducción al asesinato, blanqueo de capitales, evasión de impuestos y falsedad documental, con las cuentas bloqueadas y sin margen de maniobra. Y sus mercenarios, a quienes quiso cargar el muerto declarando que siempre actuaron sin su conocimiento, habían salido del país, la Interpol los había puesto en busca y captura y tras una huida de tres mil kilómetros a través de Francia, Italia, Eslovenia, Croacia, Bosnia y Serbia, acababan de detenerlos en la frontera entre Bulgaria y Turquía, un lugar donde se reúne el hampa internacional, las aduanas queman y los camiones de la droga no dejan de pasar su veneno desde Asia a Europa. La clase de sitio donde nueve de cada diez personas en lugar de despensa tienen arsenal.

Miré a mi alrededor lo mismo que si despertara de un mal sueño y de repente todo lo que me resultaba sospechoso se volvió inofensivo como por arte de magia. En un visto y no visto, la clientela fue lo que parecía y nada más: ni esbirros, ni detectives, ni matones a sueldo. Se terminaron la ansiedad y los sobresaltos, el *krav magá* —«liberación y contraataque, desvía, golpea y aléjate, los dedos a los ojos, la rodilla a la ingle, el codo a la sien, la patada a la rodilla de la pierna de apoyo...»—, el temer que cualquiera que se llevase la mano al bolsillo quizá sacara un revólver y al día siguiente los informativos hablarían de disparos a quemarropa, balas de calibre nueve milímetros Parabellum, gente que no vio nada...; o la inquietud de notar que alguien me miraba por encima de su diario y preguntarme si me espiaba y cuando escribía algo en él no era porque resolviese un crucigrama sino que tomaba notas acerca de mis itinerarios y mis costumbres, para tenderme una emboscada llegado el momento. En diez segundos, todo eso se esfumó y nadie que llevara encima un cuchillo de combate NR-40 o una pistola GSh-18 me andaba pisando los talones, ni tenía el más mínimo interés en mí. Ya no estaba con un pie en la sepultura. Ya podía olvidar la *fenya,* el argot de los clanes del Este que había estudiado por si oía alguna de sus expresiones a alguien que pensaba que no le entendía: un *vor v zakone* es el líder de los bandidos, un *blatnoy* es un ejecutor, los *suki* son los traidores... Para celebrarlo, me quité aquella sortija empalagosa, el jipijapa y la peluca, llamé al camarero y le pedí un vodka, seguro de que el hombre que había sido hasta diez minutos antes se lo merecía. Y yo también: *na zdorovie!*

Ahora regresaría a Madrid y a mis asuntos. Trataría de empezar otra novela y en unos meses, cuando al fin acabara la larga excedencia que había pedido en el instituto donde tengo plaza como profesor de Lengua y Literatura, volvería a ser el de siempre y a ganarme el pan del mismo modo que lo había hecho desde los veintinueve años. Es cierto que iba a estar muy solo, tras la muerte de mi madre hacía ya casi un año; y para hacer aún más ostensible el dolor pensaba instalarme en su casa, la nuestra, que era la única que tenía porque la crisis económica que había asolado el país me había obligado a malvender mi piso, y de la que ni mis hermanas ni yo queríamos deshacernos, porque eso sería igual que cavarle una segunda tumba a nuestra madre. «No seas melodramático», me dijo al oído, desde el más allá, «y disfruta lo que es tuyo, porque yo lo guardé para ti, no vas a estar mejor en ninguna otra parte y además tienes razón: lo último que yo quisiera es ver nuestro hogar en manos de un extraño, convertido en un bloque de apartamentos o, peor aún, vacío, que ya sabes que casa sin moradores, nido de ratones...». Bebí un profundo trago de alcohol a modo de exorcismo y traté de pensar en cualquier otra cosa que no fuera la única que me importaba, pero no fue necesario: un desconocido vino a interponerse entre mis fantasmas y yo. Era un hombre de estatura mediana y cuerpo atlético sin cultivar, de los que no salen de un gimnasio sino de la propia naturaleza, y que ya empezaba a echarse a perder; su edad me pareció indeterminada, aunque calculé que estaría en la última curva de la juventud. Con sus ojos azules, su mirada altiva y su forma de moverse en equilibrio entre el desdén y el engreimiento, irradiaba un cierto aire de aristócrata a regañadientes. Iba vestido con un traje blanco de algodón o tal vez de lino, una camiseta verde de todos los colores y unas sandalias de fumador de marihuana: la clase de ropa que se ponen de vez en cuando los ricos que juegan a no parecerlo. Llevaba un vaso en cada mano y, sin duda, uno de ellos era para mí.

—¿Me dejas que te invite al segundo? Antes de nada, te pido disculpas por la intromisión, pero no he podido evitar fijarme en lo que has hecho y me preguntaba qué he visto: ¿un actor que al salir del teatro se va de juerga con el vestuario de la función puesto y entra aquí a tomar la del estribo? ¿Un atracador de bancos quitándose el disfraz para darle esquinazo a la pasma? Vaya, casi puedo oír a mi madre, porque si estuviese aquí, me llamaría la atención: *fill meu, no arribis a conclusions de les que no sàpigues com tornar.* Perdona, no me he presentado, mi nombre es Lluís Espriu i Quiroga —dijo, mientras apoyaba los vasos en la mesa y me tendía la mano.

Llegaba en mal momento, pero daba la impresión de no admitir un no por respuesta y también la de ser alguien difícil de esquivar: se trataba de una de esas personas que vienen hacia ti en todas direcciones. Por supuesto, se daba cuenta de que era inoportuno, pero hay gente a la cual resulta muy complicado hacerle comprender lo que ya sabe. En lo que a mí se refiere, no tenía nada que hablar con él y eso lo convirtió en la compañía perfecta. Llevaba demasiado tiempo aislado, sin fiarme de nadie, al borde de la paranoia. «A quien de otro se fía válganle Dios y Santa María», me dijo mi madre, pero los dos sabíamos perfectamente que esta vez no iba a hacerle caso. Así que tras dudar si darle una mala contestación o un puñetazo, elegí la tercera posibilidad.

—Adelante, siéntete como en casa —dije ofreciéndole la silla vacía frente a mí, con un gesto desganado que enriquecí con una mirada al reloj que había al otro lado de la barra: no lo iba a atender más que unos minutos, y eso por simple cortesía. Pero, en el fondo, no me importaba que se hubiera acercado, en primer lugar porque la mención a su madre logró conmoverme y luego porque, a fin de cuentas, era la primera vez en meses que podía comunicarme con otro ser humano sin temer que fuera a sacar el encendedor, como llaman ellos a sus pistolas, y mandarme al otro mundo con el cuerpo lleno de plomo.

—¡Salud! —dijo levantando su vodka con naranja.

Volví a repetírmelo: aquel sujeto era un simple metomentodo, un buscavidas, uno de esos profesionales de la compasión que usan tu vacío existencial como trastero y quieren saber dónde te duele para clavar ahí su bandera... Pero también es cierto que, a simple vista, le encontré una gran virtud: no llevaba una calavera tatuada en los dedos por cada asesinato que hubiese cometido, tal y como suelen hacer los sicarios llegados del Este; y tampoco le oí ningún acento eslavo, sino catalán, lo cual reducía las posibilidades de que fuera un antiguo torturador de la URSS con la misión de inyectarme cianuro en las venas. No quise saber nada más. Era probable que tuviera que arrepentirme de la imprudencia, que la suerte me diese la espalda y que terminase lamentando haber elegido aquella cafetería y a aquel individuo para celebrar mi libertad. Pero esas cosas es imposible saberlas antes de que sea demasiado tarde. Lo peor del sitio equivocado es que cambia de lugar continuamente.

—«A otro perro con ese hueso, no estoy de humor para hacer nuevas amistades» —decidí no contestar, mientras alzaba mi vaso.

Mucho tiempo después, fue otro día.

Capítulo tres

Si el mejor sitio para acabar una juerga es cualquiera al que no sepas cómo has llegado, yo me encontraba en el lugar perfecto. Es verdad que me ardía la garganta, el latido de la sangre me golpeaba contra las sienes como si fuera un animal encerrado en una caja de embalar y me dolían todos los huesos, del esfenoides al metatarso; pero no había un muerto en la otra mitad de la cama, ni dos policías intentando echar abajo la puerta, ni un anillo de casado en mi dedo, así que en realidad no era para tanto. Aunque habría sido mejor si dentro de mi cabeza no hubiesen estado golpeando incansablemente sus tam-tams los bakongo, los hutus, los zulúes y el resto de las tribus bantúes de África.

La habitación en la que desperté daba vueltas, pero era amplia y poseía una suerte de elegancia rural que se notaba mirases donde mirases; tenía dos muros de piedra que le daban un aroma de castillo o ermita y otros dos pintados de diferentes azules, ópalo y turquesa; el techo era alto, con vigas de madera en las que distinguí un escudo heráldico cincelado en relieve y compuesto por un ancla, unas llaves cruzadas y una corona con cinco puntas visibles, tres en forma de flor y dos decoradas con ramos de perlas, que si no me equivocaba era el símbolo de los marqueses. El suelo era un mosaico de baldosas hidráulicas con un dibujo de flores de lis teñidas de rosa pálido y encerradas en rombos, la clase de pavimento que usó Gaudí en el paseo de Gracia y que en el siglo XIX se puso de moda entre la burguesía del Ensanche. Había una cómoda de nogal y sobre ella un jarrón con un ramo de ginestas. Y una amatista natural en la mesilla de noche de la que pensé tres cosas: que los aficionados al esoterismo sostienen que ese tipo de cuarzo morado evita el insomnio, que en la antigua Grecia lo consideraban un antídoto contra la embriaguez y que en mi caso había sido más cierta la primera teoría que la segunda.

Al acabar el inventario, me incorporé a duras penas. La claridad, que me hirió los ojos igual que si fuera zumo de limón, entraba a la alcoba por una ventana geminada de onda conventual, con sus dos arcos divididos por un parteluz, y a través de una puerta acristalada que al levantarme vi que daba a un balcón en el que había una mecedora y una mesa auxiliar blancas. Tras los vidrios, una enorme buganvilla lo llenaba todo con su fulgor violeta y a lo lejos, más allá de unas tierras cultivadas y un bosque de pinos, se divisaba el mar.

Imaginé por un momento que esa casa me perteneciera y lo tranquilo que estaría en ella, al margen de casi todo, lejos de mí y fuera del alcance de mis fantasmas, trabajando al aire libre cada mañana, desde muy temprano y sin nadie que me molestase, incluido yo. El teléfono y el correo electrónico los atendería exclusivamente una hora y sólo por las tardes, de siete a ocho, mientras tomaba un café ardiendo y un vodka helado con vistas al Mediterráneo. Tendría asegurada la inspiración para mis novelas, que me proporcionarían una multitud de seguidores y gracias a eso desaparecerían de mi vida, de una vez por todas, los papeles en blanco y los números rojos, porque la mejor forma de convertirse en un escritor profesional es haciéndote pasar por uno de ellos. «¿Y por qué no ibas a conseguirlo?», pensé. «Los propietarios de esta mansión y de todas las demás que hay por aquí tienen dos manos, dos pies y veinte dedos, igual que tú.» Lo bueno de estar despierto es que puedes soñar lo que te dé la gana.

Intenté reconstruir lo que había ocurrido la noche anterior y sólo me vinieron a la cabeza algunas frases sobre agronegocios, biocarburantes, campos de soja, Adís Abeba, el Mato Grosso y Dar es-Salaam. Pero lo que no era fácil de recordar tampoco era difícil imaginarlo: aquel hombre con andares de profesor de danza y yo habíamos hecho un largo viaje alrededor de la noche, dejando un rastro de botellas y conversaciones vacías a nuestro paso. Y lo cierto era que me encontraba mal, pero me había sentado bien, porque en mi estado era mejor hacerse daño que mortificarse. Con esa coartada por bandera, me puse en movimiento. Y aún guardaba un as en la manga: echarle la culpa al empedrado, como sin duda habría dicho mi madre. Si no me hubiera visto obligado a ello, un hombre como yo jamás habría actuado del modo en que lo hice.

El cuarto donde había amanecido estaba en una segunda planta, así que bajé una escalera en la que vi, entre otras cosas, algunos cuadros de personajes de diversa catadura, quizá los antepasados de la familia —la mayor parte de ellos con los mismos ojos celestes de mi anfitrión—, un reloj de péndulo y una vitrina con incrustaciones de marfil en la que estaban expuestas algunas herramientas de navegación, por ejemplo un compás, una brújula, una rosa de los vientos o un sextante de los que había visto tantas veces en las novelas de Conrad, Stevenson y Jack London. Fui a dar a un salón donde me fijé, antes de nada, en la chimenea que ocupaba el centro, en la maqueta de un bajel que había sobre su repisa y en un par de sillones de cuero verde, separados por un velador cuyas patas eran tres colmillos de elefante en forma de aspa y en el que se apilaban algunos libros. Fui a ver de quiénes eran: Emilio Salgari, Walter Scott, Joseph Conrad, Alejandro Dumas, Nathaniel Hawthorne, Arthur Conan Doyle, Robert Louis Stevenson, John Steinbeck, Daniel Defoe... Todos ellos tenían dos cosas en común: estaban firmados por primeras espadas de la literatura y eran historias de piratas. Es decir, que le iban como anillo al dedo al ambiente naval que imperaba en aquella habitación. Nueve o diez boyas de cristal de color esmeralda y caramelo, que colgaban aquí y allá metidas en redes de pescador, y un ojo de buey que permitía contemplar el jardín desde el pequeño recibidor completaban el efecto.

No había decidido aún qué hacer, ni esa mañana ni todas las demás, de manera que me puse en marcha: cuando no sabes dónde ir, moverte no te va a llevar a ningún lado, pero quedarte quieto tampoco. Para empezar, buscaría la salida y un taxi que me llevara al sitio donde había aparcado la furgoneta; y lo siguiente sería empacar mis cosas, ir al aeropuerto y volver a Madrid, donde confiaba en que mi vida estuviese de algún modo esperándome.

Abrí la puerta, en la que estaba grabado el mismo escudo que en las vigas del dormitorio, y me armé de valor para echarme a la calle. ¿Se hacen una idea de la forma en que cae el cuchillo de un carnicero sobre un costillar de vaca? Pues así es como cayó aquel sol de mediodía encima de mí. Andaba laboriosamente, llevándome a cuestas, igual que si subiese una carretera de montaña en un tándem y el tipo de atrás hubiese dejado de pedalear. «Tú te lo has buscado», me dije, y me respondí: «Déjame en paz». Si te remuerde la conciencia, devuélvele el mordisco: ésa es mi norma. Una pradera de césped se extendió frente a mí, interrumpida por un sendero de losas de pizarra. Olía a humedad y me dieron ganas de caminar descalzo. Lo hice y me sentó bien. El frescor parecía trepar por mí como una enredadera.

Me giré para observar la fachada, sus muros de roca, uno de ellos cubierto de hiedra, la vidriera que había en un lateral y la espadaña que se alzaba en el extremo del tejado, con su hermosa campana de bronce y su cruz, que definitivamente le daban a aquella construcción un perfume eclesiástico. Me pregunté por qué, si era por simple estética o habría otras razones. Luego me dije que no era asunto mío.

Al lado izquierdo de la entrada había una piscina que la evidente falta de uso había transformado en un estanque decorativo: de hecho, en su fondo nadaban algunos peces y en la superficie flotaba media docena de nenúfares. Seguí adelante y según andaba por la propiedad se sucedían aquí y allá los álamos, los sauces, las mimosas y también otras especies que para mí eran desconocidas pero que cualquier entendido en botánica hubiera identificado como araucarias, ceibas, baobabs, árboles del caucho o ébanos, que en conjunto formaban una hermosa antología de las junglas de África y las selvas de América que, sin duda, sólo era posible mantener con el cuidado de los jardineros más competentes.

La propiedad era enorme, tanto que me pareció desproporcionada con respecto a la vivienda en la que había amanecido, y pronto descubrí por qué: lo que a mí me había parecido el no va más del lujo era sólo un inmueble secundario, una dependencia auxiliar donde me pregunté si mi compañero de farra estaría alojado porque trabajaba de guardés para los dueños, era un pariente que tenían ahí hospedado o tal vez un amigo que pasaba con ellos una temporada. ¿Me habría hablado de eso mientras cavábamos nuestra tumba de bar en bar, haciendo tiempo hasta que fuese demasiado tarde? Puede que sí, pero en el fondo qué más daba. Dos desconocidos que beben juntos no suelen entrar en profundidades, no se interesan uno al otro ni, en la mayoría de los casos, esperan volver a verse; pasan el rato y poco más; no tiran a dar, sólo pretenden quedarse sin balas.

A unos cientos de metros, frente a un lago artificial en el que nadaban plácidamente unas dos docenas de patos con la cabeza verde esmeralda, y dominando una gran extensión cubierta de hierba y palmas reales, estaba la edificación principal, que era un auténtico palacio modernista de tres pisos, con una torre central rematada por una cubierta en forma de pirámide y otra redonda a su izquierda, que con su cúpula de aguja parecía sacada de un castillo de Baviera o, sin ir tan lejos, estar emparentada con la famosa Casa de les Punxes de la avenida Diagonal. Al lado contrario vi una galería almenada y tras ella otra ala rectangular, con miradores hexagonales, buhardillas y mansardas. Y, por supuesto, era imposible no reparar en su escalinata monumental y en su barandilla de forja decorada con sirenas verdes, en la que me pareció que el hierro se curvaba para simular el oleaje. El remate del pasamanos eran dos gárgolas en equilibrio entre lo infernal y lo grotesco, como tantas otras de las que hay en Barcelona y que siempre me han fascinado: miras hacia arriba y ahí están esos diablos, en el castillo de los Tres Dragones, en la casa de los Paraguas, en el hospital de Sant Pau, en la catedral de Santa Eulalia, en las azoteas de la calle del Bisbe o de la plaza del Pi... Un ejército de monstruos llegados de la Edad Media para advertir a los pecadores de lo que les espera en el más allá. La puerta de entrada tenía uno de esos llamadores de bronce que te hacen pensar que si lo tocas irá a abrirte alguien de otra época y, ante todo, una apabullante vidriera de cristales esmaltados en la que se representaba a san Jorge matando a su dragón.

—*Sant patró de Catalunya, torneu-nos la llibertat!* —oí que decía alguien a mi espalda.

Era Espriu i Quiroga, quién si no. Me observaba irónicamente para realzar el tono paródico con que había entonado ese famoso emblema nacionalista escrito en un plafón de la casa Terrades, justo en la que yo acababa de pensar a causa de sus tejados cónicos, y se había quedado a unos pasos de mí, como si por alguna razón pensase que le convenía guardar las distancias o que yo podría saltar en cualquier momento sobre él, aunque a decir verdad, no recordaba tener ninguna razón para hacerlo. ¿La había?

Estaba de brazos cruzados y su sonrisa ladeada, un poco teatral, pretendía ser la viva imagen del sarcasmo. Esta vez iba con unos pantalones vaqueros cortados a la altura de la rodilla, una camisa blanca, sus sandalias de jipi y lo que me pareció el sombrero Panamá que yo había usado mi último día de furtivo. Tuve la tentación de buscar un espejo y mirarme, a ver si yo también llevaba puesto algo suyo: si al abrir los ojos descubres que te metiste en la cama vestido, es que la fiesta fue divertida; si la ropa es de otro, entonces hay que seguir investigando.

—Te lo puedes quedar, si te gusta —dije señalando su cabeza—. Si te soy sincero, nunca ha sido mi estilo. Aunque para moverte por aquí sin desentonar, a lo mejor resultaría más útil una chistera...

Se encogió de hombros y me enseñó las palmas de las manos, que es lo que hace alguien que quiere parecer honesto, según había aprendido de una periodista con la que viví una vez y que era una estudiosa del lenguaje no verbal.

—Espero que, dentro de lo que cabe, hayas dormido bien —dijo.

—En la gloria... No sé ni dónde estoy ni cómo he llegado aquí, pero gracias por tu hospitalidad, de cualquier modo —respondí, un poco a la defensiva.

—No hay de qué. ¿Acaso iba a negarte descansar en mi humilde morada y que Dios me castigase a vagar sin rumbo por toda la eternidad, como al judío errante?

—Así que humilde morada...

—Supongo que tienes razón, la casa de mi madre intimida un poco. Yo no vivo aquí, sin embargo: para mi uso personal tengo la otra, donde tú has pasado la noche.

De manera que el aún joven crápula no era parte del servicio ni tampoco una visita, sino el heredero de una gran fortuna que, como tantos otros de su especie, mientras llegaba la hora de tomar las riendas de su imperio se distraía jugando a ser el gran Gatsby, aquel millonario de Scott Fitzgerald que se había hecho de oro con el contrabando de alcohol y los garitos de apuestas clandestinas pero que a veces, cuando la melancolía le impulsaba a olvidar su falta de escrúpulos, «abría un cofre lleno de rubíes para aliviar con sus inagotables destellos escarlatas el dolor lacerante de su corazón devastado».

—Bueno, imagino que vivir en un sitio como éste debe ofrecer también algunas pequeñas ventajas —respondí, tratando de darle un golpe bajo.

—Tiene de todo —dijo Espriu, de repente muy serio—, pero especialmente una larga, oscura y apasionante historia que nadie ha contado y que estoy seguro de que cualquier buen novelista daría algo por hacer suya. ¿No cree, señor Urbano?

Estaba claro que no iba a marcharme de allí sin comprobar hasta qué punto eso era cierto o exageraba. No soy curioso, pero me gusta saber; no soy de los que escuchan detrás de las puertas, pero tampoco de los que renuncian a abrirlas.

Capítulo cuatro

Nos sentamos junto al lago, a resguardo del sol bajo una pérgola en la que había una mesa de forja, unas sillas de jardín con el escudo de la familia en el respaldo y una celosía decorada con azucenas blancas. Espriu pulsó un timbre interno, de esos que hacen sonar alarmas y encienden pilotos rojos en las cocinas y los cuartos del servicio, y en cuestión de segundos llegó un asistente con unas cervezas metidas en un cubo de hielo. Era un tipo descomunal, «tan grande, que su cabeza y sus pies debían de estar en dos distritos postales diferentes», habría dicho un detective de novela policiaca. Sin duda superaba los dos metros de estatura y los ciento veinte kilos, y aparte de su tamaño, ya de por sí amenazador, tenía mala catadura, un rostro que el paso del tiempo y una cicatriz con forma de media luna en la mejilla izquierda hacían parecer algo roto y reconstruido de memoria; una mirada torva que, para empezar, caía sobre ti a modo de ultimátum, y unas manos que te hacían pensar en la pala de una excavadora. En general, su aspecto era el de una de esas personas que no tienen un pasado sino antecedentes, ni una historia sino un historial.

—Mi familia se ha dedicado desde hace siglos a los trenes y a día de hoy sigue en el negocio, aunque ya no en primera línea —dijo Lluís Espriu tras el primer trago—. Tienen ideas conservadoras, viven envueltos en una bandera y son tradicionales hasta el punto de que para ellos sólo tiene sentido lo que no cambia. Si miras a tu alrededor, nada de lo que veas será casual: esos patos no son cualquier cosa, provienen de Chile porque mi bisabuelo fue allí a buscarse la vida hace ciento cincuenta años; estas flores son un homenaje a mi abuelo, que se llamaba Biel, es decir, Gabriel, el arcángel que hacía de mensajero celestial, ya sabes, el que anunció a la Virgen el nacimiento de Cristo y al que siempre se representa con un lirio blanco en la mano. Yo soy, claro está, la oveja negra de su rebaño. Soy el bala perdida, pero he salido de la misma pistola y en eso no me engaño. No sé si me entiendes: quiero decir que puedo evitar ser como ellos, pero no uno de ellos. Y si pudiese, tampoco querría, porque tienen muchas cosas de las que sentirse orgulloso: son perseverantes, rectos, dignos de confianza... En 1848 estábamos entre los promotores del ferrocarril Barcelona-Mataró y ahora hemos invertido en la línea de alta velocidad Figueres-Perpiñán. Hay quien siempre va a criticar esas obras y a buscarle tres pies al gato, pero lo cierto es que una trajo al Maresme una prosperidad que no podían haber soñado ni los más optimistas del lugar y la otra te pone en seis horas en París. Mi padre decía que la mejor forma de contribuir al bien común es ganar dinero de modo que los que te lo dan también salgan ganando. Ésa es nuestra divisa.

Al acabar su monólogo quedó a la espera, en una actitud vigilante que, según había notado, era muy propia de él y de su rara mezcla de arrogancia y cortesía: le gustaba tanto oírse como escuchar. Mi madre hubiese dicho que daba una de cal y otra de arena, quería nadar y guardar la ropa. Pero lo que más me había llamado la atención en su discurso era su salto de la tercera a la primera persona del plural, que daba a entender una cierta ambivalencia, ese «estado de ánimo, transitorio o permanente, en el que coexisten dos emociones o sentimientos opuestos, como el amor y el odio», según el diccionario. Y él parecía enorgullecerse de formar parte de lo que censuraba. Llevaba una cruz a cuestas, pero sin ella se hubiese sentido vacío.

—Así que trenes... Es curioso, yo aquí no he visto nada más que objetos náuticos por todas partes. Y en vuestro escudo no hay dos silbatos cruzados y una gorra de jefe de estación... Pensé que pertenecías, más bien, a una estirpe de armadores. Ya sabes, el tipo de gente que tiene un avión privado y una isla en Grecia.

—No vas del todo desencaminado. Mis antepasados se dedicaban a los negocios de ultramar, como ellos los llamaban. Pero no te creas, sus aventuras tampoco debían de ser como para tirar cohetes. He oído mil relatos de sus viajes a Gabón, Etiopía o Cuba y ninguno es una novela de Emilio Salgari, porque se trataba de comerciantes, no de exploradores. No eran Livingstone ni Stanley; no pretendían descubrir las fuentes del Nilo o las cataratas Victoria, quedarse en África y que enterraran su corazón bajo un árbol de Zambia; sólo aspiraban a comprar y vender sus productos y ganar con ellos el dinero que les hacía falta para volver aquí y compartirlo con los suyos. Quizá no hayas tenido la ocasión de fijarte en el nombre de esta casa: está escrito en la cancela de entrada: se llama El Repòs. El descanso. Lo dice todo, ¿no crees? Simboliza el orgullo de los que saben que se han ganado lo que tienen. Cada uno recoge lo que siembra. Primero la tempestad y después la calma.

—Los famosos indianos... Y, desde luego, está claro que no les fue mal —dije abarcando con un gesto la hacienda.

—Tuvieron suerte y eran listos. Mi tatarabuelo se asoció con un colega suyo que estaba tratando de hacer las Américas en Cuba justo en el momento en que se inauguró allí el primer ferrocarril que se puso en marcha en territorio español. Lo hicieron para transportar caña de azúcar desde el interior del país al puerto de La Habana. Y según parece, aquel hombre, un emprendedor cuya máxima era «no hay que esperar que vengan tiempos mejores, hay que traerlos», vio la luz y a partir de ese momento su objetivo número uno fue construir una línea costera desde Barcelona a su pueblo, Mataró. Para ponerla en uso, fundó con sus socios la Gran Compañía del Camino de Hierro, contrató a los ingenieros y los operarios de la firma Mackenzie-Brassey para que cavaran el túnel de Montgat y tendieran un puente sobre el río Besós y, para terminar, importó de Inglaterra, pieza a pieza, cuatro locomotoras de vapor Jones & Potts y al maquinista. Ya no había vuelta atrás. Así empezó todo y, de momento, hemos llegado hasta la Torre Eiffel pasando por Arenys de Mar. De manera que tienes mucha razón: no está nada mal para unos humildes pescadores catalanes.

—Yo también te la doy a ti en que no eran misioneros como el doctor Livingstone —respondí, con malas intenciones, a su andanada de falsa modestia—. Es evidente que sacaron un buen rendimiento a sus actividades.

—Quizá no se le parecieran, pero él a ellos sí; al menos en parte: tal vez no sepas que su código moral se resumía en lo que llamaba «las tres ces: cristianismo, cultura y comercio»; y que lo que le movió a regresar a Zambia desde Londres, donde había vuelto tras morir su hijo en la guerra de Secesión, fue el plan de recaudar fondos para hacer navegable el río Zambeze y convertirlo en una ruta comercial que atravesara Angola, Namibia, Zimbabue y Mozambique hasta desembocar en el Índico. Se fue con las manos vacías porque nadie confió en ese proyecto, pero te darás cuenta de que buscaba lo mismo que todo el que tiene una idea y pretende llevarla a cabo: unos accionistas y un capital. Ése es el combustible que hace que la Tierra dé vueltas.

—El mundo da trescientas sesenta y cinco vueltas al año, sólo que para algunos todas son hacia delante y para otros todas son hacia atrás. Por eso hay quien vive en un palacio y quien duerme en el embalaje de un frigorífico.

—Sin embargo, esto sería más feo sin palacios, ¿no crees? Sin pirámides en El Cairo, sin castillos en Escocia, sin el Taj Mahal, la Alhambra, el Kremlin, la Ciudad Prohibida... ¿Los derruimos todos en nombre de la igualdad o de cualquier otra razón, como hicieron los talibanes en Afganistán con los Budas de Bāmiyān, los yihadistas de Irak con las ciudades de Nimrud y Hatra o el Estado Islámico con las ruinas de Palmira?

—Mejor conservamos lo que hubo, que es de todos, y repartimos lo que hay, que es sólo de unos pocos.

Me dedicó una sonrisa que pudo haber sido despectiva o condescendiente, pero que contra todo pronóstico fue amable.

—Es un verdadero placer discutir contigo —respondió—. Y además, a pesar de lo que puedas creer, estamos de acuerdo en que la desigualdad es un veneno. No me gustan las injusticias y de eso, precisamente, es de lo que quería hablarte, porque deseo poner fin a una y tal vez me podrías aconsejar en ese asunto. Sin embargo, permíteme que desconfíe de las revoluciones de toda clase, da lo mismo la bandera que lleven en la mano: después de la de 1917, lo primero que hicieron los comunistas fue instalarse en la Plaza Roja, demoler los monasterios ortodoxos de Chudov y Voznesenski, que eran del siglo XIV, y edificar en el solar un palacio de congresos. O sea, más de lo mismo. Pero ahora, si me lo permites, dejemos Kabul, Bagdad y Moscú y volvamos a África en busca del doctor Livingstone.

Me hizo gracia la frase, que parecía sacada de una novela de la serie de Sherlock Holmes, de una obra de teatro de Oscar Wilde o de cualquier otro libro cuyo autor hubiese nacido hacia mil ochocientos cincuenta y tantos.

—No sé qué decirte, tal vez gastes tu tiempo en balde: si no recuerdo mal, a él ya lo fue a buscar Stanley al lago Tanganica... y se volvió solo.

41

—¿Sabías que estaba en España para cubrir la caída de Isabel II cuando *The New York Herald* le hizo el encargo de seguir su pista y averiguar si estaba vivo o muerto? Así que tenemos el honor de que el primer paso de esa expedición se diese en Madrid o quizá Valencia, porque vivía a caballo entre una ciudad y la otra. El último lo llevó a una aldea llamada Ujiji, y es verdad que no pudo convencer a Livingstone de que regresara a Europa, pero en lo personal le salió bien la jugada, porque se hizo famoso y obtuvo jugosas ganancias con sus reportajes y sus conferencias.

—El precio del fracaso, sólo que al revés: uno va a por lana y sale trasquilado pero los demás pagan lo que sea con tal de que se lo cuente.

—Me parece que eso describe mejor la prensa amarilla de hoy que las hazañas de Stanley —dijo riendo de buena gana—, quien en cualquier caso tuvo que pelear a cara de perro por cada dólar que fue a sus bolsillos, porque lo de Livingstone sólo era el final del encargo que le hacían; antes tuvo que cubrir desde El Cairo la inauguración del canal de Suez; luego pasó por Jerusalén para dar cuenta de las excavaciones arqueológicas que se hacían en aquel momento por orden de la reina Victoria, que había mandado *demostrar que lo que cuenta la Biblia era real;* a continuación fue a Constantinopla para dar fe de las tensiones entre el Imperio otomano y el virrey de Egipto; de ahí se dirigió a Crimea para informar de la guerra entre Rusia y Turquía; después saltó a Persia y a la India y otros lugares desde los que enviaba sus crónicas... En fin, que era un hombre infatigable. Y un buen narrador: en aquel tiempo, comparaban su estilo con el de uno de sus más brillantes contemporáneos, Mark Twain.

—Bueno, según tengo entendido era cosas mucho peores: acabó a sueldo del rey de Bélgica en el Congo y, por lo que he leído, lo menos grave que hicieron allí fue expoliar el marfil y el caucho: lo peor es que convirtieron el país en un campo de concentración y asesinaron a diez millones de indígenas. Eso es lo que se cuenta de forma alegórica en *El corazón de las tinieblas,* de Joseph Conrad, y muy a las claras en *El sueño del celta,* de Mario Vargas Llosa —contesté: si había que dar clases de Literatura, en eso no pensaba dejarme comer el terreno.

—Conozco esos libros y comparto el estupor de sus autores. Sé que lo que ocurrió lo simboliza mejor que ninguna otra cosa el que en lengua quechua, la palabra *caucho* signifique árbol que llora. Y también sé que muchos de los trabajadores que extraían el látex, lo ahumaban y lo compactaban en grandes bolas sólo podían elegir que los mataran la fiebre amarilla, sus capataces o el agotamiento. Pero hay que tener cuidado con las cifras —dijo Espriu moviendo la cabeza en señal de vacilación— porque cambian mucho dependiendo de quién haga la suma. Desde luego, no parece que Stanley fuera trigo limpio: para empezar, fue a Zanzíbar con una caravana de jeques árabes cuyo fin era la captura de esclavos, y varios testigos afirman que no le temblaba el pulso a la hora de usar su rifle o el látigo... De manera que cuando hizo su famoso saludo, «el doctor Livingstone, supongo», debía de tener las manos manchadas de sangre. Me temo que aunque no hubiera sido así, tampoco habrían congeniado: uno era un anacoreta y el otro se presentó ante él con más de cien porteadores, una cama desmontable, una bañera, una vajilla de plata, una alfombra persa y un par de cajas de botellas de champán.

—Era un invasor. Y al final toda conquista es un allanamiento de morada, un modo de ultraje.

—Habría que matizar esas ideas —dijo, pero esta vez no había ninguna sonrisa en su cara y noté que se ponía tenso y me clavaba los ojos, del modo en que lo hace quien, tras unas maniobras de distracción, deja de andarse por las ramas y se dispone a ir directo al grano.

No me equivocaba—. En realidad, puede dar la impresión de que nos estamos desviando del objetivo central de esta charla, pero te aseguro que no es así en modo alguno —continuó, con esa forma suya de hablar lo mismo que si lo hiciera desde una novela de Alejandro Dumas—. Te comentaba antes que tengo la intención de reparar un agravio que cometieron mis antepasados y que me gustaría mitigar, dentro de lo posible. Después de hablar anoche contigo y saber de qué forma trabajas, me parece que podrías serme de gran ayuda. Por supuesto, no pretendo que me hagas un favor, sino hacerte yo a ti un encargo profesional.

Empezaba a inquietarme. La última vez que alguien me había hecho una oferta parecida acabé con una diana pintada en la espalda.

—¿Es que te conté que era abogado? Si es así, te mentí —dije intentando quitarle hierro al asunto—. En cualquier caso, no sé qué es lo que te traes entre manos, pero si es algo relacionado conmigo, olvídalo.

—Me contaste la verdad. Lo he comprobado, hoy en día es fácil hacerlo, ya sabes, da lo mismo el mar de Aral o las islas Vava'u que la casa del vecino, todo está a la misma distancia a la que tú estés de una computadora.

—La famosa aldea global, cómo no... Un invento del filósofo Marshall McLuhan que para lo único que ha servido es para crear sociedades que se conforman con el grado más bajo del saber, que es el estar enterado.

—Y también me dijiste —continuó, ignorando mi perorata— que después del revuelo que habían causado tus tres novelas y algunas de tus investigaciones habías montado una empresa en la que te ofreces a escribir biografías por encargo a gente que pudiera permitirse pagar una cierta suma por poner a salvo sus recuerdos en un libro. A mí, la verdad es que me pareció una gran idea. Mi pronóstico es que tendrás éxito, seguro: a todos nos gusta contar y que nos cuenten historias, pero también protagonizarlas alguna que otra vez, ¿no es eso?

—Puede que sí. ¿Y tu «encargo profesional» va por ese lado?

—Efectivamente.

—Soy todo oídos —dije.

—Mi oferta es muy sencilla: te propongo que seas mi Henry Stanley particular.

—Vaya, pues lo siento de verdad, pero no me quedan bien los salacots, me hacen parecer un extra de *Las cuatro plumas* —respondí fingiendo que no me había pillado desprevenido.

—Por eso no hay problema, si lo prefieres, lleva la gorra de cazador de ciervos de Sherlock Holmes o una de cola de mapache como la de Daniel Boone. Aunque yo te recomendaría un sombrero de yarey: no vas a ir a Zambia, sino a Cuba.

—Te agradezco la oferta, pero ahí tampoco se me ha perdido nada.

—A ti no; pero a nosotros sí.

—Mira, no sé lo que buscas; pero sea lo que sea puedes contratar a alguien que ya esté allí, te ahorrarás los billetes de avión. O buscar lo que quieres desde casa: tú mismo lo acabas de decir, el mundo ha cambiado tanto que ahora llamamos *navegar* a sentarnos delante de un ordenador.

—Te pagaré lo que me pidas, salvo que sea una cantidad inasumible, y aparte de dinero, como ya te dije, ganarás una gran historia. Si no aceptas, mañana yo buscaré a otro y pasado tú lo envidiarás por tener lo que te ofrecí y no quisiste.

«No, otra vez no», pensé. Pero no fue eso lo que respondí. Tenía dos motivos para no hacerlo: uno, que al fin y al cabo era para hacer cosas de este tipo por lo que efectivamente había montado en internet una editorial que ofrecía escribir semblanzas a la carta de cien páginas y al precio de tres mil euros. Las ediciones serían de veinticinco ejemplares numerados y su función era contar la vida de alguien cuya memoria él mismo u otros quisieran preservar: la clase de idea que puede funcionar en un mundo en el que todo se hace a distancia y millones de cosas por encargo: hoy en día hay hasta peregrinos de alquiler que llevan a cabo las promesas ajenas y cobran lo mismo que yo por ir al santuario portugués de Fátima o al de Muxima, en Quiçama, Angola; por caminar hasta Santiago de Compostela o Nossa Senhora Aparecida, en São Paulo; pero eso ya se hacía en la Edad Media, los poderosos se quedaban en sus castillos, mientras un intermediario entre ellos y su dios iba a cumplir sus penitencias a Roma o Jerusalén. El caso es que mi idea funcionaba, en dos meses, mi página había tenido miles de visitas y ya contaba con varios clientes: tres hermanas que querían que contara las aventuras de sus padres en Brasil y Costa Rica, donde habían estado en su viaje nupcial, para convertirlas en su regalo de Navidad; una mujer que no quería que cayese en el olvido la muerte de su abuela republicana durante la Guerra Civil y su entierro en una fosa común; o los parientes de un antiguo enólogo de Rota, Cádiz, que estaba a unos meses de cumplir cien años y al que querían homenajear con un resumen encuadernado en falsa piel de sus experiencias, que si por un lado eran las de muchos españoles que conocieron el drama de la Guerra Civil, la interminable postguerra y el lento regreso de la democracia, por otro se distinguía con una aventura muy notable: en el año 1956 había sobrevivido a un famoso naufragio, el del crucero Andrea Doria, ocurrido junto al faro de la isla de Nantucket, Massachusetts, que cualquier lector sabe que es la misma que inmortalizaron Herman Melville en su *Moby Dick* y Edgar Allan Poe en la *Narración de Arthur Gordon Pym.* Ésa era para mí una razón más que suficiente para animarme a ponerlo el primero de la lista.

En cuanto a la segunda razón por la que decidí seguir en El Repòs y oír lo que quisiera decirme Lluís Espriu, ya la he dado antes: no me gustan ni los misterios sin resolver ni las historias a medio contar. «La curiosidad mató al gato», me habría dicho mi madre unos meses después, cuando ya se supiera el alto precio que otras personas y yo íbamos a tener que pagar por no haber sabido decir que no a tiempo.

Capítulo cinco

La costa de la Muerte no era una mina de oro a principios del siglo XIX, excepto para algunos de sus habitantes. Por esa época, en la ciudad de La Coruña, lo mismo que en el resto del país, se intentaban superar los malos tiempos que habían seguido a la invasión de Napoleón, la guerra de la Independencia, el ataque de los Cien Mil Hijos de San Luis o la represión desencadenada contra sus rivales políticos por Fernando VII en cuanto lo volvieron a sentar en su trono, la llamada Década Ominosa, que en el caso de la capital gallega ya había quedado simbolizada por la ejecución denigrante del general Díaz Porlier en el Campo de la Leña, la actual plaza de España, donde lo ajusticiaron en la horca tras ser desposeído de sus galones de mariscal, dándole así una muerte más ofensiva que a otros líderes de la conjura, por ejemplo su compañero de armas y grado Lacy y Gautier, que tras sublevarse en Barcelona fue fusilado en los fosos del castillo de Bellver, en Palma de Mallorca, cayendo así como un soldado y no como un malhechor. No era lo más común, sin embargo, porque «en la venganza, el más débil es siempre el más feroz», según dice Balzac, y, para darle la razón, la justicia de aquel soberano, déspota a la hora de mandar y sumiso hasta la náusea a la de obedecer, era tan encarnizada que para el más conocido de los militares que se alzaron contra su régimen de terror, el general Riego, sus fiscales pidieron que tras expirar en el cadalso «se desmembrara el cadáver, colocando la cabeza en el pueblo donde el año 1820 se lanzó el grito de libertad y los pedazos del cuerpo en Sevilla, la isla de León y Madrid». El tribunal no lo aceptó, pero de camino al patíbulo fue paseado por la capital a lomos de un burro y el lugar que se eligió para colgarlo en público fue la plaza de la Cebada, que Benito Pérez Galdós define en uno de sus Episodios Nacionales, *El terror de 1824,* como «un lugar de aire zafio y ambiente malsano» donde el reo «pereció como la pobre alimaña que expira entre los dientes del gato».

En Galicia, como en toda España, no resultaba fácil sobreponerse a esa avalancha de catástrofes ni afrontar el futuro con optimismo, cuando se estaba condenado a elegir entre dos males, a un lado los usurpadores de la Santa Alianza y al otro un rey absolutista cuyos partidarios entre la ciudadanía eran conocidos con el apodo de *los serviles,* que alentó la fundación del Museo del Prado y fue mecenas de pintores como Goya, pero que también reinstauró la Inquisición, cerró la universidad e impuso la censura a la prensa. Y, sobre todo, que fue la marioneta de una oligarquía capaz de defender con uñas y dientes sus privilegios. Cuando lograron abolir la Constitución de 1812, tras el asedio a las tropas liberales —a quienes los realistas, por su parte, llamaban *negros*— y el bombardeo de Cádiz, las principales carteras del Gobierno de emergencia que se formó para restablecer la tiranía recayeron en miembros de la nobleza, a la que pertenecían muchos de los instigadores del famoso Manifiesto de los Persas, redactado en apoyo del monarca Borbón: el conde de Colombí, los duques del Infantado y de Montemar, el barón de Eroles, los marqueses de la Constancia, Heredia e Irujo...

Si eso era lo que ocurría en el interior, fuera, el imperio se desmoronaba desde finales del siglo XVIII, con sucesivas revueltas indígenas y episodios como la guerra de los Siete Años, que acabó con la toma de La Habana y Manila por parte de los ingleses; la revolución de los Estancos en Quito o la firma del Tratado de Basilea, por el que España cedía Haití y Santo Domingo a Francia. Y esas fueron sólo las escaramuzas preliminares: poco después, los nombres de San Martín, Bolívar y Sucre empezaron a oírse en Madrid y los libertadores a proclamar, una tras otra, la emancipación de Argentina, la de Paraguay, las de Venezuela, Colombia, Ecuador, Chile, Perú, México y el resto de las colonias de ultramar. Cuando murió Fernando VII, en 1833, ya sólo se conservaban Cuba y Filipinas, España estaba en quiebra y, eso sí, él tenía quinientos millones de reales depositados en el Banco de Londres.

En La Coruña, que había sido junto a Barcelona y Cádiz uno de los bastiones del constitucionalismo, la pelea por salir del atolladero también resultó dura, porque lo que había sucedido contribuyó a paralizar el tráfico marítimo, que era junto con la pesca la principal fuente de ingresos de la población; pero, a pesar de todo, la ciudad se fue rehabilitando y en poco tiempo logró imponerse a Vigo, Ferrol o Santiago de Compostela como el núcleo industrial más próspero de la región. A la Fábrica de Tabacos, la Real Maestranza de Mantelería y los talleres de vidrio, sombreros y conservas que habían mantenido a flote, aunque fuese a duras penas, la economía de muchos de sus habitantes, se añadieron, a un ritmo sorprendente, otras factorías y establecimientos: se incrementaron las travesías ultramarinas hacia Cuba, donde aún no se vivía «entre el verbo de Martí y el machete de Maceo», como dice la guajira, y la actividad financiera creció de forma espectacular con la apertura del Banco de Emisión y de las compañías de seguros navales La Integridad y La Herculina. Los buques no dejaban de zarpar desde el muelle de Hierro hacia las Indias, unos cargados de artículos de consumo y otros de emigrantes que soñaban con hacer las Américas. Se puede entender lo lucrativos que resultaban esos últimos para las empresas que los trasladaban al Nuevo Mundo si recordamos que entre 1880 y 1930 salieron de esas costas, en busca de una segunda oportunidad, más de medio millón de personas. Si sabes en qué tiene alguien depositada su última esperanza, ofrécete a llevarlo allí y te dará lo que le pidas.

En los años anteriores, cuando para casi todo el mundo pintaban bastos y la subsistencia era una lucha sin cuartel, se podían ver amarrados en el puerto media docena de bergantines, fragatas y galeones como El Noticioso, el Pura y Limpia Concepción, Nuestra Señora del Rosario o el San Juan, todos ellos dedicados a lo que sus patrones llamaban transporte de ébano y cuyos destinos más frecuentes eran el golfo de Biafra, el Caribe y el sur de Estados Unidos, especialmente Texas. Uno de ellos pertenecía a la familia Quiroga de Feijóo, que estaba entre las más antiguas de la ciudad y era una de las que, según los biógrafos y los historiadores, «mejor simbolizaban la naturaleza indomable y la capacidad de superación de sus gentes». Si se miran en el orden en que están colocadas las fotografías de sus álbumes domésticos, puede verse con toda nitidez su evolución: los pescadores, arponeros y tejedoras de redes que en las primeras láminas posan con ropas de trabajo y las herramientas propias de su oficio se transforman en mecánicos que enseñan a la cámara los tremendos engranajes de una sala de máquinas o los cilindros, bombas, ruedas de palas y cigüeñales de una caldera de vapor. Luego ya son grumetes o amas de llaves; después, radiotelegrafistas, oficiales de uniforme y matrimonios burgueses en el día de su boda. En las siguientes páginas son comerciantes que sonríen orgullosos a la entrada de sus tiendas, El Paraíso del Buzo, Cabotajes de Riazor y de la aseguradora La Garantía. A continuación, hay varias instantáneas de unos astilleros. Las últimas imágenes son de tres damas que toman el té junto a una gran chimenea, en unas delicadas tazas de porcelana y atendidas por sus sirvientas, y de dos señores imponentes que miran a la posteridad sentados a sus mesas de despacho, en el salón de un club social o en una sala de juntas, reunidos con su consejo de administración. En tres o cuatro de ellas se distingue el cartel de una sociedad llamada Compañía de los Caminos de Hierro del Norte de España. Y en la última, esos mismos hombres parecen explicarle algo vehementemente a la reina Isabel II y a su esposo, el duque de Cádiz, el día en que éstos fueron allí a inaugurar las obras del tren que, con el tiempo, lograría comunicar Galicia con Madrid.

La disputa por conseguir las licencias que hacían falta para hacerse con aquel contrato había sido despiadada y, además, el proyecto sufrió innumerables contratiempos económicos que llevaron a muchos a la bancarrota, debió superar dificultades técnicas como la de tender un largo puente sobre el río Miño y se vio afectado una y otra vez por los oscuros vaivenes políticos que desembocaron en la revolución Gloriosa, en septiembre de 1868, la caída de Isabel II y la proclamación, un lustro más tarde, de la Primera República. Todo quedó paralizado y nadie les auguraba a iniciativas de tal magnitud y complejidad un gran porvenir; pero el grupo al que pertenecían los Quiroga de Feijóo, la familia que con el tiempo iba a emparentar con los Espriu i Maristany, supo cambiar de piel las veces que fue oportuno y adaptarse a las circunstancias, de un lado obtener la ayuda financiera de un consorcio formado por cinco bancos franceses que aportase el capital que se necesitaba y del otro entablar negociaciones, en su momento, con el Gobierno que comandaba el general Prim, pese a no comulgar con sus ideas liberales. Su firma terminó por llevarse el gato al agua y la capacidad de maniobra de sus jefes, su diplomacia y su sentido práctico les proporcionaron una gran reputación. La prosperidad llamaba a su puerta y no la iban a dejar volverse por donde había venido.

En diciembre de 1879, en La Coruña se hablaba de naufragios, en Madrid se hablaba de plantaciones de café y caña de azúcar y ninguna de esas dos cosas era en absoluto lo que más les importaba a los Quiroga de Feijóo.

La gran noticia a escala local era el accidente del buque inglés Capella, que se había ido a pique en cabo Corrubedo cuando navegaba de Alejandría a Bristol cargado de algodón, una tragedia que hizo correr ríos de tinta sobre la peligrosidad de esas costas y preocupó muy seriamente a todos los que allí vivían del mar, en un momento en que aún estaba muy cercano el hundimiento en la Pena das Ánimas del Memphis, otro vapor de la misma bandera que realizaba su ruta de Liverpool a Nueva Orleans con escalas en la ciudad gallega, Lisboa y La Habana.

En Madrid, mientras tanto, el Congreso y el Senado discutían la abolición de la esclavitud en Cuba, aunque lo que se buscaba era más bien una fórmula que fingiera acatar las leyes internacionales y no provocase a Francia o Gran Bretaña, pero sin renunciar al negocio. El subterfugio para retrasar lo que parecía inaplazable consistió en crear un patronato de la Gran Antilla «que impusiera la obligación de los libertos de trabajar por espacio de seis años en provecho de sus antiguos dueños». La demostración palpable de que eso no era más que un ardid está en los periódicos de la época, donde se continuarían publicando durante años los anuncios de compraventa de negros.

Sin embargo, ellos tenían, efectivamente, cosas mucho más importantes en las que pensar. Por un lado, habían conseguido, junto con otros empresarios, presionar al Gobierno para que se comprometiese a adaptar las tarifas portuarias de Gijón, La Coruña y Vigo a las que tenían sus competidores de Santander e Irún, lo cual multiplicaba sus posibilidades de expansión. Por otra parte, tras mucho tira y afloja habían alcanzado un acuerdo con la potente Compañía de los Ferrocarriles de Asturias, Galicia y León por el cual una y otra juntaban sus fuerzas y los Quiroga de Feijóo se llevarían un quince por ciento de todas las obras del tendido ferroviario que se realizasen en el noroeste de España. Cuando esa red estuvo completa, siguieron su tarea en otros puntos del país. Sus ingresos se triplicaban gracias a la exportación de ganado vacuno a Inglaterra y Portugal en los vagones de carga y las infraestructuras que posibilitaban todo ello continuaban aumentando con obras como la del puente entre Tui y Valença do Minho, que le llegaron a encargar al mismísimo Eiffel, aunque ni sus planos ni la minuta que aspiraba a cobrar los convencieron y finalmente lo hizo un discípulo suyo, el arquitecto riojano Pelayo Mancebo de Agreda.

Pero tampoco era ninguna de esas dos cosas lo que más les importaba, sino un asunto privado que, por añadidura, también favorecía una alianza mercantil de otra clase: la boda de su hija Olalla, una joven de diecinueve años culta, frágil y hermosa a su manera, que estaba a punto de contraer matrimonio, en la iglesia de Santa María do Campo, con el joven Biel Espriu i Maristany, primogénito de una acaudalada familia de El Masnou, Barcelona, donde los recién casados se iban a instalar en la finca de los progenitores del esposo, aunque en una casa independiente. La pareja se conocía porque los padres de ambos se dedicaban a lo mismo, los barcos y los trenes, y cuando sus intereses se cruzaron habían sabido llegar a acuerdos ventajosos para ambas partes, sobre todo a partir de 1883, que fue cuando al fin se produjo la integración del tendido ferroviario del noroeste, a través de Ponferrada, con el del resto del país. Lo profesional dio paso a lo personal, las reuniones, las citas, las mesas de despacho y las de comedor... y lo demás vino rodado, no hubo más que permitir que sucediera. «El roce hace el cariño», habría dicho mi madre.

Así las cosas, los protagonistas del enlace Espriu-Quiroga eran tan buen partido el uno para el otro que hubo quien pensó que aquello era simplemente una boda concertada; pero lo cierto es que el lazo nunca se deshizo y, por lo que se sabe, fueron una pareja bien avenida que tuvo cuatro hijos, tres mujeres y un varón que, cuando llegó la hora, se hizo con las riendas de un auténtico imperio con dos orillas, una en el Atlántico y otra en el Mediterráneo. Ninguna de ellas quedó relegada, porque si es cierto que la mayor parte del año la pasaban en Barcelona, las Navidades, la Semana Santa y los veranos se trasladaban a La Coruña. A partir de 1919, se sumó a sus costumbres la de acercarse en su Hispano-Suiza a Santiago de Compostela todos los 25 de julio, para asistir a la misa por Rosalía de Castro que se celebraba en la iglesia de San Domingos de Bonaval y que tenía, desde luego, un ánimo reivindicativo. Ese gesto simbólico les procuró a los Espriu grandes simpatías entre los nacionalistas gallegos.

Los vínculos entre los Espriu y los Quiroga no sólo permanecerían inalterables, sino que se estrecharon hasta llegar a la pura endogamia cuando Guifré, el hijo de Biel y Olalla, se casó con su prima Aloia, quince años más joven que él y de la que se había enamorado «un verano tras otro», tal y como solía repetir, «hasta que llegó aquel en el que tuvo edad para quererme». Esa anécdota expresa los rasgos fundamentales de su carácter, que era el de un hombre al que sus partidarios consideraban persistente y sus rivales, testarudo, una virtud y un defecto que, a fin de cuentas, iban a dar al mismo sitio, a una persona que nunca se rendía y que hizo de ello su principal baza, primero en el mundo de los negocios y, cuando éste se le quedó pequeño, en el de la política. En ese ámbito, el primero en dar un paso al frente había sido su padre, aunque en honor de la verdad hay que decir que si lo hizo, fue instigado por su madre, aquella dama seria, obstinada e inteligente, aficionada al arte y lectora compulsiva, que también era quien había puesto en marcha la tradición del 25 de julio, tanto por motivos ideológicos como por su afición a las obras de Rosalía de Castro —a quien había conocido y llegó a visitar en su retiro de las Torres de Lestrove, en Padrón, y de quien recitaba de memoria, en gallego y en castellano, los poemas de *Follas novas* y *En las orillas del Sar*— y de Emilia Pardo Bazán, por la que sentía una admiración y un respeto que, de algún modo, tuvieron mucho que ver con la animadversión que sentía por la dictadura surgida del golpe de Estado de 1936: al parecer, cuando en plena Guerra Civil un grupo de aduladores decidió regalarle al jefe de los sublevados la antigua casa de la autora de *El saludo de las brujas* o *La prueba,* el célebre Pazo de Meirás, la esposa del golpista se presentó allí un día acompañada por dos militares y un sacerdote, subió a la Torre de la Quimera, empezó a abrir displicentemente burós y arquetas llenos de originales de la novelista, se entretuvo en leer algunos fragmentos de sus diarios inéditos, unos apuntes de viajes y varias cartas; «y de pronto, se puso pálida», según contó después uno de los testigos de la escena y recogen las biografías de la escritora, «echó a andar hacia la salida con pasos coléricos y mientras se colocaba los guantes su voz restalló como un látigo: "¡Que se quemen los papeles que hay en los cajones! ¡Todos!"».

La indignación de Olalla Quiroga, tan fervorosa seguidora de las obras de su paisana, cuando tuvo noticias de esa atrocidad y se enteró de que, entre otras cosas, habían echado al fuego la correspondencia privada de la condesa feminista con Benito Pérez Galdós, Leopoldo Alas, Vicente Blasco Ibáñez y muchos otros, transformó el desprecio que ya sentía hacia el mediocre y sanguinario general en un odio profundo e irrebatible. Su marido se iría identificando poco a poco con sus ideas y, siguiendo sus consejos, entabló una relación discreta pero innegable con los opositores a la dictadura, tanto a los pies de los montes de Bocelo como del Tibidabo. La ascensión hacia el poder había comenzado.

Y junto a ella, desde luego, un nuevo capítulo de su epopeya familiar que aseguraría que cuando llegasen a este mundo sus hijos, Guadalupe y Guifré, o más tarde el de este último y su prima y esposa Aloia, nadie pusiera en duda que la sangre de los patriotas corría por sus venas. Ninguno de ellos, sin embargo, hubiera podido decir lo mismo de Narcís: la aparición en escena del capitán José González lo hacía imposible.

Capítulo seis

Así contadas, las peripecias de los antepasados de Lluís Espriu i Quiroga no estaban mal, pero tampoco me pareció que fuesen, ni mucho menos, «una larga, oscura y apasionante historia que cualquier buen novelista daría algo por hacer suya». Como mucho, darían para una serie de televisión, de esas en las que los protagonistas tienen mansiones como El Repòs y esbirros similares al que nos acababa de llevar la cerveza. Imaginé uno de esos finales en que dos jóvenes que han sorteado mil impedimentos para conseguir estar juntos descubren al pie del altar que son hermanos; o resulta que uno de ellos en realidad es hijo de un magnate del petróleo y que una noche helada y lluviosa de hacía treinta años su madre no lo abandonó a la puerta de un hospicio, como le habían hecho creer la vida entera, sino que fue secuestrado y vendido a una *troupe* de circo por un pariente malvado, para arrebatarle su hacienda... El tipo de desenlace que plantea tres problemas: es melodramático, ya se le ocurrió a Dickens y funciona exclusivamente cuando quien lo escribe es él.

—Es un relato fascinante —dije cuando acabó—, pero ¿qué tiene todo esto que ver con África o con Livingstone y Stanley, por no hablar ya de mí?

—Quería que supieras a quiénes nos estamos refiriendo, qué somos, de dónde venimos, lo que tenemos y, por extensión... —aquí hizo una pausa estudiada, un alto en el camino pensado para crear suspense—, cuánto perdería alguien al que le hubiesen quitado su parte.

—¿Es que te han desheredado?

—No se trata de mí ni de eso.

—¿Entonces?

—Ya te comenté antes que era algo que venía de muy lejos. Un asunto del pasado.

—Mira, amigo Espriu i Quiroga —dije esforzándome para que se notase a las claras hasta qué punto me traían sin cuidado sus apellidos y todo lo que conllevaban—, no me sobra el tiempo, porque no tengo nada que hacer, así que necesito concentrarme en encontrarlo. Has sido muy amable, me has traído a tu casa, la habitación era cómoda y la cerveza está fría. Te doy las gracias, pero en cinco minutos me voy a ir al aeropuerto, tomaré el primer avión a Madrid y volveré a arrancar el motor de mi vida. Si quieres decirme alguna cosa, tendrás que ir al grano.

Se me quedó mirando un segundo y luego giró la cabeza hacia las torres de la casa, como si esperase alguna orden que pudieran darle desde allí. Guardó silencio unos instantes, mientras encendía un cigarrillo que tal vez llevara algo más que tabaco, y de repente, volviendo en sí, negó con la cabeza, se inclinó un poco y me dio unos golpes en la pierna igual que si palmease el cuello de un caballo.

—Por supuesto, te pido mil disculpas, tienes razón —dijo plegando velas—. El tiempo es oro. Sin embargo, permíteme que abuse un poco más del tuyo, porque de lo contrario me sería materialmente imposible explicarme. Y no te preocupes, cuando acabemos, Edgardo te lleva a El Prat, si es que aún quieres tomar ese vuelo. Aunque ya te adelanto que me gustaría invitarte a cenar con nosotros esta noche. Nada del otro jueves. Una cosa íntima, sin grandes ceremonias. Seríamos mi hermano Narcís, mi madre, tú y yo.

—Bueno, el no ya lo tienes... Háblame de ese encargo que me querías hacer. ¿De qué o de quién se trata? ¿Cuál es su relación contigo? ¿Dónde está y por qué fue allí? Has dicho que en Cuba, pero dónde: ¿en La Habana, en Santiago, en Camagüey...?

—No sé casi nada de lo primero ni de lo último. Pero tengo algunas sospechas sobre el resto, así que, si no te importa, déjame que empiece por el principio. Mi tatarabuelo, el lobo de mar con un sextante en las manos que supongo que habrás visto en la escalera, al bajar de tu alcoba, se llamaba Joan Maristany y era dueño y capitán de la corbeta Rosa y Carmen y del Santa Catalina y San Mateo, un galeón de tres mástiles, dos puentes, cuarenta metros de eslora y veinte cañones por banda, que se armaron y fueron botados aquí mismo, en los astilleros de El Masnou, en el siglo XIX. Había trabajado muy duro y muchos años para conseguirlo y cuando por fin lo tuvo, tal y como te he anticipado, fue a ganarse el pan a las costas de América, llevando allí naranjas, aceite o telas y trayendo a España, principalmente desde Cuba, pero también desde las actuales Haití y República Dominicana, toneladas de azúcar que luego iba a vender a diferentes ciudades del Reino Unido, a San Petersburgo y a Trieste; y especias, café, algodón y maderas nobles que cargaba en Perú o Chile. En los viajes de ida fondeaba con cierta frecuencia en el litoral de África, por lo general para conseguir diamantes o marfil que luego adquiría la alta sociedad de Lima, Valparaíso o La Habana. Por lo que yo sé, era un oficio lleno de riesgos, porque las rutas eran peligrosas, como demuestran los más de doscientos cincuenta naufragios que sufrió nuestra flota sólo en ese siglo, y las aguas estaban infestadas de corsarios y bucaneros. Las piezas de artillería de las que antes te he hablado, naturalmente, eran una defensa contra ellos.

—Ya he visto por tu biblioteca que estás interesado en la piratería.

—Esos libros me entretienen y me ayudan, en algunos aspectos, a hacerme una composición de lugar. Lees acerca de los abordajes y los saqueos que llevaban a cabo Henry Morgan, Barbanegra o el almirante Francis Drake y te parece increíble que la realidad y la ficción se mezclen de esa manera y que tus propios ancestros estuviesen entre quienes padecían esas desventuras. No sé bien de qué forma explicarlo. Es como si al abrir la caja fuerte de tu familia encontraras ahí el collar de diamantes de la reina infiel de *Los tres mosqueteros*. ¿Sabes lo que quiero decir?

—Puedo hacerme una idea: soy profesor de Lengua y Literatura —respondí, para cortar por lo sano aquella divagación—. Sé que los piratas no los inventó Stevenson y que a Cervantes lo secuestraron los filibusteros de carne y hueso en la costa de Barcelona para llevarlo a Argel y pedir un rescate.

—Pero si lo piensas dos veces —continuó, pasando por encima de mi comentario con una agilidad de saltador de vallas— te das cuenta de que no es tan raro que una cosa y la otra se entreveren: sin ir más lejos, el propio Drake parece una figura literaria del estilo de Sandokán, el Tigre de Malasia, aunque lo cierto es que no salió de *Los misterios de la jungla negra* o *El falso brahmán*, sino de Devon, y que fue un temible y persistente enemigo para España, nos hundió cientos de barcos, atacó prácticamente cada uno de nuestros puertos ultramarinos, de Panamá a Veracruz o Cartagena de Indias, e intentó saquear La Coruña, Cádiz y Las Palmas, por orden de su reina y para acabar con los restos de la Armada Invencible. Lo que pasa es que no volvió a tener la misma suerte que había tenido en el canal de la Mancha, porque lo derrotamos una vez tras otra y cuando murió en Portobelo, entre el istmo de Panamá y el golfo de los Mosquitos, repicaron todas las campanas de nuestro país para celebrarlo y, como sin duda sabrás, Lope de Vega escribió contra él *La Dragontea,* que siento decir, con todos mis respetos, que es un poema bastante malo.

—Sin embargo, todo eso ocurrió en el siglo dieciséis, cuando quedaban más de doscientos años para que Joan Maristany se echase al mar.

—Es que entonces los piratas aún estaban ahí. En realidad, aún lo están hoy en día y en todo el planeta, desde Somalia, el golfo de Omán y Nigeria hasta Bangladesh o el mar de China, con la diferencia de que ahora no entierran sus tesoros en cofres, sino que lavan el dinero que roban en los paraísos fiscales de las islas Caimán o las Bermudas. Y por entonces era lo mismo, a grandes rasgos. Recuerdo haber oído hablar a mi familia materna de un calafateador de Pontevedra que se llamaba Benito Soto Aboal y que en menos que canta un gallo se enroló en una nave de línea brasileña, llevó a cabo un motín, se hizo con el mando, le cambió el nombre de El Defensor de Pedro por el de La Burla Negra y se dedicó a tomar al asalto cualquier nave con la que se cruzara, daba igual si venía de las Azores, de Cabo Verde o de Calcuta y si transportaba seda de Mongolia o té de Java, que luego vendía en La Coruña, pero con una particularidad: siempre hacía dos cosas: robar la carga de las embarcaciones rendidas y prenderles fuego; y una tercera en el caso de que los marineros fueran ingleses: matarlos del primero al último.

—No me digas que trataba de vengar las derrotas de Trafalgar y Finisterre...

—Si era así, entonces puede afirmarse que ganó algunas batallas pero perdió la guerra, porque una noche en que regresaban a España con su cargamento, sus pilotos equivocaron las señales del faro de Tarifa y su barco encalló. Pensó que se iría de rositas como siempre, haciendo que uno de sus marineros se hiciese pasar por él, pero en esa ocasión fue reconocido por el superviviente de un buque inglés que había abordado hacía no mucho tiempo y aunque logró escabullirse mientras ahorcaban a gran parte de sus hombres, sólo llegó hasta Gibraltar, y allí fue prendido y ejecutado.

—Quien siembra vientos recoge tempestades, te habría dicho mi madre. Y ahora confío en que todo lo que me has contado nos lleve a lo que me tenías que decir.

Mientras hablaba, Espriu había vuelto a pulsar el timbre y Edgardo, con su aspecto patibulario a cuestas, se acercó a servir otra ronda y a mirarme con cara de pocos amigos. Lo estudié con más detenimiento. Me fijé en que llevaba un anillo de oro en el dedo anular de la mano izquierda con una espada en el centro, tres círculos a cada lado y una corona encima. Parecía una joya muy antigua, seguramente se trataba de una reliquia familiar. Su jefe le hizo un gesto para que se retirase y después se entretuvo en apurar lentamente su bebida. Era un buen narrador y por lo tanto sabía que el único modo de tejer una buena historia es liar la madeja. O puede que sólo pretendiera demostrarme que allí el que mandaba era él y, en consecuencia, sus relatos iban a la velocidad que le viniese en gana.

—Claro, discúlpame de nuevo —dijo—. El caso es que dedicarse a lo que se dedicaba él obligaba al capitán Maristany a pasar muchos meses lejos y solo, a la espera de que sus productos fuesen bajados a tierra, llegaran los permisos necesarios y las licencias, se acercaran los clientes, se discutieran los precios... Y luego, otra vez lo mismo pero al contrario: había que comprar lo que se quisiese vender a la vuelta en los mercados de Cádiz o Barcelona, subirlo a bordo, hacer un inventario... Lo que te quiero decir es que, entre unas cosas y otras, estaba fuera de casa cinco de los doce meses del año, que pronto fueron siete cuando invirtió parte de sus beneficios en los astilleros de la ciudad. En esas circunstancias, puedo entender que poco a poco se hiciera allí una vida... Otra vida, en realidad...

Así que era eso... Empezaba a ver claro o, al menos, digamos que los ojos se me iban acostumbrando a la oscuridad.

—... Y supongo que esa nueva película tenía nuevos actores... —probé a decir, por si acertaba y porque disparar al aire es un buen modo de hacer blanco cuando la gente se anda por las ramas.

—Diana —dijo, igual que si de algún modo me hubiese leído el pensamiento—. El capitán tenía dos familias. Una aquí y otra en La Habana. Nada que no hiciese todo el mundo, me temo.

—Todo el que tuviese una doble moral.

—Yo le puedo entender, si te soy sincero. He estudiado esa época y me hago cargo de lo que era la vida aquí y lo que era allí. En un sitio imperaban el decoro, la castidad, la moderación, la vergüenza..., y en el otro, la libertad, la falta de prejuicios, la alegría... Ponte en su lugar: es un hombre rico en la Perla del Imperio, Cuba, la Llave del Nuevo Mundo; vive en un palacete junto a la plaza de Armas; se codea con los propietarios de la Real Fábrica de Tabacos Partagás y la compañía Flor de Cabañas; se reúne con la alta sociedad en el Café de Luz, La Dominica y El Louvre; cena en el restaurante del circo Chiarini o en el Nixon; asiste a las comedias y los bailes de máscaras del Teatro Diorama en el antiguo jardín botánico o en el Tacón, que ha inaugurado el pescadero catalán Francisco Marty y Torrens en el paseo del Prado esquina San Rafael, y allí conoce a mujeres que no habría soñado ver ni de lejos y con las que puede llegar a hacer cosas que no sabía que existieran. Pero tras vivir un tiempo a salto de mata, empieza a echar el freno, porque es una persona de orden y, en el fondo, un romántico, así que termina enamorándose y viviendo en pareja. Y como era de esperar, tiene descendencia... En concreto, una niña mulata.

—Así que por las venas de Cuba corre tu sangre.

—No sólo mi sangre: también mi apellido.

—¿La reconoció?

—Creo que sí, aunque tampoco lo podría afirmar sin correr el riesgo de equivocarme. En una carta a la que he tenido acceso, firma como Verónica Graciela Maristany Valdés y da un dato: que fue bautizada en la iglesia del Santo Ángel Custodio, en La Habana, en junio de 1864.

—¿Le has seguido la pista? ¿Cómo llegó ese documento a tus manos? ¿Qué fue de ella, después de que tu tatarabuelo las dejara allí para volver al nido?

—Lo hice, claro, hasta el punto en el que quiero que continúes haciéndolo tú. Si me ayudas, le devolveremos lo que le corresponde y hasta hoy les han negado a ella y a todos los suyos.

—Olvídalo. No sé qué me vas a proponer, pero tengo otros planes. Sin embargo, me gustaría que me contases qué más has descubierto. Ya sabes, no es interés, es simple curiosidad.

Me dedicó otra de sus sonrisas ladeadas y se tomó su tiempo antes de contestar, mientras decidía si seguirme la corriente o pararme los pies. A lo lejos se oía el ruido sistemático del mar. Los árboles del jardín parecían a la vez suntuosos y postizos, con su eco de jungla, su apariencia de bosque en grado de tentativa. Los patos de cabeza verde lanzaron sus graznidos metálicos desde el estanque. Una ráfaga de viento cálido agitó con furia las páginas de los periódicos abiertos sobre la mesa y después movió suavemente las azucenas, como quien cambia de entonación para hablar con un niño.

—A los veintitrés años —continuó Lluís—, Verónica tuvo descendencia. Y muy poco después, escribió la carta de la que te acabo de hablar, que vino en un barco desde Cuba, llegó a El Masnou y a esta casa, pero estoy cien por cien seguro de que nunca terminó en manos de su padre. Quería conocerlo, saber qué tal estaba, contarle que tenía un nieto y, finalmente, preguntar si les enviaría un pasaje que los trajera a España... Creo que alguien la interceptó, tal vez su esposa, Nuria Figueres, porque la encontramos en su biblioteca, que luego fue la de mi abuela Olalla y la de mi madre, entre las páginas de una novela de Emilia Pardo Bazán. Pero, en cualquier caso, ¿qué importancia podría tener eso? Lo que debe preocuparnos no es lo que hizo o no hizo ella, sino lo que podemos rehacer nosotros ahora.

—Así que lo que tú quieres es contestar esa carta, por así decirlo, unos ciento treinta años más tarde.

—Quiero saber hasta el último detalle, conocer su historia de principio a fin, qué fue de ellos durante la guerra de la Independencia, dónde estaban cuando se produjo el hundimiento del Maine y la invasión de Estados Unidos, en qué les afectó la crisis del ferrocarril de 1866, de qué bando se pusieron en las dictaduras de Machado y Batista, o al llegar la Revolución... ¿No es a eso a lo que se dedica tu empresa, a contar por encargo la vida de la gente? Cuando tenga eso, lo podré comparar con lo que ocurrió aquí con los Maristany, los Espriu y los Quiroga. Será como unir las dos mitades de una naranja, algo magnífico.

—Biel y Olalla, Guifré y Aloia —dije, para demostrar que no había perdido el hilo—. ¿La única que sigue viva es tu madre?

—No, también murió, junto a mi padre, en un accidente de tren.

—Vaya... Lo lamento.

—A quien llamo *madre* es en realidad mi tía Guadalupe. Ella nos ha criado a mi hermano y a mí. Diría que ellos dos son mi única familia..., de no ser por la que, al parecer, tengo en La Habana, si es que aún sigue allí.

Recordé varias fotografías del álbum que me había enseñado, en las que se veía con frecuencia a tres damas o dos caballeros, y una de los cinco juntos al borde del lago. Era un número impar y la que estaba desparejada no podía ser más que doña Guadalupe, la tía viuda de Lluís Espriu i Quiroga. Por algún motivo, la imaginé espiándonos desde la torre más alta de la casa, tras una cortina de terciopelo de Utrecht. No me gustó la forma en que di por sentado que nos miraba. Y en esas circunstancias, cómo iba a marcharme de allí sin conocerla. Hay metas que sólo consiguen alcanzar los imprudentes.

Capítulo siete

El dinero se queda donde está si lo cambias de sitio a menudo. Si no lo mueves, se esfuma. En ese mundo, siempre competitivo y con frecuencia despiadado, los que llegan más lejos no son quienes más corren o más resisten, sino los que saben cambiar a tiempo de carrera. Las dos familias que protagonizan esta historia sirven como ejemplo.

Los Quiroga habían sabido evolucionar desde la época de El Paraíso del Buzo y Cabotajes de Riazor, los dos primeros negocios que habían puesto en La Coruña, hasta la cartera de seguros marítimos La Garantía, que significó un gran paso adelante en aquellos días en que el comercio transatlántico y la emigración daban muy buenos dividendos a quienes los propiciaban con sus medios de transporte. Su visión a la hora de invertir las ganancias obtenidas en el negocio ferroviario fue lo que los hizo ricos, y retirarse de él lo que puso a salvo su fortuna. Y otro tanto puede decirse de los Maristany y los Espriu, que fueron igual de hábiles a la hora de multiplicar sus ganancias ultramarinas que a la de abandonar el barco justo antes de que el país saltara por los aires con la famosa crisis del ferrocarril de 1866, cuya última consecuencia fue la caída de Isabel II.

Aquel desastre económico es una prueba de que los dos caminos más rectos hacia la bancarrota son los errores de cálculo y la avaricia. El desarrollo de una red de vías de largo recorrido que conectara unas zonas del país con otras y facilitase el abastecimiento era, sin duda, una obligación imperiosa para cualquier nación que no quisiera llegar tarde al siglo XX. Y también fue una mina de oro para quienes se ocuparon de llevarlo a la práctica, entre otras cosas gracias a las espléndidas subvenciones públicas que fueron a parar a sus manos. Pero los problemas no tardaron en llegar. El primero de ellos lo causarían la aprobación de la Ley de Bases de los Ferrocarriles y la de Bancos de Emisión y Sociedades de Crédito, que lograron atraer el capital extranjero y la inversión privada de una forma tan masiva que el resto de la industria cayó prácticamente en el olvido. Y nadie ignora el riesgo que implica jugárselo todo a una sola carta.

El segundo contratiempo fue que el coste de las obras resultó mayor de lo que se había calculado y el tránsito de mercancías menor de lo previsto, de manera que tanto los inversores como las entidades financieras que les habían concedido los préstamos que necesitaban se vieron con el agua al cuello. Pronto, muchos entraron en suspensión de pagos y tuvieron que solicitar concursos de acreedores. Por su parte, el Estado también se encontraba en quiebra debido a las ayudas multimillonarias que había otorgado al sector y la banca se tambaleaba porque había comprado más deuda pública de la que en esas condiciones podía rentabilizar. El desastre era inminente y un grupo de políticos, militares y empresarios, entre quienes estaban los Maristany, los Espriu y los Quiroga, le mandó una carta a la reina en la que señalaban la hecatombe que se avecinaba y le pedían la concesión de nuevas ayudas. Pero no había fondos y, por lo tanto, tampoco había salvación, excepto para los más astutos, los que saben que hasta lo irreversible tiene su cara y su cruz.

Algunas sociedades vinculadas a los trenes empezaron a caer: la Caja General de Crédito, cuyo accionariado era francés, aunque su sede estuviera en Madrid, entró en números rojos, arruinada por la escasa rentabilidad de la línea Sevilla-Jerez-Cádiz; lo mismo puede decirse del

Banco de Valladolid... Otras como la Sociedad General de Crédito Mobiliario Español, la Sociedad Española Mercantil e Industrial o la Compañía General de Crédito bordearon el abismo, cambiaron de manos o sus propietarios hicieron las maletas de regreso a Nueva York y París. En total, veinticinco corporaciones se disolvieron y la Bolsa se colapsó, arrastrada por la debacle de las firmas Catalana General de Crédito y Préstamo Mobiliario Barcelonés. En un visto y no visto, el pánico se propagó igual que una epidemia, se sucedieron los levantamientos militares, las malas cosechas, la escasez, la subida del precio del trigo, el hambre y la ira de los más débiles, que eran casi todos y tenían muy pocas salidas: moverse en el filo de la navaja es malo para cualquiera, pero más aún para los que están descalzos.

En el armario de las hijas de la alta sociedad española, por contra, había zapatos suficientes como para que pudiesen atravesar el país en coche cama cambiando de modelo en cada estación. Y lo mismo podría decirse del joven heredero de los Espriu —una saga de empresarios textiles que por entonces operaban como corredores de cambio en la Casa Lonja y el Casino Mercantil de la Ciudad Condal—, al que habían conocido los Maristany gracias a la coincidencia de las dos familias en los consejos de administración de la Sociedad Catalana General de Crédito, la Caja Barcelonesa y la empresa Navegación e Industria, que era uno de los valores al alza del mercado libre. La boda de Montserrat Maristany Figueres y Jacint Espriu i Roselló en la basílica de Santa María del Mar fue todo un acontecimiento. Parecían hechos el uno para el otro y todos y cada uno de los invitados coincidieron en que su unión daba lugar a una hermosa pareja y la suma de sus patrimonios, a un dúo temible. Justo lo mismo que pensarían veintitantos años más tarde los asistentes al enlace de su hijo Biel con la deliciosa Olalla Quiroga.

Sic parvis magna, lo grande comienza pequeño; así rezaba el lema que estaba grabado en el escudo del pirata y vicealmirante de la Marina británica *sir* Francis Drake. Y si eso es cierto, qué se podría decir de lo que procede de una estirpe de colosos, de lo que ya era imponente antes de encontrarse con su otra mitad.

—Es muy fácil: sólo hay que descubrir lo que otros están buscando y conseguirlo antes que ellos. En cuanto sepan que lo tienes, vendrán a comprártelo y pagarán lo que les pidas. Pero si el precio no es justo, nunca van a volver y estarás perdido, porque la clientela no se hace con los que entran y salen, sino con los que regresan.

Ese tipo de ideas fueron las que Jacint Espriu le trató de inculcar desde muy joven a su hijo Biel y las que éste le transmitió al suyo, el inquieto, sagaz y brillante Guifré, empeñado en la paradoja de mantener respetuosamente la esencia del negocio familiar a la vez que lo adecuaba a los nuevos tiempos. Sin desvincularse del mundo financiero, donde los suyos habían tenido intereses desde la vuelta definitiva del viejo Joan Maristany a El Masnou y al que se había entregado en cuerpo y alma su padre, en calidad de fundador y directivo del Banco de Cataluña, Biel no se dejó tentar, como tantos otros, por los cantos de sirena de las nuevas cajas de ahorro y sociedades crediticias, que repartían dividendos increíbles; no quiso hacer su propio milagro de los panes y los peces comprando las obligaciones del Estado para subvencionar el ferrocarril que lanzó el Gobierno de Isabel II y que llevarían a muchos al precipicio, sino que apostó por la cautela, invirtiendo en las nuevas líneas cantidades que pudiesen darle ganancias pero no ser su perdición; y, en general, conservó la calma mientras los demás perdían la cabeza. Su táctica fue arriesgarse a ser conservador, según él mismo decía, y gracias a ella, cuando la burbuja estalló, su onda expansiva no pudo alcanzarlo. Antes de eso ya tenía fama de ser un lince; después, fue considerado un genio. «No es para tanto», solía bromear para defenderse de las alabanzas cuando alguien le doraba la píldora, «mis dos únicas virtudes, entre otras muchas, son la mesura y el sigilo».

También se apartó de la esfera de los seguros, que no le interesaban gran cosa, así que en primer lugar disolvió La Garantía, para disgusto de su madre y su mujer, y un poco más adelante se deshizo de sus participaciones en La Maquinista Terrestre y Marítima, una empresa dedicada al transportes de viajeros. Sus métodos y la forma en que se fiaba de su intuición podían resultar discutibles y, de hecho, más de una vez provocaron acalorados debates entre los miembros del clan, pero les permitieron sortear sin excesivos problemas las crisis que a otros les llevaban a la ruina o incluso a la tumba, como puede comprobarse al ver la forma en que en tales casos se incrementaban la tasa de desempleo y el índice de suicidios.

Su hijo Guifré heredó de Biel su sexto sentido, su ojo de águila, su vocación de poder y una ideología en la que cohabitaban la oposición a la dictadura y el nacionalismo. Y con todo ello se paseó por los años cincuenta pisando fuerte en el nuevo El Dorado de las hidroeléctricas, donde ganó una fortuna con la compra y venta de títulos de Fecsa (Fuerzas Eléctricas de Cataluña, S. A.) y Saltos del Sil. También sondeó un nuevo mercado que en el futuro le resultaría muy provechoso, al firmar diversos acuerdos con ciertas corporaciones agrícolas que estudiaban formas de cultivo que aumentasen la producción de frutas y verduras; y todo ello sin dejar de lado el transporte de enseres y personas, en el que también abrió diversos horizontes al entrar en tratos lo mismo con los cruceros de la Trasmediterránea que con los camiones de la Compañía de Tabacos de Filipinas. Sin embargo, aunque sus pasos fueran en varias direcciones, todos ellos se dirigían al mismo lugar: la cima de la montaña.

Cuando nació su hijo Lluís, él y su esposa sintieron felicidad y alivio a partes iguales, el uno porque de esa forma se quitaba un peso de encima y resolvía el asunto de la sucesión, que le traía a mal traer; la otra porque al fin sintió que se cerraba el círculo de su matrimonio; y ambos porque a esas alturas ya habían empezado a sentirse estériles sin remedio y casi estaban a punto de arrojar la toalla tras visitar, a lo largo de más de una década, hospitales y a especialistas de España, Francia e Inglaterra que no encontraban en ninguno de los dos anomalía, tara o enfermedad alguna que les impidiese tener descendencia y cuyos diagnósticos coincidían en que el embarazo no era nada más que cuestión de tiempo, en recomendarles paciencia y que no se obsesionaran.

Ahora esa preocupación se había esfumado, las cunas, los biberones y los sonajeros de plata volvieron del desván como Lázaro de su tumba; las nodrizas y los pediatras llamaban otra vez a su puerta y en El Repòs se escuchó de nuevo la música más bella que conoce este mundo de todos los demonios: el llanto y la risa de un bebé. Sus padres se sentían alegres, radiantes, completos, justificados... Para ellos, la existencia cobró todo su sentido, el futuro se aclaraba y su amor fue aún más sólido y más profundo de lo que ya lo era, porque un hijo es, o debería ser, eso: lo que al interponerse entre dos personas hace que estén más juntas. Hasta ese momento no les había faltado nada, pero sólo a partir de entonces lo tuvieron todo. Podría escribir que su vida era de color de rosa y la paz se instaló en sus corazones, si éste fuera ese tipo de novela.

Los abuelos, Biel y Olalla, también eran parte de la fiesta, en la medida de sus posibilidades. Ella, que, según acostumbraba a decirle su marido, siempre fue una mujer de cristal con una voluntad de hierro, no se encontraba bien de salud y debía guardar reposo a menudo. En cuanto a él, no paraba por casa, porque cada vez estaba más implicado en la política y se pasaba las horas muertas conspirando en la cafetería del hotel Majestic, en el paseo de Gracia, aunque su activismo fuese, en parte, de cara a la galería. Tampoco se dejaba ver muy a menudo por las empresas que llevaban su nombre y que gobernaba su hijo con pulso firme, salvo para acudir de forma esporádica a ciertas reuniones y sólo cuando su autoridad y su voto resultaban imprescindibles; por ejemplo, para aprobar una ampliación de capital o un cambio de estatutos.

A comienzos del verano de 1968, la familia al completo se trasladó, como cada año, a su residencia de La Coruña, para pasar allí las vacaciones y preparar con la antelación que tanto les gustaba hacerlo todo su visita del 25 de julio a Santiago de Compostela, para asistir a la misa con segundas intenciones que se oficiaba en honor de Rosalía de Castro en la iglesia de San Domingos de Bonaval. Nada más instalarse, sin embargo, Guifré y Aloia dejaron a su hijo al cuidado de la tía Guadalupe y en compañía de su primo Narcís, y tomaron el expreso a Madrid, donde pensaban alojarse unos días en una *suite* del hotel Palace y aprovechar que él debía mantener algunas reuniones con representantes del Ministerio de Información y Turismo para visitar por las tardes, con un automóvil de alquiler, sitios como Ávila, Toledo y Segovia, en una especie de segunda luna de miel de andar por casa, que estaban seguros de merecerse y que, entre otras cosas, les iba a proporcionar la energía necesaria para afrontar el reto que les esperaba a partir de septiembre, cuando iban a participar en la creación y desarrollo de un conglomerado de agencias que les plantase cara a ciertas sociedades extranjeras, como el Club Méditerranée francés, que casi monopolizaban el turismo en la Costa Brava y en otras zonas del litoral con su modelo *tout compris,* que incluía el vuelo chárter, el autobús para las excursiones, el hotel y tres comidas diarias en otros tantos restaurantes baratos. Era la época de la expansión de la Red Nacional de Paradores y Albergues, las interminables filas de coches que atravesaban los puestos fronterizos de La Junquera-Le Perthus, Irún-Hendaya y Cerbère-Portbou y las campañas propagandísticas oficiales que celebraban por todo lo alto en el No-Do, en los diarios y en las emisoras de radio la llegada al país del visitante número cinco, diez o veinte millones, aprovechando cada ocasión para repetir los eslóganes con los que el régimen vendía junto al estereotipo de *flamenco, sol y toros* sus años de paz entre rejas, sin duda con el fin de englobar la propia dictadura en el conjunto de nuestra naturaleza exótica, igual que si no fuese más que otro detalle pintoresco, otra seña de identidad.

Los Espriu i Quiroga, que detestaban aquel Estado fraudulento dirigido por verdugos y truhanes, no podían desairar a la autoridad que los había convocado, pero de una manera u otra harían lo de siempre: formar parte de ese proyecto y a la vez sabotear, en la medida de lo posible, a sus promotores. El dinero no iría a las manos del enemigo, si acaso a las de quienes lo combatían desde la sombra, en su caso desde las filas de un nacionalismo que soñaba, igual que el resto de los disidentes, con la caída del sátrapa y de su régimen.

Pero todo eso podía esperar. En el camino desde Galicia hasta la capital, lo único que querían era convertir su coche cama en un túnel del tiempo y ser una vez más los novios clandestinos de la playa de Riazor, los jóvenes que cada noche soñaban por separado con despertar juntos algún día. Eso, igual que todo lo demás, lo habían logrado.

Seguramente estaban dormidos cuando a las seis y cuarenta y cuatro minutos de la madrugada, en un punto intermedio entre las estaciones de Medina del Campo y la pedanía de Gomeznarro, en Valladolid, su tren se estrelló contra un mercancías que circulaba en dirección contraria, al parecer debido a unas obras de conservación que sólo habían dejado útil, en ese tramo, una vía. Era el 13 de julio de 1968 y aquel terrible accidente, que iba a conmocionar a la opinión pública, causó decenas de heridos y ocho víctimas mortales. Guifré Espriu y Aloia Quiroga estaban entre ellas.

Capítulo ocho

—Llámelo usted como quiera y dará igual, eso no cambiará nada. Las palabras se las lleva el viento, sobre todo las que carecen de sustancia. La idea de mi sobrino es absurda, su proyecto no tiene ni pies ni cabeza, está fuera de lugar... No hay ninguna base en lo que él sostiene y, aunque la hubiera, eso tampoco iba a cambiar nada, porque a fin de cuentas la sangre no es más que un líquido y el hecho de que alguien a quien ni siquiera conoces lleve la tuya no lo convierte en modo alguno en tu familia —dijo Guadalupe Espriu.

Trataba de dejar claro que para ella las circunstancias mandan y uno obedece, así que no se iba a poner ninguna medalla por haber cuidado a su sobrino Lluís: simplemente, cumplía con su obligación. Que él no fuera hijo suyo, como Narcís, no quitaba para que ella lo tratase como una madre, a todos los efectos. Y a la vez, quería explicar, de forma contradictoria, que tratar de establecer la más mínima relación entre ellos y la supuesta descendencia que Joan Maristany hubiese dejado en La Habana siglo y medio antes era absurdo.

Era una mujer pequeña y fibrosa, uno de esos seres enjutos a quienes se les pueden contar a simple vista los huesos de la cara y de las manos, y que transmiten una sensación al mismo tiempo de fragilidad y de dureza. Debía de ser un puro nervio, como hubiese dicho mi madre, una de esas personas que ni cuando se paran están quietas, nunca dejan de moverse y jamás encuentran la postura. Sus modales se le parecían, era educada e inflexible y uno percibía de inmediato que su amabilidad no admitía réplica y que su comportamiento protocolario era una forma de marcar distancias. Sus gestos eran fugaces, parecían inacabados, como si fuesen un esquema o el borrador de un proyecto que al final nunca pasaba a limpio. La imaginé autoritaria, batalladora, tan poco autoindulgente como severa con el resto del mundo. Se trataba de alguien para quien no existían ni el término medio ni el conformismo, que creía que lo contrario del orden absoluto sólo puede ser el caos y que la base del éxito es la insatisfacción. Su modelo de comportamiento era ser regular, coherente, sistemática hasta conseguir que cada día pareciese una parodia del anterior. Actuaba quitándose importancia mientras hablaba de forma tajante, con una extraña mezcla de orgullo y resignación, aparentaba ser dueña de sus actos y a la vez estar fuera de lugar.

Hablaba de los suyos con reverencia y de ella con desinterés, queriendo dar la impresión de que se consideraba uno de esos seres que están de paso por su propia vida y van de acompañantes en la de otros. La creí, en parte. A la luz de lo que sabía de ella, decidí que nunca había conocido el verdadero amor, puede que ni siquiera el falso, y que eso la había consumido sin remedio: lo que nunca te ha herido no tiene cura.

Iba vestida de negro y sospeché que eso era algo invariable y venía de lejos. Me pregunté si también estaba de luto, desde cuándo y por quién. Los zapatos que calzaba eran planos, lisos, sin gracia. Lucía en el dedo anular de la mano derecha su alianza matrimonial y en el de la izquierda una sortija *art déco* de platino y diamantes, pero no le vi ninguna otra joya, ni siquiera la cruz de oro al cuello que se podría esperar de alguien de su condición. Llevaba el pelo cuidadosamente peinado en una trenza de espiga y teñido de un tono castaño suave, lo cual era su única concesión a la coquetería, si es que se trataba de eso.

—Así que me parece que es hora de limpiar nuestra conciencia, ir en busca de nuestros parientes de Cuba, explicarles quiénes son y de dónde provienen, eso en el caso, en mi opinión muy improbable, de que no lo sepan o lo intuyan, y dar con una fórmula que permita compensarlos por todo lo que no han tenido —dijo Lluís, mientras se servía una tercera copa de vino de Burdeos, un tal La Croix-Davids que me dejó claro que me consideraban una visita de segunda categoría: a alguien importante le habrían servido como mínimo un Petrus, y a cualquiera de los socios de sus empresas, nada inferior a un Lafite Rothschild.

—Tú no necesitas un detective privado ni a mí, sino un doctor: es evidente que has perdido por completo el juicio —trató de cortarle su hermano Narcís.

—Y tú deberías recuperar cuanto antes el sentido de la justicia —le respondió Lluís, sin alterarse lo más mínimo—, y darte cuenta de que la honestidad se demuestra igual aquí que en Varsovia: si descubres en una red de túneles secretos un tren de los nazis con dos toneladas de oro y obras de arte, como ocurrió en la ciudad polaca de Wroclaw, tu obligación es encontrar a los descendientes de los judíos a quienes se lo robaron y entregárselo; y si alguien de tu familia está perdido en Cuba, lo buscas y le ayudas.

—Desvarías. Qué tendrá que ver una cosa con la otra. ¿Es que nos vas a comparar con el Tercer Reich? Y, además, tú no tienes más familia que la que estás viendo en esta habitación.

No había mucho que decir de su hermano Narcís, aparte de que no lo era, algo por lo visto muy normal en aquella dinastía de parentescos inventados: en realidad, eran primos, según me fue revelado nada más comenzar el almuerzo, y él era hijo de Guadalupe, en este caso de verdad, porque resulta que ella tampoco fue nunca la tía soltera que yo había supuesto, sino que era viuda. Su marido se llamó José González y había sido un militar nacido en Larache, Marruecos, donde estaba destinado su padre, un teniente de infantería de Jerez de la Frontera que formaba parte de las tropas españolas del Protectorado y que se movió con su regimiento entre el Yebala y el Rif, saltando de Nador a Tetuán, de Ceuta a Melilla y de Xaouen a Alhucemas, hasta que al comienzo de la Guerra Civil lo mandaron a Barcelona, donde murió por fuego amigo, a principios del año 1939, en un bombardeo de los temidos Savoia-Marchetti SM.62 italianos sobre Arenys de Mar, muy cerca de El Masnou. Aunque otros decían que fue ametrallado por un hidroavión Cant Z.506B que, tras el ataque, daba una última batida sobre el puerto. Su hijo, tras pasar por algunos hospicios del Auxilio Social, fue rescatado por su madre, cuando ella pudo regresar a España desde Marruecos —donde había vuelto para cerrar su casa y organizar el traslado—, y se quedó a vivir en la zona para seguir los pasos de su padre en el ejército. Así conocería a su futura esposa. Se casaron en 1966. Falleció cuatro años después, al disparársele de manera fortuita su arma de reglamento, mientras la limpiaba.

Me apiadé de ella y me avergoncé de mí, al comprender que más que ser seca lo estaba, se había marchitado a golpe de infortunio y lo que yo había hecho era tomar su tristeza por rigidez y su desolación por antipatía, igual que Livingstone confundió el río Congo con el Nilo. La vida había sido muy cruel con ella, se le había muerto todo el mundo antes de tiempo y desde entonces, como demostraban sus eternas ropas de duelo, sus rasgos atormentados y su mirada sin brillo, le había echado el cierre a su existencia: el resto de su historia sólo era algo que pasaba después del punto final. Hubiese sido más fácil que se pusieran a latir todos los corazones grabados a punta de cuchillo en los árboles de la Tierra, antes de que volviese a hacerlo el suyo.

—Los Espriu y los Quiroga hemos trabajado mucho, señor Urbano —dijo, envarada en su asiento—. Hemos hecho fortuna, pero le aseguro que nos merecemos cada una de las monedas que van a parar a nuestras cuentas bancarias. Mi hermano Guifré, que en paz descanse, decía que la mejor forma de contribuir al bien común...

—... es ganar dinero de modo que los que te lo dan también salgan ganando... —completó la frase Lluís, imitando la forma de hablar de un niño que repite de mala gana un sermón. Me fijé en la mirada entre tierna y reprobatoria de su *mamadre,* como llamaba Pablo Neruda a la mujer que lo crio, que era la segunda esposa de su padre, «... lámpara encendida... para que todos viesen el camino... mientras la noche entera aullaba con sus pumas...».

—En eso, estábamos hechos de la misma madera y destinados los unos a los otros —dijo Guadalupe Espriu, haciéndome regresar del poema.

—Sí, y dicen que no hay peor astilla que la del mismo palo —volvió a la carga Lluís—. *Com més parents, més dolents.*

—Cuando tanto ellos como nosotros nos dedicábamos más que ahora a los ferrocarriles —continuó, ignorándolo por completo— hicimos puentes que juntaban España y Portugal y vías que conectaban todo el Maresme y que sacaron de una vez por todas a Galicia de su aislamiento. Cuando nos centramos en la exportación de ganado vacuno a Inglaterra, Francia y otros países de Europa, muchas familias que nos suministraban los animales vieron crecer sus granjas y sus rentas. Cuando invertimos en el transporte de pasajeros, miles de personas lograron alcanzar el destino que ambicionaban a bordo de uno de nuestros barcos. Cuando nos involucramos en la creación del Banco de Cataluña, los ciudadanos vieron abiertas líneas de crédito que no hubiesen podido imaginar que obtendrían de las entidades financieras de Madrid.

Ahora, entre otras muchas actividades, contribuimos al desarrollo de cultivos transgénicos y de biocarburantes en Tanzania o Brasil, y eso librará a millones de seres humanos de la desnutrición. Es un inventario muy sucinto, pero se dará usted cuenta del peso que cargamos sobre nuestros hombros y de la cantidad de gente que nos necesita. Demasiada como para ponerla en apuros con ocurrencias, insensateces o salidas de tono.

—Salud y muchas gracias; yo también respeto tus ideas y trato de ponerme en tu lugar —dijo Lluís, alzando su copa. La voz empezaba a resquebrajársele a causa de las embestidas del vino.

—Con que te mantengas en tu sitio será más que suficiente —masculló Narcís, como si en vez de pronunciar las palabras las royera.

—Y ese sitio ¿cuál es: detrás de ti? Por cierto, lo que venía de Madrid hasta aquí —dijo su primo retándolo con la mirada— no eran agravios sino prebendas, como la adjudicación a vuestro Banco de Cataluña de CAMPSA, que por si alguien lo ignora son las siglas de la Compañía Arrendataria del Monopolio del Petróleo.

—Recapacita y verás que tu hermano tiene razón. Tu plan, por llamar de alguna forma a ese capricho, es un dislate. Supongo que el señor Urbano estará de acuerdo —dijo Guadalupe Espriu, volviéndose hacia mí. Tuve la certeza de que no estarlo me convertiría en un embaucador, un secuaz, un aprovechado, un cazafortunas...

—Te equivocas: Juan aceptará mi propuesta porque va a ser generosa, porque es un aventurero que lo mismo va a Roma que a Hong Kong a hacer sus pesquisas y porque eso no tiene cura, ya sabéis lo que dice el poema de Kipling: «... si una vez has oído / la llamada del Este, / ya no podrás pensar en otra cosa: / las palmeras, el sol, los templos, Mandalay...» —recitó de forma intencionadamente enfática, al estilo de los dobladores de las películas antiguas. Después cambió de frecuencia, porque aquello no había sido más que una cortina de humo, y añadió en un tono malevolente—: Narcís, querido, para que tú también puedas identificarlo, él es quien escribió *El libro de la selva* y esos versos los cantó Frank Sinatra.

—No hace falta que seas impertinente con tu hermano —dijo la señora, lanzándole una mirada letal. La diferencia entre sus dos hijos es que por el falso daría la vida y por el auténtico mataría con sus propias manos al otro.

—*No et molestis, mare, no val la pena* —dijo Narcís—. Y en cuanto a ti, puede que tengas razón y el señor Urbano acepte tu oferta. Ya se sabe: *pagant, sant Pere canta.*

En ese punto, mi paciencia llegó al límite. No estaba allí para que se ofendiesen insultándome. Que boxearan entre ellos, porque yo no iba a hacer ni de saco ni de árbitro.

—Miren, por mí no se preocupen —dije esforzándome para guardar la calma—. No sé a ciencia cierta de qué están hablando ni cuál piensan que es mi papel en este drama, pero les aseguro que no me interesa representarlo. Les doy las gracias por su hospitalidad. Sin embargo, ya es hora de irme.

Y dicho eso, nadie se levantó.

Los dos hombres se volvieron hacia la mujer, que no movió un músculo, y luego se miraron entre sí con cara de querer partírsela. Pero no debía preocuparme, en esa casa jamás se rompían las reglas ni las normas de educación, de manera que ningún comensal se levantaría, ni a agarrarse por las solapas ni a ninguna otra cosa, hasta que ella lo hiciese o le diera permiso para retirarse. Me pareció, sin embargo, que al margen de convenciones y formalidades en aquel trío había un reparto de poderes mentiroso, una estructura de mando irreal: a fin de cuentas, Narcís sería el director general del entramado de empresas de la familia, tal y como me hizo saber, pero se apellidaba González, mientras que Lluís, por mucho que fuese por libre, era un Espriu de pura cepa y el heredero legal de su patrimonio. Podían oponerse a sus deseos o a sus iniciativas, pero no prohibírselos.

—Te daré carta blanca para tus averiguaciones, un buen adelanto y cualquier otra cosa que esté dentro de mis posibilidades y te pueda allanar el camino —dijo, confirmando que no me equivocaba: el jefe era él y sólo aceptaría las órdenes que no le importase cumplir.

—¿Por qué no contratas a un detective privado? En el listín telefónico y en internet los hay a docenas y se ocupan justo de esa clase de asuntos: gente desaparecida, maridos y esposas infieles, timos a seguros, espionaje industrial...

—Cualquiera de ellos podría resolver el caso, pero ninguno lo va a contar tan bien como tú.

—Me halagas. Aunque teniendo en cuenta que no me conoces ni has leído mis novelas, ¿cómo has llegado a esa conclusión?

—Las cosas que me confesaste cuando no sabías lo que decías hacen que me fíe de ti. También he leído algunas entrevistas y algunos artículos tuyos y sobre ti. Y creo que eres un buen sabueso, listo, metódico y obstinado. Te puedo asegurar que si yo me escondiese no querría por nada del mundo que fuera a ti a quien mandaran a buscarme.

Había que reconocer que Lluís Espriu i Quiroga no era cualquiera. Me costó un poco más admitir que empezaba a pensarme su ofrecimiento. ¿Por qué no? Seguro que me iba a pagar bien. Y también era muy posible que el viaje que me ofrecía y la misión que trataba de encomendarme sí que me sirvieran realmente de base para una novela. Tal vez aquello era el impulso que necesitaba.

—Es una proposición absurda. No puedo hacerlo... —le respondí. En las caras de mis otros dos anfitriones asomó una sonrisa de lagarto. Nos levantamos y en ese instante descubrí que aquel tipo gigantesco, Edgardo, se encontraba detrás de mí. ¿Había estado ahí todo el tiempo? Era tan voluminoso que seguro que resultaba muy fácil saber dónde se encontraba en cada momento: la casa estaría inclinada hacia ese lado, como la mitad de una cama de matrimonio en la que duerme el cónyuge gordo.

—¿Qué es lo que te parece absurdo? —dijo, con su habitual vehemencia, su jefe—. ¿Y qué es exactamente lo que te preocupa? ¿El tiempo que te llevaría? La catedral de Notre Dame se tardó en construir ciento ochenta años y la Gran Muralla China, mil ochocientos —dijo queriendo mantener las espadas en alto, pero se le notaba la decepción—. Y al final te alegrarías de haber...

—... Ya lo has oído —le cortó por lo sano la señora Guadalupe, con una bruma lúgubre en la mirada—. Debes quitarte ese sinsentido de la cabeza.

—... sin ayuda —dije, para dar a entender que antes no había terminado la frase—. No podría hacerlo solo. Necesitaría un ayudante y, en ese caso, ¿correrías también con sus gastos?

Sonreí lo mismo que si estuviese de broma. ¿Lo estaba? Hubiese jurado que sí, de no ser porque me encontré pensando en un asunto que había dejado a medias cuando escapé de mi casa y permití que otros tomasen las riendas de mi vida. Se llamaba Mónica Grandes, era arqueóloga y no me pareció imposible que si yo emprendía aquella extraña aventura ella quisiera acompañarme. Hay gente que te busca y gente que está dispuesta a perderse contigo; yo prefiero al segundo grupo y esperaba que ella fuese parte de él. En su momento, no habíamos seguido adelante porque los dos estábamos parados entre dos vidas, igual que un par de muebles en un camión de mudanzas. Pero esta vez podía ser diferente. Ya no éramos los mismos, y eso nos daba ventaja: lo que dura es a cambio de volverse otra cosa.

Capítulo nueve

«Da lo mismo qué hagas o dejes de hacer, nuestro zapato de cristal siempre va a ser dos números más pequeño que el que tú uses; así que olvídate del baile y vuelve por donde nunca debiste haber venido; y si no lo haces, recuerda que puedes ser uno de los nuestros pero jamás serás uno de nosotros.»

Ése debió de ser el mensaje que la familia Espriu le dio, a modo de bienvenida, al capitán José González. No se lo dirían exactamente con esas palabras, ni con ningunas otras, en realidad, pero se lo hicieron ver y tuvo que darse cuenta de que no encajaba, que era de otro mundo y estaba ahí sólo de paso, a prueba, fuera de lugar, al margen. Seguro que le habían dejado muy claro también, desde el primer momento, que sus destinos podían confluir pero no se iban a mezclar, eran como el agua y el aceite. Su noviazgo fugaz y su boda con Guadalupe, a la que Olalla y Biel se oponían frontalmente, no le pondrían en la mano las llaves de sus cajas fuertes, y para lo único que iba a servirle aspirar a las cumbres más altas era para morir de frío en ellas o para quemarse las alas con el sol igual que Ícaro. Sin embargo, toda esa furia, esos recelos y esa estrategia defensiva no habían contado con una posibilidad: que él no atacase. Habían cavado sus trincheras y el enemigo no vino; pero de todas formas ahí se quedaron, convertidas en zanjas, en cortafuegos, en algo que había que saltar. Y la cuestión es que eso tampoco lo hizo. Al oficial González lo único que le interesaba de su esposa era ella.

El encuentro entre los dos jóvenes se debió al azar, como no podía ser de otra manera entre personas que no compartían nada, y se produjo en un quiosco de flores de las Ramblas al que ella solía ir cada viernes hacia el mediodía, después de hacer algunas compras por el centro de Barcelona, y donde él apareció para comprarle una docena de claveles a la mujer de un compañero que acababa de tener mellizos. Según acostumbraban a recordar, lo que más les gustó del otro fue que no parecía lo que era: él notó que aquella mujer irradiaba una fuerza, un carácter y una dignidad aparentemente contradictorios con su pequeña estatura, su aspecto quebradizo y su delgadez; ella se dio cuenta, por su parte, de que ese hombre de uniforme era un guerrero pacífico que, por ejemplo, no tenía los andares jactanciosos de un militar de la época; y también le atrajo su voz suave, dulcificada aún más por el leve acento andaluz heredado de su padre. Cuando el desconocido se ofreció a llevarle hasta su coche el ramo de ginestas amarillas que acababa de comprar, ella no le dijo que tenía fuera a Edgardo, el entonces joven asistente que había puesto a su servicio la familia, entre otras cosas para conducir su Pegaso Z-102, que en su momento había sido una de las joyas de la Empresa Nacional de Autocamiones y que le habían regalado Biel y Olalla por su cumpleaños. En el breve camino de la tienda al automóvil, la desconfiada Guadalupe y el silencioso José González no fueron capaces de intercambiar más que unas cuantas frases de cortesía, pero resultaron más que suficientes para que él le contara que le habían concedido el traslado del castillo de Montjuic al cuartel del Bruch y, sobre todo, para que ella dejase caer que la semana siguiente estaría por allí a la misma hora. Estuvo segura de que acudiría a la cita hasta que notó la cara que se le puso cuando vio su espectacular deportivo y al chófer. Lo malo de la opulencia es que atrae a los codiciosos; lo peor es que a menudo espanta a quienes no lo son.

A Guadalupe Espriu nunca le habían sobrado los pretendientes y a cambio ya le empezaba a faltar tiempo.

Actuaba con la brusquedad característica de los tímidos, que con frecuencia intentan esconder sus complejos tras una máscara de altanería, y no era fácil distinguir qué tantos por ciento de su personalidad se debían al pudor, la vergüenza y el orgullo. Los pocos que se le acercaban solían sentirse cohibidos, la encontraban áspera, engreída y, por encima de todo, distante. Y tampoco ayudaba, claro está, que no fuera precisamente una belleza ni que a sus padres cualquier aspirante a yerno les pareciera sospechoso, un simple aprovechado que, en su opinión, sólo intentaba sacar tajada. Nunca supieron el daño que le causó eso y hasta qué punto agudizó en ella los peores rasgos de su carácter, los que poco a poco harían de ella una persona quisquillosa, suspicaz, resentida, huraña, incrédula y, en resumen, desapacible para sí misma y para los demás.

Pero José González era otra cosa, un ser tranquilo hasta bordear lo impasible, que desde el primer instante le hizo sentir que le atraía tal y como era, por mucho que a ella le costase creerlo, y que ni por asomo estaba interesado en su fortuna. A los seis meses de salir juntos, empezaron a mirar algunos pisos por el centro de la ciudad, porque estaba claro que no vivirían en El Masnou sino en Barcelona. Necesitaban soltar amarras, poner tierra de por medio.

Biel y Olalla probaron todas las tácticas posibles para romper la pareja en cuanto tuvieron noticias de lo que ocurría por boca de Edgardo, que con esa delación no hacía más que serle fiel a los patrones a quienes su familia y él habían servido desde tiempos inmemoriales. Pero el caso fue que la hoja de servicios del capitán González era intachable, así que trataron de usarla contra él para desacreditarlo: ¿no se daba cuenta Guadalupe de que su novio jamás había protagonizado un hecho memorable ni una acción heroica? No era un hombre de armas sino un gris oficinista, un burócrata, un torero de salón... ¿Y qué podía decirse de su labor en el castillo de Montjuic, un lugar maldito para los nacionalistas catalanes, donde los asesinos que habían secuestrado el país fusilaron al presidente de la Generalitat, Lluís Companys, y a tantos otros? ¿Cómo podía su propia hija emparentarlos con un torturador, venían a decirle, meter en su casa a un miembro de las fuerzas represivas de la dictadura, a un cómplice de aquella banda de asesinos, de usurpadores, de canallas...? Los chantajes sentimentales y los económicos se alternaron durante meses, un día la amenazaban con morir de pena y el siguiente con desheredarla. Su ofensiva fue a sangre y fuego, pero también fue en vano, nada acobardó ni detuvo a Guadalupe. La boda se celebró un año más tarde y, al contrario de lo que podría haberse esperado tratándose de una familia como la suya, no fue en modo alguno un acontecimiento social sino una ceremonia íntima. Hay pocas fotos de ese día y en ellas nadie sonríe.

La luna de miel consistió, obviamente por iniciativa del novio, en un viaje de dos semanas por Marruecos, donde llevaron su amor de Fez a Casablanca y de Sidi Ifni a Tánger, de Ait Ben Hadu a Esauira y de Zagora a El Aaiún. Y también fueron, claro está, a Larache, la ciudad donde él había nacido y en la que una noche, mientras la luna brillaba sobre las aguas del río Lucus, le habló del Jardín de las Hespérides y sus manzanas de oro. En aquel viaje nupcial, el ya comandante José González descubrió algo que únicamente él iba a saber en este mundo y que nadie más hubiera supuesto: lo apasionada y dulce que podía ser en la intimidad su esposa, quien supo por primera vez lo que se siente cuando alguien te desnuda, te mira y te acaricia con ojos a la vez fervorosos y codiciosos, manos a la vez atentas y voraces. Al apagar la luz, el témpano de hielo se transformaba en un volcán. Eso sí, las llamas se apagaban al amanecer y jamás salió de ellos una palabra acerca de lo que sucedía en su alcoba: lo que se hace bajo las sábanas no se comenta sobre los manteles.

A su regreso, Guadalupe y José empezaron a compartir su vida en un piso de alquiler del paseo de Gracia. Vivían sin holguras pero sin problemas, sobre todo tras el ascenso de José, que al cambiar las tres estrellas de seis puntas de sus galones por la de ocho también había visto incrementada su paga. Con la familia no tenían excesivo trato, aunque Olalla sí que visitaba a su hija una o dos veces al mes, le llevaba algún regalo, la invitaba a almorzar en el restaurante 7 Portes y al despedirse le daba a escondidas un sobre con dinero que ella sólo aceptaba por no hacerle un desaire y que después de contarlo y anotar meticulosamente la cantidad recibida en una libreta guardaba en un cajón, entre su ropa, por no agraviar a su marido. En cuanto a su padre, la llamaba en algunas ocasiones por teléfono, pero aún se mostraba ofendido y siempre se las arreglaba de un modo u otro para dejar patente su enojo y su decepción; por otra parte, las intrigas políticas absorbían la mayor parte de su tiempo y todo su interés. Podría decirse que vivía envuelto en una bandera.

Sin embargo, la situación dio un giro cuando se supo que Guadalupe, contra todo pronóstico, debido a su edad, estaba embarazada. Su hermano Guifré y su cuñada Aloia insistieron en que se trasladasen a El Masnou, que se instalaran de manera provisional en el palacete de los Espriu, donde la cuidarían como era debido e iba a disponer de todas las ventajas y comodidades habidas y por haber. Accedieron, porque el bebé estaba por encima de todo y los doctores le recomendaban con insistencia tranquilidad, reposo y atenciones. Sin duda, Olalla Quiroga sabría cómo gratificarlos con una donación a la altura de las circunstancias, por emitir ese dictamen que tanto le convenía.

Los años sesenta fueron en España los del despegue económico y también los que certificaron la impunidad de la dictadura. Los países occidentales sólo tenían un rival, el comunismo, así que el carnicero que gobernaba nuestro país y sus desmanes les traían sin cuidado. El régimen pregonaba los logros del desarrollismo y ocultaba que ciento cincuenta mil compatriotas se veían obligados a emigrar cada mes, normalmente para ser explotados a cambio de un sueldo miserable en Francia, el Reino Unido o Alemania. El Fondo Monetario Internacional había aceptado el Plan de Estabilización; el presidente de Estados Unidos acababa de desfilar por Madrid en un descapotable rodeado de guardias a caballo; los reactores Douglas DC-8 con los que empezaría su andadura Iberia llegaban a Barajas desde Washington y *The New York Times* incluía al asesino de El Pardo entre las diez personalidades más señaladas de Europa. Medio mundo ponía aquí los ojos con la intención de mirar para otro lado. Los duques de Windsor eran habituales del hotel Pez Espada, de Torremolinos, y allí podían coincidir un día con Frank Sinatra y Ava Gardner y al siguiente con los reyes de Bélgica, Dinamarca o Arabia Saudí. El maestro Ernest Hemingway venía a despedirse de nosotros y de su vida antes de regresar a su granja de Idaho para suicidarse de un disparo con una de sus escopetas de caza, y uno de sus discípulos, Truman Capote, se encerraba en Palamós para escribir *A sangre fría* y sólo veía allí «un pueblo de pescadores donde el agua es tan clara y azul como el ojo de una sirena».

Pero dentro del país las cosas se veían de otro modo y cualquiera que no quisiese ignorarlo sabía lo que tapaba aquel decorado de cartón piedra que no era más que una versión para turistas de la España de Mérimée y los otros viajeros románticos, detrás de la cual se ocultaba un sistema calado de sangre hasta los huesos y cuyas bases eran el cinismo, la represión, los abusos de toda clase, el integrismo religioso y una total ausencia de derechos y libertades. La estrategia de los jerarcas del poder era cruzar los dedos, esperar que a los que llegasen no les diera por mirar bajo las alfombras y confiar en que, a fin de cuentas, los viajeros tienden a confundirse: Hans Christian Andersen escribió que la catedral de Barcelona había sido una mezquita árabe en la antigüedad; Victor Hugo, que Alicante estaba llena de minaretes; Lord Byron, que una de las atracciones más populares de Sevilla era «ir a ver pasear a Agustina de Aragón por el Prado de San Sebastián engalanada con sus condecoraciones y medallas, por orden de la Junta de Gobierno»; y el propio Prosper Mérimée, que la Lonja de la Seda de Valencia era un monumento árabe, en lugar de gótico, y que Córdoba «le hacía sentirse turco». Por no recordar las fantasías de Alejandro Dumas, que siempre negó ser el autor de la frase «África empieza en los Pirineos», que se le atribuía, pero que daba una imagen tan turbulenta de nuestro país que en Francia hizo fortuna la máxima de que nadie podía leer su libro *De París a Cádiz* y salir hacia España sin hacer testamento.

José González no era un animal político, no tenía madera de conspirador ni una ideología definida; pero al igual que muchos compañeros de armas tampoco sintió nunca el más mínimo aprecio por el *caudillo* que había usurpado el poder con su sangrienta sublevación, que lo conservaba contra viento y marea, incumpliendo su palabra de restaurar la monarquía en cuanto acabase la Guerra Civil, y que lo ejercía con maneras de rey feudal y recurriendo, con leves variaciones, a las malas artes que había aprendido en la guerra de Marruecos: aquel déspota había entrado en Madrid igual que tomó al asalto Beni Salem, Uixan o El Biutz y firmaba sentencias de muerte con la misma alegría con que él y sus legionarios regresaban al campamento desde el Monte Arruit o Dar Drius, con las cabezas de sus enemigos clavadas en las bayonetas de los fusiles. El marido de Guadalupe Espriu sabía poco de lo primero, dado que era un niño cuando ocurrió; no le gustaba lo segundo y le producía una mezcla de horror y asco lo último, así que, casi por pura inercia, acabó formando parte, aunque fuese en un segundo plano, de la camarilla de opositores que empezaba a hablar mal del sátrapa en los aeródromos, las bases navales y los cuarteles. Eran pocos, carecían de organización y tenían que andarse con mil ojos porque se sabían rodeados de confidentes, espías, delatores, adeptos al nacionalcatolicismo, correveidiles, partidarios del monstruo y agentes infiltrados que le irían con el cuento en el instante en que tuviesen la más mínima sospecha de que se preparaba una sublevación.

Cuando lo mató una bala de nueve milímetros Bergmann-Bayard de su pistola Star, un domingo en que su mujer había llevado a Narcís a El Masnou para que pasase la mañana con sus abuelos y él estaba solo en el piso del paseo de Gracia, al que regresaron tras alojarse unos meses en El Repòs y que él insistió en comprar, la mayoría dio por sentado que aquella desgracia había sido un accidente. Algunos de sus colegas, por contra, no se atrevieron a descartar que los servicios secretos tuviesen algo que ver. Estábamos en los años sesenta, pero el régimen seguía siendo feroz y no se toleraba ninguna clase de desobediencia o reclamación alguna de cambios políticos y nuevos rumbos. La familia Espriu i Quiroga dio credibilidad a la posible eliminación del comandante González por parte de los servicios secretos y la teoría que se impuso en El Repòs fue que alguno de los policías de la temible Brigada Político-Social, cuyos agentes habían sido entrenados por miembros de la Gestapo para cortar de raíz y con licencia para matar cualquier insubordinación, motín o acto de rebeldía, se había presentado en casa del militar, lo había ejecutado con su propia pistola y a continuación había dispuesto la escena del crimen de modo que pareciese una muerte accidental.

Pero nada de eso le importaba a Guadalupe Espriu. Qué era el resto del mundo para ella, comparado con la desaparición de la única persona que la había querido de verdad en toda su vida.

Capítulo diez

Cuando llegué a mi casa, ya era otra. Todo estaba en un sitio diferente y tenía un nuevo uso. La entrada original había desaparecido y ahora la puerta estaba en el extremo opuesto del inmueble, donde antes hubo un paso de carruajes. Los techos se habían elevado hasta llegar a la cubierta y ya no había cielo raso ni focos con bombillas halógenas, sino vigas de madera a la vista y lámparas de luces suaves. El antiguo cuarto de estar, como lo llamaba mi madre, era un dormitorio y la ventana había cambiado de pared. El salón, la cocina y el comedor se habían transformado en una sola pieza y entre los dos últimos había un arco decorativo que le daba a esa zona un aire ligeramente oriental. Un baño había pasado a formar parte de la antigua habitación de invitados, convertida en la alcoba principal, y el otro no era ni su sombra, tenía un tragaluz, un ojo de buey y un espejo enorme que lo situaban en algún estado intermedio entre la paz y el fulgor. El patio de baldosas se había transformado en un jardín donde crecían el césped y varios árboles frutales, y el tejado de la pequeña construcción auxiliar que siempre hubo al fondo se había subido alrededor de metro y medio para acoger en su interior estanterías altísimas llenas con mis libros y hacer realidad uno de los sueños a los que nunca había renunciado y que jamás creí que alcanzaría: una biblioteca de dos pisos. En mi opinión, la clave de la felicidad está en tener que usar una escalera para llegar a las obras de Jorge Manrique. Entre otras cosas, porque visto desde ellas todo parece relativo: «Ved de cuán poco valor / son

99

las cosas tras que andamos / y corremos, / que, en este mundo traidor, / aun primero que muramos / las perdemos...».

Había acordado con mis hermanas instalarme allí, pero sólo si se cumplía un requisito: no me veía capaz de habitar entre fantasmas y, por lo tanto, había que hacer una reforma que, en la medida de lo posible, borrase las huellas, difuminara los recuerdos. «Lo pasado al olvido sea dado», hubiese dicho mi madre, pero los dos sabíamos que eso iba a ser de todo punto imposible con ella. Me acordé de todos esos refranes que solía repetir, «casa en esquina, o muerte o ruina», «casa con corral, paraíso terrenal...». Por fortuna, en ese instante, sonó el teléfono: me había salvado la campana justo cuando estaba a punto de caer en la lona. Miré la pantalla: era Mónica Grandes. No respondí, porque una cosa es que quisiera volver a empezar y otra muy distinta que supiese por dónde hacerlo. Y cómo. Y en especial con quién; porque en el fondo tengo la sospecha de que a mí lo que me gusta realmente es estar solo y creo «que aun de seda no hay vínculo suave», como dice mi amado Luis de Góngora, tal vez por la manera en que acabaron mis dos únicas experiencias de vida en común, una en divorcio y otra en catástrofe sentimental. «Casa sin mujer y barca sin timón lo mismo son», me dijo mi madre al oído. Ella nunca se rinde.

El móvil volvió a vibrar. En esta ocasión no conocía el número, que era uno de esos de catorce cifras que suelen tener del otro lado a alguien que trata de venderte algo, de forma que tampoco contesté. Dejaron un mensaje: «*Bona tarda,* señor Urbano. Le llamo de la oficina de don Narcís Espriu, que deseaba hablar con usted. ¿Tendría la bondad de ponerse en contacto con nosotros? Espero sus noticias. Un saludo».

Aún no había dado un sí o un no definitivos a la propuesta que me había hecho su primo Lluís, entre otras cosas porque no lograba decidir si era una locura, una buena oportunidad o el último capricho de un millonario extravagante que no sabía en qué gastar su dinero. Pero yo sí lo sabía: toda aquella obra la habían pagado mis hermanas y yo les tenía que devolver lo que habían adelantado. No iba a ser sencillo, aunque ya muy pronto me fuese a reincorporar a mi plaza de profesor de Lengua y Literatura en el instituto: con mi sueldo, tardaría diez años en saldar la deuda. Así que necesitaba otros ingresos y tendría que buscarlos por mi cuenta, porque los billetes no crecen en los árboles. Mientras volaba de Barcelona a Madrid, había leído en el periódico la historia de un décimo de lotería premiado con cuatro millones setecientos mil euros que llevaba dos años en una administración de La Coruña, a la espera de que su dueño lo reclamase. En ese tiempo, más de doscientas personas habían intentado demostrar que era suyo, pero ninguna pudo aportar el resguardo del boleto o cualquier otra prueba concluyente. Y ya no quedaba más que una semana del plazo que marca la ley para que se lo pudiera quedar el propietario del establecimiento donde se había sellado. Hice lo que hacemos todos cuando llega a nuestros oídos una noticia de esa clase: imaginar que el agraciado era yo y lo que haría con esa fortuna. Cuando estaba a punto de comprar una caja de Château Lafite Rothschild, una primera edición de *Poeta en Nueva York* de Lorca, un pasaje para Río de Janeiro y una Triumph Speedmaster de 790 centímetros cúbicos, el teléfono volvió a sonar.

—¿Cenamos juntos? Hola, Mónica, cuánto tiempo... —dije, en un desorden intencionado. Funcionó, porque la oí reír, aunque fuera con un deje sardónico.

Ella no me reprochó nada, al menos en ese instante; no se puso cáustica ni dijo «claro que sí, ¿acaso no habíamos quedado en vernos hace..., déjame que lo piense..., alrededor de dos años...?».

Yo no tuve que admitirlo, pedir disculpas ni dar explicaciones.

Y todo eso que no dijimos fue un extraordinario punto de partida. Entre dos que tienen cuentas pendientes, callarse es lo que logra que «de las espadas se forjen arados», como dice el profeta Isaías. Si se terciaba, ya nos lo contaríamos todo esa noche, dónde habíamos estado, con quiénes, qué estábamos buscando... Les aseguro que ahí me iba a llevar una sorpresa de categoría: después de pasar por Egipto y Siria, la arqueóloga Mónica Grandes había vuelto a Madrid para tratar de encontrar en el convento de las Trinitarias Descalzas ni más ni menos que a Miguel de Cervantes. Y lo había conseguido. Al lado de eso, la historia de la familia ultramarina de Lluís Espriu i Quiroga seguro que no iba a parecerle gran cosa.

—Sabíamos que era un hombre de unos setenta años, con artrosis en la espalda, cicatrices en el pecho producidas por un disparo de arcabuz; que había estado enfermo de diabetes y paludismo, tenía la mano izquierda maltrecha y tan sólo le quedaban «seis dientes y mal acondicionados», tal y como él mismo confesó en el prólogo a sus *Novelas ejemplares.* Además, contábamos con todos los dispositivos necesarios para realizar la búsqueda: un georradar de ondas electromagnéticas con antenas de cuatrocientos, novecientos y mil quinientos megahercios, una cámara termográfica, sensores de infrarrojos, aparatos de reconversión de croquis lineales a mapas en tres dimensiones...

—Oye, empiezo a perderme. Demasiadas palabras con ge de más de cuatro sílabas...

—Pero el estado de los restos —continuó Mónica Grandes después de forzar una sonrisa y beber un sorbo de su copa— era tan lastimoso que no se pudo demostrar científicamente. Al menos, no en el tiempo que nos dejaron trabajar con los osarios. Si hubiera sido más y nos hubieran dado más fondos, ahora tendríamos, incluso, una reconstrucción facial. ¿Te imaginas? Pero los políticos y las autoridades eclesiásticas tenían mucha prisa por inaugurar un monumento, poner una placa y sacarse una fotografía. Sin embargo, no hay la más mínima duda: lo que encontramos en el subsuelo de esa cripta es lo que queda de Miguel de Cervantes.

—Así que estás segura de que es él.

—Sé que está ahí, es uno de los cuatro hombres que hay entre los diecisiete muertos que encontramos en la cripta, incluida su mujer, Catalina de Salazar. Pero no sé cuál de ellos es. Y tampoco hemos podido detallar qué piezas son suyas, porque nos las quitaron prácticamente de las manos.

—¿No se les pudo hacer la prueba del ADN? Su hermano Rodrigo, el que estuvo con él en Lepanto y en las mazmorras de Argel, murió en la batalla de las Dunas y estará perdido en alguna fosa común en Dunkerque; pero si no me equivoco, además tenía otros dos, Andrés y Juan, y varias hermanas —dije, para darle a probar su propia medicina y que no olvidara que soy profesor de Lengua y Literatura y llevo media vida enseñando el *Quijote*.

—Magdalena, Andrea y Luisa, y de ésta sabemos que está en el convento de la Imagen, de Alcalá de Henares. Podríamos tratar de localizarlas. Pero las monjas dicen que los huesos de todas las religiosas sepultadas allí están mezclados y que además se debieron de desintegrar cuando aquel templo fue profanado, expoliado e incendiado en los primeros meses de la Guerra Civil. No hay constancia alguna de que eso sea verdad, pero en cualquier caso da igual, porque tampoco nos van a conceder el permiso ni a dar el dinero que necesitaríamos para la excavación arqueológica, así que ya ves: caso cerrado. Al menos, por ahora...

Le apasionaba su trabajo, eso resultaba evidente; pero allí y entonces esa conversación no era más que un recurso, la artimaña a la que recurría para ganar tiempo y no tener que hablar de ella, de mí y de lo que había pasado entre nosotros antes de que yo desapareciese. Que estuviéramos allí, sin embargo, demostraba que los dos teníamos muy presentes esos días en que una y otro atravesábamos un desierto emocional y, por así decirlo, nos dimos mutuamente sombra. Por esa época le habíamos prendido fuego a todo y estábamos vigilando las cenizas para disparar sobre el ave fénix, si es que se atrevía a remontar el vuelo. Ahora, las llamas se habían apagado y Mónica Grandes me gustaba igual.

Como si me leyera los pensamientos, se interrumpió y nos miramos de esa forma en que lo hacen las personas que se han visto desnudas y todo lo demás. Se mordió los labios, pero yo sentí que mordía los míos. «Para ir al infierno no hace falta cambiar de sitio ni postura», dice Rafael Alberti en su libro *Sobre los ángeles;* y para caer rendido a sus pies tampoco.

En quinto lugar, la doctora Mónica Grandes era una mujer muy bonita; antes, era inteligente, sensible, tan generosa como yo había podido comprobar cuando en el pasado me ayudó en una de mis investigaciones y, por añadidura, una persona comprometida, que trabajaba en su tiempo libre con varias asociaciones dedicadas a exhumar fosas de republicanos abiertas por sus asesinos en cientos de cunetas y descampados de toda España.

Me gustaban sus ojos verde oliva con concesiones a la menta y al jade, pero sobre todo su mirada, a la vez impulsiva y calculadora; después, sus manos fuertes, incansables, expresivas, el modo en que parecía armar sus argumentos como si girase los lados de un cubo de Rubik o la forma en que cerraba un segundo el puño cuando mencionaba algo desagradable, como si la hipocresía o la impunidad se pudiesen cazar al vuelo. Su boca era demasiado grande, es decir, perfecta. Y de su cuerpo sólo voy a decir dos cosas: que era maravilloso y que resultaba inimaginable cuando tenía la ropa puesta. Añadiré que por algún motivo que no soy capaz de explicar también me encantaba que fuese unos seis centímetros más alta que yo. Y el tiempo debía de pillarle a desmano, porque no pasaba por ella.

—Bueno, es genial que menciones a Cervantes, porque yo quería hablarte de piratas similares a los que lo raptaron y de gente que se iba a hacer las Américas, lo mismo que él soñaba hacer —dije, suplantando con esas palabras un «¿por qué no dejamos la cena a medias, echamos a correr hasta tu casa o la mía y hacemos el amor hasta perder el sentido?».

—Vale, pero te advierto que esa historia ya me la sé: él y Rodrigo venían de Nápoles a España en la galera El Sol, fueron tomados al abordaje por los berberiscos, muy cerca de Barcelona, y estuvieron presos en Argel hasta que se pagó su rescate. Los trinitarios aportaron la mitad del dinero que pedían por él y por eso se hizo devoto suyo y está enterrado en uno de sus conventos.

—Donde las dan las toman, porque nosotros también fuimos corsarios y explotadores de las tierras que conquistábamos, como cualquier otro imperio. Los barcos que se armaban en nuestros astilleros iban a las Indias cargados de esclavos que se capturaban en África y volvían llenos de riquezas, pero también dejaban otras cosas allí...

—Básicamente, nuestro idioma y lo peor de cada casa, ¿no? —contestó, dándoles a sus palabras un acento combativo.

—Y familias de recambio, por llamarlas de algún modo. Hay más sangre española en América que agua en el Orinoco, el Paraná y el Amazonas juntos. Pero bueno, el caso es que ahora he recibido una oferta asombrosa por parte del descendiente de uno de esos aventureros que se enriqueció en Cuba, regresó a El Masnou, construyó una vía férrea, se hizo un palacio y abandonó a su amante y su hija mulata en La Habana. Quiere contratarme y paga bien.

—¿Qué clase de oferta? ¿Pretende que le escribas la historia de sus antepasados?

—Eso es, y hasta ahí todo es normal, porque resulta que tengo una empresa, por llamarla de algún modo, que se dedica a hacer biografías por encargo. Lo que pasa es que también me pide que vaya a buscar a su familia oculta del Caribe y encuentre a una supuesta prima suya de la que, al parecer, se sabe que vivió en el barrio de San Leopoldo, uno de esos sitios donde hierve el mercado negro, se come una vez al día y el resto del tiempo se bebe ron a granel para engañar al estómago. Los contactos que tiene en la embajada le han contado que fue camarera en algún restaurante más o menos legal, los que allí se conocen como *paladares,* y que después, por algún motivo que ellos ignoran, abandonó la ciudad para emplearse en un hotel de Guardalavaca. Ahí se pierde su rastro. Debe de seguir en algún lugar de la isla, pero no se sabe dónde ni haciendo qué. Espriu quiere que dé con ella, le cuente quién es y de dónde proviene, en el caso de que no lo sepa, y le diga que aquí se la espera con los brazos abiertos y que él hará todas las gestiones necesarias para que consiga un visado y pueda viajar a España.

—¿Por qué no va él en persona?

—Supongo que por la misma razón por la que no se hace la cama ni el desayuno: cuando tienes dinero, son otros los que se ocupan de tus asuntos.

—¿Aceptaste ya o te lo estás pensando?

—He puesto una condición, a él y a mí mismo. Y es innegociable.

—¿Cuál?

—¿No lo sabes?

—¿Cómo podría saberlo?

106

—Que tú vengas conmigo.

Su cara fue un poema. Debió de pensar que me había vuelto completamente loco, y puede que no fuera desencaminada. Me dio igual. Siempre es preferible cometer un grave error a conformarse con una vida hecha de aciertos leves. Y además, ya era hora de darle un giro a la mía. Hay personas que confunden no cambiar de lugar con no estar perdido. Lo sé porque durante mucho tiempo he sido una de ellas.

Capítulo once

—El comercio es la civilización, así de fácil, sin el uno no puede nunca existir la otra. Los aborígenes del pasado intercambiaban oro por espejos y nosotros les damos, a cambio de sus tierras y su mano de obra, tecnología o derechos de emisión de gases contaminantes, pero en lo demás no hay grandes diferencias, es el mismo perro con distinto collar.

—Más bien un lobo, a menudo...

—No, mire usted, los lobos son animales depredadores y los hombres de negocios no somos ni lo uno ni lo otro, no damos dentelladas o zarpazos ni reñimos por la comida, tan sólo vamos al mercado a comprar y vender.

—Ir al mercado está bien; habernos convertido en uno de sus productos, no tanto.

—Somos consumidores, eso es todo. Y les hemos puesto precio a las cosas porque necesitamos sistemas de medida, saber qué mide, cuánto pesa, a qué distancia está o lo que vale cada producto. Así funcionamos, qué se le va a hacer.

—Sí, pero ese precio lo deciden quienes se lo ponen, que son cuatro gatos, y no quienes lo tenemos que pagar, que somos el resto.

—Al contrario, todo vale lo que esté dispuesto a pagar por ello el consumidor. Es la ley de la oferta y la demanda.

—Eso debería servir para aquello de lo que se puede prescindir, pero no para los alimentos, la vivienda, la sanidad, la educación... Ya sabe. No estoy hablando de lo que se quiere, sino de lo que se necesita.

—Y ésa es nuestra función, descubrir qué necesita la gente y ponerlo a su alcance. ¿Le parece mal? Muy distinto es que algunos quieran estirar *més el braç que la màniga,* como decimos por aquí.

—Lo entiendo: es otra manera de repetir que hemos vivido por encima de nuestras posibilidades; pero ni es verdad, al menos no del todo, ni es excusa para que tengamos que aceptar que si la palabra *trabajo* viene de *tripalium,* un yugo con el que inmovilizaban a los esclavos de Roma para someterlos a tortura, no es en absoluto por casualidad.

—Ya veo: entiende el catalán y sabe latín...

—Uno se hace profesor para no dejar de estudiar —dije pasando por alto la provocación.

—Sin embargo, permítame que le señale una contradicción: sus teorías son muy radicales, pero en la práctica está dispuesto a aceptar la propuesta absurda que le ha hecho mi hermano. ¿Por qué? Es muy sencillo: porque está bien pagada y eso lo libera de hacer algunas consideraciones morales, ¿no es así? Claro, los principios son una cosa y el dinero..., *això són figues d'un altre paner.*

A Narcís González Espriu, que tal y como había notado cuando me llamó su secretaria tan sólo quería ser dos de esas tres cosas, porque ocultaba la de en medio, el apellido de su padre, no le faltaba razón y yo tampoco iba a perder mucho tiempo en explicarle que se puede juzgar a una persona por lo que hace, pero no por lo que se ve obligada a hacer. Lo contrario de la ética son las facturas sin pagar.

Es complicado juzgar a alguien a quien no ves cara a cara, pero lo que decía y su forma de decirlo lo retrataban como un hombre temeroso, aunque era difícil imaginar cuál era el motivo, dado su nivel de vida. Su forma de hablar le hacía parecer autoritario e inseguro a partes iguales, porque quien actúa a la defensiva es porque teme ser atacado. Sus argumentos daban la impresión de ser de otros, ideas aprendidas con las que se disfrazaba de alguien mejor que él. Hasta su enojo sonaba impostado, lo mismo que si lo usase para tapar una preocupación mayor, algo que le sobresaltaba, le producía desasosiego. Me pregunté qué era y no se me hizo muy cuesta arriba llegar a algunas conclusiones: su situación era inestable, estaba donde estaba porque el heredero real de los Espriu le había cedido su sitio, pero ¿y si llegaran nuevos miembros a la familia? ¿Qué puesto iban a ocupar? ¿Qué equilibrios podían romperse?

Le había llamado para responder a su mensaje y por no ser un maleducado, pero no sin antes pedirle autorización a su hermano Lluís, que aprovechó la circunstancia para preguntarme si eso significaba que definitivamente podía contar conmigo. Le contesté que no se hiciera ilusiones. Ya me las hacía yo en su lugar, aunque él no lo supiera.

—El pobre Lluiset —dijo, refiriéndose a él con esa abreviatura que lo empequeñecía a mis ojos y era tan propia de un ámbito doméstico en el que los nombres tienden a encoger y estirarse igual que un acordeón—. Como ya vio el otro día, cuando él y yo estamos juntos peleamos todos contra todos: los niños que se disputaban la atención de su madre; los adolescentes a los que les gustaba la misma compañera de colegio; los adultos que siguieron caminos opuestos porque tenían una visión incompatible de la vida...

—Al menos, siempre os quedarán vuestras cuentas bancarias —lo flagelé—. Que cada uno se lleve su parte une mucho.

—A los dos nos gusta el dinero, aunque el único que sabe cómo se gana soy yo.

En los dos días que llevaba en Madrid me había informado, como es natural, acerca de los Espriu i Quiroga. Sus últimas inversiones explicaban que recordase haber oído hablar a Lluís, la noche en que nos conocimos, de agronegocios, biocarburantes o campos de soja, porque hacía tiempo que no se dedicaban de manera activa al transporte de viajeros y mercancías, aunque seguían teniendo acciones y presencia en varios consejos de administración de diversas compañías relacionadas con el montaje, abastecimiento, desarrollo y puesta en marcha de trenes de alta velocidad y barcos de recreo; pero en cambio se mostraban muy dinámicos a la hora de defender sus intereses en el extranjero, básicamente sus inversiones en latifundios de África y Latinoamérica dedicados a la agricultura y los combustibles alternativos. Decidí llevar la conversación por esos derroteros. Contaba con una ventaja: él no debía de saber lo que me había o no me había dicho Lluís, dado que no parecían llevarse muy bien. A río revuelto, ganancia de pescadores.

—Déjeme preguntarle algo, Narcís: ¿por qué le parece tan mal buscarle otro par de ramas a su árbol genealógico? No es para tanto. Si aparecen unos familiares suyos en Cuba, tampoco tienen que meterlos en su casa: les ofrecen un puesto en cualquiera de las empresas que han montado en Tanzania o más cerca de ellos, en Brasil, y listo.

—No sabe lo que dice. Allí sólo hay sitio para profesionales altamente cualificados, no son organizaciones de caridad ni campamentos de la Cruz Roja, son empresas que usan tecnología punta. La tarea que se desarrolla en esos lugares requiere ingenieros agrónomos y biólogos, no peones.

—Claro, eso ya lo hacen los nativos y son una mano de obra más barata, ¿no?

—No se me enfade, pero es usted un catálogo de lugares comunes. Vaya a uno de esos sitios y pregunte a nuestros jornaleros si viven mejor ahora o antes de que llegásemos. Tome un avión a Dar es-Salaam y busque sus respuestas sobre el terreno, vea con sus propios ojos de qué forma y por qué medios hemos convertido miles de hectáreas de tierra baldía en campos de cultivo fértiles que darán de comer a millones de personas. ¿Me sigue?

—«Miles, cientos y millones.» De momento, es fácil. Cuando lleguemos al teorema de Fermat y la conjetura de Hodge igual tiene que ir aún un poco más despacio.

—Hemos abierto granjas industriales y construido invernaderos que se manejan con sofisticados procesadores electrónicos que controlan la irrigación y el pH del terreno, dosifican los fertilizantes, regulan la temperatura por zonas según lo que se haya plantado en cada una de ellas... Ahí crecen frutas, legumbres, hortalizas, verduras... Creamos puestos de trabajo y esa gente nos adora, les enseñamos un oficio, unos siembran, otros recogen los productos, los meten en cajas, los almacenan en refrigeradores, preparan embalajes, cargan camiones... En fin, no le abrumo con esto y además le habré de dejar en unos instantes, porque me esperan en una reunión. Sólo le quería explicar la naturaleza de nuestras actividades en esos países, que no le diría que son enteramente filantrópicas pero sí que entran dentro de eso que llamamos *cooperación internacional*.

—También hay quien lo denomina *land-grabbing*, acaparamiento de tierras, y lo considera una nueva forma de colonialismo. El proceso es el siguiente, aunque ya lo sabrá: los Estados alquilan las tierras a los extranjeros que quieren invertir en bienes refugio, se las quitan a los indígenas, que a partir de ese momento deben trabajar como recolectores, quince horas diarias a cambio de unas monedas que en la mayoría de los casos equivalen, más o menos, a unos setenta céntimos de euro; y obviamente, las hortalizas, las verduras y las legumbres se exportan a los países ricos del Golfo, no acaban en las mesas de quienes las cosechan sino en los restaurantes de Abu Dabi, Riad, Doha o la ciudad de Kuwait. Me refiero a otros empresarios, desde luego, no a ustedes —concluí, haciendo tintinear las últimas palabras lo mismo que si fuesen la cola de una serpiente de cascabel.

—La rentabilidad no es lo contrario de la solidaridad, excepto para los aficionados a las teorías simplistas. Mire usted, los ingleses fundaron Humberstone en una región de Chile donde no había nada más que el desierto de Atacama y una temperatura de cincuenta grados; extraían el salitre, naturalmente, pero construyeron un teatro, almacenes y hasta una piscina hecha con los restos de un barco que había naufragado en el Pacífico, y allí vivieron miles de personas gracias a eso. Los alemanes tampoco fueron a Kolmanskop para regalarles su dinero a los pobres de Namibia, sino a llevarse sus diamantes, y eso no quita que hicieran allí un casino, un teatro, un ferrocarril, comercios, escuelas, un hospital...

—Y apuesto lo que sea a que cuando las minas se agotaron volvieron a Berlín...

—La ciudad desapareció bajo la arena, enterrada por el desierto, pero resucitó y ahora es una atracción turística. Dese cuenta: hablamos de lugares que ni hubiesen existido sin la inversión extranjera. Pero claro, el éxito levanta rivalidades y envidias; cuando ganas terreno, te ganas enemigos.

—Puede ser... Sin embargo, los colonizadores no se distinguen por lo que dan, sino por lo que se llevan. Por eso los han echado a tiros de todas partes...

—Sí, y por lo general cometiendo auténticas salvajadas.

—Lo que se aprende a golpes lo único que te enseña es a devolverlos.

—Bien, entonces no los llamemos *movimientos de liberación,* sino aquelarres.

—Es una frase rara, viniendo de usted. Creí que su familia era partidaria del independentismo...

Se hizo un silencio en el que me pareció oír que cuchicheaba con alguien, tal vez una de sus secretarias. Lo imaginé en mangas de camisa, con una corbata oscura, la mano puesta sobre el auricular y echándole un ojo a su reloj de pulsera. Parecía contrariado.

—Señor Urbano, ya me sabe mal, pero lamentablemente voy a tener que dejarle. Otro día seguimos conversando y le aclararé con gusto cualquier duda que pueda tener respecto de nuestras operaciones. Si es de tipo matemático, también: además de abogado, soy doctor en Ciencias Exactas. Una cosa más: ¿va a aceptar o no el encargo de mi hermano? Tal vez yo pueda hacerle uno más prudente. ¿No le gustaría visitar nuestras plantaciones en Tanzania? Nos vendría muy bien que alguien de su prestigio preparase para nuestra próxima asamblea general la memoria de las labores que allí se llevan a cabo. Seguro que de eso podría sacar también un buen reportaje para el periódico en el que escriba, puede que hasta un libro completo. Piénselo, no lo eche en saco roto. Podemos gratificarle espléndidamente, aparte de pagarle el vuelo a Dar es-Salaam y la estancia en el hotel Ramada, a orillas del Índico. Y le quedará tiempo para hacer algo de turismo: visitar el Kilimanjaro, ir a ver leones y elefantes al parque Serengueti, bucear en la isla Pemba y hacerles fotos a los hipopótamos en el lago Manyara. Si va, lleve con usted a su *amiga* —dijo, con tantas ganas de que se le viese la doble intención al sustantivo, que sonó como si en lugar de cinco letras tuviera veinte—. Ya sabe, dicen que allí, en la garganta de Olduvai, está la cuna de la humanidad.

—Por lo general, trabajo solo, señor González —respondí ensañándome en el apellido.

—Es un lugar muy interesante, y está muy cerca del cráter del volcán Ngorongoro —dijo, sin perder la calma—. La joya prehistórica del Gran Valle del Rift.

—Es un aliciente. Sin embargo, tengo por norma no decidir si un trato me interesa hasta saber qué gana quien me lo propone. En su caso, ¿tal vez lo bueno de Dar es-Salaam sea que no es La Habana?

—No da usted puntada sin hilo. Pero volvamos a mi proposición. ¿Qué me dice?

«Voy a seguir tu consejo, sólo que en dirección contraria», me hubiera gustado decirle, pero me contuve.

—Todo se andará —contesté, al fin—. Como dicen ustedes en su hermoso idioma, *hi ha més dies que llonganisses.*

Me juego algo a que eso sí que no se lo esperaba.

Mientras disfrutaba de mi nueva y vieja casa, supe que no quería estar allí. Aún no. El dolor quemaba, la ausencia latía en cada rincón igual que un animal oculto en su madriguera y yo no hubiese podido decir lo que dice Quevedo en un poema que solía hacerles estudiar a mis alumnos: «Pierdes el tiempo, muerte, en mi herida». En realidad, no creo que vaya a poder decirlo nunca.

No tenía más que cerrar los ojos para ver que a pesar de la distribución, la pintura y los suelos cambiados, mi madre seguía allí. No estoy hablando de espectros, ni de voces en la cabeza, sino de algo subyacente, premonitorio, como el olor de la lluvia antes de que el agua empiece a caer. ¿Qué otra cosa se podía esperar, cuando había estado ochenta años entre aquellos muros que tanto amaba y tras los que resistió las ofensivas del tiempo y las inclemencias de la edad? Podía oír sus pasos y su voz, eso sobre todo, sus palabras dando vueltas a mi alrededor como los ángeles de un cuadro barroco. Me vi de niño en el jardín, contándole mis fantasías a la luz de la luna; y de adolescente, entrando en mi cuarto por las noches, en silencio, para no despertarla; y cuando ya habíamos intercambiado los papeles y yo era el adulto que en los últimos años la cuidaba para devolverle la moneda y porque era la persona que más se había ocupado de mí en este mundo. Se me clavó como un puñal envenenado la palabra maldita, para mí ya impronunciable, superflua, la que había sido tachada para siempre de los diccionarios porque ya nadie podría volver a decírmela en este mundo: *hijo*. Lloré hasta caer agotado, porque en el desconsuelo no existe el sentido de la proporción. Y recuerdo que mis lágrimas también corrían por el cuerpo desnudo de Mónica Grandes, la mujer más dulce, respetuosa y comprensiva que podía tener en aquellos momentos al lado un hombre que, en realidad, hubiese preferido estar solo.

Cuando pude recobrar el aliento era tarde, pero no lo suficiente como para impedirme hacer una llamada a Lluís Espriu y aceptar su oferta. Si lo pensaba dos veces, no tenía nada que perder; al contrario, porque lo que él me proponía era justo lo que yo estaba pidiendo a gritos: irme lo más lejos posible a reunir el olvido necesario para volver. Y por otro lado, ese viaje también sería mi despedida de la existencia sin ataduras que había llevado en los últimos tiempos antes de reincorporarme a mi plaza de profesor en el instituto y asumir otra vez la disciplina de los horarios regulares, los despertadores al amanecer, las pizarras, las aulas, los libros de texto, las vacaciones de dos meses, los fines de semana llenos de exámenes que corregir y, lo más importante de todo: la nómina a fin de mes. Muy pronto, lo único que habría cambiado en mi vida sería yo.

Antes de eso, me esperaba una nueva aventura y esta vez tenía al menos dos grandes motivos para emprenderla: el segundo, que me marchaba a La Habana; el primero, que Mónica Grandes iría conmigo. Lo que me daba miedo de ella era lo mismo que me inquietaba de las demás: llegar demasiado lejos y arrepentirme cuando hubiese llegado allí. Sin embargo, esta vez iba a pasar por encima de eso. «Cuando no sabes qué otra cosa podrías hacer, no hagas tampoco ésa», solía pensar, pero había llegado el momento de no hacerme caso. «A grandes males, grandes remedios», dijo mi madre. Tenía razón, la vida es como ir en autobús: cuando estás atrapado, coges el martillo, rompes el cristal y la ventana se transforma en una salida de emergencia. La doctora Grandes me había gustado desde el momento en que la vi y ahora quería saber qué habría ocurrido entre nosotros si lo hubiésemos intentado en serio, en vez de pasar por nuestras vidas sin dejarnos más que un rasguño, un leve indicio de quienes éramos. La llamé, le dije eso y vino a dormir conmigo. Con ella al lado, el dolor se atenuó. Se estaba convirtiendo en mi medicina y en mi refugio. La ropa que ella se quitaba para mí era mi única bandera.

Al despertar, estaba solo. Mónica debía de haberse marchado pronto y sin hacer ruido. No temí que todo hubiera sido un sueño, porque entonces no me escocería de aquella forma el arañazo que brillaba en uno de mis hombros como un relámpago rojo en mitad de una noche de tormenta. Me preparé un café, leí los periódicos y al ir a sentarme a mi mesa de despacho para seguir con una de mis biografías a la carta encontré sobre ella un regalo: una pequeña estatua de color negro con reflejos verdes, tal vez hecha de arcilla, coronada con lo que parecían dos serpientes y una estrella, y acompañada por una nota en la que se explicaba quién era: Seshat, la Señora de los Libros, Diosa de la Escritura y Guardiana de las Bibliotecas. «También era Reina de los Arquitectos, Gobernadora de las Constelaciones y la profeta del tiempo que sabía adivinar el futuro. Ella pondrá la inspiración en tus manos y tu casa, a su alrededor, será otra», decía la arqueóloga Grandes. Sentí que no hacía pie, mareo, gratitud, turbación, y que un escalofrío recorría mi espalda igual que una grieta que resquebrajase un río helado... Ese tipo de cosas. Me sentí diferente y yo mismo, por primera vez: hasta entonces mi historia le había pasado a otro. Ya no.

Es difícil saber hasta qué punto se parecen las personas que encuentras por el camino a las personas que estabas buscando; pero así es la vida. Y además, quién sabía si aquélla iba a ser mi última oportunidad de no necesitar otra. Estaba decidido a probar con Mónica si realmente yo no servía para la vida en común o sólo eran imaginaciones mías. Para hacer desaparecer lo que te asusta sólo tienes que mirar donde no está.

Capítulo doce

José González nunca se sintió ni en casa ni entre los suyos cuando estaba en la mansión de los Espriu i Quiroga. Y jamás le importó. Biel y Olalla lo atacaban por tierra, mar y aire con la intención de que a Guadalupe se le cayese la venda de los ojos; hacían de continuo, y sin venir a cuento la mayoría de las veces, comentarios malintencionados sobre los episodios lúgubres sucedidos en el castillo de Montjuic en los años de la Guerra Civil y los primeros tiempos de la dictadura, para criticar su estancia en ese lugar siniestro, aunque hubiera sido mucho más tarde, y aludían cada vez que les era posible a su paso por los comedores de beneficencia del Auxilio Social, pese a saber de sobra que aquello había durado apenas un par de meses, desde que su padre cayó bajo el desventurado fuego amigo de los Savoia-Marchetti SM. 62 o los Cant Z.506B hasta el día en que su madre regresó a la península desde Larache, donde había quedado aislada después de producirse el levantamiento, fue a buscarlo al hospicio y explicó que no era en absoluto uno de esos hijos de republicanos a quienes la Sección Femenina pretendía *reeducar,* según la terminología que les gustaba usar para describir los robos atroces que cometían, sino justo todo lo contrario: el huérfano de un caído por Dios y por España, como también ellos decían, con su estridente retórica de fusil y crucifijo. A los dueños de El Repòs les daba igual, porque una vez tras otra intentaban desairarlo, ponerle objeciones y hacer notar las diferencias de clase que lo separaban de su hija: si vas a dar, que sea donde más

121

duele, pensarían. El comandante se limitaba a sonreír para sí mismo y respondía a las provocaciones con una combinación de suficiencia y humildad que los sacaba de quicio. Si en lugar de hacerlo sólo de forma metafórica la sangre hirviese de verdad en las venas cuando algo nos indigna, ellos habrían muerto por evaporación.

—Un hombre de su edad y con su oficio, siempre de cuartel en cuartel y conociendo a gente de su condición —dejó caer una mañana su suegra, por ver si por ahí encontraba una herida en la que echar sal—, ¿cómo es que a estas alturas permanecía soltero? Tendrá que haber disponibles un montón de hijas de coroneles...

—Yo diría que no me gusta precipitarme. Antes de dar un paso trascendental, como lo es el matrimonio, hay que estar muy seguro de en qué dirección, ¿no les parece? Si no sabes dónde ir, puedes acabar en cualquier otro sitio.

—Y a usted, claro está, le agrada haber llegado hasta aquí. A nadie le amarga un dulce...

—Aquí o en otro lado, eso es irrelevante: a mí lo que me gusta es mi mujer.

Mientras Guadalupe le apretaba la mano, Olalla y Biel apretaban los dientes.

Sin embargo, ninguna persona es invulnerable, todos tenemos nuestro talón de Aquiles. El suyo era su padre, a quien consideraba, sin medias tintas, «el hombre más íntegro que había pisado la tierra». Las historias de soldados y combates que le contó cuando era un niño, sus aventuras entre el Yebala y el Rif, la resistencia de los españoles a los ataques del caudillo Abd el-Krim, la muerte de casi veinte mil soldados en la batalla de Annual, la defensa de Tizzi Azza contra los ataques de las cabilas o el desembarco de Alhucemas le daban un aura de leyenda, agigantada por su muerte trágica en Arenys de Mar bajo las bombas o las ametralladoras de los aviones de Mussolini.

—Así que su padre era un veterano de la guerra de Marruecos —dijo un día el patriarca de los Espriu, tras escuchar el orgulloso relato de las andanzas del teniente González en África que hacía su hijo.

—Eso es. Fue condecorado en dos ocasiones. Una de ellas por participar en la liberación de Tifaruin y otra por su arrojo en la defensa de Melilla.

—¿Y sabe usted que España recuperó los frentes que había perdido lanzando gas mostaza sobre la población? El rey Alfonso XIII mandó construir una fábrica de armas químicas en La Marañosa, cerca de Madrid, y desde ahí las llevaban a los aeródromos de la Armada, las subían a sus aviones Farman F.60 y unas horas después las dejaban caer de forma indiscriminada sobre objetivos militares y civiles. Las casas y los zocos se llenaron de muertos. Hoy consideraríamos esas acciones crímenes de guerra.

—Él era oficial de infantería —respondió lacónicamente el marido de Guadalupe, incómodo pero sin perder los estribos.

—Sí, pero de un ejército colonialista que pronto daría un golpe de Estado y que sustenta una dictadura.

—Bueno, las sublevaciones las hacen los que dan las órdenes, no quienes las cumplen.

—Total —dijo Olalla, con un brillo de arma blanca en los ojos—, para que te maten por la espalda esos mismos a los que obedeces...

—Estar en primera línea es más arriesgado —respondió, visiblemente enojado—, pero es donde se ponen los valientes.

Había logrado mantener la calma, aunque esa vez sólo a duras penas, y a ellos no se les pasó por alto aquel detalle. Acababan de encontrar una grieta en la armadura y a través de ella un modo de ultrajar, tal y como deseaban, al marido de su hija. No se les ocurrió pensar que al orgullo le pasa lo mismo que al resto de las fieras: cuando está herido se vuelve el doble de peligroso.

Las cosas dan vueltas, toman rumbos extraños y nunca se sabe dónde pueden ir a parar. Por ejemplo, aquella discusión casera en la que José González sintió que se injuriaba a su padre fue lo que con el paso de los años propiciaría que yo estuviese a punto de volar hacia Cuba, y la explicación es sencilla: aquel hombre salió de la pelea con ganas de revancha y, primero por pagarle a su familia política con la misma moneda y después porque iba descubriendo cosas que le intrigaban, decidió ponerse a curiosear a fondo en el pasado de los Espriu y los Quiroga, a ver si era tan irreprochable como ellos daban a entender. Sus pretensiones, de entrada, no iban más allá de conseguir algo que le permitiera devolverles el golpe en la próxima sobremesa y hacerse respetar de una vez por todas, y así empezó a hacer algunas averiguaciones, consultó archivos familiares y hemerotecas, ató cabos, siguió pistas y terminó por encontrar la carta enviada desde La Habana por Verónica Graciela Maristany a su padre. Estaba dentro de uno de los libros de Emilia Pardo Bazán que Olalla Quiroga guardaba en su impresionante biblioteca. Era un ejemplar dedicado por la condesa a sus padres, que el comandante había tenido la intuición de hojear, entre otros de la escritora, tras conocer por Guadalupe la historia del asalto al Pazo de Meirás, la destrucción de las cartas y los diarios de la novelista y la indignación que eso le produjo a su suegra, que siempre había sido tan devota de la autora de *La piedra angular* y *El tesoro de Gastón*.

También sabemos por qué interrumpió sus pesquisas: en la última página del cuaderno donde tomaba sus notas y guardaba algunos recortes de prensa había grapado una página del diario en la que se daba la noticia del accidente ferroviario de Medina del Campo del 13 de julio de 1968 y se detallaba la colisión mortal, en el kilómetro 201,900 de la línea Madrid-Irún, del expreso de Galicia con el convoy de mercancías número 6027.

Bajo la foto dramática que ilustraba el artículo, donde se veían las locomotoras de los dos trenes que habían chocado, reducidas a un laberinto de hierro, escribió con una letra inclinada en la que, sin embargo, las tes eran altas y verticales, como si formaran el tendido eléctrico de una carretera vacía: «¡Se acabó! ¿Cómo seguir con esto ahora? Bastante tienen ya...».

Mucho tiempo después, Lluís Espriu i Quiroga encontró esos apuntes de su tío político, traspapelados entre otros documentos, en una de las cajas fuertes de El Repòs; descubrirlos le llevó a buscar la carta de la hija de Joan Maristany, que el minucioso comandante González había vuelto a dejar en el sitio donde dio con ella, la novela dedicada de Emilia Pardo Bazán, y cuando le pidió explicaciones a Guadalupe, ella le aseguró no tener noción alguna de que su marido hubiese estado trabajando en semejante proyecto, aunque le extrañaba mucho, porque no era la clase de hombre que haría algo así y menos aún bajo cuerda y sin haberle consultado.

—Que te lo ocultase o no aquí es lo de menos, ¿no crees? Lo relevante es que según estos documentos —dijo él golpeándolos con el dedo índice— tenemos otra familia en Cuba y nadie nos lo había dicho. Es algo innoble. Pero nunca es tarde. Hay que encontrarla.

—¡No digas bobadas! Eso es un auténtico disparate, un sinsentido. ¿Para qué no es tarde? ¿Es que has perdido el norte? ¿Pretendes buscarnos la perdición? La familia es la que es, y punto.

—¡Exacto! La que es. No sabes lo de acuerdo que estoy contigo —le respondió, con una sonrisa ladeada y un fulgor combativo en los ojos.

Aquel hallazgo le vino a Lluís como caído del cielo. Tras media vida en busca de algo a lo que dedicar sus energías y en lo que pudiese dar rienda suelta a lo que él consideraba su espíritu altruista, al fin parecía haberlo encontrado. Y debía de hacerle verdadera falta, a juzgar por la conversación telefónica que tuve con su primo Narcís, en la que me había dado a entender que lo consideraba una persona de carácter débil y personalidad voluble, algo que en su opinión se debía a la muerte trágica de sus padres, Aloia y Guifré, en aquel espantoso accidente ferroviario. Según él, su medio hermano era un veleta, un ser indeciso que había probado mil cosas sin que llegase a interesarle ninguna, alguien que tenía toda la vida por delante pero no sabía dónde y estaba acostumbrado a salirse con la suya sin pagar las consecuencias, a ir demasiado lejos y que los demás se ocuparan de traerlo de vuelta. La descripción que hacía de él lo retrataba entre líneas como un caprichoso malcriado con dinero de sobra para costearse sus antojos, aunque en apariencia tratase de parecer comprensiva y piadosa, dando por hecho que su modo de ser era una secuela de su orfandad. Y por esa razón su madre y él lo tenían que proteger incluso contra sí mismo, lo que siempre es difícil: luchar con alguien para que no se haga daño te obliga a ser a un tiempo su salvador y su rival.

Por su parte, Lluís lo entendía al revés, creía ser él quien se ocupaba de Guadalupe permitiendo que le cuidase, convencido de que la pistola Star Z62 que se le disparó o fue disparada contra su tío José la había matado también a ella, que además de quedarse sin lo que más quería siempre se culpó de no estar en el piso del paseo de Gracia cuando ocurrió la tragedia, de no haber insistido en que su marido los acompañara a El Masnou, de no haber regresado a tiempo para salvarlo, llamar a una ambulancia, ir a un hospital... Los médicos y la policía le explicaron que no hubiese podido hacer nada, porque la trayectoria que había seguido aquel proyectil Bergmann-Bayard dejaba claro que la muerte tuvo que ser instantánea, pero eso a ella no le sirvió de mucho, ni alivió sus remordimientos: la mala conciencia no admite pruebas, sólo conjeturas, está formada de supuestos, no de razones.

Tras la muerte del comandante González, la familia se dedicó en cuerpo y alma a consolar a Guadalupe y a vigilarla para impedir que pudiese hacer alguna locura. El cuerpo del militar fue incinerado, porque su viuda fantaseaba con ir a Larache a esparcir sus cenizas junto al río Lucus, en el lugar donde su marido le había contado una versión a su medida de la historia del Jardín de las Hespérides en la que a ella la identificaba con las manzanas de oro que quería robar Alcides y él hacía del dragón que las custodiaba. El proyecto se dejó para más adelante, con el compromiso de Biel de gestionar con las autoridades de Marruecos los permisos necesarios, una tarea que requería calma: la burocracia siempre es lenta, y más aún si tiene que hacer una parada en Rabat.

Al día siguiente del funeral, su madre se la llevó por un tiempo indefinido a la casa de La Coruña, para alejarla de Barcelona y, en la medida de lo posible, también de los malos recuerdos. Las dos vestían de luto, una por su hijo y la otra por su esposo. Pero una había claudicado y la otra no. Olalla aún tenía a su marido y una hija. A Guadalupe sólo le quedaba Narcís. Y la diferencia entre ese *aún* y ese *sólo* era abismal.

Mientras estaban fuera, Biel dio sepultura a las cenizas de su yerno en un nicho del cementerio de Sant Pere, en Badalona; entregó al ejército y a la Cruz Roja las pertenencias del difunto y en una operación relámpago vendió el piso del paseo de Gracia a un seguro médico que lo convirtió en una consulta. Yo había visto al dorso de uno de los papeles del finado que me dejó consultar su sobrino las cuentas que alguien hizo de aquello: se habían sacado algo menos de tres millones de pesetas por la casa y en el apartado de gastos había tres apuntes: el entierro, el ataúd y una cifra de «quinientas mil» asignada al epígrafe «pago evc», una abreviatura para mí incomprensible.

Narcís y Lluís ingresaron en el exclusivo Colegio Alemán de Barcelona, entonces aún en la antigua calle de Santa Ana, en el barrio de Sant Gervasi, donde habían estudiado cuatro generaciones de los Espriu y también una parte muy significativa de los políticos que liderarían el nacionalismo catalán al reconquistarse la democracia. A Guadalupe le era todo indiferente y cuando alguno de esos asuntos requería su autorización se limitaba a otorgar poderes, dar consentimientos y poner su firma donde le mandasen. Se debía de sentir de una vez «mortal, difunta y viva», como el narrador de un famoso poema de Lope de Vega que yo siempre mandaba estudiar en mis clases.

—Barcelona también tuvo un Jardín de las Hespérides —le contó Olalla a su hija, en el tren, camino de Galicia, mientras le acariciaba la mano—. ¿No lo sabías? Estuvo en la finca de la familia Güell en Les Corts, en lo que hoy es el Palacio de Pedralbes. Gaudí les hizo las caballerizas, la casa del portero y una de las fuentes, y aún se conservan partes de él, por ejemplo la puerta de hierro forjado, con el *«drac d'ulls flamejants / i en roda la gran cua, brandant com una llança»,* que así lo describe Jacint Verdaguer en *La Atlántida,* la ciudad imaginaria en donde ocurre la historia que te contó tu marido. Eso sí, lo de situarla en Marruecos, y concretamente en Larache, ya es más discutible... Muchos sostienen, efectivamente, que estuvo en el norte de África, hay quien dice que en el valle del Sinaí y quien afirma que está bajo las arenas del Sahara; otros hablan de Túnez, pero lo más común es suponer que cuando se refirió a ella Platón hablaba de la zona de Cádiz, el estrecho de Gibraltar, tal vez el parque de Doñana...

Se interrumpió al ver que sus intentos de distraerla no servían de nada. O quizá sí, porque las lágrimas que arreciaron en las mejillas de Guadalupe quemaban y a la vez hacían limpieza. Hay ocasiones en que lo único que alivia al que sufre es el propio dolor, beber un veneno que actúe como una purga, que te exprima hasta dejarte vacío y te ayude a pasar esa página envenenada de tu vida. Y ella necesitaba tiempo para salir de entre las ruinas de un mundo que se había desmoronado, tras perder violentamente y en apenas dos años a las dos personas que más le importaban, su hermano Guifré y su marido.

En La Coruña, a pesar de todo, después de una larga temporada en la que no pisó apenas la calle, se negó a recibir visitas y muchas veces hasta costaba dios y ayuda que se levantase de la cama, fue saliendo poco a poco del túnel y cuando estuvo más o menos fuera buscó refugio en los negocios locales de la familia, que aún estaban vinculados al transporte de viajeros por mar y tierra. Aparte de distraerse, hacer algo útil y sobre todo encontrarle una salida de emergencia a su depresión, pronto estuvo realmente muy ocupada, porque en aquellos días la dictadura tenía un altavoz en cada esquina para lanzar a los cuatro vientos el eslogan de su milagro económico, pero la realidad era que la pobreza se incrementaba y había vuelto a crecer la emigración, que es el nombre que le damos a una fuga cuando en lugar de buscarnos la policía nos persigue el hambre. En esas condiciones, su clientela aumentó de forma considerable.

Los tiempos de El Paraíso del Buzo y Cabotajes de Riazor estaban lejos y la cartera de seguros marítimos La Garantía había sido disuelta; pero los Quiroga aún conservaban una línea transatlántica que hacía la ruta hacia Buenos Aires y Montevideo y seguían muy presentes en el sector ferroviario, que entonces era el más lucrativo porque la mayor parte de quienes buscaban trabajo lo hacía en otros países de Europa, sobre todo y por este orden en Suiza, Alemania y Francia. En diez años salió de España, según los datos de la Oficina

Nacional de Emigración, en los que desde luego no se tiene en cuenta a quienes dejaron el país de forma clandestina, alrededor de millón y medio de personas. A esa cifra hay que sumarle los cien mil temporeros que tres veces al año cruzaban los Pirineos con billete de ida y vuelta, para hacer la vendimia, recolectar fruta o remolacha y otras tareas en el campo. El litoral y las ciudades de Galicia se volvieron a llenar de «*corazóns que sufren / longas ausencias mortás, / viudas de vivos e mortos / que ninguén consolará*», como en la época de la que hablan esos versos de Rosalía de Castro; pero vista desde la orilla, la desbandada resultó muy ventajosa, porque supuso una venta masiva de pasajes de tren y un incremento notable de la de los de barco.

Sí, la vida toma rumbos extraños y nunca se sabe dónde puede ir a parar. Porque de otro modo, Guadalupe jamás se habría puesto al frente del imperio económico de los Espriu i Quiroga, que lo dejaron en sus manos de forma gradual, según les demostraba que eso y sus hijos, como ella solía llamarlos sin hacer distinciones entre el auténtico y el otro, eran lo único que le importaba. Cuando les llegó su hora, Biel y Olalla se fueron al otro mundo convencidos de que toda la amargura que sentía su hija era un combustible perfecto para la maquinaria de sus empresas, en las que se volcó sin descanso y manejó con pulso tan firme que pronto fue respetada por sus empleados y temida por sus rivales. Unos y otros solían apodarla a escondidas «la Estatua», no por su belleza sino por su rigidez.

Que dijeran lo que quisiesen. Ella había luchado a brazo partido por mantener unida a su familia, El Repòs en pie y las cuentas saneadas. Su mayor satisfacción era haber puesto al frente de todo a Narcís, el hijo del desdichado José González, y tener abiertos a su nombre varios depósitos bancarios en paraísos fiscales como Hong Kong, Suiza y las islas Caimán, algo que, según el día, consideraba una reparación, un ajuste de cuentas o un acto de justicia. «Llámalo como te venga en gana», se dijo a sí misma después de conocer las intenciones de su sobrino Lluís, «pero no voy a permitir que nadie dilapide lo que he conseguido con tanto esfuerzo. Absolutamente nadie. Ni siquiera con la disculpa de que es suyo».

Mientras trataba de aplacar su ira para pensar en frío y con claridad, como siempre, y se preguntaba cómo actuar para afrontar aquel contratiempo, con las manos al frente, dándole vueltas alternativamente a derecha e izquierda a su anillo de matrimonio con el índice y el pulgar de la otra mano, igual que si probara una llave en una cerradura que se resistiese a abrirse, y recorriendo de un lado a otro y con grandes zancadas la habitación donde dormía y en la que nadie entraba salvo que ella misma lo llamase a su presencia, en uno de los despachos que había en el extremo opuesto de El Repòs, su hijo Narcís pulsó con furia un timbre y en pocos segundos oyó a Edgardo golpear suavemente la puerta. Llevaba toda la vida al servicio de los Espriu, igual que sus bisabuelos lo habían estado al de los Quiroga, en La Coruña; cumplía las órdenes que le daban sin hacer preguntas y jamás pretendió ser como de la familia. Le gustaba decir que su trabajo consistía en que no le gustase lo que a ellos tampoco les gustaba. A sus espaldas, Biel lo llamaba «nuestra otra sombra».

—Escúchame, vas a ocuparte de un asunto crucial —le dijo su jefe, como él lo llamaba siempre—. Pon en ello los cinco sentidos, porque es muy posible que se trate del encargo más importante que se te ha hecho desde que sirves en esta casa.

Él dejó entrever una sonrisa de depredador. Si hubiese que compararlo con alguno en especial, sería con un oso Kodiak, porque aquel gigante no estaba en una isla de Alaska sino en El Masnou, no medía tres metros de altura ni pesaba quinientos kilos, pero seguro que a uno le era tan fácil volverse peligroso como al otro dejar de comer bayas y truchas para matar de un zarpazo una foca o un alce y devorarlos tranquilamente sobre el hielo.

Capítulo trece

A la joven Neus Millet Vilarasau no la habían mirado jamás por las calles; nadie volvía la cabeza a su paso ni sentía el deseo urgente de seguirla, entablar conversación con ella y buscarse cualquier disculpa para pedirle su número de teléfono o, los más atrevidos, directamente una cita. Sin embargo, siempre fue uno de los focos de atención del resto de los invitados a las fiestas donde acudía cada dos por tres con su familia, en la que se juntaban dos de los apellidos más influyentes de la alta sociedad catalana y una de las fortunas más rutilantes del país, gracias a sus diversos intereses en entidades financieras, empresas constructoras, textiles y alimenticias, complementados con su presencia al uso en diferentes consejos de administración. Mientras investigaba sobre los Espriu i Quiroga y sus antepasados, encontré referencias continuas a ella y sus padres, miembros más que destacados de aquella oligarquía que en muchos casos había cimentado su imperio en la época de la dictadura y cuyos primeros espadas alternaron el mundo del dinero y el de la política con total desenvoltura, entrando y saliendo de uno al otro por puertas giratorias que los mantenían a ambos lados del ominoso muro tras el que se habían parapetado los golpistas de 1936. Algunos de ellos, antes de hacerse, por ejemplo, con el sillón de mando en La Caixa y presidir simultáneamente una concesionaria de autopistas a la que el Estado otorgaba numerosas obras públicas, habían ocupado en los años sesenta y principios de los setenta puestos como los de director general de Telefónica, del Departamento del Tesoro y de Política Financiera; otros, habían montado la petrolera Campsa en los años veinte y años después una fábrica de cerveza que los iba a hacer doblemente millonarios; cuando vieron amenazados sus intereses, colaboraron en la fundación de la banda terrorista Falange Española; tras la Guerra Civil, que ellos habían ayudado a pagar, le añadieron a su expediente algún muerto de la División Azul y varios de ellos hasta llegaron a ministros del Régimen que sus hijos o nietos iban a combatir en el futuro. Con esas credenciales, sus buenas relaciones y, sin duda, su talento y su habilidad para moverse entre bambalinas por los mercados, habían ido pasando por el Banco Industrial de Cataluña, la red de gasolineras Cepsa o el Banco Comercial Transatlántico, y sus descendientes habían ampliado su frontera comercial hasta asociarse con firmas como la promotora de infraestructuras y servicios Sacyr, la conservera Pescanova o los colosos energéticos Gas Natural y Repsol, aunque últimamente para muchos ciudadanos eran más conocidos por sus visitas a la Audiencia Nacional, imputados por blanqueo de capitales, estafa y delitos contra la Hacienda Pública.

Durante su adolescencia y los primeros años de su juventud, la *hereva* de los Millet Vilarasau no había mostrado gran interés por los asuntos profesionales de los suyos; al contrario que sus hermanos, Ovidi y Meritxell, en ese terreno se mantenía en un segundo plano, al parecer interesada sólo por sus estudios de Medicina y Biología, carreras que sacó con notas brillantes y sin aparente dificultad. Fuera de las aulas y las bibliotecas, quienes se le acercaban la veían entre ausente e incómoda. No tenía una naturaleza alegre, ni mucho menos era habladora, sino que era tímida, reservada y con frecuencia prudente hasta el mutismo, aunque había quien la consideraba simplemente huraña. Por todo eso, no tenía admiradores, sólo pretendientes; algo lógico, porque quién podría negar que era un gran partido, un salvoconducto hacia una vida de color de rosa. Y eso lo alisaba todo: al fin y al cabo, lo que brillan son las monedas, da igual lo gris que sea quien las tiene en la palma de la mano.

A quienes se aproximaban a ella, por lo general a última hora, en ese momento en que suelen ir de la mano no tener nada que decir con haber bebido demasiado, les resultaba tan difícil encontrar un tema de conversación como saber lo que Neus pensaba de él, si le parecía apropiado o fuera de lugar, interesante o tedioso. Era siempre educada y fría, atendía con amabilidad a cualquiera que se dirigiese a ella, pero nunca sobrepasaba la raya que hay que cruzar para meterse en intimidades y dar pie a que quienes están a nuestro lado se nos acerquen. Podían arrimarse a Neus Millet lo que quisieran, pero ella iba a estar siempre a la misma distancia, observándolos como desde una torre que no estaban capacitados para escalar, con una gentileza administrativa, disuasoria. Y en determinado momento, los dejaría plantados en mitad del baile, como quien dice, haciendo que se sintieran como el perro a quien su ama ha atado a una farola mientras ella se mete a curiosear en una tienda. La sensación que les quedaba tras intentarlo era que, por una parte, no había ocurrido nada, y, por la otra, se había producido alguna clase de confrontación soterrada entre ellos y esa mujer, un combate del que no habían salido ni mucho menos bien parados.

Cuando llegó a la edad en que seguir soltera se consideraba una mala inversión, según los criterios que se manejan en las altas esferas a las que ella pertenece, tan similares en el fondo a una corte del siglo XVI, con sus matrimonios concertados y sus intrigas palaciegas, su padre, un hombre autoritario, de esos que siempre hablan como si no se les pasara por la cabeza que pudiera estarse en desacuerdo con su manera de ver las cosas, empezó a presionarla de forma sutil pero firme, y ciertas veladas comenzaron a girar a su alrededor y a tener como objetivo prioritario encontrarle una pareja entre los que él consideraba sus iguales, naturalmente utilizando su clase social y su patrimonio a modo de baremo, filtro y sistema de medida. En las aguas donde pesca esa gente, si lo que muerde el anzuelo no es un pez gordo, lo devuelven al mar.

Los aspirantes a desposarla y llevarse el botín no eran pocos, al margen de que algunos se hubiesen fijado en ella por propia iniciativa y otros, aconsejados por los suyos, que los urgían a no dejar pasar aquella oportunidad de oro que, sin duda, afianzaría su porvenir; pero Neus les daba largas a todos y no encontró en ninguno de los supuestos candidatos nada que realmente le interesase. La aburrían, los encontraba insustanciales, materialistas, ávidos de éxito y fortuna; carentes de principios y de ideas; codiciosos y vacíos; tan preparados en lo académico, con sus carreras, sus doctorados y sus cursos de ampliación de estudios en Londres o Nueva York como intelectualmente débiles. Se entrenaban para vencer, no para disfrutar del juego. Estaban dispuestos a renunciar a lo que fuera con tal de tenerlo todo. No les importaba sustituir lo que querían por lo que ambicionaban, ni entrar a un mundo en el que jamás podrían tomarse un descanso y donde, con el tiempo, los compararían con los tiburones, que al fin y al cabo son unos animales que para no quedarse sin oxígeno tienen que estar siempre en movimiento, no pueden ni dormir ni dejar de nadar, porque si lo hacen se hunden y se ahogan. En suma, le desagradaban aquellos pretendientes ansiosos y calculadores que, antes que nada, parecían mucho más interesados en quién era que en cómo era, en lo que tenía que en lo que podía darles. Si debía elegir, pensaba hacerlo con cuidado; no necesitaba más que pensar en los riesgos que corría si no se andaba con pies de plomo para entender por qué el verbo *precipitar* sirve tanto para definir lo que se hace antes de tiempo como lo que cae al vacío.

En su casa, sin embargo, había otras razones para tener prisa. La industria pesquera de la que formaban parte los Millet Vilarasau desde hacía varias décadas, cuando se asociaron con una conocida marca de alimentos congelados que tenía en nómina a cerca de quince mil empleados y operaba en una treintena de países, los traía por la calle de la amargura. Tras años de beneficios y crecimiento, con la llegada de las nuevas tecnologías y la necesidad de modernizarse para continuar siendo competitivos decidieron apostar por la acuicultura y expandirse por Centroamérica y el Cono Sur, y más adelante hacer una inversión de casi mil millones de euros para montar piscifactorías de langostinos, salmones y rodaballos en Ecuador y Arabia Saudí. Pero el gigante tenía pies de barro y hacía trampas, porque, a espaldas de sus acreedores y de sus propios socios, el presidente de la compañía, cuya central estaba en la ciudad de Vigo, había falseado su contabilidad; había desviado fondos a varias cuentas a nombre de su mujer, en Portugal, Andorra y Hong Kong, y se había llenado de deudas que trató de cubrir con créditos documentarios, ocultándose tras una red de sociedades pantalla, con facturas y albaranes ilusorios y usando líneas de lo que se conoce como *factoring*, que no es más que un mecanismo por el que se logran anticipos de una entidad financiera a cambio de cederle el cobro de un ingreso futuro; o, lo que es lo mismo, obtener liquidez y pagar por ella intereses, comisiones y recargos. Pan para hoy y hambre para mañana, porque la estrategia de sus dueños había llevado a la corporación a la quiebra y a ellos al banquillo, bajo los cargos de estafa, alzamiento de bienes, falsedad en documento mercantil, evasión de impuestos y uso de información privilegiada: es decir, lo de siempre, a esas alturas del crimen de guante blanco.

El panorama no era desesperado para los Millet Vilarasau, pero el terreno por el que se movían empezaba a no parecer tan firme y a dar una sensación de inestabilidad, lo mismo que los andenes de una estación cuando se aproxima el tren; y si por el momento no parecía que a corto ni medio plazo los amenazase la bancarrota, sí que era más que posible que en un futuro próximo tuvieran, como mínimo, que apretarse el cinturón si no hacían algo para evitar el peligro. Por supuesto, un atajo para rearmarse y sortear los problemas era la celebración de una boda en la que la palabra *alianza* respondiese por igual a sus dos acepciones: un anillo y un pacto. Era una maniobra poco original pero efectiva; y en cuanto a los sentimientos, argumentaban, ya llegarían. Les hubiese encantado haber leído a Molière para citar eso de que «el amor es a menudo fruto del matrimonio». Pero lo suyo no eran las letras, sino los números; no buscaban razones, sino resultados.

Mientras otros trataban de organizarle la vida, Neus intentaba exprimirla mientras pudiera, sabiendo que tarde o temprano se vería obligada a cargar con el peso que iban a poner sobre sus espaldas. Hasta que ese momento llegase, sin embargo, se dedicaba a las dos cosas que más le apasionaban en este mundo: visitar paraísos naturales y aprender idiomas. Así, la viajera recorrió Europa saltando del géiser Strokkur, en Islandia, al fiordo de Lyse, en Noruega, del santuario de aves marinas de las islas Farne, en Inglaterra, a los lagos de Plitvice, en Croacia; y la estudiante, tras dominar el inglés, el francés y el alemán, aparte de sus dos lenguas nativas, el catalán y el español, tomaba lecciones de chino tres días a la semana. Quería aprovechar el tiempo, antes de que fuera tarde. Y hacía muy bien. Si dejas escapar las ocasiones, antes de que te des cuenta lo que no has hecho se convierte en lo que ya no puedes hacer.

Y entonces apareció Narcís González Espriu. Su única ventaja sobre el resto fue llegar más tarde, cuando las demás alternativas ya habían sido descartadas, la paciencia de unos y otros estaba al límite y la gente ya empezaba a ver en ella un tinte de rareza, un atractivo desacreditado por la soltería. En resumen, la boda ya era apremiante y lo único que podía detener las murmuraciones. Cada minuto que pasaba era parte de una cuenta atrás.

La tarde en que Neus y Narcís se conocieron, el sol brillaba sobre el jardín de los Millet Vilarasau; camareros y doncellas de uniforme servían copas de champán a un selecto grupo de invitados y un apacible viento del mes de junio agitaba las ramas de las mimosas, los castaños de Indias y los plátanos de sombra, propiciaba un delicado oleaje de vestidos de seda o lino y tentaba a los huéspedes con los suculentos aromas que llegaban de la cocina montada al aire libre.

La dueña de la casa hizo una fotografía de su hija con los primos Narcís González y Lluís Espriu, este último charlando con la muchacha, una mano en el aire con la que gesticulaba para ilustrar lo que le decía, y la cabeza ladeada casi imperceptiblemente hacia ella, en la actitud de quien quiere estar en misa y repicando, hacer una confidencia sin dejar de posar. El otro, mucho más serio y un poco envarado, una encarnación de la verticalidad y la compostura; en la cara una expresión que parecería triste si no estuviese aderezada con una sonrisa de reglamento; los brazos cruzados con languidez o indolencia sobre el pecho, de una forma que te hacían pensar en los cordones desatados de unos zapatos; y la mirada fija en la cámara, dando en conjunto la impresión de preocuparse por su aspecto mucho más que sus acompañantes. Los tres están al borde de la piscina, vestidos de un modo que parece en exceso formal, como si fuesen personajes recortados de una novela del siglo XIX y pegados en otra más contemporánea.

El noviazgo de Narcís y Neus fue breve y consistió en buscar una conexión entre lo comercial y lo sentimental, un equilibrio difícil de conseguir y de entender, semejante al de esas esculturas modernas que oscilan entre el arte y el escombro. No lo lograron: sus besos eran de fogueo; sus caricias, un combate nulo y sus intentos de quererse, un disparo al aire. Entre ellos había matemática, pero no química. Sin embargo, cumplieron con lo que entendían que era su deber, su enlace se celebró, como mandaba la tradición, en la basílica de Santa María del Mar, en Barcelona, y la ceremonia y el banquete contaron con la asistencia de medio Gobierno y la mitad del Ibex 35. Es decir, lo que en esos círculos se considera todo un acontecimiento, cuya guinda fue la cobertura que tuvo, lo mismo en las páginas de sociedad de los periódicos serios que en las revistas del corazón.

Cuando dos personas están juntas, cualquier paso que dé sola una de ellas no puede servir más que para alejarla de la otra. Y ellos empezaron a distanciarse muy pronto, tras unos meses de vida en común en los que ambos entendieron la diferencia insalvable que hay entre compartir algo y repartírselo, entre estar con una persona o sólo en el mismo sitio que ella. Neus Millet, que nunca se había interesado gran cosa por los negocios de su familia, supo usarlos como disculpa para separarse de su marido sin estridencias y llevar una vida independiente. Primero, volvió a la facultad para cursar dos especialidades de Biología que completaran su formación, Genética Vegetal y Horticultura; y, más tarde, se fue un curso entero a Kiel, Alemania, y otro a Bellevue, Washington, para matricularse en Etnobotánica y Agronomía. En la época en que los Espriu i Quiroga entraron en mi vida, ella prácticamente había salido de las suyas; había pasado dos años en Arabia Saudí, trabajando en la renovación de los acuíferos del país, que estaban a punto de secarse y provocar una hecatombe, y después se instaló en Brasil, como directora de Biorefinery & Agribusiness Global Inc., en su sede central de São Paulo. Que Narcís le entregara la batuta de uno de sus negocios más prometedores pero también más lejanos parece indicar que estaban de acuerdo en vivir así, cada uno por su lado. Neus venía a España por Navidades, para las reuniones del consejo de administración de la compañía o cuando se producía algún hecho señalado para el clan: nacimientos, bodas, funerales... Había algunos rumores acerca de ella, de su esposo y de ciertas personas que tal vez ocupasen la mitad vacía de sus camas.

Narcís González tenía una relación cordial con su mujer, pero sólo de puertas para fuera. En público, siempre se refería a ella como *la meva senyora,* igual que ella, por su parte, lo llamaba también *el meu marit,* pero no se engañaba, sabía de sobra que su parentesco era burocrático, que no había afinidades ni nexos entre uno y otra, que el vínculo que los unía era una simple formalidad. Cuando resultaba inevitable que asistiesen en pareja a cualquier tipo de acto corporativo o protocolario eran una esmerada suma de cortesía e indiferencia. Pero por dentro, sin embargo, Narcís sentía un rencor casi infinito hacia esa mujer en la que hubo un tiempo en que de forma secreta había puesto algunas esperanzas, a la que deseó querer pero había empezado a aborrecer en silencio, sin confesarle a nadie su decepción y su odio, el día en que tuvo la mala idea de curiosear en su diario y encontró en él lo que más podía herirle, la peor traición, la puñalada más cruel.

Habían ido a pasar un fin de semana a una de las casas de retiro de los Millet, construida por sus antepasados en el pueblo de Alp, Gerona, en la comarca de la Baja Cerdaña, donde en invierno iban a esquiar a la estación pirenaica de La Molina y a descansar en aquel paraíso nevado, en aquella paz como de otra época. Por entonces, a un mes de casarse, él creía que ambos trataban de buscar un camino que los acercase, de convertir la transacción en atracción. Es verdad que Neus seguía manteniéndose distante, que lo trataba con una urbanidad desalentadora, un compañerismo acogedor que no entraba en intimidades; pero él lo atribuía, por un lado, a su naturaleza reservada, a su modo de ser, tan frío, tan poco dado a las expansiones sentimentales; y, por otro, a los convencionalismos que regían en aquel entorno, donde un poco a contracorriente de los nuevos tiempos aún conservaban mucho peso las apariencias y todavía estaba vigente un cierto puritanismo. «Pero está claro que le gusto», se decía, «y que acabaré conquistándola». Al fin y al cabo, ella lo había elegido, ya sólo faltaba que lo quisiera.

La tarde fatal en que cometió la imprudencia de husmear en el diario de su prometida, aprovechando un momento en que ella tuvo que salir precipitadamente de casa y lo olvidó sobre la mesa de su habitación, sin echarle la pequeña llave con que siempre lo cerraba, todas sus ilusiones se vinieron abajo. Después se arrepentiría muchas veces de haber cedido a la tentación de fisgar en aquel cuaderno de tapas de piel verde y hojas cuadriculadas, mirar lo que no debía y encontrarse con una revelación que fue a caer sobre su optimismo como un jarro de agua fría; porque ¿acaso no es preferible ignorar lo que nos amarga la existencia cuando lo descubrimos, lo que nos llena de inquina, de resentimiento? Sin embargo, entonces no lo pudo evitar, sintió un impulso y se dejó ir: fue a llamar a su puerta, la vio entornada y con aquel libro a su alcance... Se dirigió hacia él con temor y a la vez con alegría, temiendo ser sorprendido en una situación embarazosa, cometiendo un acto imperdonable, y a pesar de eso, seguro de que iba a encontrar algo bueno, una luz al final del túnel, quizás una nota agradable o romántica sobre él o, directamente, la confesión de una Neus enamorada.

No dio con nada de eso, sino con una noticia demoledora, un golpe tremendo para su autoestima, una señal que lo dejó marcado, que envenenó su casa para siempre. Ni siquiera tuvo que leer una línea para que eso ocurriera, en realidad sobraron todas las palabras, lo mismo que el resto de su vida iba a guardar silencio acerca de aquel episodio que ni siquiera contó a Guadalupe Espriu, aunque a ella se lo contaba todo. Lo vio nada más abrir el diario. Estaba allí quién sabe si como simple marcador, o si para ella era un amuleto o una especie de reliquia. Era la foto original que les había hecho la madre de Neus unos meses antes, en el jardín de su residencia, junto a la piscina, bajo la protección de las mimosas, los castaños de Indias y los plátanos de sombra, la tarde en que se conocieron; aunque jamás contaría a nadie lo que vio, ni iba a permitir que aquello diera al traste con la boda. Lo que había encontrado no era en realidad aquella imagen, sino lo que quedaba de ella; porque lo cierto era que él ya no estaba allí, donde sólo quedaban, sonriéndole a la eternidad, su primo y su futura esposa: a él, Neus Millet Vilarasau lo había cortado. Se imaginó las tijeras con que lo habría hecho; y después se las imaginó clavadas en su espalda.

Capítulo catorce

A principios del siglo XIX, los puertos de La Coruña y Barcelona registraban una gran actividad. El transporte de mercancías a América dejaba beneficios notables desde que el comercio se había liberalizado y ya no era obligatorio, tal y como había ocurrido en otras épocas, zarpar hacia el nuevo continente como miembro de una flota que surcase el mar bajo la protección de los galeones reales y volver a Cádiz para darle a la Corona una parte del botín que atesoraban los barcos cargados de esmeraldas de Nueva Granada, cacao de Venezuela, oro del Perú, azúcar de Cuba, plata de México o perlas de la isla Margarita. El control ya se había relajado ostensiblemente en los tiempos de la Regencia y la desamortización de Mendizábal, y había ido a menos con el paso de los años, pero los peligros no mermaban, porque ahí seguían los bucaneros franceses de La Española; los corsarios de Inglaterra, que eran vistos como héroes en su país y además repartían el producto de sus saqueos con la Corona; o los piratas llegados de Holanda a través del mar de las Antillas, que tenían su cuartel general en la isla de las Tortugas, al norte de Haití, y desde allí lanzaban sus ataques sin dar tregua. Entre eso, el contrabando y los tratos ocultos que nuestros propios comerciantes hacían con sus supuestos enemigos, por lo general en el estuario del Río de la Plata y con el fin de saltarse impuestos, tasas y aranceles, gran parte de las riquezas que podrían haber alimentado la Hacienda pública se quedaba por el camino.

Sin embargo, la mina de oro estaba en otras dos actividades: el tráfico de armas cuando había guerra y el de personas cuando se firmaba la paz. El segundo, la trata de esclavos, propició algunas de las grandes fortunas del país. Cádiz, Barcelona, La Coruña y Santander fueron lugares donde proliferó ese comercio ignominioso pero rentable, cuyos enormes beneficios se invertían en la industria naviera, la construcción de ferrocarriles e infraestructuras, la banca y las compañías de seguros. Sólo entre 1816 y 1820 partieron más de cien expediciones de La Coruña, por ejemplo, que llevaron a Cuba y Estados Unidos alrededor de siete mil esclavos que antes habían adquirido o dado caza en las costas de África, generalmente por la zona de Benín, en la desembocadura del Níger, Guinea Ecuatorial y el resto del golfo de Biafra. Algunos bergantines y fragatas célebres en ese sentido fueron La Mariña de Hércules, el Ysiar, el Pura y Limpia Concepción y Nuestra Señora del Rosario, que era propiedad de los antepasados de la familia Quiroga.

Por aquella época y hasta bien entrado el siglo XIX, se observaba cierta ambigüedad moral en lo referido al contrabando y a la piratería, lo primero porque algunos compaginaban el papel de bandido con el de soldado, puesto que un día tomaban al abordaje un buque y al siguiente ganaban una batalla de la guerra sin fin que España libraba contra Inglaterra y Francia; lo segundo, porque en tiempos de carencia la única forma de sobrevivir era moverse al margen de la ley. Se podía ser armador y filibustero, como el célebre Juan Gago de Mendoza, y que mientras en Londres se ponía precio a su cabeza, en Madrid el rey Carlos IV le otorgara patente de corso, le encomendase la defensa de la ría de Pontevedra, el sur de Galicia y el norte de Portugal y, finalmente, le concediera una medalla al valor y un grado militar, tras haber derrotado a la Armada inglesa en Ferrol y ser parte del ejército que venció a las tropas napoleónicas en la batalla de Ponte Sampaio y en la liberación de la ciudad de Vigo. O se podía ser un tratante feroz, como el gaditano Manuel

Pastor Fuentes, y que Isabel II le nombrara senador vitalicio y le diera el título de conde de Bagaes, a cambio de la cuota que le pagaba por cada mujer u hombre que entregaba a los terratenientes de sus colonias. La corte de la reina, de hecho, estaba absolutamente tomada por indianos como él, que habían sido responsables de que el Estado ganara mucho dinero, y todos y cada uno de ellos recibieron esas mismas prebendas: en los pasillos de la futura Cámara Alta o Senado, entonces llamada significativamente Estamento de Próceres y recién inaugurada por la regente María Cristina de Borbón-Dos Sicilias, se movían como peces en el agua y enjoyados con sus sortijas de oro del Nuevo Mundo los condes de O'Reilly y Buenavista, de Casa Bayona, de San Antonio, de Torre-Díaz y de Villanueva; los marqueses de Cáceres, de Manzanedo, de Guáimaro... La lista sería inacabable y deja ver a las claras que la esposa y la hija de Fernando VII fueron las amas de llaves de aquel mercado clandestino.

A vender negros en La Habana y Texas, donde eran obligados a trabajar en la recogida de caña de azúcar y en las plantaciones de algodón, se dedicaban antiguos exportadores de vinos, pieles curtidas, salazones y aguardientes, muchos procedentes de Cataluña, a finales del siglo XVIII, entre otras cosas para transportar fusiles, pólvora y municiones a la Norteamérica de la guerra de Independencia. Cien años más tarde, a sus sucesores les vino la suerte de cara, porque la abolición de la esclavitud en Gran Bretaña les dejó supuestamente el campo libre. En la práctica, no sucedía así del todo, y es evidente que fueron muchos los países que llevaron a cabo la atrocidad de conducir por la fuerza a dieciocho millones de personas a lo que ellos llamaban las Indias Occidentales, pero incluso así las fortunas que reunían con la parte que les tocaba eran de tal envergadura que hubo un malagueño llamado Pedro Blanco Fernández de Trava que, tras hacer en innumerables ocasiones la ruta de

Guinea Ecuatorial al Caribe, llegó a construir su propio almacén de esclavos en un islote del estuario del río Gallinas, en Sierra Leona, al que llamó Lomboko, dado que ni tenía nombre ni constaba en los mapas, una cualidad que lo convertía en un escondite inmejorable. Allí encerraba en jaulas a los rehenes que sus secuaces hacían cautivos en un territorio que según se agotaba el filón del golfo de Biafra se fue extendiendo de Senegal a Liberia, Ghana y Camerún, y esperaba a que apareciese en el horizonte su infame clientela. Al envejecer, se instaló en Barcelona y más tarde fue a morir a Génova.

Sin llegar a esos extremos, las ganancias netas que obtenían muchos con aquel comercio inhumano, al comprar nativos a los reyes tribales por quince o veinte dólares y después vendérselos a los latifundistas por trescientos cincuenta y hasta cuatrocientos, iban a dar de sobra para tener satisfechas a las tripulaciones y, sobre todo, para que sus jefes se convirtieran en hombres poderosos que en un tiempo muy breve formaron una nueva oligarquía con humos de alta sociedad, vocación de pervivencia y un innegable carácter endogámico, en la que las bodas entre sus herederos eran el pan nuestro de cada día y gracias a ellas los patrimonios se multiplicaban por dos en el altar.

El enlace de Montserrat Maristany Figueres y Jacint Espriu i Roselló en la basílica de Santa María del Mar fue de ese tipo. Y los orígenes de su fortuna también. La familia del novio se había dedicado de forma esporádica a la trata de negros en las Antillas, como tantas otras a las que un poco más adelante se conoció por ser propietarias o accionistas de algunas de las empresas e instituciones financieras más señaladas de la región: gente que a un lado del océano poseía cafetales y al otro fundaba bancos. En su caso, empezaron por la industria textil y los astilleros de El Masnou, y de ahí pasaron a tener diversas participaciones en empresas metalúrgicas como Bonaplata,

Vilaregut, Rull y Compañía, en el Raval; dedicadas al transporte de viajeros como La Maquinista Terrestre y Marítima, o a la producción de panas y terciopelos como la fábrica del Vapor Vell, en Sants. A continuación, empezaron a jugar en la Bolsa como corredores de cambio en el Casino Mercantil de la Ciudad Condal y, desde 1848, a implicarse en la construcción del ferrocarril, asociados con el antiguo habanero cuya firma, Biada y Cía., construyó nada más regresar a España la línea Barcelona-Mataró. Después vendría su participación en entidades como la Sociedad Catalana General de Crédito y la Caja Barcelonesa, en cuyos consejos de administración coincidirían, dos décadas más tarde, con la familia Quiroga.

En cuanto a los Maristany, el padre de la novia había sido aquel capitán de la corbeta Rosa y Carmen, construida también en las atarazanas de El Masnou, que un día del año 1862 dobló el escollo de Punta Rosalía, en el tercer vértice del triángulo de la Polinesia, se aproximó a la isla de Pascua, dio la orden de echar el ancla frente a las playas de Vaihu y Anakena, sus hombres mataron al pie del volcán Rano Kau a ciento cincuenta de los indígenas y capturaron a otros mil cuatrocientos. Su idea era venderlos por todo el continente, allá donde se necesitase mano de obra esclava para trabajar en las plantaciones de algodón o tabaco, en las minas de cobre o en la recogida del salitre en Tarapacá y el guano en las islas Chincha. El plan fracasó de forma dramática, como sabemos, porque una gran parte de los cautivos murieron durante la travesía, hacinados en las bodegas de la nave, y con ellos su cultura, que quedó aniquilada.

Fue uno de los últimos viajes de aquel traficante de seres humanos, al que pisaba los talones la flota abolicionista del Reino Unido, que incluso había mandado a espías tierra adentro para vigilar de día y de noche su casa de La Habana y conseguir apresarlo en cuanto cometiera el más mínimo descuido. Parecía que su futuro estaba en una mazmorra de cualquier castillo de Londres, pero no fue así, porque gracias al amparo de la Armada española pudo romper el cerco, dejar atrás su vida y sus posesiones en Cuba y regresar a España y a su pueblo junto al Mediterráneo, donde se hizo construir una esplendorosa mansión colonial en la que envejecer sin sobresaltos y a la que llamaría, muy significativamente, *El Repòs*.

Por su parte, Nuestra Señora del Rosario, la embarcación de los Quiroga, que también surcaba aquellos mares en esa época, iba a obtener su mercancía terrible por la misma zona, en la isla de Fernando Poo y sus alrededores, y en su caso la llevaba, preferentemente, a Santiago de Cuba. Además, en el viaje de regreso se hacía con otros productos de Cabo Verde, Gambia y Sierra Leona, por lo general plata, especias y maderas preciosas que sus dueños colocaban en los mercados de Cádiz y La Coruña. Con todo ello habían prosperado hasta situarse entre las familias más acaudaladas de Galicia. Pero los peligros eran cada vez mayores y, como acostumbraba a decir el patriarca de aquella estirpe de marineros, ya había llovido y escampado desde que se podía ir sin ningún temor desde la desembocadura del río Volta a La Habana y Mozambique; así que decidieron buscar otros caminos y los encontraron en el negocio de los trenes. Eso hizo que según aumentaban el tendido y las vías sumaban kilómetros por toda España se diversificasen sus inversiones. Nada más poner el pie en el mundo de la banca y de los ferrocarriles, los Espriu se cruzaron en su camino. Y el matrimonio entre Olalla y Biel selló su alianza años más tarde.

Hay dos teorías sobre el origen de la frase «la unión hace la fuerza», una se la atribuye al escritor Sulkhan-Saba, un príncipe y monje de Tandzia, Georgia, y otra al Kan Kubrat, un caudillo búlgaro; aunque las dos cuentan la misma historia y, sobre todo, ofrecen la misma moraleja: un rey agonizante mandó llamar a sus doce hijos a su lecho de muerte y les pidió que quebrasen una flecha cada uno. Eran guerreros fuertes, temibles en el campo de batalla, y lo hicieron sin gran esfuerzo. Después les dijo que cualquiera de ellos tratase de partirlas en dos todas juntas, y eso ya no pudo conseguirlo ninguno. «Recordadlo», les dijo, con su último aliento, «la fuerza reside en la unión. Si permanecéis juntos, el enemigo no os podrá hacer ningún mal; si os dividís, la victoria caerá de su lado». De algún modo, los jóvenes herederos de los Espriu y los Quiroga parecían una versión contemporánea de los príncipes de esa leyenda.

—Así que ¿ésa es la fuente de su dinero? ¿Eran traficantes de esclavos y contrabandistas? Resulta asombroso —dijo Mónica Grandes—. Parece sacado de una novela.

—No tanto —respondí tomando carrerilla para hacer una demostración de mis habilidades—. Hasta muy entrado el siglo dieciséis, en España se vio como algo normal tener forzados a tu servicio, hasta el punto de que los periódicos estaban llenos de anuncios de compraventa de negros. Poseer uno se consideraba elegante. En casa de Zenobia Camprubí, la mujer de Juan Ramón Jiménez, que estaba no muy lejos de El Repòs de los Maristany, en Malgrat de Mar, había una criada que les había regalado un tío abuelo de Puerto Rico. La duquesa de Alba adoptó a una niña cubana que le regaló un amigo y a quien dibujó en un par de ocasiones Goya. Y no te digo ya en el Siglo de Oro. En Sevilla, que a los cronistas les gustaba describir como «un tablero de ajedrez», por la mezcla de negros y blancos de sus calles, los primeros eran subastados en los muelles, a plena luz del día, por un precio que oscilaba entre los veinte y los noventa ducados, y tras un periodo de adaptación llegaban a integrarse, a su manera, en la vida de la ciudad, se reunían en su tiempo libre en el barrio de Santa María la Blanca, algo de lo que habla un entremés atribuido a Cervantes, *Los mirones,* y hasta formaron sus cofradías de Semana Santa, como la Hermandad de los Negros de Triana, la de los Mulatos de San Ildefonso y la de Nuestra Señora de los Ángeles, que aún existe. Dos de ellos trabajaban en la casa de Velázquez, el famoso Juan de Pareja, cuyo retrato está en el Metropolitan de Nueva York y una joven mulata a la que inmortalizó en su lienzo *La cena de Emaús,* que se expone en la Galería Nacional de Dublín; su colega Murillo tuvo toda su vida a su servicio a una mujer capturada en Guinea que el padre de su esposa le había comprado para que fuese parte de su dote, y también a su hijo, el mulato Sebastián Gómez, al que enseñó su arte y que se cree que con el tiempo le ayudó a terminar algunos cuadros. Hans Christian Andersen escribió un cuento titulado *El pintor desconocido,* en el que imagina que por las noches el discípulo retocaba y mejoraba las vírgenes y los ángeles del maestro. Hasta en la familia de Santa Teresa de Jesús había un esclavo.

—Qué fuerte...

—Y eso en la realidad, porque en la ficción están por todos sitios, los encuentras en *El coloquio de los perros,* éste sí indudablemente escrito por Cervantes; en varios dramas de Lope de Vega, como *La victoria de la honra* y *Amar, servir y esperar,* y en tres o cuatro poemas de Quevedo. El *Lazarillo de Tormes* tiene un hermano de color después de que su madre se amancebe con un esclavo llamado Zaide... Un suma y sigue... Conozco bien esa lista, porque confeccionarla es uno de los trabajos que solía mandarles hacer a mis alumnos del instituto.

—La verdad es que me parece un tema alucinante. Mercaderes que asolan la isla de Pascua, bucaneros, corsarios, islas que no conocen los cartógrafos... Supongo que eso explica la afición de Lluís por los libros de piratas.

—No sabría decirte: él no me ha contado nada de todo esto. Ni una palabra. Lo descubrí solo.

—Tal vez quería que los árboles no te dejaran ver el bosque. Pero tú eres más astuto.

—No es difícil adivinar lo que te oculta la gente, sólo tienes que fijarte en dónde no quiere que mires.

—Mi Sherlock Holmes particular —dijo apoyando la cabeza en mi hombro: debíamos de parecer san Juan y Jesucristo en la última cena—. Quiero preguntarte algo.

—Lo que quieras.

—Es algo muy sencillo: ¿de verdad tienes algún interés en encontrar a la familia abandonada de los Espriu i Quiroga y escribir su historia?

—Bueno, lo que tengo es una empresa que se dedica a eso. Y cuando te dan lo que has pedido, ya no tienes dónde elegir. La otra opción era quedarme en casa y contar en cien páginas la luna de miel de dos empleados de unos grandes almacenes de Santander en el Brasil de la dictadura del mariscal Castelo Branco, y cosas así.

—A lo mejor lo único que quieres es no estar en otra parte.

—La quietud atrae los malos recuerdos. Eso es verdad. Pero ahora nos estamos moviendo y te voy a advertir algo, bella arqueóloga: puede que esto no vaya a ser como encontrar el sepulcro de Cleopatra, el de Gengis Kan o el de Alejandro Magno, y aun así, tampoco vamos a aburrirnos.

—Si lo hacemos, después de cometer la locura de haberte seguido, el que acabará tres metros bajo tierra serás tú.

—¿Por qué lo has hecho? ¿Por qué me has dicho que sí?

—No lo he hecho. Estoy aquí contigo, pero no se trata de mí —respondió, con una sonrisa burlona.

—Me quedo con la primera parte: estás aquí; con eso basta y sobra.

—Lo estuve antes y no te parecí suficiente.

—Más bien, no nos lo parecimos ninguno de los dos.

—¿Y por qué ahora va a ser distinto?

—Quizá por la situación, o tal vez es que hay cosas que sólo se pueden ver si no se tienen delante.

Puso su mano sobre la mía y me miró con ojos de gata a punto de ronronear. La besé. ¿En qué árbol frutal habría crecido su boca?

—Creí que pensabas que el nuestro era un amor imposible...

—Un amor imposible es lo que sienten el uno por el otro dos cobardes.

—Tú lo eres... Al menos, lo fuiste.

—Ya hace tiempo de eso. Entonces no sabía lo que quería.

—Ya, pero es que por lo general, cuando alguien te dice que no sabe lo que quiere, lo que quiere decir es que a ti no.

—Las cosas han cambiado y tú me has cambiado a mí. Tanto que, si seguimos así, cualquier día te compro un anillo...

Aguzó la vista, como quien trata de descifrar la letra pequeña de un contrato. Luego, me sonrió.

—Prueba, a ver qué pasa —dijo, a la defensiva.

—Creo que lo haré, tengo mucho que ganar.

—Ya sabes lo que le dijo a Agatha Christie su marido: «Cásate con un arqueólogo y cuanto más vieja te hagas, más encantadora te encontrará». Me imagino que no sabes quién era él —dijo, y yo entendí que cambiaba de tema para zafarse de mis insinuaciones matrimoniales—. Se llamaba Max Mallowan y participó en excavaciones importantes en Siria e Irak. Se conocieron en las ruinas de la antigua ciudad de Ur y se enamoraron en el viaje de regreso a Inglaterra, naturalmente a bordo del Orient Express. Ella volcó algunas de las experiencias que tuvieron juntos en los yacimientos de Chagar Bazar y Tell Brak en

Asesinato en Mesopotamia, en *Muerte en el Nilo* y en un pequeño ensayo que no ha leído casi nadie y que es una joya: se titula *Ven y dime cómo vives.* Si te portas bien, es posible que te preste mi ejemplar.

No me sentó bien que tirase balones fuera de aquel modo; pero, por suerte, no tuve que decir nada, porque en ese mismo instante el piloto del Airbus A330 de Iberia en el que viajábamos anunció que en unos minutos el avión iniciaría su descenso para aterrizar en la ciudad de La Habana.

«Por mucha imaginación que tuvieran», habría dicho otro narrador que no fuese yo, «ninguno de los dos podía figurarse lo que les esperaba allí. Y mucho menos aún sospechar que no eran los únicos que se dirigían a Cuba para buscarlo».

Segunda parte
(La Habana)

Capítulo quince

—Si nadie la recuerda es que nunca estuvo aquí, porque en este barrio nos conocemos todos —dijo, y acto seguido apoyó las manos en la barra de acero inoxidable y se nos quedó mirando como si su tesis fuera un veredicto inapelable, que no se pudiese recurrir en ningún tribunal. Era un sabelotodo y a la vez un escéptico, me dije, una de esas personas que basan sus convicciones en sus experiencias, así que pueden dudar que existan el amor, la suerte o la lealtad por la misma razón que no se creen, pongamos por caso, que los colibríes pueden volar hacia atrás o los basiliscos andar sobre el agua: porque nunca lo han visto.

Se trataba de un hombre de edad indeterminada, con ojos casi amarillos, dientes blancos como la nieve y una maravillosa piel del color que tendría el chocolate si fuese un mineral. Estaba tras el mostrador de uno de esos bares diminutos y vagamente legales de La Habana en los que siempre hay comida temeraria, buena música y un refrigerador que suena como si en vez de conservar los alimentos los tratase de digerir. Habíamos entrado en su local porque se llamaba El Siglo de las Luces, pero el sortilegio no funcionó y aquel tipo era como todos los demás: nunca había oído hablar de la familia Maristany pero trataba de alargar la conversación por si al final podía vendernos algo.

Desde muy temprano, para evitar las horas de más calor, habíamos recorrido el barrio popular de San Leopoldo, que sus habitantes llaman el Ocho y Medio, y la verdad es que excepto lo que buscábamos nos habían ofrecido de todo: comida, armas de fuego, drogas, mujeres, guías turísticos, dólares, pesos, relojes de la marca Cuervo y Sobrino, cartas astrales, radios, ir a la playa de Varadero en un Chevrolet o un Ford de los años cincuenta, puros habanos, zapatillas de hacer deporte, guayaberas, leche en polvo... También habíamos visitado la iglesia del Santo Ángel Custodio, donde no constaba la partida de bautismo de nadie llamado Verónica Maristany, lo que contradecía lo que me había contado Lluís Espriu y me llevó a preguntarme de dónde habría sacado esa historia. Y finalmente, nos pasamos por algunos paladares: La Guarida, en la calle Concordia; San Cristóbal, entre Lealtad y Campanario; Doña Eutimia, junto a la plaza de la Catedral... Incluso nos aventuramos a ir en un taxi por la zona de San Miguel del Padrón, un infierno en la tierra donde malvivían los orientales, gente que, según nos contó nuestro chófer, había ido a la capital desde lugares remotos como Cauto Cristo, Moa, San Antonio del Sur, Guantánamo o Jiguaní en busca de un medio de subsistencia y no había encontrado nada. Nosotros tampoco, desde luego: allí lo único que había era miseria. Quizá el conductor nos había llevado a ese inframundo por ganar unos convertibles de más con el viaje y, de propina, sentirse un poco mejor al corroborar que al lado de la legión de almas en pena que deambulaba por aquel sitio él era casi un privilegiado. Somos así, la desgracia ajena, en cierto modo, nos produce alivio, igual que si los otros hiciesen de pararrayos, al atraer sobre sí mismos un infortunio que, de lo contrario, quién sabe si podría haber caído sobre nosotros. No le culpé por hacernos perder el tiempo con aquella expedición, que nos había dejado ver el ángulo más sombrío de La Habana. Y, además, en el resto de los sitios tampoco habíamos tenido suerte: nadie sabía una palabra acerca de la misteriosa Verónica Graciela Maristany y, a esas alturas del día, con cuarenta grados y una humedad que te hacía sentir como si nadases vestido en una sopera, ya empezábamos a no poder con nuestra vida.

—Parece que trabajó alrededor de dos o tres años de camarera en alguno de estos restaurantes del centro histórico y luego se fue a un hotel de Guardalavaca —le dije al hombre de El Siglo de las Luces, por hacer un último intento—. Debe de tener alrededor de treinta años. Necesitamos encontrarla.

Me miró igual que si fuese una historia de la que ya conocía el final.

—Claro, y el amigo la echa de menos... Quien prueba una mulata de La Habana...

—Se equivoca, sólo queremos darle un mensaje.

Me observó de nuevo, como si contemplara una inundación subido a un tejado. A ras de suelo, el agua se lo llevaba todo, pero no era su problema.

—¿Qué tipo de mensaje? —preguntó, de todas formas.

—Familiar.

—¿Buenas noticias o malas?

—Más bien lo primero que lo segundo.

—No me diga que le ha caído en suerte una herencia...

—Algo así. Bueno, tenemos que irnos.

Su cara se volvió otra. Había olido el perfume embriagador del dinero.

—Así que ustedes son «el apellido / sangriento y capturado / que pasó entre cadenas sobre el mar». ¿Conocen esos versos de Nicolás Guillén, el poeta nacional de Cuba? «Sé que vendrán lejanos primos, / sé que vendrán pedazos de mis venas, / con duro pie aplastando las hierbas asustadas.»

—Le gusta a usted la poesía... Lo celebro, yo soy profesor de Lengua y Literatura. Sin embargo, nuestra intención no es pisotear hierbas, ni ninguna otra cosa.

—Aquí nos gusta a todos y además lo hacían aprender de memoria en la escuela. Pero yo, por añadidura, trabajé treinta años en una librería. Aún tengo mis contactos en la plaza de Armas, si le interesan algunas primeras ediciones, se las consigo al mejor precio: José Lezama Lima, Dulce María Loynaz, Antonio Machado, Pablo Neruda, Alejo Carpentier...

—No me importaría verlas —dije—. Otro día pasamos por aquí. Pero ahora debemos irnos.

—Compañeros, no se tiren con la guagua andando. ¿No quieren tomar una *láguer*? Les sirvo malanga, tostones de plátano, congrí... Todo de primera calidad.

—No nos apetece nada en estos momentos, gracias —dije, ya con un toque de impaciencia en la voz, en primer lugar porque llevábamos horas caminando y habíamos mantenido aquella misma conversación con mil y un vecinos de la calle en la que tuvo su palacio Maristany y con los dueños, encargados y trabajadores de cada uno de los establecimientos que visitamos; y después porque queríamos hacer la ruta Hemingway, comer en La Bodeguita del Medio, visitar Finca Vigía, su casa en San Francisco de Paula, y a la vuelta ver su habitación en el hotel Ambos Mundos, beber algo en el restaurante de la azotea, ver desde allí el atardecer y, finalmente, acercarnos a tomar un daiquiri en el Floridita. Empezaba a ser tarde para que nos diera tiempo a hacerlo todo y yo le había prometido a Mónica unas vacaciones en aquel país de «cintura caliente y gota de madera», como lo definió Federico García Lorca. Quería hacerlo bien con ella, para variar. Esta vez iba a probar suerte, porque tenía dos grandes razones para no limitarme a capear el temporal: yo lo necesitaba y ella se lo merecía.

—Los famosos indianos... —dijo el hombre del bar afirmando con la cabeza mientras negaba con un dedo índice que tenía un movimiento de limpiaparabrisas, igual que si su cuerpo recibiese órdenes de dos cerebros distintos—. Esa gente se lo llevó todo, acabó con la quinta y con los mangos, como decimos por acá. Después tomaron su lugar los ingleses y luego los norteamericanos. Ya ven: la pobre Cuba fue siempre de mano en mano, hasta que vino la Revolución.

—Si usted estuviera en nuestro lugar, ¿por dónde empezaría la búsqueda? Aparte de ir a la embajada y al registro, claro, porque eso ya lo haremos mañana. Sírvanos esas *láguer* —dijo Mónica.

—Miren, déjenme hacer una cosa —dijo, poniendo las dos botellas sobre el mostrador—: voy a llamar a mi sobrina a su celular y le pido que venga. Si están perdidos, ella les va a indicar.

—Se lo agradezco, pero no la necesitamos —dije, con una brusquedad que no me gustó, porque era la del extranjero a la vez prepotente y temeroso que ve a todos los habitantes del lugar al que ha ido como presuntos estafadores. No pareció ofenderse, tan sólo me miró con cara de estar pensando que no hacía falta consultar ningún mapa de carreteras para ver que iba por mal camino.

—Ustedes se lo pierden, yo no quería hacer un bisne, sólo darles una mano. Es doctora en Historia, y tengan por seguro que es de lo mejor que tenemos acá en nuestras universidades. No me cabe duda de que podría orientarlos. Pero no hay problema, cada uno a su negocio y así no nos molestamos nadie, ella es una mujer muy ocupada. Que les vaya bien y no encuentren problemas, de bajada todos los santos ayudan. Son cinco convertibles por las cervezas —dijo.

Le di un billete de diez y le dije que se quedara con el cambio, por las molestias y a modo de disculpa: la grandeza consiste en ofrecerle al adversario derrotado un hombro enemigo en el que llorar.

—Hagamos una cosa —dijo Mónica, asumiendo el mando de las operaciones, cuando yo ya me disponía a salir—. ¿Por qué no se pasan ella y usted por nuestro hotel esta noche, a última hora? Con mucho gusto los invitamos a cenar y hablamos sin prisas. ¿Les parecería bien a las nueve y media?

En otras circunstancias y si ella hubiera sido otra persona, creo que podría haberme sentado mal que me enmendase la plana; en aquel instante la verdad es que me gustó: tal vez cinco años más tarde aquello no me parecería un detalle de personalidad sino una afrenta o un golpe bajo cuyo único fin era llevarme la contraria; pero entonces nos encontrábamos donde comienzan las relaciones y aquello era Jauja, esa ciudad de una obra de Lope de Rueda donde hay un río de miel y otro de leche, las calles están pavimentadas con yemas de huevo y en los árboles crecen pasteles de sabores exquisitos. Ya habría tiempo de que ese lugar maravilloso se convirtiera en lo que es: un pueblo de Córdoba.

Los caminos que pisamos aquella tarde eran nada más que de asfalto o de piedra, atravesaban un paraíso para turistas envuelto en los aromas del pollo con arroz, el plátano frito con frijoles dormidos y los tacos comandante, dos veces deliciosos si los consumías dejándote llevar por el ritmo de los sones y el vaivén de los vasos de ron con hojas de hierbabuena. Y lo mejor de todo era el final de la expedición en nuestra *suite* junto al océano, escuchando el sonido de las olas que rompían contra el dique y se retiraban, una y otra vez, igual que un boxeador que golpea y retrocede, y con Mónica Grandes entre mis brazos.

Seguro que se podía ver lo guapa que estaba y lo mucho que le favorecían aquellos aires del Caribe en las fotos que nos hicieron esa misma noche a escondidas, desde una distancia prudencial y con un buen teleobjetivo, las personas que nos vigilaban.

Desde nuestras ventanas se veía venir el Atlántico, que saltaba el muro del Malecón y se desintegraba con un estallido de gotas verdes y espuma. Me acordé de mi madre, del miedo feroz que le tenía al agua. «Quien vaya a la mar que aprenda a rezar», decía cada vez que mis hermanas o yo la llevábamos a una playa, a pasar con nosotros el verano. Los recuerdos son desleales, siempre están de parte de lo que has perdido, y la vi en la de Frejulfe, Asturias; en la de Tavernes de la Valldigna, en la costa de Valencia; en la de Rota, Cádiz... Qué lejos está todo lo que parece que fue ayer.

—¿En qué piensas?

Que fuera Mónica quien lo preguntara hizo que por un instante pensara en decirle la verdad, pero por suerte reaccioné a tiempo y no cometí ese error: la tristeza habría roto el encanto.

—No te preocupes —dije—. Tengo la cabeza en otra parte, pero allí también estás tú.

—Te creo, porque me conviene.

—El hombre del bar tenía razón —le dije, para salirme por la tangente—, aquí llegaban de muchas partes de Europa y todos venían a lo mismo. Los piratas franceses saqueaban La Habana, los españoles la conquistamos y los ingleses nos la arrebataron en la guerra de los Siete Años y luego se la devolvieron a Carlos III, junto con Manila y a cambio de la Florida.

—Así tal cual, lo mismo que si fuesen mercancías.

—En aquella ocasión todo acabó con la firma del Tratado de París, donde ganó el Reino Unido, Francia lo perdió casi todo y nosotros nos quedamos más o menos como estábamos. La Habana no, aquí se hicieron muchas transformaciones, unas militares y otras civiles, unas para defenderla de nuevos ataques, como la fortaleza de San Carlos de la Cabaña, y otras porque las riquezas que entraban y salían del puerto dejaban una estela de prosperidad que la hizo crecer hasta volverla una gran metrópoli. Ten en cuenta que era la capital mundial del azúcar, y éste es un mundo goloso.

—Sí, bueno, también se quedaron con las llaves del mercado, porque la competencia echó el cierre: las *gens de couleur,* como las llamaban en los salones de París, les habían quitado Santo Domingo a los franceses.

—Así es. La cosa estaba que ardía. España, por lo que pudiera pasar, se trajo de allí los restos de Cristóbal Colón, que estuvieron en La Habana bastante tiempo, hasta que los trasladaron a Sevilla.

—Pues mira, en eso reconozco que hicieron bien. A veces las cosas acaban en malas manos, llegan los bárbaros o los ignorantes y las destruyen por simple fanatismo o por pura avaricia o con la disculpa de borrar los símbolos de la invasión. Me dijiste que el otro día te hablaba Lluís Espriu de las salvajadas que han hecho ahora los yihadistas con los Budas de Bāmiyān o las ruinas de Nimrud, Hatra y Palmira. Es verdad, destruyen las piezas grandes, acaban de volar el templo asirio de Nabu y se dedican a traficar con las más pequeñas, las roban de los museos y las venden en las fronteras con Turquía, Líbano y Jordania. Es algo terrible pero no es nuevo: los habitantes de Antinoópolis, la ciudad que el emperador Adriano construyó al sur de El Cairo en honor de su amante, la desmontaron para levantar fábricas con sus piezas. En Trípoli, Libia, vendieron al mejor postor las columnas de mármol de los templos de Leptis-Magna, que han acabado una parte en París, en el altar de la iglesia de Saint-Germain-des-Prés, y otra en Londres, en los jardines del castillo de Windsor.

—No hace falta irse tan lejos: el Museo del Prado fue desvalijado por José Napoleón, a él le quitaron parte del botín los ingleses en su huida de España y algunos cuadros acabaron en manos de coleccionistas de Estados Unidos. Otros los malvendieron sus propietarios: de todo ello, a mí lo que más me duele es que el retrato que Velázquez le hizo a Góngora esté en Boston.

—Pues ya ves: de la ocupación a la incautación no hay más que un paso...

—Sin embargo, no todo lo que no está bien es malo, porque aquí los españoles, y especialmente los catalanes, hicieron muchas cosas. Eran para ellos, naturalmente, pero el caso es que las dejaron en herencia al marcharse. Construyeron el ferrocarril, el Teatro Tacón, la Real Fábrica de Tabacos, el Liceo Artístico y Literario, las quintas y palacetes del barrio del Vedado... Lo que el novelista Alejo Carpentier llamó «una ciudad enferma de columnas».

—Y mientras ellos se hacían un El Dorado caribeño, sus esclavos traídos de Guinea pasaban las de Caín en las plantaciones. No hagas de abogado del diablo, no es papel para ti.

—«*Le secret des grandes fortunes est un crime oublié*», dice Balzac. Mucha gente tiene que estar de acuerdo, cuando escribió casi cien novelas y ésa es su frase más famosa.

—Un crimen olvidado o, más bien, que no conviene recordar... Aunque en su opinión tal vez no tengan nada en absoluto de lo que avergonzarse porque entonces y ahora pensaban lo mismo: que el fin justifica los medios.

—Digamos que prosperaban sin excesivos remordimientos, que necesitaban hacerse respetar y que para lograrlo dirigían la isla con mano dura. Ni que decir tiene que les salía muy rentable. El capitán general de la ciudad, Leopoldo O'Donnell, que aparte de duque de Tetuán, conde de Lucena y vizconde de Aliaga fue presidente del Gobierno dos o tres veces, dirigió Cuba durante un lustro con el látigo en la mano y es tristemente célebre por dos cosas: el modo en que reprimió a sangre y fuego la llamada conspiración de la Escalera y la forma en que se llenó los bolsillos a base de cobrarles a los negreros cincuenta pesos por cada esclavo que desembarcaba aquí. Ganó millones, pero no debía de bastarle con eso, porque al volver a España se entretuvo en dar golpes de Estado y en declararle la guerra a Marruecos.

—El dinero, la política y la aristocracia, Padre, Hijo y Espíritu Santo del poder... Siempre ha sido así. En

España, el golpe de Estado de 1936 lo pagó el banquero Juan March, que les puso mil millones de pesetas encima de la mesa a los sublevados; en Alemania, el nazismo, el Holocausto y la Segunda Guerra Mundial se pusieron en marcha en Berlín, en 1933, en el Reichstag, en una reunión entre Hitler y los dueños de Opel, Bayer, Telefunken, Agfa, Siemens y Krupp: ellos le financiaron su ascenso al poder. Y tu amigo Joan Maristany era de esa cuerda y le habrá transmitido su modo de ver las cosas a sus desdendientes. Son personas cuya idea de la evolución se basa en condenar a otros pueblos al subdesarrollo; que comen en platos de porcelana de Meissen lo que les quitan de la boca a los pobres; se llevan las materias primas, destruyen el arte indígena y la naturaleza, y lo poco que sobrevive lo exponen en museos y jardines zoológicos... Que en nuestro siglo aún exista la abominación de los safaris lo explica todo, también que en ese mercado del ocio las personas son parte del espectáculo, seres pintorescos o simples animales insólitos, como los leopardos, las cebras, los antílopes o los leones.

—Sí —respondí—, de eso no hay duda, él también vino aquí de cacería.

—Más bien a cometer un crimen que, en lugar de castigo, tenía premio... Iban aquí y allá, exprimían a los pobladores, los hacían sus criados, se llevaban todo lo que tenía algún valor y al regresar se convertían en aristócratas en unas sociedades que legitimaban sus atrocidades y en algunas ocasiones, para que la burla fuera completa, además se hacían pasar por viajeros románticos, grandes defensores de los sitios que ayudaban a destruir. Mira a Isak Dinesen y sus *Memorias de África*, donde dice que lo que aprendió «cazando fieras en las junglas de Kenia» le fue «muy útil para saber cómo tratar a los nativos» y cuenta que su cocinero intentaba hacerle probar la comida kikuyu «como un perro fiel que deja un hueso delante de ti, a modo de regalo». Parece de un racismo evidente, pero cuando el escritor Ngũgĩ wa Thiong'o tuvo la osadía de recordar esos párrafos de la baronesa en Copenhague, media Europa se le echó encima para desacreditarlo. Supongo que le dio igual; qué podían importarle unos cuantos artículos llenos de ofensas a alguien que había sido perseguido por oponerse a la dominación de los ingleses; acusado de ser un guerrillero mau-mau; encarcelado más tarde por escribir obras de teatro en las que hablaba de las condiciones inhumanas en las que se trabajaba en las plantaciones; hostigado por los políticos corruptos que se hicieron con el poder tras la independencia de Gran Bretaña y, nada más volver al país desde su exilio en Estados Unidos, atacado en su propia casa, donde una noche cuatro hombres le dieron una paliza y violaron a su mujer, por turnos, delante de él... Eso era el colonialismo y es ahora el neocolonialismo. O si lo prefieres, eso es lo que fue en el siglo diecinueve tu Joan Maristany y lo que son hoy los Espriu i Quiroga.

—Pues sí, de alguna manera. Para ellos y para otros muchos, África fue y es un granero, un pozo sin fondo. Y una auténtica mina de oro, por supuesto.

—Los negreros eran simples genocidas. Una plaga criminal. Y de ahí venimos.

—No sólo de ahí y no sólo nosotros, porque en aquella época todas las naciones querían su propio imperio: Francia ocupó Argelia y Túnez con su Legión Extranjera; Gran Bretaña se quedó con Egipto y Sudán; Italia tomó Eritrea...

—En aquella época y en ésta, porque siguen actuando igual; le han hecho a su imperialismo un lavado de cara, y eso es todo, hablan de igualdad, libertad y fraternidad pero en la Asamblea Nacional francesa hay una estatua de Jean-Baptiste Colbert, el ministro de Finanzas de Luis XIV que instauró el Código Negro, que regulaba la esclavitud en las colonias de su país, algo que deja muy claro que sus discursos no son más que simple demagogia para ocultar que continuan haciendo lo mismo, con la única diferencia de que ahora en lugar de ejércitos usan multinacionales. Pero sus normas son las de siempre, las que marca el famoso *capitalismo extractivo.* En el fondo, ¿qué son las empresas de tus Espriu i Quiroga en Brasil y Tanzania, sino una forma de conquista financiera? Fíjate las horas que trabajan sus obreros, mira lo que les pagan y verás que lo que hacen con ellos aún es algo que puede definirse con la palabra *explotación.*

Me gustaba cuando se encendía de aquel modo, como si avanzase envuelta en banderas rojas. Así que decidí echar más leña al fuego.

—Tú lo ves así, yo, al menos en gran parte, también, pero ellos te aseguro que no, ellos se sienten unos benefactores, si me apuras casi unos misioneros civiles.

—Claro, claro, y además no hacen más que poner a cada uno en su sitio, porque ya sabemos que los africanos son biológicamente inferiores, cobardes, traicioneros y antropófagos, según el estereotipo que se ha ocupado de fijar, por cierto, la literatura occidental, esa que tanto le gusta leer a tu amigo Lluís Espriu... A mí no me engañan, he visto con mis propios ojos lo que son y lo que hacen allí donde van, da lo mismo si venden electrodomésticos, ropa, tecnología punta, fármacos o alimentos. En China hay setenta millones de *dagongmei,* chicas con jornadas de dieciséis horas diarias que tienen quince minutos para comer, duermen en los sótanos de las fábricas y ganan menos de dos dólares al día. En el Tíbet, la gente se arrastra el día entero por las praderas del Himalaya en busca de una larva llamada *yartsa gunbu* que dicen que cura mil enfermedades y es un potente afrodisíaco, pero a los campesinos les pagan quinientos yuanes, unos sesenta euros, por lo que los laboratorios del primer mundo van a cobrar quinientos. Los niños de Bangladesh se dejan la vida en las canteras y en los talleres a cambio de cuatro dólares semanales. En la India, las marcas de prendas deportivas pagan a sus empleados veinticinco céntimos por cada balón de cuero que cosen a mano y en El Salvador les dan diez euros por hacer trescientas camisetas. La lista es interminable.

Era una mujer increíble. Los demás oían la música y ella, el tintineo de las pulseras de la bailarina; los otros escuchaban caer las bombas y ella, latir el corazón de los soldados. La atraje hacia mí y la besé. Mientras lo hacía, le dije al oído:

—¿Qué haces aquí? ¿Por qué estás conmigo?

—Soy arqueóloga, saco a la luz cosas que estaban sepultadas —dijo mientras desabotonaba mi camisa con los dedos de la mano izquierda y la suya con los de la derecha.

Cuando nos llamaron por teléfono para comunicarnos que la doctora Cabrera y su tío nos esperaban en recepción, no sabíamos muy bien de qué nos hablaban, dónde estábamos, qué hora era ni de qué día: habíamos perdido la noción del tiempo y el espacio. En lo que a mí se refería, de hecho, al despertarme ni siquiera tenía claro si era exactamente yo o era otro, alguien que, para empezar, no se arrepentía de estar allí, como sin duda lo hubiese hecho yo. Y el cambio me gustaba.

En este mundo hay dos tipos de personas, las que te rodean y las que te tienen rodeado, y Mónica Grandes había vuelto a mí para ocupar su sitio entre las primeras. Hay gente así, capaz de hacerte vislumbrar en muy poco tiempo una vida a su lado. ¿Que cómo no me había dado cuenta antes? Ni lo sé, ni me importa. Pensar en lo que debiste haber hecho sólo sirve para que tu pasado empeore.

Capítulo dieciséis

—Todo giraba en torno al azúcar. Producirlo era un negocio tan rentable que quienes lo llamaban *oro blanco* no es que no mintiesen, es que ni siquiera exageraban. Era así de sencillo y así de cruel: Europa quería dulces y Cuba necesitaba esclavos que trabajasen en las plantaciones para satisfacer la demanda. Ni más ni menos.

—Se comprende —dijo Mónica, con una sonrisa amarga en los labios—. ¿Qué habrían hecho los vecinos de Londres sin sus *crumble* de frutas a la hora del té o los de Berlín en Navidad sin sus galletas *plätzchen* de vainilla? La gente es tan fiel a sus costumbres como las brújulas al polo norte.

—La máquina trituradora no se podía detener por eso y, sobre todo, por que los beneficios que le proporcionaba a la oligarquía que se formó en estas tierras, la llamada *sacarocracia,* eran incalculables. Así que cuando los negros empezaron a parecerles una amenaza real porque eran muchos, casi medio millón en esa época, porque con el ejemplo de lo que había sucedido en Haití ya forcejeaban para intentar romper sus cadenas y porque las leyes internacionales los amparaban, los terratenientes lo intentaron solucionar trayendo chinos, los llamados culis, pero los consideraban rebeldes y perezosos, no toleraban los castigos físicos y la tasa de suicidios entre ellos era muy alta. Así que a uno de sus líderes, que era de Orense, se le ocurrió que si en lugar de ir a África los trajesen de Galicia, donde él sabía que los labradores pasaban hambre tras años de lluvias escasas y cosechas perdidas y después de sufrir una epidemia de cólera, el resultado iba a ser el mismo o mejor. Pero se equivocaba de parte a parte, porque no fue así y ese error de cálculo, que cometió un antepasado de esa familia que lo ha contratado a usted, los Quiroga de Feijóo, a él le costó dinero y a unos dos mil compatriotas de ustedes les costó la vida.

La doctora Cabrera era una de esas personas cuya manera de no ser guapas las hace muy atractivas. Sus rasgos no eran hermosos si los juzgabas por separado, pero el conjunto se imponía con rotundidad a las partes. Tenía un hermoso pelo ondulado, de ese tono de negro que brilla como si escondiera algo azul, y unos ojos combativos de color ámbar. Era profesora en la Facultad de Filosofía e Historia y mostraba la desenvoltura clásica de los buenos maestros para dejar muy claro lo que quieren decir sin malgastar palabras. Su nombre era Delia. El de su tío, Adalberto.

—¿Está segura de eso?

—Tan segura como de que estamos en el Caribe y ese satélite que brilla en el cielo es la luna. El hombre del que les hablo se llamaba Urbano Feijóo de Sotomayor, fue militar y diputado por su ciudad en España y aquí por el distrito de Matanzas; era accionista del ferrocarril de Sagua y vocal de la Junta de Auxilio; poseía varias haciendas, cinco ingenios azucareros y tres cafetales. Pero era un mal administrador y llevó todos esos negocios a la ruina. Entonces, se le ocurrió su estrategia «patriótico-mercantil», como él la llamaba, y no le resultó excesivamente difícil venderla en España, donde no eran conscientes de su situación económica. Era listo y un buen orador, lo caracterizaban una astucia y una simpatía capaces de embaucar a cualquiera... Tenía de todo, menos corazón.

—¿Y no le cabe duda de que hablamos de los mismos Feijóo?

—Mire, como decimos nosotros, si ves dos veces una ballena blanca, es que es la misma.

«Vaya con la familia entera de Lluís Espriu y su pasado tenebroso», pensé. «Resulta que concertamos esta cita para hablar de los Maristany y mira con qué historia sobre los Quiroga de Feijóo aparecen nuestros invitados.»

—Y por lo que dice, en España recibieron la idea con los brazos abiertos, ¿no es así, Delia? —intervino Mónica.

—Hubo algunas discusiones en el Parlamento, con el fin de guardar las apariencias, pero la Corona aprobó el plan y la Junta de Población Blanca sufragó los pasajes de los emigrantes, segura de que eso los ayudaría a imponer una mayoría de ciudadanos españoles en la colonia; y de propina, le adjudicó un contrato para construir dos leguas de vía férrea entre Macagua y Villa Clara.

—El tren siempre estaba ahí, ya lo ves —le dije a Mónica—. Simbolizaba el progreso y hacía ricos a quienes lo manejaban.

—... Y esclavos a todos los demás, porque así es como acabarían los pobres gallegos de esa historia, ¿no es cierto?

—Peor. Mucho peor. Les dieron a entender que iban a ser colonos y al llegar al muelle les entregaron tres camisas, un pantalón, un par de zapatos y un sombrero de paja; les prometieron un anticipo para sus familias que nunca llegó, y una paga de cinco pesos mensuales, cuando los negros libres ya cobraban entre veinte y veinticinco. Pero eso era en el puerto de salida; en el de llegada, a los contratos que habían firmado se les añadían otras cláusulas. Primera: los trabajadores no podían romper el acuerdo hasta que pasaran cinco años. Segunda: durante ese periodo, no dispondrían de pasaporte, sino de una cédula de identificación emitida en Cuba y controlada por los terratenientes. Tercera: aceptaban sufrir «ciertos castigos correccionales con arreglo a las ordenanzas». Y cuarta, debían dar su consentimiento por escrito a esta última disposición: «Me conformo con el salario estipulado, aunque sé y me consta que es mucho mayor el que ganan los jornaleros libres de la isla de Cuba; porque esta diferencia la juzgo compensada con las otras ventajas que ha de proporcionarme mi patrono y con las que aparecen en este contrato».

—Un engaño en toda regla.

—Y de grandes dimensiones, porque lo que proyectaban era traer ni más ni menos que tres mil emigrantes al año desde La Coruña a La Habana. Cuando llegaron aquí los primeros, a bordo de la fragata Villa de Neda, se les recibió a bombo y platillo, hubo discursos y una banda de música, desfilaron por las calles en pelotones de veinticinco al mando de un capataz y la prensa orgánica hizo sonar sus trompetas. Pero al llegar la noche, el empresario los recluyó en unos barracones insalubres, donde supuestamente iban a pasar un periodo de aclimatación, aunque en realidad sólo eran el depósito al que irían a comprarlos sus futuros dueños; los encadenó y les puso a régimen de batatas y tasajo. Según las cifras que manejamos los estudiosos, de esa primera expedición, que estaba compuesta por trescientos hombres, murieron ciento sesenta y nueve y a otros setenta y tres se los dio por desaparecidos. Es decir, que nada más que sobrevivieron cincuenta y ocho, los únicos capaces de soportar la travesía, el cautiverio, las jornadas de quince horas en las plantaciones y los latigazos de los mayorales. Feijóo, sin embargo, no perdió nada, obtuvo los ciento cuarenta mil pesos con que la Junta de Fomento de La Habana subvencionó la operación y otros ciento diecinueve por cada bracero que entregó a los hacendados.

—¿Y nadie en España hizo algo por parar ese disparate?

—Hubo algunos políticos de la oposición que llevaron al Senado y al Congreso las cartas dramáticas que los compatriotas de ustedes enviaban de forma clandestina a sus allegados, contándoles su odisea y la estafa que habían padecido; pero después de un par de sesiones, las palabras se las llevó el viento y el Gobierno consideró que «nada ofrece en su conjunto la empresa de Feijóo» —leyó Delia Cabrera en uno de los documentos que había llevado a nuestro hotel— «que no parezca equitativo, que repugne a la equidad o que la sensatez rechace».

—Qué vergüenza —dijo Mónica llevándose las manos a las mejillas.

—Es la historia del mundo: hay miles de personas que se hunden para que unos pocos naden en la abundancia —sentenció don Adalberto a la vez que se levantaba trabajosamente para ir en busca de su cena. Tenía razón, ya se estaba haciendo tarde.

Le eché un vistazo al inmenso autoservicio del hotel Meliá Cohiba, con su fuente ornamental, sus tragaluces y su vegetación decorativa; sus manjares tapados por cúpulas de acero; sus mesas ocupadas por clientes que hablaban inglés, alemán, español o árabe; sus vistas panorámicas sobre el mar; sus mostradores colmados de zumos y frutas tropicales y sus cocineros inmaculadamente uniformados, y me pareció que aquellas viejas historias de esclavos y negreros de la isla quizá sonaban remotas y parecían ecos lejanos de un mundo extinguido, pero también explicaban muchas cosas del presente. Me entretuve en enumerar los apellidos de Lluís Espriu, Quiroga, Maristany, Feijóo... Demasiados piratas en un solo nombre. Si él sabía eso, aunque fuera de un modo parcial, y por mucho que a fuerza de leer a Stevenson, a Conrad y a Salgari se hubiese formado una visión romántica de sus antecesores, no me extrañaba que quisiera hacer algún tipo de reparación. Y ya que era de todo punto imposible desagraviar a todas las personas en cuyo sufrimiento se cimentaba la fortuna de su familia, al menos trataría de ayudar a los que llevaban su propia sangre. La conciencia también se puede blanquear, como el dinero.

Mientras nos servíamos la cena del bufé, la de mis acompañantes más sólida, a base de malanga, yuca, ropa vieja con carnero y ese plato de arroz con frijoles que llaman *moros y cristianos,* y la mía limitada a una sopa de verduras con lima y de postre algo de fruta, me volví de repente, como si me llamasen o hubiera olvidado algo, para comprobar si continuaban en sus puestos, a la distancia precisa de nosotros para no parecer entrometidos y lo bastante cerca como para oír lo que decíamos, dos hombres con aspecto de policías, uno blanco y otro negro, que no nos habían quitado ojo en toda la noche. Vestían guayaberas azules, pantalones de lino y *llantas* deportivas. Sus rostros estaban llenos de esquinas, parecían haber sido tallados con un cuchillo de monte, eran tensos, de rasgos tan duros que daban la impresión de combatirse unos a otros. Sus miradas resultaban a la vez pasivas y amenazadoras, te hacían pensar en un volcán apagado pero que en cualquier instante podría entrar en erupción. Eran musculosos, de esos forzudos de gimnasio que transmiten la impresión de no poder abarcarse a sí mismos, se mueven un poco a cámara lenta, como dando un rodeo, y sus posturas nunca son naturales, sino maniobras deliberadas, exhibiciones hechas de cara a la galería. Intentaban disimular sus tareas de espionaje leyendo el periódico o en las pantallas de sus teléfonos móviles, y no es que lo hiciesen mal, sino que en ese terreno yo estaba muy toreado, había aprendido a detectar conductas sospechosas a mi alrededor cuando me llamaba TP 9/13 y vivía escondido en El Masnou, siempre en guardia y con los cinco sentidos alerta por si aparecían a mi espalda los matones de la *fenya,* con sus cuchillos de combate NR-40 y sus pistolas GSh-18.

Al principio, había dado por sentado que aquellos dos gorilas miraban a Mónica y a la doctora Cabrera. Pero luego, al fijarme con más atención en sus gestos evasivos y su indiferencia artificial, ya no estuve tan seguro. Esos sujetos no eran clientes del Meliá Cohiba, no acababan de bajar al comedor desde sus habitaciones ni estaban allí sólo para cenar. ¿Quizás era a mí a quien vigilaban? Al aceptar el trabajo que me había ofrecido Lluís Espriu ¿me había metido en la boca del lobo? En España, al parecer, ya no corría peligro tras la detención de los sicarios de la antigua KGB que me perseguían; pero Cuba había sobrevivido décadas bajo el paraguas de la Unión Soviética y allí había muchos rusos... Me pregunté si aquellos individuos serían mercenarios extranjeros o agentes nativos del G-2, el cuerpo de élite de la Seguridad del Estado; o peor aún, si se trataba de paramilitares de la temida Sección 21, de los que se decía que asaltaban las casas de los disidentes políticos durante la madrugada, se los llevaban en un coche camuflado, los torturaban, los recluían en las celdas siniestras de Villa Marista y de algunos no volvía a saberse nada... «Para quien siente miedo, todo son ruidos», me habría dicho mi madre. Esta vez, sin embargo, no hubiese tenido razón.

Como tantas otras, La Habana es dos ciudades diferentes, una para los turistas y otra para los cubanos: la primera flota en la segunda, sin mezclarse con ella, y mientras en la parte de arriba brillan los restaurantes de lujo, las salas de fiesta y los hoteles de cinco estrellas, en la de abajo hay sitios como las calles de San Leopoldo, que el Estado hace todo lo posible para que no se vean. Por si todo eso no nos hubiese quedado claro el primer día, lo volvimos a comprobar por la mañana, al extender nuestras investigaciones, por consejo de la profesora Cabrera, del barrio del Vedado a los de La Timba, El Cerro, San Isidro o Jesús María, con el fin de preguntar por Verónica en comercios, albergues y restaurantes: la Perla Negra, en la calle Milagros; Casa Godo, entre San Mariano y Vista Alegre; la taberna Benny Moré, en Mercaderes esquina Teniente Rey... Fuimos al Registro del Estado Civil y a la estafeta de correos de la calle Infanta, por si alguien con sus apellidos tuviese un apartado postal. El trabajo era duro y el calor nos lamía la piel con mil lenguas de fuego. Para no desfallecer, cada uno de esos lugares infructuosos de los que salíamos con las manos vacías lo considerábamos una casilla tachada en un tablero, como si jugásemos a hundir la flota y cada disparo al agua pusiese a los barcos enemigos un poco más al descubierto.

Era evidente, sin embargo, que nos movíamos en círculos, estábamos en un punto muerto y tal vez no habríamos salido de esa espiral si la profesora Cabrera no nos hubiera enviado un mensaje en el que nos pedía que acudiéramos a verla a la universidad lo más rápidamente que nos fuese posible. Fuimos allí en un Ford Mercury de los años cincuenta al que el taxista había instalado un motor diésel. Nada más entrar en su despacho, Delia nos dijo que tenía dos cosas para nosotros: el nombre y la historia de la mujer con la que vivió Joan Maristany en La Habana. Al fin una luz en mitad del túnel.

—Se llamaba María de la Salud Valdés y era hija natural de Concepción Vázquez, una bailarina española procedente de la ciudad de Burgos, y Diego Ferrer Matoso, un barbero afrocubano.

—Sí —dije, por no estar callado—, ya suponíamos que se trataba de una mulata.

—Pero hay algo que ignora y que le va a encantar —añadió Delia—: También era hermana del poeta Gabriel de la Concepción Valdés, conocido como Plácido, que fue una de las personalidades de color que empezaron a hacerse notar en la isla a mediados del siglo diecinueve y al que, como ocurrió con tantos otros, se llevó la ola represiva que desataron las autoridades españolas para castigar a los instigadores de la famosa conspira-

180

ción de la Escalera, que supuestamente buscaba convertir Cuba en otra Haití y que se sofocó a sangre y fuego. El hermano de doña María de la Salud fue una de las más de trescientas personas fusiladas por el ejército colonial. No debió de ayudarle el que en uno de sus textos más propagados jurase «ser enemigo eterno del tirano, / manchar, si me es posible, mis vestidos / con su execrable sangre, por mi mano / derramarla con golpes repetidos; / y morir a las manos de un verdugo / si es necesario, por romper el yugo».

—Vaya, eso suena muy violento, pero no parece razón suficiente para ejecutarlo —dije.

—No se crea —continuó Delia Cabrera—, se trataba de un texto que se hizo muy popular, iba de boca en boca en unos momentos en que los motines se sucedían en los ingenios de Trinidad, Alcancía, Las Nieves y Aurora, en el cafetal Moscú, en los barracones de los forzados que construían el ferrocarril de Cárdenas a Bemba... Luego los disturbios se extendieron por toda la llanura de Colón y los esclavos se insubordinaron en las plantaciones de San Miguel, San Lorenzo y San Rafael. Se dice que algunos de ellos recitaban a voces esos versos de Plácido.

—Así que en La Habana el negrero Joan Maristany tenía por cuñado a un mártir abolicionista... A Lluís Espriu le va a fascinar esta historia.

—Lo pudo tener, aunque fuera a título póstumo, en el caso de que hubiera contraído matrimonio con la hermana del héroe, doña María de la Salud. Pero eso era dos veces imposible, porque él ya tenía una mujer en España, doña Nuria Figueres, y porque aquí en Cuba los enlaces interraciales estaban casi prohibidos.

—¿Había una ley específica para evitarlos? ¿Quién la promulgó?

—El Consejo de Indias, naturalmente. Se dictó lo que se llamaba una Real Célula, por la que cualquiera que quisiese tomar una esposa o un marido negros debía pedir un permiso especial a las autoridades. Lo hacían los pobres, muy raramente, y conllevaba el deshonor más absoluto para ellos y sus familias. En la alta sociedad no se estilaba. Imagínense, si las señoras blancas ni siquiera pisaban la calle porque estaba mal visto, de modo que salían a pasear y de compras en sus volantes o quitrines, unos carruajes de dos ruedas y con techo de fuelle, tirados por un solo caballo, y al llegar a las tiendas mandaban a sus criados para negociar con los comerciantes y se limitaban a elegir y pagar.

Delia Cabrera no sabía si Maristany llegó a conocer a Plácido, aunque lo consideraba muy poco probable, pero no podía ignorar quién era: los mártires están por todos los sitios. Sin embargo, que el traficante de El Masnou viviese con su hermana me pareció incomprensible. ¿No le traería eso problemas en una sociedad clasista y xenófoba como aquélla? Estamos hablando de muertos, gente encarcelada, deportados, torturas —la conspiración de la Escalera se llamó así porque ése era el objeto donde los mayorales ataban a sus víctimas para azotarlas con látigos de cuero—. Cuando todo acabó, la incipiente clase media formada por negros libres que había surgido en núcleos urbanos como La Habana o Matanzas quedó aniquilada.

—Hay una cosa que no entiendo —dijo Mónica, sacándome de aquellas dudas—: ¿Cómo es que sus padres se llamaban Ferrer y Vázquez y ella y su hermano, Valdés?

—Era el apellido que se les daba, en honor del obispo que había fundado el orfanato de la ciudad, a las criaturas que eran abandonadas en su puerta, como lo fue Gabriel de la Concepción.

—¿Sus padres lo dejaron en un hospicio? ¿No lo querían?

—Lo abandonaron para que tuviese una vida más amable y con más derechos. Es decir, que aunque en este caso la madre fuera blanca y el padre negro, hicieron lo que muchas mujeres de color que concebían hijos de los españoles y trataban por todos los medios de igualarlos a sus padres, lo que se conocía como «adelantar la raza». Y dado que en 1794 se había dictado un real decreto por el que Carlos IV equiparaba a los expósitos con los ciudadanos del Tercer Estado, la entrada de un niño a la inclusa le otorgaba el estatuto de persona blanca.

—¡Claro, si ésa es la historia de *Cecilia Valdés o la loma del Ángel,* la novela de Cirilo Villaverde! Es un escritor que nació en un campo de esclavos —le dije a Mónica...

—... concretamente —siguió Delia— en el ingenio Santiago, en Pinar del Río.

—Se le considera uno de los padres de la literatura cubana...

—... y del país en general. Cómo no, si es uno de los libertadores que confeccionaron nuestra bandera, con sus barras blancas y azules, su triángulo rojo y su estrella.

—La protagonista del libro es hija ilegítima de un español rico...

—... el habanero Cándido de Gamboa...

—... que con los años se enamora de su hermano Leonardo y se convierte en su amante...

—... sin saber, por supuesto, ni remotamente, que llevan la misma sangre...

—... y acaba internada en el hospital de Paula. Una tragedia de campeonato.

—Termina en el sanatorio y comienza en la inclusa, donde la niña es dejada para conseguir el «adelantamiento»...

—Tengo una pregunta —dijo Mónica cortando por lo sano aquel intercambio erudito entre la doctora Cabrera y yo—: María de la Salud ¿también pasó por allí?

—No. Lo he investigado y su nombre no consta en los libros de la Casa de Beneficencia y Maternidad, que era como se denominaba en la época en que ella nació, cuando ya tenía su sede en el paseo del Prado y las cuentas más saneadas que en la época en que la mantenían con lo que se sacaba de las peleas de gallos celebradas en los fosos del castillo de la Fuerza.

—Entonces, ¿por qué llevaba el apellido Valdés?

—Puede que lo adoptase por orgullo, para ser reconocida como familiar de un mito. O como reclamo comercial, porque también he descubierto que antes de volverse a España su amante le puso una tienda, que ella llamó Sederías Valdés.

—Así que los apellidos de su hija tuvieron que ser Maristany y Ferrer —siguió Mónica.

—El segundo sí. El primero —dijo, con una sonrisa ladeada—, me van a permitir que lo dude. Les acabo de explicar que los españoles podían vivir amancebados con negras o con mulatas, pero no se casaban con ellas. Me temo que en ese punto a ustedes no les han dicho la verdad, que es que ni él ni casi nadie en aquella época y en aquellas circunstancias habría desafiado de ese modo ni a sus compatriotas ni a su clase social ni a la justicia.

Mi bonita arqueóloga me miró y no tuvo que decir nada, porque todos lo entendimos sin necesidad de abrir la boca: habíamos estado buscando a una persona que nunca existió, puesto que no respondía ni por Maristany, y ahora sabíamos que tampoco por Valdés; o si lo hizo fue de manera engañosa, porque ésa no era su verdadera identidad y, en consecuencia, ésos tampoco podían ser los datos que apareciesen en sus documentos ni en los registros. Cómo íbamos a haberlos encontrado, ni en la iglesia del Santo Ángel Custodio ni en ninguna parte. Nos miramos con plata en los ojos, como dicen en México. Es verdad que había que empezar desde el principio, pero esa vez con la ventaja de que ya sabíamos detrás de quién íbamos: una mujer que vino al mundo hacia 1864 y se llamó Verónica Ferrer Vázquez. Ella fue la primera rama cubana del árbol genealógico de la familia Maristany y, por extensión, de los Espriu i Quiroga.

Ni que decir tiene que en esa ocasión fui yo mismo quien le preguntó a Delia Cabrera si ella y su tío Adalberto nos harían el honor de cenar con nosotros. Las buenas noticias hay que celebrarlas. Siempre que algo o alguien no lo impidan. Cuando salimos de la facultad, paramos otro taxi, esta vez un precioso Chevrolet verde como recién salido de una película en blanco y negro. Nos subimos a él igual que si retrocediéramos un siglo. Un Geely EC7 oscuro que estaba aparcado al otro lado de la calle salió justo detrás de nosotros. Me habían contado que esos automóviles rusos y los Beijing BJ212 chinos eran los que usaban el Gobierno y la policía secreta. No lo quise mirar, por si iban dentro los dos hombres a los que había visto la noche antes en el comedor del Meliá Cohiba.

Capítulo diecisiete

«Gato que duerme no caza ratones», me habría dicho mi madre en aquellas circunstancias, así que me puse a trabajar en cuanto llegué al hotel y mientras Mónica iba a nadar a la piscina y a hacer unas llamadas a los colegas con quienes en poco más de dos meses quería excavar un yacimiento arqueológico en Egipto, la necrópolis de Qubbet el-Hawa, en la ciudad de Asuán, si es que lograban financiación para llevar a cabo el proyecto, que al parecer era muy importante... y muy costoso. En tres horas me reuniría con ella, iríamos a la casa museo del escritor José Lezama Lima, en Trocadero, 162, y más tarde nos encontraríamos con Delia y don Adalberto en un paladar llamado Villa Hernández, junto al parque Córdoba, en el barrio de la Víbora.

Antes de nada, marqué el número de recepción y pedí una conferencia a España, para hablar con Lluís Espriu y darle un primer informe, pero no contestó al teléfono. Así que puse en marcha mi ordenador, respondí media docena de mensajes, entre ellos a dos posibles clientes de mi empresa de biografías a la carta interesados en que escribiera su historia, me serví una cerveza Cristal y empecé a seguirle el rastro a María de la Salud Valdés, a su tienda y a su hija Verónica Ferrer, para empezar desde el principio.

La profesora Cabrera nos había contado que Sederías Valdés estuvo en la esquina de las calles Galiano y San Rafael y que no debió de ser un mal negocio, porque le duró a su dueña y a su familia muchos años, hasta que la propiedad fue derribada, junto con otros edificios cercanos, para que en el solar conjunto se construyesen los famosos almacenes El Encanto. Así que la amante de Joan Maristany o sus descendientes se lo debieron de vender a los hermanos Solís, unos asturianos que habían emigrado a Cuba y querían probar suerte en La Habana, donde se abrieron paso con firmeza y sin buscarse enemigos, porque al ver que el comercio al por menor estaba dominado por los catalanes, que tenían bajo su control la mayor parte de los cafés, las bodegas, las confiterías y las tiendas de ultramarinos, decidieron hacer otra cosa, un edificio de varias alturas donde se vendiera de todo, pero especialmente ropa de marca, diseñada por las mejores firmas. Con el paso de los años, el éxito fue tan apoteósico y su volumen de facturación tan abultado que se dice que hasta el propio Christian Dior, que tenía fobia a los aviones, hizo un vuelo a la isla para ver con sus propios ojos ese negocio en el que había una demanda de sus diseños similar a las de Nueva York o París.

El Encanto era también célebre por la manera en que formaba a sus empleados, que solían empezar de *cañoneros,* es decir, de botones o chicos de los recados, y poco a poco ascendían, según las capacidades de cada uno, a dependientes, modistas, jefes de sección o encargados de planta. Algunos de ellos utilizaron lo que habían aprendido mientras trabajaban allí para montar sus propias empresas en la ciudad, entre otros los dueños de los Almacenes Ultra, pero también para exportarlo a España, como harían los fundadores de Galerías Preciados y El Corte Inglés, que iban a ser sin discusión y a lo largo de un siglo los dos establecimientos más emblemáticos del país. Era imposible leer esas noticias y no recordar el párrafo de la carta sin respuesta que le había enviado a Joan Maristany su hija Verónica, en el que aseguraba trabajar para una importante firma de ropa de La Habana que le podría ofrecer referencias para encontrar una colocación en España, y le pedía que la ayudase a hacer realidad ese sueño mandándole dos pasajes para ella y su hijo. No podíamos saber si aquella oferta existió o si, sencillamente, era algo que decía para lograr su objetivo y que su padre biológico la ayudara a salir de Cuba.

Según contaban los diarios de la época y atestiguaban los historiadores de los que pude echar mano en la red, desde que abrió sus puertas, El Encanto no paró de afianzarse y de crecer en todas direcciones, incorporó novedades nunca vistas en aquella parte del mundo, como las escaleras mecánicas o las tarjetas de crédito; se hizo con una clientela entre la que había numerosas estrellas de Hollywood y llegó a abrir varias sucursales en Santiago de Cuba, Varadero, Camagüey, Holguín, Santa Clara y Cienfuegos. Sus promotores aplicaban en aquel negocio incentivos salariales y técnicas de relaciones laborales aprendidas en Estados Unidos, seguros de que cualquier plantilla multiplicaba su rendimiento cuando desde los obreros hasta el gerente, pasando por las costureras y los ascensoristas, se sentían útiles, importantes y bien tratados por la empresa. Algunas de las iniciativas que pusieron en marcha para conseguirlo fueron la creación de un club social y deportivo, una mutualidad sanitaria y un grupo de declamación que se dedicaba a hacer lecturas y representaciones teatrales por todo el país, desplazándose en una guagua de la compañía que llevaba su logotipo pintado en las puertas. Encontré algunas reproducciones de la mezcla de folleto promocional y boletín interno que los grandes almacenes, según pude comprobar, editaban cada mes, y en varias páginas había diferentes menciones a las actividades de aquella *troupe* nómada a la que el autor del texto, exagerando de forma notable, definía como «La Barraca del Caribe», en referencia a la famosa caravana ambulante de Federico García Lorca; y en una de ellas se citaba entre

189

las actrices más destacadas del elenco a una costurera llamada Verónica Valdés, que no podía ser otra que Verónica Ferrer Vázquez. Su verdadero nombre me había
llevado hasta ella.

Llamé por teléfono a Delia Cabrera para compartir
con ella mi descubrimiento. No pude encontrarla en su
despacho de la universidad, y no quise telefonearla al
móvil por si estaba en plena clase. A Mónica prefería
contárselo de camino a la casa de Lezama Lima. O quizás incluso un poco más tarde, mientras íbamos de camino al restaurante del barrio de la Víbora, donde pen-
sábamos invitar a la profesora y a su tío a cenar. Por el
momento, el hallazgo se quedó dando vueltas dentro de
mí, igual que un pez nervioso en un acuario.

Hay quien miente porque no tiene nada que ocultar, para darse importancia. Pero sin duda ése no era el
caso del enmarañado Joan Maristany. Entonces, ¿por
qué no dijo la verdad sobre el apellido de su hija natural? ¿Para hacerse el generoso? ¿O eso tampoco ocurrió
y no era más que otro de los inventos de Lluís? ¿Con
qué objeto? Volví a recordar la frase de Balzac, *«le secret
des grandes fortunes est un crime oublié»*, y me dije que
esa idea puede ser en ciertos casos muy injusta, lo mismo que todas las generalizaciones, pero no, desde luego, en lo que se refiere al pirata de El Masnou. ¿Por qué
iba a remover su pasado de negrero y a dar pistas sobre
la vida que había llevado en Cuba alguien que al regresar hizo borrón y cuenta nueva, dejó atrás esos tiempos
y a sí mismo, mandó construir El Repòs, supo multiplicar una fortuna hecha al cincuenta por ciento con lo
que se trajo de las Indias y con los beneficios que le
daba lo que invirtió en España, en proyectos como el
ferrocarril del Maresme; y entre una cosa y otra pronto
fue considerado un pilar de la sociedad de su época,

aparte de uno de los mecenas del nacionalismo? El hombre rico, dice Quevedo, siempre tan agudo, «lo que fue esconde, lo que usurpa asoma».

Tras su vuelta de Cuba —que debió de producirse en algún momento entre 1863-1864, el año que nació su hija cuando la crisis económica azotaba la isla y poco antes de que estallara la guerra de los Diez Años—, la estirpe de los Maristany ocupó un lugar entre quienes luchaban por conseguir que la bandera de *les quatre barres de sang* ondease en las torres de su país. Su militancia se mantuvo a lo largo del tiempo, de forma más visible en los años de la monarquía de los Borbones y durante la Segunda República, de un modo clandestino en las cuatro décadas miserables de la dictadura que siguió a la Guerra Civil y finalmente a cara descubierta cuando regresó la democracia. Eran armadores o industriales algodoneros, construían redes ferroviarias o controlaban importantes carteras de seguros, pero también contribuyeron a financiar el diario *La Renaixensa* y daban su apoyo a la Lliga de Catalunya en la época en que Montserrat, la hija de Joan Maristany, empezó su noviazgo con Jacint Espriu; o firmaban convenios con la firma Fábregas y Recasens, que entre 1918 y 1920 se hizo con la mayor parte de las acciones del Banco de Reus de Descuentos y Préstamos, el Banco de Tortosa y el Banco Comercial de Tarragona, y más tarde puso en pie el Banco de Cataluña; o patrocinaban organizaciones dedicadas a recaudar fondos para su formación política, como la famosa Benéfica Minerva, en los momentos en que llevaban la batuta de la familia Biel Espriu y Olalla Quiroga... Uno de sus parientes dirigió el Banco Popular y el periódico *El Matí* y fundó la compañía Hispano Americana de Seguros y Reaseguros, en cuyo consejo de administración entró Guifré Espriu con tan sólo veintiún años.

La habilidad que siempre tuvieron para nadar entre dos aguas y poner los negocios por encima de las ideologías se demuestra con hechos como la sorprendente amistad que el clan mantuvo con José Calvo Sotelo, el ministro de Hacienda del general Primo de Rivera, que sería asesinado en 1936 y cuya muerte injustificable les sirvió a los golpistas para justificar su levantamiento del 18 de julio. Aquella buena sintonía era rara, pero favoreció que el político de tendencia ultraconservadora pusiese en sus manos el Banco Exterior de España y la Compañía Arrendataria del Monopolio del Petróleo (CAMPSA), tal y como le había reprochado Lluís Espriu a su hermano Narcís en la discusión que mantuvieron en El Masnou, ante su tía Guadalupe y ante mí: «Lo que venía de Madrid hasta aquí no eran agravios, sino prebendas».

También es verdad que los Maristany, los Espriu y los Quiroga supieron subirse a los trenes que pasaban y abandonar a tiempo los barcos que se hundían, quizá porque se dedicaban a construirlos. Por ejemplo, cuando unos años más tarde el nuevo ministro de Hacienda y después de Obras Públicas, el socialista Indalecio Prieto, ordenó la cancelación de los depósitos de la propia Campsa en el Banco de Cataluña y éste se vino abajo, ellos ya no estaban allí.

Mientras los Espriu y los Quiroga usaban la riqueza que habían logrado con sus viajes entre Guinea Ecuatorial y América para levantar un imperio en España, las cosas habían empeorado en Cuba para los mulatos, seguían igual de mal para los negros y empezaban a ponerse de cara para los criollos. Con respecto a los primeros, los tiempos en que alguien como el poeta Gabriel de la Concepción Valdés podía ascender en la sociedad colonial, recibir una educación mientras se ganaba la vida como recadero, sirviente, tipógrafo o artesano del carey en Matanzas, y acabar convertido en una figura popular habían pasado a mejor vida tras los sucesos de la conspiración de la Escalera. Las autoridades, alertadas por lo que había sucedido en Haití, advirtieron que la isla «no sería otra cosa que española o africana», como se lee en los documentos oficiales de aquella época, y que en consecuencia no iban a volver a tolerar bajo ningún concepto que se creara una clase media independentista que albergase en su interior el deseo de romper sus cadenas y se lo pudiera contagiar a los esclavos. Para impedirlo, después de inventarse aquella conjura, de matar a más de trescientas personas y de condenar a la cárcel o al destierro a otras muchas, la vigilancia se hizo asfixiante y el control tan extremo que confiscaron propiedades y negocios, se limitaron las tareas y oficios que podían desarrollar quienes no fueran blancos y hasta se prohibieron los libros que fomentasen quimeras abolicionistas, entre ellos los de Gertrudis Gómez de Avellaneda, la escritora nacida de padre sevillano y madre canaria en el antiguo Santa María del Puerto del Príncipe, después Camagüey, pero que vivía desde muy joven en Madrid, donde era una celebridad. Me acordé de una de esas obras, titulada *Sab,* que es la primera novela antiesclavista de la que se tiene noticia y que cuenta el drama del mayoral negro de un ingenio azucarero, enamorado hasta la locura de la hija del propietario, que ha arreglado para ella un matrimonio de conveniencia con un hombre que, en principio, sólo la quiere por su dinero. El mulato es un servidor fiel que terminará emancipándose como recompensa a su lealtad, rabioso por dentro pero pacífico por fuera, que conoce como nadie la vida terrible de los suyos en los cañaverales, la dureza de la zafra y la humillación de ser tratados peor que alimañas. Pero es evidente que los censores no iban a ver una denuncia de la injusticia sino una llamada a la rebelión en un relato donde el héroe maldice un sistema «que nos ha reducido a la necesidad de aborrecerlo y fundar nuestra dicha en su total derrumbe» y sabe que tarde o temprano se hará realidad lo que vaticina otro de los personajes del folletín: «La tierra que fue regada con sangre una vez lo será otra y los descendientes de los opresores serán oprimidos».

Si María de la Salud, tal y como nos había dicho la profesora Cabrera, no perdió la tienda que le había dejado en propiedad Joan Maristany, tuvo que usar alguna artimaña para conseguirlo, porque tras los sucesos de 1844 se había decretado que ninguna persona de color pudiera ejercer una profesión liberal, pero tampoco regentar un comercio ni ser dependiente de cara al público: si se mira el censo de 1861, se ve que hay algo más de ocho mil blancos que declaran ser lo primero, es decir, ejercer como doctores, periodistas o abogados, y otros cinco mil que afirman ser lo segundo; pero negro no hay ninguno. Hay que tener en cuenta que la represión era fácil de ejercer en una sociedad que estaba militarizada.

A finales de los años cincuenta del siglo XIX, la población de Cuba llegó a ser mayoritariamente blanca, gracias a la política de segregación dictada por las autoridades, a las trabas que se puso a los matrimonios interraciales y a la llegada de remesas de jornaleros peninsulares como la que propició el avieso Urbano Feijóo Sotomayor; pero aquel vuelco demográfico era artificial e iba a revertirse muy pronto, entre otras cosas porque a los extranjeros no les resultaba sencillo adaptarse a aquel clima y sobreponerse a él, cuando a lo que iban era a hacer tareas tan duras como las que se exigían en las plantaciones: por no cambiar de ejemplo, se puede recordar que entre marzo y agosto de 1854 la Compañía Patriótico-Mercantil ideada por aquel traficante y diputado por Orense y por el distrito de Matanzas desembarcó en La Habana a casi dos mil gallegos, pero también que muy pocos lograron sobrevivir.

Con el transcurso del tiempo, las bajas producidas por los maltratos físicos, las epidemias, que tenían su caldo de cultivo en las condiciones infames en que se mantenía a los braceros, el fracaso de los planes migratorios, la desintegración del imperio, la crisis económica que eso conllevaba y la presión infatigable de las naciones occidentales donde la esclavitud, al menos sobre el papel, había sido proscrita, hicieron que la administración colonial se fuese debilitando, mientras que la influencia de los criollos se fortaleció: habían nacido allí, eran los herederos de las propiedades de sus familias, luchaban por su tierra, eran a todos los efectos ciudadanos españoles y su pujanza había aumentado a la vez que su número. Y estaban muy insatisfechos con un sistema que hacía que un tanto por ciento significativo de sus ganancias tuviera que cederse a la Corona y a sus intermediarios, en gran parte con el fin de utilizarlas en otras zonas de América para financiar guerras de reconquista imposibles de ganar. A comienzos de la década de 1860 surgió una corriente reformista capitaneada por ellos y cuya primera maniobra estratégica fue buscar el apoyo de los artesanos blancos libres, que se oponían al uso de forzados en las fábricas y los talleres porque eso les servía como disculpa a los patronos para endurecer las condiciones laborales, y con los cuales lograron establecer un frente común que les plantase cara a los latifundistas más ricos y más conservadores, que eran los que tenían sus fincas en la zona oriental y quienes controlaban la sociedad indiana.

Los reformistas también defendieron la necesidad de promover una prensa libre, fundaron el periódico obrero *La Aurora* y desde sus páginas se fomentó la creación de un sindicato y la idea de que para afrontar el futuro era imprescindible favorecer el acceso de los trabajadores a la educación y la cultura. Muy pronto causó furor una de sus campañas, que recomendaba la declamación de libros y diarios en las fábricas de tabaco. Se les permitió hacer la prueba en la empresa El Fígaro y el éxito fue de tal calibre que en un visto y no visto los llamados lectores de tabaquería tuvieron en todas y cada una de las galeras donde se elaboraban los cigarros una silla y una tarima desde la cual se comprometieron a difundir la historia de España pero que, en realidad, usaron para dar a conocer las obras de Cervantes, Shakespeare, Victor Hugo, Zola, Dostoievski, Stendhal o uno de sus favoritos, Alejandro Dumas, de una de cuyas novelas surgió la marca de habanos más famosa del mundo: los Montecristo. Aparte de eso, aquella actividad, que hoy en día sigue vigente, tuvo que servir para robustecer el espíritu, la sensibilidad y las conciencias de aquellos torcedores, que es como se llama a quienes practican ese oficio, pican y mezclan las hojas y arman los puros. Como prueba, quedan las palabras del héroe nacional, José Martí, para quien aquello fue una de las semillas de la independencia. «La mesa de lectura de cada tabaquería fue una tribuna avanzada de la libertad», dejaría escrito.

Por supuesto, los terratenientes oficialistas lucharon a brazo partido contra aquellos vientos de cambio que amenazaban con llevarse por delante sus privilegios, aunque en muchas haciendas eso los obligara a enfrentarse a sus vecinos. Tenían de su lado una baza muy importante, el apoyo del ejército, que era juez y parte en aquella disputa al menos por tres motivos: porque defendía los intereses de una nación colonial; porque una cantidad significativa del dinero que salía de las plantaciones de azúcar iba destinada a sus arcas y porque a los componentes de su Estado Mayor les convenía defender su estatus, si hacía falta con el sable en la mano, ya que en Cuba vivían como auténticos señores feudales. Pero en el pecado llevaron la penitencia, porque para enfrentarse a la falta de mano de obra propiciada por el descenso de la población negra que ellos mismos habían fomentado, los oficiales usaban a sus soldados para sustituirla, los rebajaban de servicio para ponerlos a trabajar como criados, pintores, albañiles, campesinos o macheteros, y así, cuando en 1868 empezó la guerra de los Diez Años, resultó que sólo un tercio de aquellos hombres sabía combatir.

La sublevación duró tanto y fue tan difícil de acallar porque el levantamiento, que tuvo su origen en la ciudad de Bayamo, el 10 de octubre de 1868, no sólo proclamó la autonomía de Cuba, izó en sus dominios la bandera que había ayudado a confeccionar Gabriel de la Concepción Valdés, liberó a todos sus esclavos, tuvo el apoyo unánime de la clase proletaria de la colonia y fue capaz de extenderse rápidamente a Las Villas, San Lorenzo, Jimaguayú o Santa Rita, llevar a cabo varias escaramuzas en La Habana e invadir la región entera de Guantánamo; sino que también coincidió con el malestar que se vivía en la propia España a consecuencia de la crisis y que iba a desembocar en la insurrección conocida como la Gloriosa, el derrocamiento de Isabel II, su huida a Francia y el inicio del llamado Sexenio Democrático.

El vacío de poder que creó la situación que se vivía en Madrid lo ocuparon en la isla los enemigos de los separatistas para armarse, formar un cuerpo de voluntarios que en menos de dos años pasó de diez mil a setenta mil combatientes e instaurar un régimen de terror. Muchos criollos e innumerables negros fueron asesinados sin piedad por aquella élite justiciera y otros salvaron los muebles partiendo apresuradamente al exilio, casi siempre en dirección a Florida y Nueva York.

En España, mientras tanto, la oposición de las élites financieras, eclesiásticas y castrenses al cambio y el error incomprensible del nuevo Gobierno, que tras promover una Constitución muy avanzada para la época y, entre otras muchas cosas, decretar la abolición de la esclavitud en sus colonias, no quiso desterrar la monarquía sino sustituirla por otra, con la elección de Amadeo de Saboya para ocupar el trono, los problemas se acumulaban y muy pronto se empezaron a resquebrajar los muros de la nueva democracia. El nuevo rey abdicó y se dio a la fuga. Hubo cuatro presidentes en un año. Las guerras carlistas, que tanto fascinaban a Valle-Inclán, seguían en marcha. Se produjo la rebelión cantonal de Cartagena, que luego se extendió por Murcia, Valencia, Salamanca, Málaga, Sevilla, Granada, Ávila... La Diputación de Barcelona proclamó por dos veces el Estado catalán. Luego vinieron los golpes de Estado de los generales Pavía y Martínez Campos y, finalmente, la Restauración. Los tradicionalistas habían vuelto a ganar, Alfonso XII regresó a los palacios de los Borbones y las cosas al mismo punto en el que estaban en 1868. Lo ocurrido durante la insubordinación en Cuba, sin embargo, puede que hubiera sido nada más que un primer paso, pero era de los que no tienen vuelta atrás. La Llave del Golfo, como algunos la conocían, sólo le duraría en la mano a España otra década: el 98 y su desencanto estaban a la vuelta de la esquina.

Me detuve ahí, puse orden en mis notas y volví a llamar a Delia Cabrera, en esta ocasión a su móvil, pero lo tenía apagado. Después marqué el número de la centralita y pedí que me buscaran el de un bar de La Habana llamado El Siglo de las Luces. Cuando lo pudieron localizar, le telefoneé y por suerte don Adalberto sí que respondió. No sabía nada de su sobrina, nunca hablaban por las mañanas, ni se veían por lo general hasta el atardecer. Ella era una persona muy ocupada, me dijo, tal vez para que valorase en su justa medida la atención y el tiempo que nos dedicaba. Le conté por encima lo que estaba investigando y quise saber si sus amigos libreros de la plaza de Armas podrían ayudarme a encontrar cualquier bibliografía que pudiese existir sobre el tema. Me respondió que lo dejase de su cuenta y fue lo mejor que pude hacer, porque, en hora y media, uno de sus contactos se presentó en el hotel con una joya, por el valor que tenía para mí y porque al vendedor no se le pasó por alto y me la cobró igual que si fuese la Perla Peregrina de Felipe II, aquella que pintaron Tiziano y Velázquez en los cuellos de varias reinas y que tras ser robada por José Bonaparte y recorrer mil laberintos acabaría en el de la actriz Elizabeth Taylor. La factura la pagaría Lluís Espriu, y en cualquier caso los cien dólares que tuve que dar a cambio de aquel tomo encuadernado en piel de Rusia, que era una colección de la sencilla gaceta ilustrada de El Encanto, merecieron la pena: cada número, de ocho páginas, lo cerraba una breve entrevista a uno de los empleados de la compañía, y en el ejemplar de mayo de 1903 aparecían unas declaraciones y una fotografía de «la modista e intérprete Verónica de Valdés», en la que salía con una de esas poses forzadas típicas de los retratos de estudio y envuelta en una luz romántica. La imagen era de color sepia, y aun así se veía perfectamente que su piel era tostada y sus ojos eran claros, tal vez igual de azules que los de los Maristany y los Espriu. El enigma comenzaba a resolverse.

Me puse a leer las declaraciones de la hija del pirata, que tal vez no dijeran nada del otro mundo entonces, cuando ella las hizo, pero que a toro pasado lo decían casi todo. No sabemos nada del futuro; él de nosotros recuerda cada palabra, cada gesto, cada paso que dimos.

Le conté lo que había descubierto a Mónica, durante nuestra visita a la casa museo de Lezama Lima. Me hubiera gustado hacer lo mismo con la profesora Cabrera. No tuve ocasión, porque lo cierto es que aquella noche ni ella ni su tío se presentaron en el paladar Villa Hernández, entre Gelabert y Revolución. Por supuesto, los llamamos, sin obtener respuesta. Cenamos solos, haciendo lo posible por ocultarnos uno al otro que los dos teníamos un mal presentimiento.

No puedo saber si ella también se dio cuenta de que cuando el taxi que nos recogió junto al parque Córdoba echó a rodar por las calles malogradas del barrio de la Víbora lo hizo seguido por aquel Geely EC7 de color oscuro, con dos siluetas en su interior, que se había convertido en nuestra sombra. Estaba claro que en algún momento también iba a tener que hablarle de eso a la mujer perturbadora a quien, para quitarles hierro a nuestros malos presagios y hacerme el tranquilo, besaba en el asiento de atrás, intentando que no se me notase que mientras lo hacía no dejaba de vigilar a la patrulla que nos hostigaba. Somos así, dados a creer que ocultarles a quienes nos importan un peligro que los acecha los pone a salvo de él, cuando lo único que hace en realidad es dejarlos vendidos. Nos dirigimos lentamente hacia el Malecón. A nuestra espalda, igual que en uno de los poemas de José Lezama Lima, «la noche era un reloj no para el tiempo / sino para la luz, / era como una pizarra llena de ojos». Y empezaba a asustarme.

Capítulo dieciocho

Después de cinco días sin que ocurriese nada, era evidente que algo sucedía. En ese tiempo no habíamos vuelto a ver a nuestros amigos cubanos, ni siquiera a hablar con ellos. Era igual que si se los hubiese tragado la tierra como a los hombres de Coré, a quienes aniquiló un dios colérico, «junto con sus casas y todos sus bienes», sólo por cuestionar la autoridad de Moisés. Salvando todas las distancias, ¿les habrían hecho a ellos algo parecido? En la facultad donde impartía sus clases Delia Cabrera no podían darnos «ninguna información sobre su paradero ni sus actividades» porque «lo prohibía el reglamento de la universidad», tan sólo «comunicarnos extraoficialmente» que estaba de viaje «en una misión académica», según me hizo saber la persona con la que hablé por teléfono. El móvil de la profesora seguía apagado, nadie respondía cuando marcabas el número de El Siglo de las Luces y las dos veces que fuimos al bar de don Adalberto fue para encontrar sus puertas cerradas. No supe qué hacer. Ir a la policía no me pareció buena idea, dadas las circunstancias. Quedarme quieto tampoco. Era muy probable que Lluís Espriu pudiese utilizar sus influencias y mover algunos hilos para que alguien de la embajada me orientase o prestara ayuda, pero lo cierto es que no había logrado comunicarme con él desde nuestra llegada. Y eso también resultaba inquietante. ¿Es que acaso el heredero de El Repòs ya no tenía interés en aquel asunto? ¿Había sido todo, simplemente, un capricho del millonario fantasioso sin nada que hacer, con mucho dinero para gastar y la cabeza llena de pájaros que le atribuía su primo Narcís?

Elegí creer que no, por la cuenta que me tenía. El optimismo atenúa las preocupaciones como el veneno de las abejas suaviza los dolores de la artritis.

A Mónica, por supuesto, la tuve que poner al corriente de mis sospechas, hablarle de los guardias, detectives, funcionarios o lo que fuera que nos seguían y, sobre todo, pedirle disculpas por no compartir con ella mis temores: le dije la pura verdad, que lo había hecho para que no se preocupara, con la intención de no estropear nuestra casi luna de miel... Tuve la impresión de que oír eso la conmovía y disgustaba a partes iguales, porque vi aparecer una curva en sus labios y una nube en sus ojos. En el momento en que le conté todo aquello, de manera esquemática pero sin ahorrarme ningún detalle trascendental, seguíamos en la cama, jadeando igual que atletas extenuados, tras hacer el amor a quemarropa al regresar de una visita al Gabinete de Arqueología de la Oficina del Historiador de la Ciudad de La Habana, donde ella quería ver las esculturas de los *cemíes,* que según me contó eran unos ídolos domésticos tallados por los indígenas en madera de ébano, con rasgos de tótem o fetiche, encontrados en la región de Punta Alegre, en los yacimientos de Ciego de Ávila, y que aparte de representar al dios de la yuca o a la diosa de los ríos, servían en ocasiones para guardar reliquias.

—Gracias por intentar protegerme —dijo, sentada encima de mí, mientras me acariciaba la mejilla con el dorso de la mano y un segundo antes de darme una bofetada que me volvió, literalmente, la cara del revés—. Pero no vuelvas a hacerlo —añadió, y estuve seguro de que no bromeaba. Volvimos a empezar desde el principio. Mi rostro ardía. El resto de mí también.

La entrevista con Verónica de Valdés en el boletín de El Encanto era una mina, entre otras cosas porque el periodismo de cualquier especie siempre lo es, tarde o temprano, incluso a su pesar y aun en las publicaciones más modestas, porque al final lo que se dice refleja lo que sucede, se quiera o no se quiera, y de un modo u otro resume el pasado, lo simboliza, lo devuelve a la costa y, por irrelevante que pueda parecer, nos lo dibuja tal y como lo hacen un collar de abalorios, un frasco de perfume o unas monedas de plata con unos atunes labrados en su cruz que pueden explicarte cómo vivían los cartagineses en Ibiza, los romanos en Mérida o los fenicios en Cádiz.

El texto de aquella mezcla de conversación y artículo que venía a confirmar muchas de las cosas que ya sabía y daba a entender otras igual de importantes era como sigue:

Actriz de noche, modista de día

En una venturosa iniciativa a la que ya en su momento dimos nuestro aplauso más cordial desde estas páginas, los almacenes El Encanto ofrecieron hace tiempo a sus operarios la posibilidad de formar un grupo teatral, sufragado por la empresa, que les permitiese dar rienda suelta a sus inquietudes artísticas y ocupar sus días libres en recorrer los escenarios de nuestra hermosa Perla de las Antillas. Desde que se autorizó la presencia de mujeres sobre las tablas, una de las empleadas que con más éxito las ha pisado es la modista Verónica de Valdés, que desde luego no se ha lucido aún bajo los palcos del Tacón, ni debutará en el Alhambra, que es un club masculino, pero sí que se ha lucido ante el respetable del Payret, en La Habana, donde fue muy celebrada su interpretación de algunos entremeses; el Reina Isabel II, en Santiago; el Principal, de Puerto Príncipe; el Sauto, de Matanzas, y el Tomás Terry, de Cienfuegos. Toda una gira que, sin duda, le habrá proporcionado un abanico de experiencias.

Esta prometedora artista cómica y dramática a la vez que hábil costurera empezó a trabajar en nuestra firma como escaparatista, aprovechando para el desempeño de esas funciones su experiencia en el ramo del comercio, del que proviene su familia, que es una de las más lustrosas de la Cuba indígena y cuenta entre sus antepasados con algún señero representante de la cultura nativa.

«Actuar es un pasatiempo», nos dice, «y no me engaño con respecto a eso, porque yo sé dónde está mi sitio; pero mientras lo hago me siento bien, es como si no fuese yo y estuviera en otra parte». Y a tenor de lo que se oye en los mentideros, al respetable le ocurre igual cuando ella toma la palabra: logran evadirse, que es lo que solemos desear que nos ocurra cuando asistimos a un espectáculo. No sabemos si a esta bella y emprendedora muchacha, que también es una de las alumnas voluntarias que toma tres días por semana las clases de inglés que nuestras galerías ofrecen sin coste alguno a sus operarios, la llamarán de París para que salga en una de esas películas de Georges Méliès que están dando la vuelta a un mundo enamorado del invento del cinematógrafo, y ella será la diva de las próximas Barba Azul o Viaje a la Luna, pero estamos seguros de que si el golpe de suerte se produjera no la iba a encontrar con la guardia baja.

Sobre su vinculación al gremio textil, recuerda que su madre regentó una conocida sedería en la encrucijada de las calles Galiano y San Rafael, «abierta por unos inversores de España», que después de mantenerse al servicio de su clientela durante muchos años y con gran aceptación popular fue traspasada, tras obtener un acuerdo ventajoso para ambas partes, a los dueños de El Encanto.

Gracias a su habilidad con la aguja, Verónica pronto ascendió a costurera, luego a ayudante del jefe de taller y hoy es modista. Se ha convertido en una de las mejores en su puesto e incluso ha llegado a colaborar en el diseño de varios patrones que han merecido el reconocimiento de los sastres y de la propia dirección. «Aquí me siento valorada y se me ofrece la posibilidad de crecer profesionalmente», recalca, agradecida, para luego añadir que «a pesar de ello, en un futuro no muy lejano tengo la intención de trasladarme con mi hijo a la costa de Barcelona, donde me brindarán su hospitalidad unos parientes».

Le deseamos desde aquí muy buena suerte en todos sus proyectos y quimeras a Verónica de Valdés, tanto si permanece entre nosotros como en el caso de que logre de verdad emprender su travesía a la madre patria, un deseo tan fácil hoy de comprender como difícil de alcanzar, «que no en vano entre Cuba y España / tiende inmenso sus olas el mar», como escribió con tino el poeta.

Analizada con calma, aquella entrevista corroboraba por todo lo alto algunas de nuestras informaciones e hipótesis y además dejaba leer otras muchas cosas entre líneas. Para empezar, que el acuerdo de compraventa que firmó doña María de la Salud al desprenderse de Sederías Valdés tuvo que ser, efectivamente, muy satisfactorio para todos, entre otras cosas porque a su hija la trataron con enorme deferencia: nombrarla escaparatista era poner sobre sus hombros una gran responsabilidad, porque, según pude comprobar en algunos vídeos de la Asociación de Antiguos Empleados de El Encanto que circulan por la red y en los que aquellos exiliados de Miami se deshacían en elogios y nostalgias hacia las galerías y sus jefes, era obvio que en ese comercio se les dio desde el principio una gran relevancia a las vidrieras, como ellos las llaman, que se renovaban de arriba abajo cada semana y ante las cuales desfilaban en procesión miles de mujeres y hombres cada viernes y sábado, hasta transformar esa costumbre en uno de los pasatiempos favoritos de los habitantes de La Habana.

El tono de la revista era amable en general y es muy posible que un tanto por ciento de la coba que se le daba a la descendiente del negrero Maristany como actriz estuviese destinada a alabar a la propia empresa por fomentar ese tipo de actividades; pero el resto parecía pensado para complacerla a ella. En realidad, aquellas funciones de aficionados se hacían en locales muy modestos o, cuando no lo eran tanto, en una sesión de tarde, sin cobrar entrada y siempre ante un público no muy numeroso que mayoritariamente estaba compuesto por empleados de la propia firma, algunos clientes sin nada mejor que hacer y media docena de amigos. En Cuba, por otra parte, a la burguesía que llenaba los patios de butacas no se la deslumbraba con cualquier cosa, porque tenía el paladar fino y dinero de sobra para contratar a las grandes divas de la cartelera, entre otras a Eleonora Duse, Sarah Bernhardt o las españolas Margarita Xirgu y María Guerrero. Lo mejor de cada época.

Que Verónica de Valdés pudiese llamar la atención de algún director de cine era una hipérbole que, sin embargo, podría haberse hecho realidad medio siglo más tarde, cuando muchas de las grandes estrellas de Hollywood comenzaron a frecuentar el Salón Francés, la sombrerería o el departamento de corbatas italianas del establecimiento: Lana Turner, Errol Flynn, Elizabeth Taylor, John Wayne, Ava Gardner o Henry Fonda eran asiduos y el galán Tyrone Power fue la imagen publicitaria de la tienda. Toda una vía láctea. La aureola de El Encanto era un imán tan atrayente que hasta el científico más famoso del mundo entonces y ahora, Albert Einstein, lo visitó para comprarse un jipijapa cuando su barco con destino a San Diego hizo escala en la ciudad.

Y por supuesto, era de vital importancia para mí que en esa conversación se confirmase que Verónica tenía un hijo y que proyectaba viajar a España, más en concreto «a la costa de Barcelona» y a casa «de unos parientes». Eso no era una frase, era una flecha clavada en el mismo centro de la diana. Cerré el puño y lo agité en el aire, como si fuera a tirar unos dados, porque la verdad era que había sido muy emocionante ver a la difusa Verónica emerger poco a poco, tomar cuerpo, pasar de lo que se cree a lo que se sabe. Hasta entonces había parecido que en vez de localizarla me la hubiera inventado y en lugar de hacer un informe escribiese una novela. Pero no, había sido una persona de carne y hueso y, al igual que todas las demás, había dejado su huella sobre la tierra.

Si lo examinabas con cuidado, en el texto había también algunas cosas extrañas y como fuera de sitio en una publicación de esa naturaleza. La primera, lo que parecía una crítica implícita al nuevo Gobierno autónomo, al calificar el plan de Verónica de dejar el país como muy comprensible en aquellos tiempos, que su autor o autora reprobaba con un adverbio tan corto y venenoso como el aguijón de una raya látigo: «Hoy». En mayo de 1903, el año en que iba a celebrarse en Barcelona la boda de Montserrat Maristany con Jacint Espriu, las aguas estaban revueltas, hacía menos de tres meses que el primer presidente de Cuba, Tomás Estrada Palma, había firmado un tratado con los Estados Unidos según el cual se les arrendaba de manera perpetua la bahía de Guantánamo, para que estableciesen allí una base naval con la que, evidentemente, tendrían el control de la zona y a la nación recién nacida bajo vigilancia. Y también estaba muy próxima la afrenta de Washington al nuevo Ejecutivo y a sus líderes, obligándolos a añadirle a su flamante Constitución de 1901 la célebre Enmienda Platt, que dejaba en manos de la Casa Blanca parte de la soberanía de la isla. Era el precio que tenían que pagar los insurgentes por la ayuda interesada que les habían dado sus todopoderosos vecinos del norte en su lucha contra España, tras forzar su entrada en la guerra con el equívoco hundimiento del acorazado Maine.

A la hija de Joan Maristany le habían tocado en suerte aquellos años conflictivos que desembocarían en una independencia restringida, porque estaba tutelada por los norteamericanos, quienes más de una vez volverían a La Habana con su ejército para tomar el mando de sus instituciones. ¿Cómo viviría ella las escaramuzas militares, las noticias que llegasen de Cayo Hueso, donde José Martí lanzó el periódico *Patria* y el Partido Revolucionario; las batallas, el avance de las tropas populares, los mambises; la victoria de Cuba y su aliado, la capitulación de España, la firma del Tratado de París, la liberación...? No podemos saberlo, pero sí sospechar que cuando las cosas no fueron lo que se esperaba sentiría la misma decepción que muchos de sus compatriotas. Y ahí era donde estaba el segundo dardo oculto de aquella charla afable, en la cita final, que reproducía con segundas intenciones dos versos del escritor José María Heredia, otro héroe popular y uno de los cabecillas, en 1823, de la conspiración de los Soles y Rayos de Bolívar, por la que fue puesto en busca y captura y tuvo que exiliarse. Sus poemas eran un himno para los descontentos y un azote para los resignados: «Que si un pueblo su dura cadena / no se atreve a romper con sus manos, / bien le es fácil mudar de tirano, / pero nunca ser libre podrá». O me equivocaba de parte a parte o su presencia en aquellas páginas y en esos momentos no podía ser casual.

La Historia es la ciencia de defraudar a quienes luchan para cambiarla. La gente se deja la sangre en las banderas y envuelve con ellas a unos ídolos que nueve de cada diez veces las utilizan como disfraz, las hacen jirones y los usan como mordazas. No hay más que ver el modo en que Cuba salió de la jaula de España para caer en la red de Estados Unidos y escapó de ella para enredarse en la telaraña de una dictadura que lleva más de cinco décadas en el poder. En lo que se refiere al asunto que nos ocupa, al cambiar la Sierra Maestra por el palacio presidencial los antiguos guerrilleros iniciaron una política de nacionalizaciones que propició que se confiscasen miles de sociedades anónimas, entre ellas los almacenes El Encanto. Sus fundadores, los asturianos José y Bernardo Solís, descubrirían de ese modo que ellos y otros hombres de negocios habían sido traicionados por los rebeldes, a los que apoyaban en su intento de derrocar al general Batista y a quienes ellos y otros muchos habían financiado: hay testigos que los recuerdan pasando su sombrero Panamá entre los asistentes a las reuniones de la federación de comerciantes, que iban llenándolos por turnos con billetes de cien pesos con los que contribuir a la causa.

Los fastuosos almacenes El Encanto no les durarían mucho a los nuevos legisladores, porque fueron reducidos a cenizas el 13 de abril de 1961 por el incendio que siguió al estallido de varias bombas en cadena en el quinto piso de la tienda, en un atentado que rápidamente fue atribuido a los grupos contrarrevolucionarios que actuaban a sueldo de la CIA. El solar se convirtió en el parque Fe del Valle, en honor de una miliciana comunista que entró como dependienta en las galerías, donde intentó sin éxito montar un sindicato, llegó a jefa de planta y fue la única víctima de las llamas que calcinaron el edificio, al aventurarse en él en busca de la recaudación del día, «para salvar los bienes del pueblo», según proclamó a bombo y platillo la versión oficial de los hechos.

En cualquier caso, me pareció evidente que mi próxima tarea no podía ser otra que aprovechar que tras medio siglo de aislamiento y hostilidad mutua se habían restablecido las relaciones diplomáticas entre Washington y La Habana y volvía a haber un barco que unía ésta con Miami y más vuelos desde el aeropuerto José Martí a Florida. Me sacaría dos pasajes, para Mónica y para mí, que les iban a costar otro buen puñado de dólares a los Espriu, y una vez que estuviésemos al otro lado del estrecho hablaría con los veteranos de la Asociación de Antiguos Empleados de El Encanto. Sería fácil y estaba seguro de que tendrían muchas cosas que contarme.

Marqué el número de la recepción y pedí de nuevo una conferencia a Barcelona. Quería poner a mi jefe, si es que aún lo era, al corriente de mis descubrimientos y de mis intenciones. En esa ocasión sí que respondió a mi llamada. Todo le pareció fantástico, aunque no se enteró de gran cosa y no hacía falta ser un genio para saber el motivo: ocho mil kilómetros no eran distancia suficiente como para que no se le notase a la legua que estaba muy drogado, un poco bebido y, sobre todo, las dos cosas a la vez. Por alguna razón, di por hecho que se encontraba en el despacho de su elegante refugio a la sombra de El Repòs, en uno de sus sillones de cuero verde, junto al velador sustentado por colmillos de elefante en forma de aspa y con los libros de Conrad, Dumas, Stevenson y los demás al alcance de la mano vacía: en la otra, había un vaso con tres centímetros de zumo de naranja y seis de Beluga Gold Line, el vodka que beben los ricos.

—Ah, pues claro... Gasta lo que haga falta... Ya sabes que esta familia tiene el dinero por castigo. Adelante, siempre... ¿Me entiendes? Ten cuidado con nosotros... —dijo, y luego se quedó en silencio. Oí al otro lado de la línea el ruido de un encendedor y a él aspirando una calada de su cigarrillo, seguramente de marihuana. Imaginé las volutas de humo retorciéndose en el aire como si buscaran con desesperación algo a lo que parecerse. Una sirena. Un caballo. Un velero.

—¿Sigues ahí?

—Sí, aquí..., no sé dónde... —respondió al cabo de una eternidad—. Sin embargo, imagino que ellos van a mover ficha... Como si fuera un dominó... Así que Verónica de Valdés... Así que El Encanto... Y un incendio..., es tan melodramático..., un final de novela rosa... Emilio Salgari ya sabía... que a veces la única manera de huir de la galera es prenderle fuego, como en *El León de Damasco*... Que tengas suerte... Mantén los ojos bien abiertos... Si llegan antes...

—¿Quiénes?

—No tiene importancia... Es pura lógica...

—¿El qué? No te entiendo. ¿Quién va a llegar antes y adónde?

—Si alguien existe, se le puede encontrar, ¿no es cierto? Tú y cualquiera... Pero estoy tranquilo... Eres mi Henry Morton Stanley particular, ¿recuerdas? Así que... da igual si se llama el Lualaba o el Congo, tú sigue el curso del río... y llegarás hasta las cataratas..., ¿te acuerdas? Las Victoria..., quizá las Kalambo... Un día te llevaré a Tanzania... Allí tenemos las fábricas... Navegaremos por el Zambeze y nos atacarán las moscas tse-tse...

Y entonces la línea se cortó, sin previo aviso, con la brusquedad de lo que se interrumpe porque alguien lo secciona o arranca violentamente. Las últimas palabras de Lluís Espriu zumbaban en el aire igual que si ellas también fueran insectos tóxicos.

Me quedé mirando en la pantalla del ordenador las fotografías de la casa que se había mandado hacer en el Principado de Asturias la familia Solís, en el año 1927. Estaba en la localidad de Villaviciosa, en Gijón, junto a una marisma llena de garzas y cormoranes, en la costa del Cantábrico, y era otra de esas viviendas de indianos con algo a la vez jactancioso y recóndito, tan elegante que le podría haber echado un pulso a cualquiera de las de El Masnou. Tenía dos torres contradictorias, una redonda y la otra cuadrada, balcones ondulantes llenos de geranios rojos, una galería de madera labrada, un porche de dos arcos con una pared adornada de azulejos blancos y azules; techos a dos aguas, muy inclinados, una veleta de hierro con el perfil de un águila imperial y ventanas de todas las clases, formas y tamaños posibles en su fachada. Y naturalmente, como no podía ser de otro modo, se llamaba Villa El Encanto. Sin duda, aquella gente había sido muy feliz en Cuba, estaba agradecida a aquella isla por lo que les había dado y la echaba de menos.

Por lo que pude averiguar, hoy en día esa mansión histórica a su modo, que por las imágenes que pueden verse en la red se conserva en un estado realmente admirable, ha cambiado de manos para ir a dar a otras parecidas, dado que ahora pertenece a otro emigrante con suerte, sin ninguna relación con sus propietarios originales, que también salió de España con lo puesto y para hacer las Américas, aunque en su caso el destino fue la República Dominicana. Trabajó duro, le fue bien y es dueño de una importante cadena de centros comerciales. Me pregunté si en esas tiendas se les pagaría un sueldo decente a los empleados. Quizá tenía razón Mónica Grandes y el abuso es parte de la condición humana, el modo en que funciona todo este tinglado. Porque son otros tiempos y tenemos otras costumbres, pero la realidad no es tan diferente: el dinero corre y nosotros lo perseguimos. Hay quienes le dan caza y quienes son su presa. Y todos lo buscan, pero algunos lo consiguen y otros mueren en el intento.

Capítulo diecinueve

Miami es la sala de fiestas de América, el paraíso de los juerguistas de fin de semana, un bar que nunca echa el cierre, la Nueva Arcadia de los millonarios que viven en mansiones con campo de golf, embarcadero propio y vistas al lago Indian Creek o la bahía de Biscayne... Sin embargo, eso es para los estadounidenses, el resto del mundo ve en ella, sobre todo, la ciudad de los cubanos exiliados. Y eso también es cierto, porque desde el triunfo de la Revolución en 1959, muchos disidentes han escapado allí para librarse de una dictadura que ha convertido la isla en una cárcel y aprovechándose del trato de favor que les daban las autoridades norteamericanas a la hora de ofrecerles asilo, en gran medida para utilizarlos después con fines publicitarios contra el régimen de La Habana y contra el comunismo en general. El éxodo reescribió la palabra *balsero* para que pasase de nombrar un oficio a definir una tragedia.

La diáspora también cortó en dos el país, y las posiciones de quienes quedaron a uno y otro lado de la herida se volvieron irreconciliables. Una de las cosas que tendría que averiguar en Florida, por supuesto, era si los Valdés, Maristany o como los queramos llamar habían cruzado o no el estrecho. La duda nos la aclararon en diez minutos los veteranos de las galerías El Encanto, con quienes contacté a través de su página oficial y nos reunimos en el Café Enriqueta, un lugar célebre por algunas cosas que yo no tocaría ni con un palo, como las empanadas de pollo, queso y guayaba y la tortilla de plátano dulce.

El hijo de Verónica, que se llamaba Juan Gabriel, es de suponer que lo primero en honor de su abuelo pirata y lo segundo en referencia a su tío abuelo escritor, también se colocó en los grandes almacenes, que eran generosos con sus empleados a la hora de buscarles un puesto en cualquiera de sus tiendas a sus familiares. La norma de la empresa era que no coincidiesen en el mismo centro, pero eso no representaba ningún problema a esas alturas, cuando El Encanto ya tenía en nómina a más de mil personas y se había convertido en una cadena de establecimientos que recorría el país de norte a sur. El nieto de Joan Maristany, de quien no pudieron darme más noticia que el apellido paterno, que era Flores, y que tuvo un hermano que murió prematuramente, fue enviado primero a Santa Clara y para ejercer de repartidor, en algún momento de la década de 1880, y más tarde a Holguín, donde fue ascendido a ordenanza y siguió cursos de ortografía, contabilidad e inglés. Cuando a su madre le llegó la hora de retirarse y él ya había recibido la formación oportuna, lo trasladaron en calidad de dependiente a la central de La Habana.

Parece que cuando la guerra de la Independencia estalló de forma definitiva, tras el levantamiento sincronizado de los rebeldes en todo el país con la llamada a las armas que se conoce como Grito de Oriente, la impresión que le dejó aquel movimiento del que todo el mundo hablaba, dando a menudo detalles macabros, fue devastadora y generó en el niño un rechazo absoluto de cualquier acto de violencia, al margen de las razones que lo ampararan. Algo que no le iba a beneficiar cuando en el futuro otras sublevaciones reclamaran su adhesión.

La historia de ese hombre la conocían nuestros informadores por encima, de segunda mano y, fundamentalmente, sólo porque era parte del pasado de su hijo, el revolucionario Juan de la Salud Maceo Flores, nacido hacia finales de los años veinte, casi con toda certeza en algún momento entre 1927 y 1929, en sus inicios ascensorista en la sede de Varadero de El Encanto y un joven rebelde del que los pocos compañeros que sobrevivían aún recordaban cómo lamentó que fracasara el asalto al cuartel de Moncada, en Santiago, en julio de 1953, que en las galerías era muy amigo de Fe del Valle, con la que se reunía cuando ella iba a Varadero o él a La Habana y con quien colaboró en el intento de montar un sindicato y promover una huelga si Solís, Entrialgo & Cía. no mejoraba los sueldos de sus empleados, aunque se supone que eran los más altos que se pagaban en La Habana, y cuando la guerrilla se instaló en Sierra Maestra se hizo un fervoroso seguidor del Movimiento 26 de Julio. Según sus colegas de aquellos tiempos, no lo hizo simplemente desde un punto de vista teórico, sino que participó en actos desestabilizadores como la quema de cañaverales, la destrucción a machete de numerosas cosechas o la colocación de artefactos explosivos en varias capitales. Al parecer, era un admirador convencido de la Unión Soviética. Cuando las galerías fueron nacionalizadas, él permaneció allí como comisario político, hasta que las llamas la redujeron a escombros.

«Los comunistas los transformaron en un cobertizo», nos dijo uno de nuestros interlocutores en el Café Enriqueta, «y cesaron las ventas al público. Si no los hubieran echado abajo las bombas, los habría destruido la miseria, como al resto de la ciudad. Dele un vistazo a la calle Galiano y verá que al antiguo hotel Regina le queda un soplo para derrumbarse; los grandes almacenes La Ópera y el edificio Le Trianon ya se cayeron; en el Ten Cents de la cadena Woolworth hay una ferretería del Estado; el distinguido Bazar Inglés es un local de ropa usada; la casa de alhajas El Cairo está en el más completo abandono y en lo que era la joyería Montané se ha establecido el Comité de Defensa del barrio, cuyo fin es vigilar, atemorizar y delatar a los *enemigos del régimen,* como ellos definen a cualquiera que no se arrodille frente a sus látigos».

A los tres días del sabotaje que convirtió en cenizas El Encanto, fue detenido un joven dependiente católico que militaba en el Movimiento de Recuperación, contrario a la deriva totalitarista del nuevo Gobierno, y que confesó a los torturadores del G-2 haber hecho explotar dos petacas incendiarias en la sastrería del establecimiento, pero sin intención de causar víctimas mortales. Lo acusaron de ser un agente de la CIA y fue fusilado contra los muros de la fortaleza de la Cabaña. La estatua en honor de la mujer fallecida en aquel suceso continúa en el parque que lleva su nombre y cada 13 de abril le pone flores una delegación del Sindicato del Comercio. El resto del año es invisible para quienes la tienen demasiado vista, porque la costumbre está llena de automatismos, es una clase de ofuscación. Y nadie le ha vuelto a colocar las manos de mármol que hace tiempo le fueron cortadas y sustraídas. Puede que la acción vandálica fuese resultado de un simple accidente, un ritual fetichista o una protesta civil silenciosa. A estas alturas, quién puede ya saberlo.

A Juan de la Salud Maceo, el bisnieto de Joan Maristany, le fue bien con el nuevo régimen que gobernaba la isla, porque era parte de él y lo defendía a capa y espada. Que su hermano mayor hubiese muerto en acción de guerra, alcanzado por los disparos de las tropas del Gobierno justo en la misma zona en que cayó José Martí seis décadas antes, junto al río Contramaestre, servía para acrecentar su odio a la Cuba de Batista, a la alta sociedad que lo respaldaba y al imperialismo. Cuando se unió a los milicianos y tomó las armas, no fue para hacerse fotografías con ellas, y de hecho se rumoreaba que nunca tuvo piedad con el enemigo, ni en el frente ni en la retaguardia. Las leyendas sobre su crueldad daban escalofríos a quienes las escuchaban. Era tan temido que cuando entraba en un café todo el mundo callaba y hasta que se iba de allí sólo era posible escuchar dos cosas: las pisadas de sus botas militares y el tintinear desafinado de las tazas sobre los platos de loza, producido por la forma en que a los clientes les temblaba el pulso. Tenía la fe del carbonero y una misión: instaurar el socialismo en las Antillas y a continuación propagarlo por toda Latinoamérica. Cuando el desembarco de la bahía de Cochinos, una operación que financiaba Washington y que llevaron a la práctica los exiliados de Miami entrenados por la CIA en Guatemala, fracasó de manera incontestable, el plan de los norteamericanos de formar en setenta y dos horas un Gobierno que fuese reconocido por la comunidad internacional y justificara la ocupación del país se quedó en nada y los últimos fugitivos de la Brigada 2506 fueron capturados en los manglares de la Ciénaga de Zapata, él fue uno de los defensores a ultranza de ejecutar a los prisioneros, decretar la ley marcial y el toque de queda, ponerse en manos de la Unión Soviética y hacer de su país la capital americana de la Guerra Fría. Tras casi dos años de negociaciones secretas, dificultadas por crisis de tanta envergadura como el descubrimiento de la Operación Mangosta, otro plan de la Casa Blanca para tomar la isla usando la estrategia del acorazado Maine, sólo que esta vez en la base de Guantánamo, o la crisis de los misiles, que puso al mundo al borde del desastre nuclear, las nuevas autoridades, mucho más prácticas y menos apocalípticas que el nieto de Verónica de Valdés, aceptaron canjear a los rehenes que aún no habían sido ejecutados por cincuenta y dos millones de dólares en medicinas y alimentos, más otros tres en metálico y bajo cuerda para su cúpula dirigente.

«El jardín del Edén marxista que dibujaban esos embaucadores nunca existió en la realidad, salvo para ellos mismos, que son los que se lo han llevado todo, que primero confiscaron las grandes empresas y a partir de 1968 también los pequeños establecimientos, las bodegas, los restaurantes, los talleres. Para ellos el botín y para los demás la cartilla de racionamiento y nada más, porque son como Atila y los hunos, por donde ellos pasaban no volvía a crecer la hierba, por eso el apodo de su jefe es «el Caballo»; aunque yo creo que a estas alturas a quien más se parece es al tiburón boreal de Groenlandia, ese bicho que vive cuatrocientos años...», nos dijo uno de los antiguos empleados de El Encanto, al final de nuestro encuentro en Florida, mientras nos despedíamos bajo las sombras conciliadoras de las palmeras. «Su jugada fue quitar de en medio al dictador de los otros para sustituirlo por el suyo, y a los cinco minutos de poner el pie en el Capitolio ya estaban acusándose entre ellos de contrarrevolucionarios y traidores. Por supuesto, en esa pelea de gallos vencieron los de siempre, los más feroces, los más cínicos y con el más canalla al mando, ya saben, "ese que allá en la montaña / es un tigre repetido / y dondequiera ha crecido / como si fuese de caña", según el poema más famoso que le han escrito. En cuanto se hicieron con el control, empezó el saqueo, cerraron bancos para quedarse con los ahorros de sus clientes; se impuso el trabajo voluntario, como llamaban sin ninguna vergüenza a la explotación de los obreros; una parte de la ciudadanía fue obligada a marchar a los campos a realizar la zafra y para quienes se quedaron en las plantas industriales se impusieron los horarios de conciencia, que no eran sino otra forma de abuso disfrazado de gesta solidaria. En resumen, que ya no eran comandantes sino dioses y el calendario giraba a su alrededor, hasta el punto de que las fiestas de Navidad fueron trasladadas al 26 de julio, aniversario del ataque al cuartel Moncada, con el argumento de que en diciembre interferían las labores agrícolas al coincidir con la época en que se corta la caña de azúcar. En el colmo de la demagogia, San Nicolás fue sustituido por Don Feliciano, un guajiro barbudo con sombrero de yarey.»

Las convicciones de Juan de la Salud se empezaron a debilitar cuando su hijo Camilo Ernesto, nacido en 1954, hizo al llegar a la adolescencia lo que él con su padre, don Juan Gabriel: estar en absoluto desacuerdo con sus ideas. Las preguntas comenzaron en 1969, el Año del Esfuerzo Decisivo según los calendarios de la dictadura, en que se había lanzado el reto de conseguir una zafra de diez millones de toneladas de azúcar. ¿Por qué se obligaba a la gente a ir a hacer la cosecha y a trabajar sin descanso y a cambio de casi nada, sólo para llenar las arcas del Gobierno? El viejo guerrero trataba de responderle con dogmas y postulados, pero las razones del patriotismo no le convencían y los cantos a la Revolución y a sus caudillos, aún menos. Y según pasaba el tiempo, las discusiones se afilaban. ¿Por qué tenía que haber miles de personas detenidas tan sólo por haber tratado de emigrar? ¿Por qué no se podía entrar y salir libremente de Cuba? ¿Por qué las cárceles de Isla de Pinos, Guanajay, el Príncipe o Manto Negro estaban abarrotadas de presos políticos? ¿Por qué los torturaban, humillaban a los familiares que iban a visitarlos obligándolos a desnudarse ante los soldados, los alimentaban con desechos y les daban de beber agua contaminada que les provocaba disentería y epidemias de cólera y hepatitis? ¿Por qué se permitían las condenas a trabajos forzados en las *granjas de rehabilitación,* que no eran más que un camino de regreso a la esclavitud? ¿Por qué el tirano y sus secuaces continuaban mandando a los paredones de la fortaleza de la Cabaña a los disidentes? El día que aquel muchacho, cuyo nombre era un homenaje a los comandantes Camilo Cienfuegos y Ernesto Che Guevara, pronunció esas palabras, Juan de la Salud lo abofeteó violentamente, y nunca olvidaría que en su mirada no hubo odio, ni dolor, sólo desprecio. El golpe le dolió más al que lo había dado.

Las temibles Brigadas de Respuesta Rápida detuvieron al joven por primera vez cuando acababa de cumplir veinte años, acusado de delitos contra la seguridad del Estado y de formar parte de una supuesta célula destinada a reorganizar el Frente Anticomunista de Liberación. Lo llevaron al presidio de Santa Clara y cuando su padre se enteró del arresto se presentó allí para montar un escándalo, vestido con su antiguo uniforme de campaña del ejército y con una pistola al cinto. No le dejaron ni pasar de la puerta ni ver al reo. Les preguntó a gritos si es que no sabían con quién estaban hablando y a lo que se arriesgaban. Le contestaron que ellos sólo cumplían órdenes, que se dirigiese a la policía, al Ministerio del Interior o, si de verdad tenía esos contactos en las altas esferas de los que alardeaba, a la Dirección General de Inteligencia. Se sintió atrapado en la burocracia que él mismo había ayudado a crear. Sintió que le faltaban al respeto. Se sintió rabioso.

Como tantos otros, Camilo Ernesto Flores pasó varios meses en uno de esos campos de castigo que llamaban Unidades Militares de Ayuda a la Producción (UMAP), donde lo llevaron en un camión, con las manos atadas a la espalda, la boca sellada con cinta adhesiva y los ojos vendados. Se decía que a los considerados subversivos se les propinaban palizas diarias con tubos de goma, se los sometía a falsas ejecuciones en las que sólo al final descubrían que el pelotón disparaba balas de fogueo, se los ataba desnudos con alambre de espino, se los enterraba hasta el cuello, se les inyectaban drogas en oscuros manicomios y se los sometía a tratamientos de electroshock. Juan de la Salud sabía todo eso, pero tener que imaginarlo fue muy duro para él. Hizo reclamaciones, les pidió cuentas a sus antiguos camaradas y lo amenazaron con un proceso por peligrosidad social y actividades contrarrevolucionarias que lo convertiría en enemigo del pueblo, y también con mandar a su hijo a la escalofriante prisión de Chafarinas y confinarlo en la leonera, que es como llamaban a la galería donde se recluía a los delincuentes más temibles. A todo el que entraba allí era muy sencillo adivinarle el futuro: no lo tenía, porque de ese infierno sólo se salía habiendo preferido morir en él. Por suerte, aquella espada de Damocles no llegó a caer sobre su cabeza.

Se podría pensar que la muerte fue piadosa con Juan de la Salud, porque se lo llevó de un día para otro, mientras dormía y quién sabe si en el fondo haciéndole un favor, dado que en realidad ya no era él, sino nada más que su molde, su parte de fuera: sin sus convicciones, se había transformado en un cuerpo vacío, a la deriva, sin rumbo al no tener ya ninguna bandera a la que seguir. En cualquier caso, siempre quedó la duda de si el ataque al corazón que acabó con él vino de dentro o de fuera. Parece que había amenazado con pregonar a los cuatro vientos algunas cosas poco convenientes para el Caballo y otros mandamases, y que a un médico amigo de su familia le dio la impresión de que algunos de los síntomas que había mostrado poco antes de morir, como una repentina pérdida de cabello, un resfriado que derivó en un abrir y cerrar de ojos en una pulmonía y el color súbitamente gris de su piel, hacían pensar que podía haber sido envenenado con sulfato de talio, un producto fácil de conseguir y de suministrar, ya que se hallaba en gran parte de los matarratas que se comercializaban desde mediados del siglo XIX y había mil formas de hacer que las víctimas entrasen en contacto con él sin notarlo, dado que no tenía olor, sabor o color algunos. También era uno de los métodos de eliminación de disidentes que más le gustaban a la KGB. Recordé que, según algunos estudiosos, la policía secreta de Stalin había asesinado de esa forma al escritor

Máximo Gorki, que cuando fue fulminado por una neumonía en su dacha de las afueras de Moscú no cayó solo, lo siguieron a la tumba seis de sus empleados, que podrían haber consumido las sobras de sus comidas manipuladas por los científicos del Departamento Especial número 12 de la Lubianka. Y tampoco había olvidado que una de las cosas que me advirtió la policía antes de llevarme a la casa de El Masnou donde me escondí de los mercenarios rusos que me pisaban los talones fue que jamás tomase bebidas o alimentos fuera de casa; ni que me habían dado unas cápsulas que contenían azul de Prusia, un antídoto infalible del talio. Ante la más mínima señal de alerta, debía tomarlas. El inspector Sansegundo, que se ocupaba de mi caso, también me regaló una novela de Agatha Christie, *El misterio de Pale Horse*, donde se describen con tanta exactitud los efectos de esa ponzoña que varios de sus lectores habrían salvado la vida gracias a ella, al comparar su malestar con el de los personajes de la obra y darse cuenta de que trataban de matarlos.

En cualquier caso, la desaparición de Juan de la Salud Maceo está tan llena de sombras como la de otras muchas personalidades de la Revolución caídas en desgracia por un motivo u otro. Y su hijo no se atrevió a indagar: ya había tenido suficiente. Llevó una vida oscura, rutinaria, que parecía írsele de las manos precisamente por intentar atarla en corto, porque no sabía que de todas las cosas que vuelan el tiempo es la única que no se puede enjaular. Sin embargo, cuando ya parecía abocado a la soledad, conoció en casa de unos amigos a una mulata que trabajaba como empaquetadora en la fábrica de tabaco Romeo y Julieta. Todo el mundo la conocía como «la Haitiana», pero su nombre real era Kensia Chevalier. La boda se celebró antes de un año, y en 1986 nació su hija Verónica, la mujer a la que habíamos ido a buscar a Cuba por encargo de Lluís Espriu.

Ya casi la tenía, ahora sólo faltaba dar con ella. Para celebrarlo, abrí el minibar y me serví un vodka con zumo de naranja y una cerveza Cristal. Después entré en el baño y me metí bajo la ducha con Mónica. «Si las sirenas existen, el amor también», supongo que debí de pensar, porque aquella tarde le dije lo que nunca le había dicho ni a ella ni a casi nadie: que la quería. Y no sólo eso, sino que hubiese jurado que era verdad.

Aquella última noche en Florida, mientras nos acercábamos en un taxi a Coral Gables, para darme el capricho de ver la casa donde Juan Ramón Jiménez escribió algunos de sus poemas que más me impresionan, me sentí agotado y eufórico. La información que había reunido era muy valiosa, y me felicité por haber llevado a buen fin aquel viaje. Quizá las personas con las que habíamos hablado fuesen un buen ejemplo de la famosa obsesión que tienen con Cuba sus expatriados, pues como pudimos comprobar es cierto que parecían saber tanto la vida y milagros de cualquiera que hubiese sido una figura principal e incluso secundaria de la Revolución como las desdichas y aventuras de muchos de aquellos que fueron perseguidos por ella. Pero también es verdad que sin ellos esa parte de la historia se habría perdido.

Buscar a la cuadrinieta de Joan Maristany había sido como andar por un bosque gigantesco hasta encontrar el árbol en el que estuviese grabado a cuchillo su nombre. Pero al final, nadie desaparece por completo, todo el que ha pisado este mundo deja su huella, algún vestigio que ayude a imaginar lo que fue, como unas ruinas de un castillo o un palacio son su última señal y a la vez son su índice, su esquema. La historia de cualquier familia es la de todas: un recordatorio de nuestra fragilidad, la crónica de un exterminio. La mía empezaba a diluirse de forma irremediable con la muerte de mi madre, sólo quedábamos mis dos hermanas y yo, porque los demás, fuesen quienes fuesen, ya eran otra cosa, no estaban ahí desde el principio, no nos conocían más de lo que les hubiésemos permitido que lo hicieran. Uno da miles de pasos en la vida y todos nos hacen avanzar en alguna dirección, pero ninguno tiene vuelta atrás.

Cenamos en el restaurante que ocupa el lugar en que estuvo la casa de Juan Ramón Jiménez en Alhambra Circle 140, y allí le estuve contando a Mónica algunas cosas sobre él, su llegada a Miami desde Cuba, adonde había viajado en 1936 huyendo de la Guerra Civil, sus encuentros con Lezama Lima y Nicolás Guillén, su resurrección literaria en los Estados Unidos, las obras maestras que escribió allí en esos años... Después fuimos a visitar un parque que hay en el cruce de Giralda y Merrick donde han puesto unos versos suyos que hablan de lo que él llamaba su *mar tercero,* justo el mismo que aquella noche se coló en nuestra habitación del hotel para dejarnos «timbres de aires y espumas en los oídos».

Al mismo tiempo, en nuestro cuarto de la otra orilla del estrecho, en el Meliá Cohiba de La Habana, el intruso que registraba las maletas, los cajones de la cómoda, el armario y la caja fuerte era mucho más silencioso, menos amable y, desde luego, no estaba allí para dejar nada, sino para llevárselo.

Capítulo veinte

Lo primero que hice al volver a instalarnos en nuestro cuartel general fue pedir una conferencia con Lluís Espriu. Imaginaba que era demasiado temprano para él y, efectivamente, saltó el contestador. «Noche de bebida, mañana perdida», me dijo mi madre por dentro. Le dejé un mensaje que quise que sonara entre triunfal y enigmático pero que se quedó a medio camino de ambas cosas, igual que si fuese un coche averiado entre dos ciudades que hubieran conocido tiempos mejores: «Ya sé quién es, pronto lo sabrá ella». Luego llamé a la profesora Cabrera, pero no respondió ni en el número de su facultad ni en el móvil. Por no rendirme sin haber luchado hasta el final, lo intenté con don Adalberto y por fortuna él sí descolgó el teléfono de El Siglo de las Luces. Sin embargo, lo noté a la defensiva, casi antipático. Su sobrina continuaba en un seminario, «por la zona de Trinidad», según me dijo, sin entrar en más detalles. Le conté lo que había averiguado e intentó colgar en varias ocasiones, tal vez porque había algún cliente en su bar que aguardaba para ser atendido o porque en el fondo le traía al fresco esa historia que no era asunto suyo y de la que él no se llevaba nada. Le hice un par de preguntas y me respondió con monosílabos. Intenté gastarle un par de bromas sobre el librero que me había mandado al Meliá Cohiba con la colección encuadernada del boletín de El Encanto, pero no me siguió el juego, se le notaba a disgusto, hablaba de forma esquiva, con la incomodidad propia de alguien que en un momento de vacilación ha cedido a un impulso y tras tomarse algunas confianzas con nosotros no sabe cómo regresar a su relación anterior. Le retuve diciéndole que le quería poner al corriente de mis investigaciones para que se las transmitiese a Delia. «Claro», me respondió, «pero ahora lo sé yo». Un individuo peculiar, sin duda.

Mientras hablaba con él y luego, durante un par de horas, rastreé en internet a Verónica Flores Chevalier, y di en una red social con una cuenta que tenía que ser suya, porque aparte de que coincidieran el nombre y el año de nacimiento que encabezaban su perfil, en la foto resultaba más que evidente el parecido con su antepasada, Verónica Valdés, aquella esplendorosa costurera profesional y actriz aficionada cuyo retrato había visto en la gaceta de los grandes almacenes El Encanto. Pero es que además en la imagen destacaban dos colores que eran indicios manifiestos de su presente y de su pasado: el rojo-terciopelo del uniforme que vestía y el azul celeste de sus ojos. Aparte de aquel rasgo característico de los Maristany y sus descendientes, su piel era de color café con leche y su pelo iba y venía del castaño al rubio, quién sabe si de forma natural o porque lo llevase teñido. Bajo el bolsillo de su chaqueta de trabajo había una de esas identificaciones de metal que les ponen a sus empleados algunas compañías para transmitir a sus clientes la idea de que ellos no tienen nada que esconder, que juegan con las cartas sobre la mesa, que su trato va a ser personalizado, que son gente de confianza. Usé la lupa virtual del ordenador para ampliar la imagen, hasta que fue posible leer las tres líneas grabadas en aquella acreditación:

V. F. Chevalier
Recepcionista
Hotel Las Brisas, Guardalavaca, Cuba

Si vivir fuese un deporte, sería una carrera de vallas, porque siempre hay que saltar obstáculos, siempre compites contra alguien y siempre existe una meta que cruzar. Yo tenía la mía a tiro de piedra, después de dar muchas vueltas estaba en la recta final y ya sólo quedaba hacer un último esfuerzo antes de alcanzar mi objetivo, regresar a España, instalarme en mi casa llena de fantasmas, seguir con mi empresa de biografías por encargo, al menos hasta que me reincorporase a mi puesto de profesor de Lengua y Literatura en el instituto, y quién sabe si escribir otra novela basada en esta historia. Acababa de recibir dos propuestas muy apetecibles a través del correo electrónico: una, de la esposa e hijos de un hombre que en su juventud sobrevivió al famoso naufragio del buque Andrea Doria en Nantucket, Massachusetts, en 1956; y otra de los descendientes de un supuesto gigante asturiano, nacido en la aldea de Freal, cerca de Navia, a principios del siglo XIX, cuyo olvido les hacía sentirse «agraviados con respecto a otros de su clase y su altura, como el aragonés Fermín Arrudi, el vasco Miguel Joaquín Eleizegui o el extremeño Agustín Luengo», según decían. «Los dos primeros tienen una estatua en los sitios donde nacieron, Sallent de Gállego y Altzo, y el esqueleto del último se exhibe en el Museo Arqueológico Nacional», se quejaban. «Vaya», pensé, «la vida es un pañuelo: una historia donde se juntan el sitio donde trabaja Mónica y un hombre de más de dos metros, igual que Edgardo».

«Te sobran encargos y dentro de poco no te faltará dinero, ¿por qué no te lo juegas todo a una carta por una vez en tu vida y lo inviertes en sufragar al menos una parte de la expedición de Mónica a Egipto?», me pregunté. Asuán está a mil kilómetros de El Cairo, así que no iríamos a ver las pirámides del valle de los Reyes, pero a cambio de perdérmelas tendría la paz y el tiempo necesarios para escribir una o dos de las semblanzas que me habían solicitado mis clientes y hacer una vez más caja mientras ella trabajaba en su yacimiento de Qubbet el-Hawa, donde se iban a llevar a cabo descubrimientos que darían la vuelta al mundo, como la momia de la dama Sattjeni y su sarcófago de madera de cedro del Líbano, o la tumba del gobernador Herjuf, donde los jeroglíficos recuerdan los tres viajes que hizo a África y cómo se trajo de las selvas ecuatoriales a un pigmeo, cuya etnia se menciona por primera vez en la Historia en esa inscripción y que él exhibía ante sus invitados lo mismo que si fuese un mono de feria. ¿Cómo van a existir la igualdad y la justicia en un planeta en el que siempre hay alguien que tiene a otros más débiles sujetos con una cadena?

En Asuán seríamos felices, cada uno en su mundo, y después iríamos a la capital y, siguiendo algunas de las cosas que ella me había contado, pasearíamos por la plaza de Tahrir, la calle Al-Muizz y el barrio cristiano de Quasr al-Sham; visitaríamos las pirámides de Keops, Userkaf y Teti; tomaríamos un *fatur* y una cerveza Sakara ante la misteriosa Esfinge, con niños revoloteando a nuestro alrededor para vendernos postales, contarnos que el nombre en árabe de la estatua es Abu al-Hawl, «el padre del temor», y conseguir su *bakshish,* una propina; cenaríamos *kushari* en un buen restaurante y cuando estuviésemos en mitad de una noche de *Las mil y una noches* en nuestro hotel de la isla de Gezira escuchando pasar el agua «sin márgenes ni muros» del Nilo, como dice Góngora, le propondría matrimonio. ¿Por qué no? Al fin y al cabo, se cree que los anillos de compromiso se inventaron en la tierra de los faraones; aunque, eso sí, hay quien dice que estaban hechos de cáñamo y quien sostiene que los primeros fueron, cómo no, eslabones desprendidos de las cadenas de los esclavos. Tenía razón la doctora Grandes: al final, todas las historias empiezan de la misma forma, con gente que domina y gente que resulta dominada.

Busqué en internet el número del *club-resort* Las Brisas, que era como aparecía mencionado en los reclamos publicitarios, y llamé. La señorita Flores no estaba a esa hora en el establecimiento, aquella semana tenía el turno de noche. La persona que me atendió quiso saber si me podía ayudar. No, se trataba de un asunto privado. ¿Nada relacionado con el hotel, entonces? No, en absoluto, era un tema familiar. ¿Quería dejar algún mensaje? No era necesario, volvería a intentarlo dentro de unas horas.

—Si es lo que desea... Pero, mire —dijo mi interlocutora, bajando la voz—, debo informarle de que cuando estamos de servicio no se nos permite atender llamadas personales.

—¿Y ella tiene otro número?

—Puede que lo tenga... Sin embargo, no estamos autorizados a divulgar ese tipo de datos.

La eterna cantinela. Pero no iba a rendirme.

—Volveré a llamar en una hora. Le aseguro que si quiero hablar con ella es para darle una buena noticia. Probablemente, la mejor que haya recibido nunca —añadí, como quien remacha un clavo.

Incluso a distancia, noté que titubeaba. Bajó otro punto el tono.

—Si pudiese ser más explícito... Puede que encontráramos alguna solución.

Traté de calibrar hasta dónde me interesaba serlo. Y me pregunté si la persona que estaba al otro lado de la línea pretendía sacar tajada de aquel imprevisto. Si era así, tampoco representaba un gran problema: a Lluís Espriu no le importaría gastar otro par de billetes.

—Represento a unos parientes suyos de España que desean ponerse en contacto con ella. Se trata de uno de los apellidos más importantes del país —dije.

Se lo pensó unos segundos.

—Verónica entra a las diez, pero a las nueve estará cenando en la cocina. Si llama a y cuarto, le diré que descuelgue ella.

Me dio el número. Le pregunté cómo podía agradecerle su ayuda. Respondió que Gloria Fernández, para servirme, y colgó.

Miré dónde estaba Guardalavaca y cómo llegar hasta allí. Resultó ser una playa de la costa atlántica, próxima a las ciudades de Gibara y Banes, en la provincia oriental de Holguín. Había sido uno de los primeros lugares visitados por Cristóbal Colón a su llegada a la isla y durante los siglos XVI y XVII fue refugio de corsarios y piratas. Hoy en día es el tercer lugar de Cuba más frecuentado por los turistas, después de La Habana y Varadero, y sin duda el preferido por los aficionados al submarinismo, que encuentran en aquel edén caribeño maravillosos arrecifes de coral, interminables bancos de peces tropicales y paraísos bajo el agua como la Boca de las Esponjas y el Cañón de los Aguajíes. Un lugar ideal para estar en él con alguien como Mónica Grandes.

Llamé a la agencia de viajes del hotel y me informaron de que el medio de transporte más rápido para llegar a aquel punto, que está a ochocientos kilómetros de La Habana, era tomar un avión hasta el aeropuerto Frank País, de Holguín, y una vez allí elegir entre el ómnibus o un coche de alquiler, que me rodaría durante algo más de una hora por calzadas «secundarias, estrechas y sin asfaltar». Pedí que me sacaran dos billetes para el primer vuelo en el que quedasen plazas libres, que me consiguieran un todoterreno de alquiler y que apuntasen los gastos en mi cuenta.

Luego bajé a desayunar solo, porque Mónica había ido a hacerlo de nuevo a la piscina y sin querer más compañía que la de su ordenador. El salón estaba medio vacío; los camareros preparaban ya las mesas desocupadas y estarían a punto de retirar las bandejas del autoservicio y echar el cierre, hasta la hora de la comida. Los huéspedes que aún no se habían marchado eran turistas cuya única gran duda era si quedarse en la piscina o ir a una playa, porque a esa hora las mujeres y los hombres de negocios ya habían pasado por sus mesas y ahora estaban comprando y vendiendo algo por la ciudad. En

230

aquel momento de cierta apertura y con la bendición de Estados Unidos en el aire, el país era un hervidero de inversores que forcejeaban entre sí y con los jerarcas del Gobierno para hacerse con una parte del pastel que se estaba cocinando en los hornos de la industria azucarera y la del ocio, la explotación portuaria, agrícola y forestal, el sector farmacéutico, los cultivos de frutos destinados a servir como biocarburantes... Las perspectivas de negocio eran inmejorables, como suelen decir en estos casos los economistas.

En el vestíbulo estaban los dos hombres que nos vigilaban, con los codos apoyados en el mostrador de recepción, y al verme no pudieron evitar el acto reflejo de incorporarse, ni que sus cuerpos se tensaran en señal de alerta. Sus caras eran tan imperturbables y sus gestos tan duros que pensé que en el caso más que improbable de que sonriesen, tal vez se resquebrajarían. Su aspecto era el de los individuos con quienes hay que tener cuidado, esos cuyo paso junto a unos columpios impulsa a las madres a correr hacia sus hijos y abrazarlos igual que si tuvieran que interponerse entre ellos y las balas de un francotirador. Puede que sólo se tratara del servicio de seguridad del hotel, pero aun en ese caso serían como un par de osos revolviendo en la basura de una urbanización: quizás hubiesen caído muy bajo, pero eran igual de peligrosos.

Subí al cuarto, me puse el bañador y bajé a reunirme con Mónica. Yo seguiría con mis investigaciones y ella con su expedición arqueológica. Mi plan era quedarme ahí hasta que fuese la hora de llamar a las cocinas del hotel Las Brisas. Empezaría por preparar un buen resumen de la época a la que tuvo que enfrentarse Verónica hasta llegar a aquel lugar: estábamos hablando de los años noventa, el llamado *periodo especial,* que siguió al desmantelamiento de la Unión Soviética, una debacle cuyo efecto dominó iba a llevar a Cuba la escasez, el hambre y la represión: de pronto, dejó de llegar el petróleo de Siberia y los montes Urales, la industria tuvo que parar máquinas, los agricultores perdieron sus cosechas porque no tenían combustible para los tractores; la ganadería se vino abajo y volvió el racionamiento. Con ese panorama, Estados Unidos dio otra vuelta de tuerca al embargo que había impuesto sobre la isla, con la seguridad de que esta vez el régimen iba a saltar por los aires. En lugar de eso, se revolvió como una fiera herida y quiso aplastar las protestas de la gente como en los tiempos de la conspiración de la Escalera, se dispuso a aniquilar cualquier tipo de disidencia, azuzó a sus Comités de Defensa de la Revolución, echó a las calles a los policías del G-2 y a los mercenarios de la Sección 21, y se recrudecieron las denuncias, las redadas, los interrogatorios, la confiscación de los negocios de las personas descontentas, su reclusión en hospitales psiquiátricos, los *tratamientos* con descargas eléctricas que no eran más que un sistema de tortura disfrazado de medicina... A la poeta María Elena Cruz Varela, los vecinos de su barrio la obligaron a tragarse sus manuscritos, fue detenida y los jueces la condenaron a dos años de cárcel. Había fundado el movimiento Criterio Alternativo, pero descubrió que en las dictaduras el sueño de la razón produce monstruos y «el hombre mata. Muere. Miente. Roba. Claudica. / El hombre duerme armado contra los otros hombres».

Tendría en cuenta todo eso en mi entrevista inminente con Verónica, para situar en su contexto lo que ella me contase, de poder ser al día siguiente, en Guardalavaca, y así escribirlo después con conocimiento de causa, porque no puedo negar que para entonces ya empezaba a pensar que al insistirme una y otra vez en que «aparte de dinero» me ofrecía «una larga, oscura y apasionante historia que cualquier novelista daría algo por hacer suya», Lluís Espriu exageraba mucho, pero no tanto.

Me pondría manos a la obra tras hacer unos largos en la piscina y darme una ducha. Se lo dije a Mónica, después de contarle mis averiguaciones por encima y antes de irme a los vestuarios. A los tres minutos de abrir el grifo, cuando el vapor del agua caliente ya empezaba a hacerlo todo borroso y a nublar mi conciencia, noté que una sombra se acercaba, la cortina se descorrió y la profesora Grandes entró con sigilo y movimientos de pantera en la cabina, mirando antes de hacerlo a un lado y otro igual que si estuviese a punto de atravesar una calle. No dijo una palabra, se limitó a mirarme a los ojos, a tirar con una lentitud infinita de todos los cordones de su bañador y, cuando estuvo desnuda, a convertir aquellas dos piezas de tela verde en delicadas maromas, para atarme las muñecas a las barras de acero inoxidable que servían de agarraderos. También me amordazó con un pañuelo, y fue buena idea, porque así no pudo oírme morir y resucitar como Lázaro de Betania el hombre que, supuestamente, se bañaba en la cabina de al lado.

Yo tampoco escuché ningún clic, ni me deslumbró luz alguna, porque las cámaras de hoy en día son silenciosas, indetectables. «La policía / (paso de alfombra / y ojo de gato) / mira en la sombra», dice en uno de sus poemas Nicolás Guillén, el escritor al que según don Adalberto se aprendían de memoria los niños de su país en las escuelas.

Cuando subí a la habitación, no tenía otra cosa en la cabeza que a aquella mujer que había llenado de luces y placeres mi vida. Al entrar al cuarto, tuve también una pistola.

El tiempo se detuvo, las cosas se congelaron. La sangre empezó a circular más rápido. Los golpes del *krav magá* no se pusieron en marcha: «Liberación y contraataque, desvía, golpea y aléjate, los dedos a los ojos, el codo a la sien, la patada a la rodilla de la pierna de apoyo...». Los tam-tams no golpeaban esta vez en la cabeza, como el día que desperté en El Repòs aturdido por la bebida, sino en el corazón. Los latidos eran tan violentos que dolían. Pensé en los hombres del vestíbulo, el blanco y el negro, con su musculatura de culturistas y sus guayaberas azules; luego en uno de esos *blatnoy*, los ejecutores de la *fenya* rusa, y en su pistola GSh-18; después en el gigante Edgardo, el esbirro de Guadalupe Espriu.

Fuese quien fuese, el hombre o la mujer que me apuntaba en la nuca me mandó callar sin decir una palabra, con ese suave siseo que en condiciones normales se interpreta como una petición de silencio y que en una circunstancia como aquélla sonaba igual que el silbido de una cobra o una serpiente de cascabel a punto de atacar a su presa. No me moví y nadie dijo nada. Tampoco levanté las manos. Noté que el asaltante echaba el cerrojo de seguridad de la puerta, encendía la televisión y subía el volumen con el mando a distancia. La pantalla cobró vida. Una locutora hablaba ante el Capitolio del incremento espectacular del tráfico aéreo entre las localidades cubanas de Cayo Coco, Santiago de Cuba, Holguín o Matanzas y las norteamericanas de Miami, Filadelfia, Chicago o Mineápolis, y recordaba el aterrizaje en Santa Clara, procedente de Fort Lauderdale, del primer vuelo comercial entre los dos países desde 1961. «Las maletas de los pasajeros de ese Airbus A320 iban cargadas con el peso de la historia», enfatizó.

No pude oír ni ver nada más. Hubo un movimiento a mis espaldas y sentí que algo oscuro venía hacia mí, sesgando el aire como los tiburones cortan en dos el agua al avanzar. Luego, todo fue vértigo y tinieblas. Lo último que oí fue una música que sonaba en alguna parte. «Cuba es un desfile que acaba en una conga», me había dicho don Adalberto. Y otras veces es justo al revés.

Capítulo veintiuno

Lo primero que vi al despertar fue un techo pintado de blanco y paredes de un azul casi idéntico al de los ojos de los Espriu. Había sobre mí una lámpara de tubos fluorescentes, hecha de acero inoxidable y plástico amarillo, que tenían apagada. La habitación estaba casi en penumbra, sin duda para combatir con las sombras el calor que debía de hacer fuera. La luz del sol enseñaba los dientes al filtrarse entre las tablas de las persianas. El olor a alcohol, desinfectante y enfermedad me dio a entender que me encontraba en un sanatorio. Me hice las preguntas clásicas: cuánto tiempo llevaría ahí, cómo había llegado y qué me pasaba.

Estaba aturdido, no confuso, sabía quién era y recordaba perfectamente lo que me había pasado. Como si pudiese continuar la escena en el punto en que la dejé cuando alguien me golpeó en mi cuarto del Meliá Cohiba, me llevé la mano a la cabeza para evaluar los daños. La tenía vendada y al tocarme sentí un dolor que fue primero un latigazo y a continuación un terremoto en miniatura: dentro de mí se agrietó la tierra, se derrumbaron las estatuas y cayeron torres envueltas en llamas y ruido de cristales rotos. Me sentí mareado y pensé que iba a perder el sentido. No lo hice.

Volví a abrir los ojos. A los pies de la cama no estaban ni Mónica ni un doctor ni una enfermera, sino dos policías. Me enseñaron sus acreditaciones. Eran de la secreta.

—Nos va a disculpar, señor, necesitamos hacerle algunas preguntas. Ante todo, esperamos que se encuentre restablecido —dijo el que parecía llevar la voz cantante. No se me escapó el orden de las frases: lo primero, el interrogatorio y en segundo lugar, los buenos deseos.

Asentí. Me encontraba mal, tenía la mente nublada y el cuerpo a oscuras, pero no podía hacer otra cosa y además tampoco había nada que temer: estaba en un hospital porque había sido víctima de un asalto. Sin embargo, aquella pareja no había ido allí por eso.

—Nos gustaría tener un breve intercambio de opiniones con usted, referido a la naturaleza y el propósito de algunas de sus actividades en la isla de Cuba y también en Miami —dijo el más alto de los dos.

Tenía una manera de expresarse en la cual lo que decía y los gestos con los que se ayudaba, en vez de armonizar, parecían contrarrestarse. Sus palabras y el tono con que las pronunciaba eran de una neutralidad burocrática, secas, concienzudas e impersonales, mientras que su rostro era tremendamente expresivo y sus manos no dejaban de moverse para reforzar lo que pretendiera explicar, igual que si tratara de hacerse entender por alguien que hablara otro idioma.

Su compañero permanecía callado, pero se trataba de esa clase de silencio que te hace pensar en agua a punto de romper a hervir o, si eres menos positivo, en un frasco de nitroglicerina apoyado en el borde de una mesa. Sus ojos eran impasibles, estaban llenos de desinterés, te miraba como si tratase de olvidarte sobre la marcha; y a pesar de ello, había una violencia subterránea en él, algo que infundía respeto en el peor sentido de la palabra, el que no la emparenta con la admiración sino con el miedo. Eso, sin duda, haría de él un agente muy bien considerado entre sus superiores y habría llenado su guerrera de medallas y su expediente de buenas notas, porque así es este mundo en el que la capacidad de destrucción se considera una virtud, un logro. ¿Alguien recuerda exactamente qué fue lo que inventó en su laboratorio Alfred Nobel, el científico que da nombre a los galardones más prestigiosos de todos los tiempos? Si no es así, yo se lo recuerdo: la dinamita.

—Estoy aquí de vacaciones —dije, para cubrirme, ganar tiempo y ver si ellos ponían sus cartas sobre la mesa—. Creo que alguien me ha seguido desde que llegué a Cuba y ya ven que he sido atacado y herido. No sé por quién, y sobre todo no tengo la más mínima idea de por qué. Sólo soy un profesor de Lengua y Literatura que ha venido con su novia a conocer su país.

—Y otras cosas, ¿no es cierto? Miami no está en nuestro país, está en la Florida, Estados Unidos.

—Queríamos ver el atardecer sobre el Golfo, bañarnos en South Beach y fotografiar las casas de los famosos junto al mar. ¿Hay algo de malo en ello?

—Puede que lo haya en hacer demasiadas preguntas. Y lo hay seguro en no mostrar respeto a la autoridad.

«No los minusvalores», me dije tratando de no dejarme vencer por el sopor. «Recuerda que esto es una dictadura y que si para algo sirven en estos casos las botas militares es para pisotear derechos.»

—Estaba buscando a una persona —dije—, por encargo de unos familiares de España, para transmitirle sus saludos. Eso es todo.

—Aquí a la gente que desaparece no la buscan los turistas, lo hace la policía.

«Cuando no es ella quien la quita de en medio», me hubiese gustado responder. En lugar de eso, opté por marear la perdiz, una especialidad que, según mi madre, «se me da como hongos».

—No es que hubiera desaparecido, es que no sabíamos dónde estaba.

—Pero ahora ya lo saben.

—Sabemos algo más que cuando aterricé en La Habana.

—No sea tan modesto —me interrumpió, agitando una mano en el aire igual que si limpiara el vaho de un cristal y haciendo una mueca que sólo a duras penas y por las malas podría caber en la palabra *sonrisa*—. Seguro que le habrá dado tiempo a averiguar muchas cosas, mientras hablaba con nuestros profesores y con nuestros enemigos.

Lo sabían todo. Ellos habían mandado a los dos hombres que nos vigilaban. Pensé en Delia Cabrera y en su extraño viaje «a la zona de Trinidad». ¿Seguían existiendo las UMAP, aquellos campos de trabajos forzados donde «reeducaban» a los caídos en desgracia?

—¿Disculpe? No creo entenderle. ¿Los enemigos de quién?

—Los contrarrevolucionarios. Los que se fueron *pa'l yuma,* como decimos aquí. Los antisociales. Los que hablan y hablan y jamás cuentan nada bueno de Cuba —apuntilló el otro. Su jefe le puso una mano en el hombro y le dio unas palmadas, como si tratara de calmar a un caballo a punto de encabritarse.

—¿Dónde quieren ir a parar?

—¿Y usted? Sabemos que es escritor, además de maestro.

—*Novelista...* —dijo su colega, de forma que sonase como *sabandija.* Su superior le lanzó una mirada admonitoria. Parecía estar al borde de perder la paciencia.

—¿Quizá —continuó, recuperando la calma mientras sus manos se movían igual que si construyesen en el aire una telaraña— es que trama escribir un libro sobre nosotros? ¿Tal vez sobre los almacenes El Encanto?

—Un negocio capitalista que la Revolución entregó al pueblo y que los traidores quemaron —añadió el otro. Tendría una bandera roja y una escultura del Che Guevara sobre el televisor, pero a mí no me costó gran cosa imaginarlo cantando a todo pulmón en la ducha el *Horst-Wessel-Lied* de los nazis, mientras se enjabonaba: «Die Straße frei / Den braunen Bataillonen / Die Straße frei / Dem Sturmabteilungsmann». «La calle libre / para las tropas marrones. / La calle libre / para los soldados que desfilan.»

—Vaya, vaya, de manera que un viaje de ocio, ¿no es eso? —dijo su jefe, vuelta a empezar.

Estaban haciendo círculos. No parecían tener prisa ni querer descubrir algo, sino intentar que corriese el tiempo. Me pregunté cuál era la razón.

—Si no desean ninguna otra cosa, estoy un poco fatigado —dije, y era verdad que se me cerraban los ojos y parecía hundirme lentamente en las arenas movedizas de una ciénaga—. No sé bien si necesitan que ponga una denuncia sobre el asalto que he sufrido.

—De manera que simple turismo, ¿no es eso?

—Así es.

—Una gran idea, elegir nuestro país. No existe paraíso en la tierra comparable a la isla de Cuba. Por eso es nuestra obligación cuidarlo, ¿no cree? Hay que poner límites, evitar las influencias corruptoras y proteger la moral, para que esto no vuelva a ser un lupanar, como en los tiempos de Batista.

—Y el caso es que hay extranjeros que vienen a pervertir a nuestra gente con malas ideas y peores ejemplos, a comprarlos por un puñado de dólares —dijo el otro, al tiempo que me lanzaba sobre la cama, con suavidad pero con desdén, un sobre de cartón amarillo.

—... O como en la época de los colonizadores —remató su jefe, sin acusar la interrupción—. Llegaban, disfrutaban de nuestras mujeres y se iban dejando un reguero de mulatos desde la punta de Maisí al cabo de San Antonio. Pobres, ¿no?, todos esos huérfanos de padres que en realidad estaban vivos y coleando.

Escuché lo que decía de fondo, entre brumas y mientras veía el contenido del sobre que acababa de darme su subordinado. Eran fotos. En todas estábamos Mónica y yo en el hotel y en ninguna llevábamos ropa. Las primeras habían sido tomadas en la habitación; las últimas, en las duchas de los vestuarios de la piscina. Pero había algo más en dos de ellas, un personaje añadido: era la doctora Cabrera y también se la veía desnuda. El montaje no estaba bien hecho, era obra de un aficionado, y únicamente si no te fijabas mucho podría dar el pego y hacerte creer que de verdad Delia hubiese estado allí. Por eso mismo, supe que era ella, no su cara recortada y pegada sobre un cuerpo ajeno, como en los miles de *fakes* de cualquier famosa que circulan por la red: en un trabajo tan calamitoso, las marcas del bricolaje se habrían notado. Supuse que para tomarle esos retratos tendrían que haberla obligado por la fuerza a posar «como dios la trajo al mundo», que sería la expresión pudorosa que ella usaría, e imaginé uno de sus austeros vestidos de profesora tirado en un rincón y a los soldados o los agentes de la DGI con sus cámaras, haciéndole comentarios lascivos, y sentí una oleada de cólera. Malditos sean, asquerosos, siniestros, depravados, inmundos violadores.

—Alguien hizo llegar eso de forma anónima a nuestra comisaría —mintió el oficial, observándome como quien busca una brecha en un muro—. No sé si conoce nuestras leyes, pero es mi deber informarle de que podríamos acusarlo de escándalo público, alteración del orden y exhibicionismo.

—¿En mi propia habitación y a puerta cerrada?

El más impulsivo fue a decir algo, tal vez a abalanzarse sobre mí, pero su superior lo detuvo con un ademán tajante.

—Ahí, es cierto; pero también en unos lavabos de uso general, que son un espacio común y, sobre todo, con una joven cubana a la que tendremos que esclarecer si usted pagó por tomar parte en la orgía. En nuestro país está penado ejercer de jinetera. Y también rastrearemos cualquier posible relación entre sus... llamémoslas aficiones y el altercado que lo trajo a esta clínica en una ambulancia.

—Esas fotos están trucadas. Son el fruto de dos mentes abyectas, la de quien las encargó y la del que las ha manipulado —dije, al borde del desmayo, pero con la esperanza de que se diesen por aludidos y poder ofenderlos.

—Claro, claro, habrá que investigar también eso —dijo, sin inmutarse—; y si usted tiene razón y el fraude queda demostrado, tenga la seguridad de que el chantajista, *voyeur* o lo que quiera que sea será perseguido, descubierto y arrestado. Hasta ese momento, tenemos que pedirle que nos entregue su pasaporte y que no se mueva de La Habana.

Dentro de mi cabeza, se hizo la luz. Fue sólo un destello, pero fue más que suficiente. Vi claro que eso era lo que querían, retenerme allí, que no fuera a Guardalavaca y no me entrevistase con Verónica Flores Chevalier. O que alguien llegara antes que yo hasta ella. Recordé las palabras de Lluís Espriu al teléfono, que quizá no eran tan incongruentes como había pensado: «Si alguien existe, se le puede encontrar, ¿no es cierto? Tú y cualquiera...».

—¿Estoy bajo arresto?

—Al contrario, está bajo nuestra protección. Por eso dejaré a un hombre de guardia en su puerta, las veinticuatro horas del día, no vaya a ser que quien lo golpeó venga a rematarlo. Cuando le den el alta, tendrá que prestar declaración en comisaría. Le pedimos que nos proporcione sus documentos para evitar que alguien le pueda llevar de viaje contra su voluntad.

Si hay algo que odie es esa costumbre que tienen algunas personas de definir cada dos por tres las situaciones más prosaicas y hasta las más vulgares como *dantescas, kafkianas* o *surrealistas;* pero aquélla era, sin asomo de duda, las dos últimas cosas.

—Hizo muchas preguntas y ahora le llega la hora de dar respuestas —dijo el lugarteniente, y sonrió por primera vez. Era un sádico.

En ese momento, se abrió la puerta y Mónica Grandes entró como una exhalación, acompañada por un diplomático de nuestra embajada y un par de médicos. ¿O es que me había dormido y esa parte era ya un sueño?

Fuese lo que fuese, no entendí más que algunos fragmentos de la discusión que mantuvieron los seis, frases bruscas como hachazos, palabras sueltas que volaban igual que astillas. Hubo algunas llamadas de teléfono, desafíos, amenazas, coacciones... Después el tono bajó, lo que estaba al rojo vivo se fue enfriando. Al final, justo antes de dormirme, ya sólo se oía la voz apaciguadora del funcionario español. Y ese zumbido de motores y hélices que silba día y noche su canción por los pasillos agoreros de los hospitales.

Estuve otros cinco días internado. A partir del segundo me sentía más o menos bien, pero los médicos decían que el mejor tratamiento de una conmoción cerebral es el reposo, tanto físico como psicológico, y la observación. También me hicieron radiografías y un TAC. Había padecido lo que ellos llaman un *traumatismo cerrado,* es decir, sin heridas en la superficie ni huesos rotos, y no sufría ninguna alteración de las funciones cerebrales, ni tenía hematomas escandalosos, ni trastornos del sueño, ni me sentía desorientado. En consecuencia, no tuve la más mínima duda de que si aún estaba allí era por orden de la policía.

Mónica no me trajo buenas noticias del exterior, sólo una preocupante y otra mala. La primera, que tras telefonear a Lluís Espriu en varias ocasiones sin obtener respuesta había llamado a El Repòs y alguien del servicio le había informado de que «el señor se encontraba indispuesto» y, después de insistir mucho, de que estaba siendo tratado «en una clínica especializada». La segunda, que mi ordenador y mis cuadernos de notas habían desaparecido. Lo denunció, pero en aquellas circunstancias dimos por hecho que no iba a servir de nada, excepto para reclamarle al seguro cuando volviéramos a España. La pérdida no me preocupó gran cosa, porque aparte de que el propio sistema guardaba una copia automática de todos mis documentos en una nube virtual, uno de esos servicios de almacenaje de archivos en la red, yo siempre tomaba precauciones complementarias y me enviaba a mí mismo, por lo que pudiera ocurrir, una copia encriptada de mis trabajos a mis dos correos electrónicos, antes de cerrar cada sesión. Aquélla era una norma de seguridad que jamás me saltaba.

El problema no era ése, sino que quienes se hubiesen llevado mis notas tenían en su poder un plano que los conduciría en línea recta hasta Verónica Flores Chevalier. Nada bueno, porque estaba seguro de que su finalidad no era dar con ella, sino que no la encontrase yo; y, normalmente, las cosas se buscan con cuidado, pero se las hace desaparecer por las malas.

O tal vez sólo eran imaginaciones mías, en realidad lo único que sucedía era que en Cuba todo el mundo era sospechoso y estaba controlado, más aún si se trataba de alguien que hacía preguntas e iba a Miami para hablar con los disidentes, a quienes no olvidemos que los defensores de la Revolución llaman *gusanos,* con el fin de ponerlos a la altura de las lombrices, las orugas o las sanguijuelas. Pero hasta que no lo supiese, no podría descansar, de forma que viví aquellos días frustrado y de mal humor, e incluso aparecieron las primeras discusiones con Mónica. La duda es un animal muerto que envenena todo el río.

Para resolver el enigma, sin embargo, no hizo falta esperar mucho, ni siquiera ir a las playas de Guardalavaca; fue suficiente con una llamada y una conversación de diez minutos con la joven Gloria Fernández, la compañera de Verónica en la recepción del hotel Las Brisas. El resumen es que otra persona que usaba mi nombre se había presentado allí, le dijo a la joven descendiente del pirata Maristany que era yo y que su amiga me había entendido mal cuando hablamos por teléfono: no venía en modo alguno a verla de parte de unos familiares de España, sino de una empresa de cultivos transgénicos que sus jefes, unos empresarios de cerca de Barcelona, regentaban en el África subsahariana.

—Es que ella es bióloga, ¿sabe usted? Eso es lo que estudió en la Universidad de La Habana, en el Centro de Estudios de las Proteínas. Estaba aquí para salir adelante, pero esto no era lo suyo y sólo andaba de paso, a la espera de que llegase su oportunidad. De hecho, hace muy poco había presentado su currículum a una de las firmas extranjeras que van a dedicarse a eso aquí. Ya sabe, con la apertura que hay ahora...

—O sea, que ese hombre fue a darle justo lo que ella quería.

—Así mismo. Y estaba entusiasmada. Le ofreció un contrato de trabajo, ocuparse de todos los trámites para que pudiera salir del país y hacer ese largo viaje, un sueldo que multiplicaba por diez lo que ganamos aquí... A ver quién dice que no a eso. Ojalá me hubiera ocurrido a mí.

Me acordé de mi charla con Narcís Espriu y vi que todo encajaba: cuando le sugerí, medio en broma y medio en serio, que colocase en sus negocios de Tanzania o de Brasil a su pariente americana, me contestó que para trabajar allí había que ser «ingeniero agrónomo o biólogo». Qué casualidad. A veces, los malos tienen buena suerte.

—Sólo un par de preguntas más, Gloria, y dejaré de importunarla.

—Tendrá que darse prisa. Voy a tener que colgar, señor.

Me la representé como una persona huidiza, medrosa, enjuta, de piel pálida y con unos ojos sin brillo ni expectativas, que te hicieran pensar en las luces de los pisos donde no va a parar el ascensor.

—Me habla de un largo viaje. ¿Me puede decir exactamente dónde le ofrecían ese puesto? ¿En qué ciudad estaba?

—Cómo no: se ha marchado Tanzania, su avión iba a Dar es-Salaam —dijo confirmando mis temores—. Hace dos días.

—Está usted completamente segura, ¿verdad? Se lo pregunto porque voy a ir a buscarla —dije.

—Estuvimos viendo fotos del Kilimanjaro y de la isla de Zanzíbar —dijo Gloria—, de la catedral de San José y de las calles abarrotadas de furgonetas blancas y azules... Me contó que el viaje duraba casi un día entero y que le habían ofrecido dos itinerarios, uno que iba por Ámsterdam y Nairobi y otro por París y Estambul. Leímos que la ciudad estaba junto al océano Índico y que su nombre significa *remanso de paz* en árabe. Si hasta nos reímos tratando de aprender algunas frases en el idioma suajili...: buenos días, *nzuri asubuhi;* gracias, *shukrani;* adiós, *kwaheri...*

—Una última cosa —dije mientras intentaba descubrir si lo que había oído al final de su última frase era un sollozo—. ¿Me puede describir al hombre que la contrató?

Lo hizo, sin titubear. Se trataba de un individuo enorme, de más de dos metros, con una cicatriz con forma de media luna en el rostro y unas manos llamativamente grandes que casi le dieron miedo. Cuando las apoyó sobre el mostrador de la recepción, se fijó en que llevaba en la izquierda un anillo de oro que tenía grabadas una corona y una espada.

Se me vinieron a la cabeza unos versos de Lope de Vega, «la hermosa Circe y el feroz gigante, / sombra del mar y de la tierra asombro...». Pero, por supuesto, aquel individuo que usurpaba mi identidad no era ningún atlante, sino Edgardo, el asistente, guardaespaldas o lo que fuese de Guadalupe Espriu y de su hijo Narcís. Lo sospeché desde el principio, lo había llegado a descartar luego, por parecerme inverosímil, y ahora, por fin, ya no había duda. «Si ves dos veces una ballena blanca, es que es la misma», me había dicho la doctora Delia Cabrera el día en que la conocimos. Estuve completamente seguro de que eso también servía para aquel mayordomo con alma de sicario y puños de hierro que lo mismo se ocupaba de poner ramos de ginestas amarillas en los jarrones de la casa de El Masnou que le hacía el trabajo sucio a la viuda del comandante González. Tan sucio, violento e innoble como fuese necesario. Qué suerte habían tenido al encontrarse unos a otros. A veces, dos personas que se cruzan forman unas tijeras.

Tercera parte
(El Masnou / Las Rozas)

Capítulo veintidós

Aterrizamos en Barcelona tres días más tarde de que me hubiesen dejado libre, tras casi doce horas de vuelo, una escala en Madrid, una cena y un desayuno que entraban a duras penas en la palabra *comida* y un par de tormentas eléctricas que agitaron el avión como si fuese una coctelera.

Cuando fui a declarar a la comisaría, tras recibir el alta médica, los policías me dejaron entrever que mi caso no estaba cerrado, que «si seguía comprometiéndola», la doctora Cabrera podría resultar «aún más perjudicada» y, ante todo, que yo no iba a ser de ningún modo bien recibido si regresaba a La Habana. Quién sabía si lo haría, pero al menos no me había marchado de allí sin comprobar que la historia que me había contado aquella muchacha llamada Gloria era cierta. Para no quedarme con la duda, me puse en contacto con el gerente del hotel Las Brisas y él me confirmó que «la señorita Flores Chevalier había dejado su puesto tras recibir una oferta irrechazable para irse a trabajar a África». Ya estaría allí, tanto si había elegido el trayecto con paradas en París y Estambul como si se había inclinado por hacer tránsito en Ámsterdam y Nairobi. Estaba claro que si el artero Edgardo no le había ofrecido la ruta más lógica, la que opera la compañía Iberia y pasa por Madrid y El Cairo, fue por no correr el riesgo de que se quedara en el aeropuerto de Barajas. La invitación oficial y la propuesta de trabajo que exigen las autoridades de Cuba para dejar salir a sus ciudadanos del país eran de Tanzania y de la corporación Biorefinery & Agribusiness

Global Inc., por supuesto, pero en su caso resultaría muy fácil pedir asilo en España y conseguir un permiso de residencia en cuanto Lluís Espriu certificase que era familia suya.

Que Verónica había embarcado con dirección a Dar es-Salaam lo pude acreditar gracias a una buena amiga que trabaja como azafata de tierra en la T4, que movió algunos hilos con dos colegas de KLM y Qatar Airways que le debían algún favor y tanto el uno como el otro le confirmaron que, efectivamente, su nombre estaba en lo que ellos llaman el PIL, el listado de pasajeros, y que había subido a un Boeing 777-300 que había despegado de La Habana cuatro días antes que el nuestro y cuyo destino último era el Aeropuerto Internacional Julius Nyerere. La pregunta que quedaba por contestar era si Guadalupe y Narcís se conformarían con mantenerla a distancia o pensaban ir un paso más allá. Me respondí que eso dependería de si Lluís seguía adelante o prefería dejar las cosas tal y como estaban.

Fuimos a El Masnou en tren y mientras pasábamos por las estaciones de Sant Adrià de Besòs, Badalona y Montgat pensé que aquella línea ferroviaria había sido como una cremallera que al cerrarse volvió invisible la historia de los antepasados de los Espriu y los Quiroga de Feijóo como negreros.

—Es la condición humana —me dijo Mónica—, el progreso se basa en el dominio, en someter a otros para poderlos considerar inferiores y así saquearlos en nombre de la civilización. A robar el oro de América y esclavizar a sus habitantes lo llamamos *descubrirla*. Y así todo y todos. No tenemos remedio. La justicia acaba donde empieza la ley del más fuerte, que es lo que gobierna el mundo.

Quién podría quitarle, en eso último, la razón.

Llegamos a El Repòs a mediodía. Allí me esperaban, en teoría, Guadalupe Espriu y su hijo Narcís, aunque sólo había conseguido hablar con su secretaria, una mujer de una amabilidad helada que hacía su trabajo sin apartarse un milímetro de las órdenes que le daban y que me repitió hasta el cansancio que *el senyor estava molt ocupat.* La imaginé pequeña, enjuta, vestida de manera formal y tan maquillada que cuando se despintase por las noches desaparecería. Al tercer intento me dio por fin una cita, y me despedí de ella en su idioma, en señal de respeto, *l'hi agraeixo molt.*

Mi doctora Grandes no había estado nunca por la zona y le impresionaron muchas de las casas de los indianos de El Masnou, con sus formas neoclásicas y sus detalles góticos, pero ninguna tanto como aquélla, con sus torres, sus tejados en forma de pirámide y sus cúpulas de aguja. Los patos de cabeza verde seguían en el estanque, las sirenas de hierro forjado adornaban la barandilla de la escalera y las gárgolas hacían muecas de hierro en el remate del pasamanos. En la vidriera de la entrada principal, san Jorge continuaba hundiendo su espada en el dragón.

Una empleada doméstica con humos de ama de llaves nos condujo, entre paredes acristaladas y techos de madera en los que reconocí el escudo del marqués de Maristany labrado en una de cada dos vigas, con su ancla, sus llaves cruzadas y su corona de cinco puntas, a través de la galería lateral llena de plantas verdes que le daban una atmósfera de invernadero y hasta un gabinete minúsculo y de paredes irregulares, llenas de máscaras africanas, en el que había una vitrina con libros encuadernados en piel, un mueble acristalado con un par de esculturas en su interior y un pequeño escritorio de madera oscura sobre el que vi un ordenador, una lámpara estilo *art déco* de cristales emplomados y una de esas máquinas que son a la vez teléfono, fax e impresora. En un rincón había un pequeño sofá y dos sillones tapizados con piel de cebra. Supuse que allí era donde recibían a los aspirantes a servir en la mansión y di por hecho que era una forma de ponerme en mi sitio, ideada por doña Guadalupe. Para completar la escenificación, nos hicieron esperar unos veinte minutos. Nadie nos ofreció un café, ni ninguna otra cosa. Cuando empezábamos a sentirnos ofendidos, se oyeron unos pasos, se abrió la puerta y entró Narcís.

—Señor Urbano, señora... Buenos días, discúlpenme —dijo mientras cruzaba la habitación de dos zancadas y nos tendía una mano veloz, esquiva. Eran los movimientos de alguien que estaba ostensiblemente de paso y sin tiempo que perder. Llevaba una chaqueta de color marrón-Sahara, con dibujo *houndstooth* y estampado de cuadros príncipe de Gales, combinada con unos pantalones a juego, aunque dos tonos más oscuros, y una corbata verde botella. Una elegancia preceptiva, de formulario. «El hábito no hace al monje», oí que me susurraba mi madre.

Nos ofreció asiento con un ademán de estadista y miró su reloj de pulsera con una ampulosidad a la que le habría venido mejor uno de bolsillo. Me fijé una vez más en su porte atildado, en la perfección histérica de cada detalle, su falta de espontaneidad: era un hombre de imitación. También era una persona taimada, cautelosa, de esas que nunca se fían, que siempre guardan las distancias y no permiten bajo ningún concepto que nadie sepa lo que realmente piensan ni las conozca del todo. En él prevalecía lo invisible, era todo fachada y la única forma de saber por dónde iba era olvidarse de la mitad de lo que decía e intentar sustituirlo por lo que se callaba. Sobre la mesa, en un marco de plata, pude ver una fotografía de su esposa, Neus Millet Vilarasau. Si hubiera sido posible, aquel hombre casi me habría dado pena: era la confirmación de que se puede nadar en la abundancia y no ser más que un pobre diablo.

—He intentado hablar con su primo Lluís —dije, para romper el hielo—, pero no consigo localizarlo. Su teléfono está fuera de cobertura. No responde a los mensajes. La última vez que hablamos, lo encontré incoherente, desorientado. No sé qué ocurre, si está de viaje o enfermo. Y necesito ponerme en contacto con él.

—Me temo que eso va a ser imposible, al menos por el momento. Mi hermano ha tenido algunos problemas de salud, efectivamente, necesita cuidarse y evitar sobresaltos.

—¿Está hospitalizado?

—Se está restableciendo.

—¿Dónde?

Me dedicó una sonrisa condescendiente y una mirada pendenciera. Su pose era la de un ser magnánimo, un dictador que perdona la insolencia de uno de sus súbditos, pero no por piedad ni empatía, sino para demostrar su poder.

—No se lo tome a mal, pero ése es un asunto privado. *Coses de família.*

—Usted sabe que el señor Espriu me encargó un trabajo. Necesito informarle, porque se han producido algunas novedades. En su caso, no hará falta decirle nada, imagino que ya está al tanto de lo sucedido —lancé.

—Dígame qué se le debe y lo estudiaremos —respondió con toda la soberbia que fue capaz de reunir.

—Eso no sería ético por mi parte, usted no es quien me contrató.

—No debería haberlo hecho nadie. Ya le di mi opinión en su momento.

Decidí cambiar de táctica, a la manera de un ejército que se reagrupa para atacar la misma posición enemiga por otro flanco, porque estaba seguro de que aquello no nos iba a llevar a ninguna parte: si hay dos cosas parecidas en este mundo son los callejones sin salida y los reproches.

—Sin embargo —dije—, usted también me ofreció ir a ver sus empresas en Tanzania y escribir sobre ellas.

¿Lo recuerda? Sonaba bien, visitaría el Kilimanjaro y la isla de Zanzíbar. ¿La propuesta sigue en pie? Si es así, la acepto encantado. Hay por allí algunos misterios que me gustaría resolver.

Me volvió a observar, adoptando una de sus poses ensayadas, con la cabeza torcida, las cejas arqueadas, los brazos medio cruzados, la mano derecha en el mentón y un asomo de sonrisa que él consideraba entre indulgente y aviesa. Después, cambió la postura, se echó hacia atrás en su asiento para distanciarse de lo que acababa de decirle; miró su agenda y consultó la hora, igual que si hubiese una fila de gente esperando para hablar con él, y puso las manos sobre el escritorio, como si la madera pudiese ofrecerle apoyo psicológico. Era un ser inseguro, de esos que se tienen bajo vigilancia día y noche y nunca desaprovechan la oportunidad de pasarse revista en cualquier superficie que los refleje: si están en la oficina, se miran en las pantallas apagadas de los ordenadores; si están en un restaurante, se miran en la cuchara sopera. Si yo fuese él, me pondría micrófonos para descubrir quién soy. En lo material, se trataba sin duda de un hombre con suerte, pero la disfrutaba menos de lo que temía perderla. Estaba arriba, pero lleno de miedo a caer. Era un perdedor que iba ganando, un don nadie que lo tenía todo. En realidad, se trataba de un segundón, un ser gregario, de los que no participan en la carrera para ganarla sino para tener a alguien a quien seguir.

—Vaya, no sabe cuánto lo lamento, pero esa plaza ya no está vacante —dijo—. Así es la vida, los trenes pasan y se van.

—¿Alguien la ha ocupado? No lo dirá por su prima Verónica, porque lo suyo es la biología, no la literatura ni los expedientes.

—Le aseguro, señor Urbano, que no tengo ni he tenido jamás ningún familiar que responda por ese nombre.

—Tuvo dos y ambos sabemos que uno de ellos seguía vivo la semana pasada. Espero que aún lo esté, señor González.

—Porque si no lo estuviese, significaría que las cosas habrían ido demasiado lejos —intervino Mónica.

—Nosotros sólo vamos demasiado lejos a abrir nuevos mercados —contestó, retándola con la mirada—. Efectivamente, Biorefinery & Agribusiness Global Inc. opera en Tanzania, Brasil y quizá dentro de poco en Egipto, del que a usted le interesará el valle de los Faraones y a mí el canal de Suez, a usted las pirámides y a mí que es un país que exporta ochocientas mil toneladas de verduras a la Unión Europea: un gran lugar para instalar nuestros invernaderos de alta productividad.

—Claro, a la *nobleza* es que no le importan esas cosas —dije intentando convertir la ironía en un golpe bajo. Hubo un pequeño cambio en su rostro, una alteración mínima, similar a una de esas variaciones musicales que consisten en repetir la misma melodía pero con un instrumento añadido. Sin embargo, mantuvo el control.

—Se equivoca —dijo tratando de sonar mundano—, el duque de Alba trajo a España a Howard Carter, para que diese varias conferencias sobre cómo descubrió la tumba de Tutankamón. En realidad, eran íntimos amigos.

—Claro, claro, estuvo en la Residencia de Estudiantes y en el teatro Fontalba, fueron a verlo Ortega y Gasset y Alfonso XIII y al día siguiente visitó el Museo Arqueológico Nacional. Yo trabajo allí, no me cuente mi vida —le soltó Mónica, y sus dos frases sonaron como si fuesen la andanada de una escopeta de dos cañones.

—No tema, eso no entra en mis planes —le contestó con una tranquilidad rebuscada—. Aquí el que practica la ficción es su novio. En cuanto a mí, dé por bueno eso de que lo único que sabemos contar los ricos es nuestro dinero.

—Haga caso a la doctora y tenga cuidado —le amenacé—: Las cárceles están llenas de personas que se pasaron de la raya.

La sonrisa se congeló en su rostro. Una ráfaga de ira ensombreció su cara y en medio de esa oscuridad sus ojos centellearon como cuchillos. Se levantó, justo en el instante en que la puerta se abría y el coloso Edgardo entraba en la habitación. Fiel a su estilo, se quedó allí inmóvil y ni su rostro ni su actitud expresaron nada. Era un hombre de acero. Recordé que de Fermín Arrudi, uno de los gigantes sobre los que había investigado en su momento para una de mis biografías a la carta, se decía que mató a un oso de los Pirineos con sus propias manos, en una pelea cuerpo a cuerpo, y que más de una vez cruzó el río Aguas Limpias con un caballo a sus espaldas.

—Mire, le voy a dar un consejo, si me lo permite —dijo Narcís—: Acepte la compensación que le ofrezcamos, firme un acuerdo de confidencialidad en el que renuncie a escribir sobre nuestra familia y pase página. Por supuesto, si ha tenido gastos añadidos y nos presenta las facturas correspondientes, los asumiremos, siempre y cuando no se haya dedicado, como decimos por aquí, a *estirar més el braç que la màniga*. Y ahora, me van a disculpar, pero tengo que dejarlos.

—Volveremos a vernos —le advertí. Sabía de sobra que era la frase de la impotencia, la que se dice cuando uno se siente frustrado, pero me pareció mejor que nada.

—*Bon vent i barca nova* —se despidió: o dicho en plata, que siguiera mi camino y me apartara del suyo.

—Salude a su madre de mi parte y dígale que espero poder hacerlo muy pronto en persona —rematé, por el gusto de decir la última palabra.

Al pasar junto al titán Edgardo me dio un escalofrío, pero aun así lo encaré y le dije en un susurro, lo mismo que si le contara un secreto:

—Sé que fuiste tú. También sabré encontrar el modo de probarlo.

—Que tenga un buen día —respondió, torciendo un milímetro la boca. Si los lobos supieran mostrarse sarcásticos, lo harían exactamente del modo en que él lo hizo. Me pregunté cuántos años tendría, seguro que no eran menos de sesenta, pero aún resultaba imponente.

En el corredor, la luz doraba con delicadeza los muebles coloniales de aquel pasillo con trazas de invernadero y tan abarrotado que en él no había espacio ni para cambiar de opinión. Un par de papagayos de colores estruendosos dormitaban en su jaula. Al llegar al final, torcimos a la izquierda y atravesamos otra estancia que no habíamos visto a la ida y que estaba llena de trofeos y utensilios de caza: vi horrorizado una cabeza de león, otra de rinoceronte y otra de pantera, un armero de caoba donde se alineaban escopetas de cerrojo Mossberg & Sons y rifles con mira telescópica; una mesa sobre la que descansaban una brújula, unos prismáticos, una cantimplora... Cómo no, el hijo de Guadalupe Espriu tenía todo el aspecto de un individuo que se va una vez al año de safari, a matar hermosas fieras en una jungla de África, con un salacot o un gorro australiano, ropa de camuflaje, un chaleco con cananas, unas botas Elk Hunter y dinero de sobra para acallar su sed de aventuras con una carnicería. Debía de ser uno de esos furtivos que matan a miles de animales en vías de extinción cada año en África y cuyo gran sueño es abatir en una reserva al último superviviente de alguna especie protegida, mandarlo disecar y ponerlo de adorno en el salón de su casa. Eché mucho de menos que un zarpazo lo hubiera abierto en canal en cualquier selva de Tanzania o de Kenia.

—¿Tienes una idea de lo que acabamos de ver? —me dijo Mónica al oído, mientras la falsificación de la señora Danvers de *Rebeca* nos acompañaba a la salida entre ficus, helechos, cañas de bambú y troncos del Brasil.

—¿Un pobre hombre con un traje de mil quinientos euros y un gorila de dos metros que habla? En el siglo diecinueve, al segundo lo habrían vendido a un circo ambulante y el primero sería el taquillero y se fugaría con la recaudación al acabar el espectáculo.

—A ellos no les he prestado atención. No merecen la pena.

—Así es. Son un *cuatro de copas*, como llaman los colombianos a los seres irrelevantes —dije tratando de aliviar la tensión que vibraba en el aire igual que si fuera de hierro.

—Estoy hablando de las máscaras. ¡Es una colección fabulosa! Y te aseguro que sé muy bien de qué hablo. Soy una especialista en el tema, he excavado el yacimiento de Ain Boucherit, en Argelia; el de Ŷébel Barkal, en Sudán, el de Koobi Fora, en Kenia... Conozco el arte indígena como la palma de mi mano.

«Vaya, vaya... Por eso estabas tan silenciosa... "Cada loco con su tema", habría dicho ahora mi madre...»

—Pensé que eran simplemente muy buenas reproducciones, como aquella de la diosa Seshat que me regalaste.

—Había una de los kanaga, de Mali, y otra de los ibo, de Nigeria. La que es una mezcla de hiena, cocodrilo y antílope es una *escupefuego* de Costa de Marfil. Pero la palma se la llevan las cuatro que tienen encerradas en urnas de cristal a prueba de balas: la redonda, la que está blanqueada con caolín y tiene los labios pintados de rojo, es de los punu, de Gabón, y se trata de una pieza por la que algunos coleccionistas pagarían decenas de miles de euros; la alargada de color tabaco es una auténtica fang, puede venir de Camerún o de Guinea Ecuatorial. Hay muchas imitaciones y pocas originales. Nosotros tenemos dos en Madrid, en el Museo Arqueológico. ¿Sabes que se consideran la mayor inspiración del cubismo? Picasso no habría pintado sin ellas *Las señoritas de Avignon*.

Las últimas, la de terracota policromada y la que está hecha en madera de rosa, estoy casi segura de que provienen de los mursi de Etiopía y los makonde, que son de Tanzania y Mozambique.

—Así que de Guinea Ecuatorial, Nigeria y Gabón... Por ahí era donde el pirata Maristany iba a capturar sus presas. ¿Y esas otras que dices son muy valiosas?

—Ya lo creo que sí.

—Qué interesante... Se me ocurre una idea... ¿Tú crees que esas máscaras habrán sido adquiridas legalmente?

—No. Y menos aún lo que había al lado de la ventana, ¿no te has fijado? Son un par de esculturas de terracota que me juego algo a que provienen de las excavaciones del reino de Aksum. Son piezas únicas, pueden tener mil setecientos años.

—Lo recuerdo, me contaste que aquel imperio se extendía a los dos lados del mar Rojo...

—... abarcaba las actuales Etiopía, Yemen, el sur de Arabia, Eritrea y el norte de Sudán...

—... y según la leyenda, el Arca de la Alianza, con las tablas de los doce mandamientos de Moisés dentro, está escondida en no sé qué iglesia de la capital.

—El templo ortodoxo de Nuestra Señora de Sión.

—Eso es. Pero, entonces, esas obras de arte las tendrían de forma ilegal, ¿no es eso? —dije, lo mismo que si hubiese logrado atrapar un relámpago en una botella.

—Es lo de siempre y en el orden de siempre: colonialismo, expolio, mercado negro, contrabando, falta de escrúpulos, complicidad de las autoridades, hipocresía generalizada... En eso, la historia de los museos de Europa es la de un expolio. ¿Cómo crees que llegaron la piedra Rosetta o los frisos del Partenón a Londres, el busto de la reina Nefertiti a Berlín o la *Venus de Milo,* la *Victoria de Samotracia,* el león del templo de Ishtar y el escriba sentado de Sakkara a París? Pero... ¿adónde vas ahora?

Deshice el camino a la carrera, dejándola a ella con la lección de arte en la boca y a la mujer que nos guiaba sin tiempo para que pudiese reaccionar: de hecho, cuando se dio cuenta de lo que ocurría y me exigió a gritos que me detuviese, yo estaba ya otra vez en la puerta del gabinete. Narcís y su *caporegime,* como los llaman en Sicilia, se alejaban en ese mismo instante de allí y cuando se volvieron nos miramos unos a otros con incredulidad, porque los tres estábamos igual de sorprendidos: ellos no esperaban verme nunca más y en cuanto a mí, no soy la clase de persona que se comportaría como lo estaba haciendo. Pero con frecuencia seguir un impulso consiste en eso, en actuar como si fueses otro y que él se encargue de hacer lo que tú nunca harías.

—Es muy bonita su colección de arte africano —solté—. Auténticas máscaras punu, fang y mursi, ni más ni menos... Obras de arte robadas... El reino de Aksum... Creo que al final sí que escribiré un artículo sobre Biorefinery & Agribusiness Global Inc., hablaré de tráfico de seres humanos y patrimonio cultural. Las autoridades de Tanzania van a tener que pensar si les conviene seguir haciendo negocios con personas como ustedes.

Edgardo fue a dar un paso adelante, pero Narcís lo contuvo.

—Salga de mi casa, antes de que me vea obligado a hacer que lo echen —dijo. Parecía tener que hacer un gran esfuerzo, porque la furia lo pone todo cuesta arriba, y vi sus ojos arder violentamente, cubiertos de pequeñas venas rojas similares a los ríos de un mapamundi.

—No se preocupe, voy a salir de la casa de su primo por mi propio pie. Espero una llamada de cualquiera de ustedes dos en las próximas veinticuatro horas, porque después de eso, seré yo quien marcará el número del periódico.

—Le recomiendo que mientras lo hace lea el Código Penal: ahí verá que la extorsión es un delito tipificado en el artículo 243 y que se castiga con una pena de entre uno y cinco años de cárcel.

—Lo haré, y puede que también les pregunte a la Interpol y a la policía de aduanas sobre el castigo que se les impone a los que pasan por las fronteras con el patrimonio cultural de otro país escondido en el equipaje. No se molesten en acompañarme a la salida, recuerdo el camino.

Eché a andar. No me persiguieron. Me alegré de que no lo hiciesen. Sin duda, estaba dando palos de ciego, pero eso no significaba que no pudiera acertarle al blanco. Y contaba con una baza interesante: la mezcla de cólera e inseguridad de Narcís, una de esas personas desequilibradas y autoritarias que no saben lo que quieren, sólo cómo conseguirlo, y que tienden a perder los nervios y precipitarse si los acorralas.

Sea como sea, el plazo de mi ultimátum no llegó a cumplirse, porque esa noche, tras dar un paseo por la playa en el que recordé mi vida de testigo protegido en aquel pueblo, siempre bajo la amenaza de la *fenya* y sus pistolas GSh-18, llevé a Mónica a cenar a uno de los restaurantes del muelle, a la luz de las velas y con el sonido embriagador de las olas al fondo, y luego a tomar una copa al bar en el que había empezado todo unos meses antes. Cuando estábamos ya a punto de marcharnos, oí la campanilla que sonaba cada vez que se abría la puerta de acceso para dar paso a un cliente y vi aparecer a Lluís Espriu, aproximarse a la barra, pedirle unas consumiciones a la camarera, buscarnos con los ojos y acercarse a mí con pasos a la vez indecisos y desenvueltos, una sonrisa de embaucador no muy lograda y un par de copas de vodka, sin duda de la marca Beluga Gold Line, con zumo de naranja en las manos, exactamente igual a como lo hizo la primera vez.

—*Na zdorovie!* —dijo, y se quedó parado frente a nosotros, salido de la nada; nos miró de arriba abajo, sin prisa, con un indicio de burla en los ojos; puso las bebidas sobre la mesa, todavía sin pronunciar una palabra, y se quedó a la espera de que le invitáramos a sentarse. Noté que su gesto era el que con tan poca destreza había tratado de imitar su primo Narcís unas horas antes en el gabinete de El Repòs. Llevaba uno de sus trajes blanco-hueso, que esta vez no era de lino sino de algodón, una camisa azul celeste y zapatos marrones tipo Oxford. Estaba mucho más delgado, pero tenía buen color.

—¿Es él? —preguntó Mónica.

—Sí —respondí—. Puede que ya no sea el mismo, pero es él.

Capítulo veintitrés

Algo había ocurrido. No sabía qué era, pero sí que aquella historia sin duda había dado un giro y yo no formaba ya parte de ella. Lo descubrí nada más cruzar tres o cuatro frases con aquel otro Lluís Espriu distante y como narcotizado, que se movía con lentitud, que esquivaba mis ojos como si mirarme pudiese convertirlo en una estatua de sal, que al hablar bajaba los suyos para que no pudiera asomarme a él y que en una novela que no fuese ésta hubiera sido calificado de *taciturno,* con toda la carga de silencio, melancolía y pesadumbre que arrastra ese adjetivo. No quedaba en él ni rastro del impulso que le había llevado a buscar a su familia desconocida en Cuba. Más bien parecía estar de acuerdo con su primo Narcís en que conseguirle a Verónica un puesto en su fábrica de Dar es-Salaam era más que suficiente. Si lo pensabas, no parecía tan ilógico: dar limosna es lo más cerca que un egoísta puede estar de ser solidario. En cualquier caso, no podía menos que preguntarme qué relación había entre el modo en que había desaparecido, su estancia en un sanatorio, casa de reposo o lo que fuera y su cambio de actitud.

—Si eso que me contáis hubiera sido de verdad lo que ha pasado —nos dijo, tras oír nuestro informe atentamente y sin ningún interés— tampoco estaría nada mal: a fin de cuentas, lo que significaría es que una joven que languidecía en la recepción de un hotel del fin del mundo ahora puede ejercer su verdadera profesión en nuestra empresa y ganar diez veces lo que ganaba en Cuba.

—¿«Si eso hubiera sido de verdad lo que ha pasado»? ¿Es que dudas de que lo que te acabo de contar sea cierto?

—«Las palabras son el mayor enemigo de la realidad», dice Conrad... Querido amigo, debes admitir que no tienes pruebas y que tu relato suena un poco..., ¿cómo diría para que no te incomodes...? Rocambolesco... ¿Acaso es que has visto a nuestro servicial Edgardo en Cuba?

—¿Lo has visto tú, estos días de atrás, en El Repòs?

—No lo he visto, ni a él ni a nadie, porque no he estado allí. Querido Juan, señorita Grandes, no se me caen los anillos por reconocer que, a causa de mis excesos, mi familia me tuvo que ingresar en una clínica de desintoxicación... Me sentía muy mal, la bebida estaba siendo mi perdición... Iba por el mal camino... «Avanzaba por la plancha de los condenados, con grilletes en las muñecas, los filibusteros agitando sus sables a mi espalda y los tiburones al pie del buque, dispuestos a llevarme al fondo del mar...» —dijo imitando la voz de los locutores del No-Do y el estilo aromático de las novelas de corsarios.

—Así que te has convertido en otra persona y a ésta ya no le interesa reparar los errores de sus antepasados.

—No es eso... Simplemente, me he dado cuenta de que debo ocuparme de mí y de mis asuntos.

—Discúlpeme, ¿le puedo hacer una pregunta? —intervino Mónica—. ¿Usted sabía lo que iba a ocurrir en La Habana? Le recuerdo que eso ha incluido una agresión tan grave que acabó con la persona a quien mandó allí en el hospital.

—Es una pregunta rara. ¿Cómo podía saber que iba a pasar lo que de hecho no estamos seguros de que haya pasado? ¿Es que por ventura creen que soy adivino?

—Lo podrá confirmar de un modo muy sencillo: póngase en contacto con su empresa en Tanzania y pregunte si ha llegado allí una joven llamada Verónica Flores Chevalier.

—Tienes mi palabra de que lo haré. Y una cosa —añadió dirigiéndose a mí, pero sin mirarme a los ojos—, en lo que se refiere a las cuentas, no necesitas preocuparte demasiado, no revisaremos ninguna factura; hasta ahí podíamos llegar, tengo plena confianza en ti. Y, por favor, añádele a lo que hablamos una bonificación, la que consideres justa. Has hecho un gran trabajo.

Era una forma a la vez educada y prepotente de dejar visto para sentencia el asunto, y puede que yo hubiera pensado que estaba en su derecho, de no ser porque algo no cuadraba. ¿Era posible un cambio tan radical? ¿A qué se debía? ¿Quizá se había aburrido, simplemente, de su papel de justiciero? Y en cualquier caso, ¿así era como pagaba todos mis sacrificios? «El hacer bien a villanos es echar agua en la mar», dice Cervantes en la segunda parte del *Quijote*. Porque sentar cabeza estaba muy bien, pero «ocuparse de sus asuntos», como había dicho que pensaba hacer, ¿significaba olvidar todo lo demás, incluido su concepto de la justicia? Y, sobre todo, ¿por qué entonces me daba la impresión de que hacía aquello de manera forzada? ¿Por qué entreveía en él un fondo de tristeza, de abatimiento? Es verdad que la gente que abusa del alcohol suele parecer deprimida cuando está sobria, y de hecho él no había tomado nada, los dos *destornilladores* que había dejado sobre la mesa como quien arroja las armas y se rinde eran para nosotros.

—Te equivocas, no he hecho el trabajo, sólo la mitad, y no me contrataste para eso —dije gastando mi última bala.

—Por mí, está bien.

—Lo que queda es muy sencillo, sólo hay que hacer una prueba de ADN y todo quedará claro.

—No será necesario... Ya te digo que me doy por satisfecho... Para mí, lo logrado es más que suficiente...

—Así que no vas a pedirme que justifique mis gastos y me ofreces una recompensa... Tu primo también me exigió que firmara una renuncia a escribir sobre tu familia. ¿Eso tiene tu aval?

Se volvió hacia la entrada. Allí estaba estacionado uno de los coches de la familia, un deportivo de color verde enebro y con apariencia de bólido de las 24 Horas de Le Mans que recordaba haber visto a las puertas del garaje de su casa. Por supuesto, yo no sabía que era un Jaguar E-Type de los años sesenta, una pieza de museo, pero sí quién estaba al volante: el interminable Edgardo me hizo ese gesto tan de película de Hollywood que consiste en rozar el ala de un sombrero imaginario con los dedos índice y corazón.

—No sé... Imagino que... será algo así como... una simple formalidad..., un trámite... Mi hermano es quien se ocupa de esas cosas —dijo, lacónicamente. Me pregunté si estaba drogado con somníferos, bajo el efecto hipnótico de la benzodiacepina.

—¿Te encuentras bien? ¿Has entendido lo que te he dicho?

Se levantó, dando por acabado el encuentro, y nos tendió la mano con una formalidad que también me pareció impropia de él. Y eso fue todo. Después, vino el resto.

Para que una historia pueda olvidarse, primero tiene que acabar. Lo que no ha terminado te encierra en un círculo vicioso, te convierte en un perro amarrado que sólo puede llegar hasta donde alcanza su cadena, es una encrucijada con todos los letreros en blanco. Las ganas de saber son un veneno que te devora, una tierra de nadie en la que no crece nada, una herida sin cicatrizar. Así que seguí haciendo algunas indagaciones y repasando el material que ya tenía. Tal vez pudiese utilizarlo, efectivamente, para escribir una novela, quizás esta misma. ¿Por qué no? En realidad, la de los negreros

266

españoles era una gran historia, como la mayor parte de las que se quieren mantener ocultas. Podría titularla *Un crimen olvidado*. O tal vez, *Los apellidos*. Y poner como cita la frase de Balzac, o, mejor todavía, otros versos de Lope de Vega, que en realidad dijo exactamente lo mismo que él, pero tres siglos antes: «Que la sombra de un hombre poderoso, / claro en linaje, mil delitos cubre».

Llamé por teléfono a Delia Cabrera en varias ocasiones. La última, me informaron en su facultad de que tenía previsto reincorporarse a su puesto «en las próximas semanas». Por supuesto, sólo quería saber qué tal estaba y ofrecerle mi ayuda para cualquier cosa que pudiera necesitar; pero el simple hecho de pensar en ella me hizo volver al asunto de los gallegos llevados a Cuba por Urbano Feijóo de Sotomayor, «los mismos que van a cultivar las riberas del Pisuerga o del Tajo y que en el Nuevo Mundo tienen menos que temer y más que ganar», según dijo en su petición a Isabel II, dado que en América iban a tener «comodidad por la noche, sombra y quietud por el día y un trabajo bueno». Sin embargo, también dejaba caer entre líneas una advertencia vestida de halago patriótico: «Un gallego puede y ha de hacer el trabajo de dos negros».

En los ingenios azucareros, tanto los españoles como los africanos tuvieron que sufrir los estragos de la carimba, el hierro candente con el que los marcaban igual que a animales en una ganadería, para certificar quién era su dueño, quién los había introducido en la isla y, por lo tanto, podía cobrar las tasas que se pagaban por ello y quién podía reclamarlos en el caso de que se fugaran. Los prófugos a quienes se volvía a cazar eran trasladados a La Habana y encerrados en el depósito de El Cerro, donde los latifundistas acudían en su busca. Para identificarlos, sólo hacía falta comprobar que las iniciales o el anagrama de la plantación labrados en su yerra de plata, y de los que había una muestra hecha con tinta en los registros de la Contaduría Real, coincidieran con los que los desdichados cimarrones llevasen grabados a fuego en la piel.

Aquel sistema bárbaro fue aprobado por Fernando el Católico en 1511 y abolido por Carlos III en 1784, pero lo cierto es que los terratenientes de Cuba lo siguieron llevando a cabo en sus plantaciones hasta mediados del siglo XIX y con el beneplácito de Isabel II, o al menos sin su oposición. Para ellos, era importante castigar del modo más atroz la fuga de un esclavo, con el propósito de exhibir su fuerza y tener aterrorizada a su cuadrilla. Para conseguirlo, recurrían a lo que llamaban *rancheadores,* unos cazarrecompensas infatigables y con un olfato de lobos que perseguían a los prófugos allá donde fueran, incluso hasta los campamentos de los bosques en los que se refugiaban, conocidos como palenques. Y cuando los fugitivos les eran devueltos, cargados de cadenas, aplicaban las ordenanzas vigentes, según las cuales podían cortarle un pie al esclavo que desapareciese más de diez días o ahorcarlo si eran más de veinte. Una salvajada.

Busqué en la red imágenes de las marcas de fuego. Las gubernativas llevaban las siglas del Consejo de Indias; las privadas, de todo, desde las iniciales de los propietarios hasta dibujos alusivos al nombre de sus haciendas: un pez, una herradura, una campana... Urbano Feijóo de Sotomayor también tenía la suya, naturalmente, era el escudo de la familia y me costó muy poco dar con él y aún menos reconocerlo: el dibujo mostraba una espada en el centro, tres círculos a cada lado, lo que en heráldica se llaman bezantes o roeles, una corona condal de nueve puntas y como divisa la efe y la ese de sus apellidos. Por supuesto, supe de inmediato dónde lo había visto antes: menos las dos letras, el resto era idéntico al anillo que llevaba en su mano izquierda Edgardo, el matón de los Espriu i Quiroga. ¿Qué significaba que lo tuviera en su poder? ¿Sería nada más que un regalo de sus patronos, una antigualla sin gran valor que dormía el sueño de las bagatelas en un joyero del desván y que le habría gustado porque era el tipo de persona a la que le complace tener un arma blanca como lema? ¿O se trataría, quizá, de otra forma de señalarlo, de ponerle encima su sello? En realidad, no sabía gran cosa de él, ni siquiera estaba seguro de si la noche anterior estaba aparcado a la puerta del bar como guardaespaldas, como chófer o como espía, a la espera o al acecho, para proteger a Lluís o para vigilarlo. Y ya lo saben: cuando algo me intriga, no soy de los que se quedan de brazos cruzados. Ni de los que se conforman con un misterio sin respuesta. Así que los muros de El Repòs no serían lo suficientemente altos como para impedir que terminara por saber de un modo u otro lo que ocultaban, me dije. Aunque también es cierto que cuando por fin lo descubriese, lo primero que pensaría es que yo, en su lugar, los hubiera construido tres veces más altos.

Una semana más tarde, me senté junto a una de las ventanas de mi restaurante favorito de Madrid, el Montevideo, para vigilar la calle. Ese local es una parrilla y yo no como carne, pero tiene el mejor café de Madrid y además el propietario es amigo mío: se llama Marconi, es de Uruguay y se trata de un hombre reservado, tan lacónico que lo poco que dice casi está más cerca de seguir en silencio que de hablar. Pero cuando estuve sin trabajo y con el agua al cuello, me daba de comer gratis e intentando, por añadidura, que no se le notase: le pedía una copa de vino de la casa y él me ponía un Château Cantemerle que ya no podía permitirme y, de tapa, una ración de tallarines de Madagascar o un plato de *pan-*

zotti de espinacas. No está por todas partes, pero aún queda gente así en el mundo.

Desde mi mesa veía el instituto, con su cerca de hierro pintada de rojo-cereza y sus pistas de deporte vacías; pero lo que miraba aquella tarde no era eso, sino a la gente que pasaba, esperando a que una de las mujeres que se acercaban fuese Isabel Durán, una profesora de la Universidad Complutense de Madrid que acababa de estar en La Habana dando una conferencia y a quien se había acercado al acabar su disertación una colega de Cuba para darle un sobre dirigido a mí. «Es un ensayo sobre la poesía de Nicolás Guillén», le dijo. «¿Podría llamarle al llegar a España y entregárselo en mano?» Le dio un nombre falso, pero yo sabía que se trataba de Delia Cabrera.

A la catedrática Durán, figura de gimnasta o bailarina, ojos de caramelo quemado, boca tropical y melena hipnótica de color azabache, la había tratado hacía tiempo, pero llevaba años sin verla. Seguía igual de guapa y de casada que entonces, fiel a su profesión y a su matrimonio, defendiendo por encima de todas las cosas la estabilidad de su vida, segura de que lo contrario de estropear algo no es arreglarlo, sino impedir que se rompa.

Hablamos de su estancia en La Habana y de su encuentro en el salón de actos de la Casa de las Américas con Delia Cabrera, que en realidad no había sido gran cosa: se le acercó, le dijo de forma vaga que ella y yo estábamos colaborando en un trabajo sobre la visión de la esclavitud en la obra de Nicolás Guillén y le entregó aquel sobre marrón en que figuraban a modo de título dos versos del autor: «Negros no fundados aún / lentos fantasmas de la caña y el café».

Efectivamente, era un trabajo sobre el autor de *Sóngoro cosongo,* se hablaba de sus libros, *La paloma de vuelo popular, El gran zoo, La rueda dentada...* Se alababa de forma reglamentaria su estilo lleno de aspavientos y rimas elementales y se citaba su paso por Valencia y Madrid durante la Guerra Civil y su condición de descendiente de esclavos, llevados de África al Caribe por los traficantes españoles y vendidos, como dice en uno de sus poemas, a «mayorales blancos dueños de látigos coléricos».

También describía, aunque fuera de pasada, el episodio de los gallegos que ya nos había anticipado en La Habana, y añadía un dato que me llamó la atención: algunos de los bebés que aquellos desdichados tuvieron en la isla y no podían en modo alguno mantener eran entregados a terratenientes que los criaban en sus mansiones, los usaban a menudo para entretener y hacerles compañía a sus hijos y al crecer los empleaban como criados, doncellas, mayordomos o gobernantas. «Su vida estaba ligada durante generaciones a la de sus amos», escribía Delia, «y se puede decir que llevaban una suerte de existencia paralela a la de los señores de la casa, unos en los salones y las alcobas de los pisos superiores y otros en la zona de servicio, los sótanos y las cocinas». Por lo general, esos empleados desconocían sus orígenes, «no consideraban explotadores a sus patronos, sino almas caritativas, les eran tan leales como acostumbran a serlo quienes carecen de casi todo; en la mayoría de los casos no mostraban ningún interés en emanciparse y cuando los colonizadores decidían regresar a España, lo más común era que los acompañasen de buen grado y por su propia voluntad, para seguir allí a sus órdenes». Nada más leer ese párrafo, que evidentemente tenía poco que ver con el estudio sobre Guillén y mucho con la conversación que la autora, su tío, Mónica y yo habíamos tenido en el restaurante del Meliá Cohiba, supe que no estaba ahí sin motivo: era un mensaje oculto que debía descifrar. ¿A qué se refería? ¿De qué o de quién me estaba hablando?

De momento, lo que más importaba de aquel manuscrito era precisamente lo que no se decía en él: que la autora del texto se encontraba bien, aunque la vigilaban, algo que dejaba claro la cita que abría el ensayo: «Están en todas partes. En el indio / hecho de sueño y cobre. Y en el negro / revuelto en espumosa muchedumbre / (...) y en el terrible desamparo / de la banana, y en la gran pampa de las pieles, / y en el azúcar y en la sal y en los cafetos...».

Saber que Delia estaba de vuelta en casa y en su facultad me produjo un gran alivio, aunque también volvió a recordarme que todo lo que le hubiese pasado, y debía de haber sido terrible, era única y exclusivamente por mi culpa. Me juré que iba a ayudarla, costase lo que costase. No estaba seguro de cómo ni cuándo, pero ya se me ocurriría y ya llegaría el momento. Estaba en deuda con ella y, por lo tanto, era mi obligación.

—¿Te hubiese gustado? —me preguntó Mónica, cuando se lo conté.

—¿El qué? ¿Sacarla de allí? ¿Traerla con nosotros?

—Aquellas fotos trucadas en las que se suponía que estábamos los tres en la cama... ¿Te hubiese gustado que fuera verdad?

—¿Me lo estás preguntando en serio?

—Imagínatelo —repitió, en un susurro, con la boca pegada a mi oído. Noté su aliento cálido, tan parecido al de la brisa ardiente de un día de verano; y también cómo sus uñas bajaban lentamente por mi espalda, en un zarpazo lento y exquisito. Después me mordió los labios y sentí el gusto inconfundible de la sangre en la boca. Tal vez era para que me fuese acostumbrando a ella.

—Te voy a echar de menos —dije—. Más de lo que me gustaría.

—Lo sé —respondió—. Y yo a ti. Fue hermoso mientras duró.

No me hizo demasiada gracia la broma. Si es que lo era.

Capítulo veinticuatro

«Abriré una ruta hacia el interior de África o moriré en el intento», dicen que se juró a sí mismo el explorador David Livingstone. Y lo cierto es que estuvo muy cerca de acertar con su profecía; en sus expediciones, fue herido por un lanza y padeció más de treinta fiebres malignas; en el valle de Mabotsa fue atacado por un león que le dejó la marca de sus colmillos en la piel; en la aldea de Colobeng los bóeres saquearon su cabaña y arrasaron su biblioteca cuando lo fueron a buscar para matarlo; en el desierto de Kalahari, sobrevivió a base de ranas guisadas, orugas fritas y una especie de calabazas llamadas *kengwe* de las que nunca se podía estar seguro de si eran venenosas o no; en las orillas del río Chobe, la mosca tse-tse mató a casi todos los bueyes de su caravana; en los rápidos del Zambeze su canoa naufragó y sólo con la ayuda de sus remeros pudo librarse de caer por las cataratas Victoria y alcanzar a nado la isla de la Cabra... Pero después de todo eso y de sufrir muchas más desventuras en sus expediciones desde Ciudad del Cabo a Mozambique y de la isla de Zanzíbar al lago Tanganica, logró su objetivo. Yo estaba leyendo sus memorias con la intención de tomarlo como guía espiritual y seguir su ejemplo de perseverancia. Y porque, al fin y al cabo, fue Lluís Espriu quien me habló insistentemente de él cuando nos conocimos, y los amantes de la literatura no podemos evitar creer que todos los buenos libros cuentan por lo menos dos historias: la suya y la de quienes los leen. La realidad suele encargarse de demostrar justo lo contrario: que saber cosas de los demás no te ayuda a conocerlos.

Aunque yo no tenía la intención de buscar las fuentes del Nilo, como él y como los protagonistas de *Cinco semanas en globo* de Julio Verne; ni de evangelizar a nadie, como el misionero escocés, tampoco iba a quedarme de brazos cruzados y permitir que Verónica Flores Chevalier siguiese igual de perdida que hasta entonces, sólo que en otro lugar, ni que todo mi trabajo hubiera sido en balde, una simple pérdida de tiempo, por muy bien pagada que estuviese: esa manera de ser no va conmigo, prefiero ganar la mitad por acabar lo que empiezo a llevarme el doble por dejarlo a medias. Puede que ése sea el modo de comportarse de un perdedor, pero al menos no es el de alguien que se vende por un plato de lentejas. Y, en cualquier caso, uno puede ser de los que ganan o de los que pierden, nunca de los que abandonan. Si el futuro del rebelde también está escrito, al menos lo dejará lleno de tachaduras.

Continué haciendo averiguaciones. Le di otro vistazo general a la historia de los Espriu y los Quiroga, sin encontrar en su pasado más de lo que ya sabía. Los acontecimientos y los nombres pasaron por mi mente como los dibujos de unos naipes entrevistos mientras los baraja un tahúr o un mago. Eran triunfadores, es decir, gente respetada por los suyos y temida por el resto. Eran laboriosos y ávidos, de esa clase de personas que harían cualquier cosa que esté en su mano para evitar que lo que quieren acabe en la tuya. Eran firmes, emprendedores, competitivos y, si la situación lo requería, implacables, porque considerar la vida una carrera te hace ver a las personas más fuertes como rivales y a las demás como simples obstáculos. Eran intuitivos, persistentes, audaces sin llegar a ser temerarios... Nada los definía mejor que los dos significados de la palabra *fortuna,* porque les sobraban la suerte y el dinero. Y con la suma de una cosa y la otra habían comprado poder, notoriedad e influencia.

El único punto de desdicha en su camino eran las muertes de Aloia y Guifré, en aquel choque de trenes en Medina del Campo, y la del comandante José González. Me puse a curiosear acerca de esa última desgracia. «Ya sabrás lo que buscas cuando lo encuentres», me dije. En la prensa de la época no descubrí gran cosa, más allá de una esquela en *ABC* y unos recortes en la *Hoja del Lunes* y en los diarios *Ya* y *El Alcázar,* en los que se informaba del «fatal accidente» y se eludía de forma sospechosa cualquier mención a la familia de su mujer, más allá de citar el nombre de la viuda. La única excepción era la del periódico de sucesos *El Caso,* que aunque fuera a su modo, con el estilo habitual de la prensa amarilla, dejaba algunos interrogantes sobre la mesa, entre ellos uno que me intrigó de forma especial: ¿qué explicación tenía, se preguntaba el reportero, que aquel «militar curtido en mil batallas», «hijo de un veterano de la guerra de Marruecos y él mismo oficial del ejército», hubiese disparado aquella tarde «no una sino dos balas, según fuentes de la investigación»? El fotógrafo de aquella cabecera volcada en la crónica negra había captado una imagen del segundo impacto en el marco de la ventana que había «frente al sillón en el que se encontró a la víctima», el lugar donde supuestamente se le había disparado el arma. «Si fue un accidente, resulta incomprensible; y si se trató de un suicidio, tampoco tiene lógica», decía el rotativo. «Sin embargo, la policía no contempla, al cierre de esta edición, una tercera posibilidad que, a la luz de los indicios de que se dispone, no parece en modo alguno descabellada», se decía en el artículo: «y es que el finado hubiera abierto fuego contra otra persona, antes de ser abatido...».

¿A qué tipo de asaltante se referían? ¿Un ladrón o un agente secreto de la dictadura, como sospechaban sus compañeros de armas y también los Espriu i Quiroga? ¿Tal vez un terrorista...? El móvil del atraco estaba casi descartado, puesto que no se denunció ningún robo, y sólo podría suponerse que los intrusos se hubieran asustado y huido al verse con un cadáver entre las manos. Un acto de guerra sucia por parte del Estado tampoco me parecía muy verosímil, por mucho que ese rumor hubiera hecho fortuna: aquel hombre quizá pudo conspirar un poco en los cuarteles, pero resultaba evidente que no fue nada serio; tampoco se entendía por qué tendrían que haber ido a por él y no a por otros, si es que realmente formaba parte de una confabulación; y además, el estilo de los represores en aquella España no era el asesinato bajo cuerda de los insurgentes, sino su detención y castigo ejemplarizantes, o en último caso el fusilamiento deshonroso. En cuanto a las dos últimas opciones, estaban fuera de lugar, puesto que la guerrilla de los maquis ya había sido aniquilada y ETA, aunque proclamó la lucha armada en esos mismos días y en Bayona, no empezaría a cometer atentados hasta unos años más tarde.

Sin embargo, era evidente que en aquellas palabras se sugería que si la hipótesis del crimen era descartada sin explicaciones y como si el segundo proyectil Bergmann-Bayard de nueve milímetros nunca hubiera salido de la pistola Star Z62 del comandante era porque se trataba de echar tierra sobre el asunto. ¿Con qué fin? Y en cualquier caso, ¿por qué ni su viuda, ni su hijo, ni su sobrino Lluís me habían hablado de eso? Me extrañó sobre todo de él, porque hubiese jurado que en eso era igual que yo y, por lo tanto, estaba convencido de que normalmente no hay mejor modo de empeorar las cosas que dejarlas como están. ¿No era esa idea la que le había llevado a contratarme para encontrar a su familia perdida de América?

Las interrogaciones zumbaban en mi cabeza como en un avispero. ¿Quién podría querer eliminar a José González? ¿Su familia política? Parecía obvio que no era santo de su devoción, como habría dicho mi madre, y que los Espriu i Quiroga consideraban que no daba la talla como marido de su hija, incluso que empañaba su apellido y hasta los ponía en mal lugar; pero ¿hubiesen llegado a ese extremo? Puede que les molestara que husmease en los inicios abominables de su fortuna y en la leyenda negra de sus antepasados, justo cuando ellos se esforzaban en presentarse como espejos en los que debían mirarse la nueva sociedad y la futura clase política. O tal vez se sintieron en peligro cuando el militar encontró dentro de aquel libro de la condesa de Pardo Bazán dedicado a Olalla Quiroga la carta enviada desde La Habana por Verónica Graciela Maristany a su padre biológico. ¿Llegaron a saber que no habría llegado más lejos, a juzgar por la anotación que hizo bajo la foto de la hecatombe ferroviaria de Medina del Campo y que encontraría entre sus papeles, muchos años después, su sobrino Lluís?: «¡Se acabó! ¿Cómo seguir con esto ahora? Bastante tienen ya...».

Atando cabos, me dije que Biel y Olalla sabían que ese día José González estaba solo, puesto que Guadalupe había llevado a Narcís a pasar la mañana con sus abuelos en El Repòs. Y también recordé la prisa que después de lo sucedido se dieron ambos, ella para marcharse con su hija a La Coruña y él en incinerar a su yerno y dar sepultura a sus cenizas en Badalona; en donar al ejército y a la Cruz Roja las pertenencias del difunto y en vender en menos que canta un gallo el piso del paseo de Gracia. Yo mismo había visto al dorso de los papeles del difunto que me había dejado Lluís Espriu unas cuentas que alguien había pormenorizado: en los ingresos, constaban tres millones de pesetas por la casa, y en los gastos, el coste del entierro, el del ataúd y las coronas de flores y, finalmente, una cifra de «quinientas mil» asignada al epígrafe «pago evc». Sea como fuere, tanta prisa sólo podía tener dos explicaciones que cabían en una pregunta: ¿no quisieron dejar ni rastro de él para que su mujer lo olvidase entonces o para que otros no lo pudieran seguir en el futuro?

Busqué la dirección de correo electrónico de la oficina de Narcís y el teléfono de su secretaria y mandé a ambos y también a Lluís el PDF de la página de *El Caso* sobre la oscura muerte de José González. En el asunto del mensaje, puse: «Una historia de tráfico, expolio y ¿asesinato?». Si les ponía nerviosos, quizá dejaran de actuar con tanta prepotencia. Me pregunté si empezaba a comportarme como un chantajista. «Bueno, te quedan tres meses para regresar al instituto, a tu vida de profesor y a la rutina, así que ¿por qué no divertirte un poco antes de ser de nuevo una persona seria y estable?», me dije. «Y, además, ¿por qué no hacer algo para bajarles los humos a esos maquiavelos de tres al cuarto?» Por supuesto que me repetí que en realidad nada de aquello era un asunto de mi incumbencia y tal vez me ponía en peligro a cambio de nada; pero me dio igual: iba a serme fiel a mí mismo, aunque sólo fuera para llevarme la contraria.

A la espera de la reacción que pudieran tener, me puse a trabajar en una de mis biografías por encargo, la del hombre de Rota, Cádiz, que estaba a punto de cumplir cien años, había trabajado toda su vida como enólogo de unas famosas bodegas de Jerez de la Frontera y en julio de 1956 había sobrevivido al naufragio del transatlántico Andrea Doria frente a las costas de Nantucket, Massachusetts, por donde navegaba entre la niebla, ya a punto de alcanzar el río Hudson y concluir su ruta entre Génova, que era donde él había embarcado, y Nueva York. El mundo es un pañuelo y otra vez se cruzaban en mi camino *Moby Dick* y los cazadores de ballenas...

Trabajé hasta la madrugada, con la ayuda de varias tazas de café negro como el azabache, mientras pensaba en Mónica, con quien había podido hablar por última vez hacía dos semanas, cuando aún estaba en un hotel de isla Gezira, en El Cairo, ultimando los últimos detalles de su traslado a Asuán y al yacimiento de Qubbet el-Hawa, en busca de su dama Sattjeni y su gobernador Herjuf, el explorador de África. Aquella mujer se me había metido en la cabeza y en el corazón, de modo que era muy fácil de localizar: estaba justo aquí, en todas partes. Supongo que estar enamorado consiste en eso: la felicidad va de dentro a fuera, es la caracola quien oye el mar dentro de ti.

Me tumbé en el sofá cama de mi nuevo despacho, que era menos confortable que la cama del dormitorio, pero a cambio tenía dos ventajas: el ambiente de paz que le daban los libros y sus vistas al jardín. Era una noche de luna llena y todo parecía tener un aura de misterio, refinado por aquella luz de una blancura espiritual, hipnótica. Soplaba un viento apacible, sedoso, y era grato escuchar tras los vidrios la marea seca de los árboles. A lo lejos, se oía el rumor de la autopista, el bisbiseo de los coches y a veces el rugido dogmático de los camiones. Luego, de repente, los sonidos cambiaron y pensé que ya me había dormido, que soñaba con la selva y pronto vería las cataratas Victoria, escucharía el *mosi-oa-tunya,* el humo que truena, divisaría al doctor Livingstone y las manadas de elefantes junto al río Zouga. Creí sentir tam-tams en la distancia y el murmullo de la jungla: algo que cruje, algo que repta, algo que se agita, algo que se posa, algo que se te acerca con sigilo... Pero de pronto supe que no era eso, sino las pisadas de alguien que había entrado en la habitación. Abrí los ojos con el tiempo justo para ver al ciclópeo Edgardo viniéndoseme encima, distinguí un destello feroz en su mirada, los dientes de tiburón... Cuando intenté saltar del sofá cama, ya era demasiado tarde. Se dejó caer sobre mí, para inmovilizarme. «Debía de pesar como dos hombres juntos», lo mismo que el Goliat de la Biblia, y noté que me aplastaba. Me tapó la boca y la nariz con una mano, para asfixiarme, y con la otra me agarró de la garganta. Pude distinguir el anillo de los Feijóo de Sotomayor, la espada, los roeles, la corona... Me quedaba sin oxígeno. Se me empezó a nublar la vista: los muebles, la lámpara, las vigas de madera..., todo parecía indefinido, un bosquejo a lápiz de la habitación. En unos segundos estaría muerto. La piel me ardía, igual que si estuviese en llamas. Sentí su respiración discontinua, agitada por el esfuerzo de estrangularme, era un gruñido sordo y feroz, de animal devorando a su presa... Vi su cicatriz en la mejilla y de pronto supe con toda certeza de qué manera, cuándo y quién se la había hecho.

La otra vez que me había atacado, en mi cuarto del hotel de La Habana, me quedé sin respuestas, absolutamente paralizado, no intenté combatirlo porque no pude recordar ninguno de los movimientos del *krav magá,* la técnica de defensa que me enseñó la Guardia Civil cuando estuve perseguido por la *fenya.* Por suerte, esta vez la bombilla se encendió y los mecanismos se activaron, recordé en un instante y por puro espíritu de supervivencia todas las lecciones que me habían dado en los entrenamientos los agentes de la Unidad Especial de Intervención: liberarse y contraatacar; si estás en el suelo, o bloqueado sobre cualquier otra superficie, uno: recoge las piernas; dos: busca un punto de apoyo y pivota hacia un costado; tres: coge al agresor del pelo con tu mano más débil y tira hacia atrás como si abrieses una trampilla, mientras con la otra le aprietas la nuez de Adán igual que si lo hicieses con unas tenazas; cuatro: mete la pierna derecha bajo la izquierda, haz palanca, gira y lo volteas; y cinco: después, te levantas clavándole el antebrazo en el cuello, te impulsas hacia arriba; y a partir de ahí, una de dos: huyes o le golpeas.

Hice todo eso y aquella mala bestia cayó a plomo en el espacio que había entre el mueble y la pared, lanzando una exclamación en la que se juntaban la sorpresa, la ira y el odio. Al ir a incorporarse, ciego de rabia y obstaculizado por su edad y por su propia corpulencia, se agarró a una de las almohadas y volvió a resbalar. Soltó otro juramento, se revolvió con aspavientos de alimaña atrapada en una red, chocó con una estantería auxiliar en la que yo había colocado las obras de mis poetas favoritos..., y la lámpara que había encima cayó a tierra con un estrépito de loza y cristales rotos. Cuando por fin se rehízo y estuvo en condiciones de saltar sobre mí para acabar de una vez por todas conmigo, yo era otro, no habían transcurrido más que unos segundos, pero bastaron para que encontrase un arma contundente: mi delicada estatua de Seshat, Señora de los Libros, Diosa de la Escritura, Guardiana de las Bibliotecas y Reina de los Arquitectos. Al verla, torció el gesto y se quiso llevar la mano al bolsillo, seguramente tendría ahí una pistola, tal vez un puñal... Pero ya era demasiado tarde para él y los dos lo sabíamos. En un visto y no visto, levanté la figura egipcia, aferrándola con las dos manos igual que si fuera un bate o una maza de guerra medieval, tensé los músculos hasta el límite y se la partí en la sien, poniendo el alma entera en aquel golpe ejecutado con una violencia proporcional a mi miedo y del que dependía, sin ningún género de dudas, que yo saliese de allí por mi propio pie o en la camilla plegable de una ambulancia y cubierto con una manta de poliéster metalizado de color oro.

El estallido fue terrible, un quebrarse brutal de arcillas y huesos. Su cabeza se dobló bruscamente, en un ángulo inverosímil; me lanzó una mirada estupefacta, como de pez muerto en una caja de hielo; su rostro pareció que se apagaba lo mismo que una bombilla que se desenrosca o se funde, y todo él se vino abajo con un estrépito de torre dinamitada, soltando un grito borroso, un estertor sombrío, «olas gigantes que os rompéis bramando», como dice Gustavo Adolfo Bécquer. Después, la escena del crimen quedó en un silencio inquietante, lleno de malos presagios y amenazas. «El jayán

281

asesino», hubiera titulado quizás en su portada, a cinco columnas y con grandes letras, *El Caso.*

Me hubiese gustado atarlo con una soga o unas cadenas antes de que volviera en sí, quitarle el revólver —si es que de verdad llevaba uno—, echarle un cubo de agua a la cara y cuando se despejase hacerle un interrogatorio en el que le presionaría para que me respondiera a muchas cuestiones y aclarar varios asuntos: por ejemplo, hablarme del día en que mató al comandante José González, decirme quién le dio la orden de hacerlo y quién le había dado ahora la de ir tras mis pasos a Cuba y atacarme en Las Rozas. Le amenazaría con dispararle. «Ni eres capaz de hacerlo, ni sabes usar un arma», podría responderme: «¿Y qué?», diría yo, con maneras de detective: «Tengo el cargador lleno y eso pone la suerte de mi lado: yo sólo necesito acertar una vez y tú, que falle doce». Después de hacerle entrar en razón, le preguntaría si era consciente de por qué llevaba aquel anillo que le habían regalado o tal vez puesto a la fuerza sus jefes y si sabía que sus antepasados habían sido algunos de los gallegos que esclavizó en La Habana el negrero Urbano Feijóo de Sotomayor y que entre ellos se contaba, casi con toda certeza, uno de aquellos bebés que criaban los terratenientes en sus mansiones para transformarlos en esbirros insobornables, tal y como me había contado a través del supuesto ensayo sobre Nicolás Guillén que me hizo llegar la profesora Delia Cabrera, porque estaba seguro de que era a él a quien se refería en clave: «Los usaban para entretener y hacerles compañía a sus hijos y al crecer los empleaban como criados, doncellas, mayordomos o gobernantas». «Su vida estaba ligada durante generaciones a la de sus amos.» «Por lo general, esos empleados desconocían sus orígenes y no consideraban explotadores a sus patronos, sino verdaderas almas caritativas, así que les estaban agradecidos y les eran leales. Cuando los colonizadores decidían regresar a España, lo más común era que los acompañasen de buen grado y por su propia voluntad, para seguir allí a sus órdenes.»

Finalmente, me gustaría saber también si en La Habana no quiso acabar conmigo o es que me dio por muerto. Pero la verdad es que no tuve valor para hacer nada de eso, me había salvado por la campana y jugar a héroe de película no estaba entre mis planes; así que, en lugar de pensármelo dos veces, la segunda la usé para huir, lo dejé encerrado bajo llave, me marché de casa y marqué el número de la policía. Hay ocasiones en las que lo mejor no es lo que más conviene.

Capítulo veinticinco

Me clavó los ojos de tal forma que fue sorprendente que no necesitara usar un martillo para hacerlo. Eran marrones, con una gota de amarillo en el centro, tenían algo de escorpión fosilizado en ámbar y cuando se ponía serio resultaban imponentes. Después se echó hacia atrás en su silla, igual que si yo fuera un cuadro que él esperase comprender mejor si lo observara desde más lejos; se acarició la mandíbula del modo en que lo suelen hacer los modelos de los anuncios de maquinillas de afeitar y compuso un gesto marca de la casa, es decir, ilegible. Su rostro era exactamente como lo recordaba, duro y anguloso, de una neutralidad rayana en la inclemencia, y la luz del flexo encendido sobre su escritorio le añadía al inspector Sansegundo unas sombras que le daban un aire de héroe de tebeo o película de serie negra, uno de esos comisarios de policía a quienes los reyes del hampa, por motivos obvios, suelen llamar *sabuesos*. Después de unos instantes en los que dio la impresión de callar a propósito y con segundas para retarme a una guerra de nervios, seguramente porque era lo que hacía con cualquiera que estuviese en mi lugar, convencido tras décadas de tratar con lo peor de cada casa de que el único modo de que la gente afloje la boca es apretarle las tuercas, escribió algo en su cuaderno y repitió su pregunta.

—¿Se da usted cuenta del terreno que trata de pisar? Los Espriu i Quiroga son una familia muy poderosa. Con gente como ésa, por lo general uno lleva todas las de perder.

—Bueno, entonces tendremos que darles las gracias por darnos la oportunidad de demostrar que la ley es igual para todos...

No sonrió. Nunca lo hacía, al menos en mi presencia. No podía estar a la vez de broma y de servicio. Era un hombre metódico hasta el límite de lo obsesivo, serio a punto de ser antipático, en el que cada palabra y cada gesto parecían obedecer a un orden establecido y tener su lugar asignado, como el dinero en las cajas registradoras. Había sido mi ángel guardián cuando estuve bajo la amenaza de la *fenya,* quien gestionó mi traslado a El Masnou y quien al serme retirada la escolta me mandó a dos de sus agentes especialistas en artes marciales para que me enseñaran los secretos del *krav magá.* Lo que hicieron ellos impidió que me matasen entonces y lo que me enseñaron a hacer me había salvado la vida ahora.

—Hemos tomado declaración al individuo que usted sostiene que allanó su casa y trató de matarlo. No tengo que decirle que, naturalmente, él niega en redondo haberlo hecho.

—Lo hizo, y además es la segunda vez: la otra fue en La Habana, allí me golpeó y me robó mi trabajo y el ordenador, y después utilizó mis averiguaciones para llegar hasta Verónica Flores Chevalier y quitársela de en medio a sus jefes.

—Sobre lo segundo, él afirma que jamás ha estado en Cuba; y de lo primero, dice que fue a su domicilio a hablar de sus honorarios por un trabajo que hizo para su jefe, que usted mismo le abrió la puerta y que después, sin motivo alguno, le golpeó.

—Claro. Y a King Kong le invitó a subirse al pararrayos del Empire State el presidente de los Estados Unidos —respondí haciéndome el gracioso. Para mí, las cosas estaban claras: Edgardo no tenía escapatoria y tan sólo se defendía de esa forma patética en que luchan por no caer los que ya lo han hecho.

—Le voy a dar un consejo: no subestime a esas personas, señor Urbano. Pertenecen a las altas esferas y tienen en nómina a unos abogados que saben hacer su oficio. En cambio, usted va por libre, y en lo que respecta al caso que nos ocupa, el hecho es que no ha sufrido lesiones significativas ni dispone de pruebas que demuestren lo que denuncia; y a cambio, no olvide que quien ha acabado en un hospital con fractura de cráneo es la persona a la que usted acusa.

—¿No tenía una pistola y fui yo mismo quien le avisó de que estaba encerrado en mi casa?

—Sí, y también una licencia de armas del tipo C, la que se concede a los escoltas privados, que es justo la titulación que él tiene.

—Todo está en regla, entonces...

—Con el sello del Ministerio del Interior en el diploma y su tarjeta de identificación profesional en la cartera...

—¿Eso significa que van a mirar para otra parte, igual que hicieron en 1970? —dije perdiendo un poco los papeles y sintiendo que la rabia me envolvía como una serpiente anaconda—. Porque Edgardo es un simple peón en esta partida. Los peces gordos son quienes lo mandaron ayer a mi casa y hace cincuenta y tantos años a la del comandante González.

—Ésa es una hipótesis que tampoco va a poder sostener.

—No es necesario, ya se encarga de ello la cicatriz que ese orangután tiene en la mejilla: se la hizo la famosa segunda bala disparada aquel día por el marido de Guadalupe Espriu.

Mientras lo decía, pude ver la escena: el militar está sentado, o tal vez en el suelo, ya derribado por Edgardo, cuyo ataque sin duda lo habrá cogido por sorpresa; pero aún reacciona, no olvidemos que es un profesional, tendrá muchas horas de entrenamiento y en plazas peores habrá toreado, de manera que se revuelve y abre fuego con su Star Z62 reglamentaria, aunque falla el disparo porque está en una postura imposible, sin ángulo de tiro ni tiempo para apuntar, y aunque no yerra por mucho, ve cómo el proyectil sólo roza la cara del asesino y le hace esa herida que dejará marcado su rostro para siempre, antes de alojarse en el marco de la ventana y de que le arrebate la pistola...

—Un supuesto crimen que, en todo caso, ya habría prescrito —respondió el inspector Sansegundo, para sacarme violentamente de mis ensoñaciones y quitarle brillo a mi teoría igual que si le limpiara las escamas a un pez—. Así que créame si le aseguro que hay tantas posibilidades de reabrir ese caso como de que la estatua del Cid Campeador cobre vida y eche a cabalgar por Burgos.

—¿Y la razón? ¿Y la justicia? ¿Acaso es que no importan?

—En las comisarías y los tribunales no nos atenemos a conceptos filosóficos, señor Urbano, sino al Código Penal. Nos guste o no, lo que se dice en él va a misa.

—Así que no hay esperanza, al final vuelven a ganar los malos; o sea, los de casi siempre.

Abrió los brazos, se encogió de hombros y curvó la boca, como diciendo: «Qué razón tiene, cuánta impunidad hay en el mundo, la de maleantes que dan el golpe y se van de rositas, pero y yo qué le voy a hacer, si a los que nos tiene atados de pies y manos la magistratura es a los policías...». Luego se hundió de nuevo en sí mismo y su rostro volvió a petrificarse, como un remanso de agua que se deshiela al salir el sol y se congela de nuevo en cuanto cae la noche. Para tratarse de él, en cualquier caso, aquello había sido el colmo de la expresividad. Y el silencio que guardó después, una demostración de que, por su parte, no había nada más que añadir.

Me levanté, le di la mano y, como siempre y de todo corazón, las gracias: si en aquel momento me estaba decepcionando era porque yo estaba allí, y eso era posible sólo porque él había impedido que me mandasen al otro barrio.

«No ha servido de nada», me dije según avanzaba hacia la salida, sintiéndome abatido y sin fuerzas para rebelarme contra lo que parecía irremediable, «tanto esfuerzo, tanta implicación, el viaje a Cuba, las horas invertidas en buscar esa aguja en un pajar llamada Verónica Flores Chevalier, los golpes recibidos en el hotel de La Habana... Pero bueno, también hay que tener en cuenta el viaje, lo que me van a pagar y, sobre todo, a Mónica Grandes, lástima que no esté aquí para consolarme, igual mañana me subo a un avión rumbo a Egipto, para olvidarme de todo esto».

—Cierre la puerta —dijo el inspector, a mis espaldas—. Vuelva aquí y siéntese.

Obedecí, regresé a mi silla y esperé. Se acarició el mentón con aquel movimiento que le daba un aspecto a la vez pensativo, astuto y receloso. Daba la impresión de debatirse entre confiarme un secreto o guardárselo.

—Mire —continuó, sin dejar de analizarme con aquella mirada que te hacía sentir como si estuvieses bajo una lupa—, lo que le voy a revelar es información reservada. ¿Entiende que si sale de este despacho y se hace pública los dos tendríamos problemas?

—Seré una tumba —asentí—. Puede tener por seguro que es usted la última persona de este mundo a la que yo traicionaría.

—Si es así, no voy a andarme con preámbulos, se lo diré sin medias tintas. No le he dicho que ya no estoy en el mismo puesto que tenía cuando nos ocupamos de usted, en el pasado: ahora pertenezco a la UDEF. ¿Sabe de qué le hablo?

—La Unidad de Delincuencia Económica y Fiscal —respondí—. ¿Quién no ha oído hablar de ella, en este país?

—Llevamos tiempo siguiendo los pasos de los Espriu i Quiroga, por evasión de impuestos y fuga de capitales. Vigilamos, especialmente, a Narcís González y estamos convencidos de que se dedica a lavar dinero con obras de arte, que es un sistema muy frecuente entre las bandas internacionales del crimen organizado. La colección de máscaras africanas y esculturas de la que me ha hablado podría ser uno de los métodos que sigan para llevar a cabo el fraude.

—Narcís... —dije, y las dos sílabas hicieron un ruido apagado, similar al de dos piedras al caer al agua de un pozo—. Me deja usted... noqueado. Y si saben eso, ¿por qué no los detienen y los procesan?

—No es tan fácil echarles el guante, porque trafican con algo difuso, hablamos de piezas que con frecuencia no están registradas en ninguna parte y no tienen documentación, de las que se ignora su procedencia y cuyo precio real tampoco está claro, así que cualquier peritaje al que se les someta como mucho puede ser aproximativo y siempre discutible... Hay un agujero legal en cuanto a la regulación de este mercado y las autoridades aduaneras carecen de formación. Y además se trata de objetos muy sencillos de pasar por las fronteras: un cuadro que valga diez millones de dólares se enrolla, se mete en un cilindro de cartón o de plástico junto con un par de reproducciones baratas y nadie repara en él. Una escultura procedente de un expolio arqueológico puede ir facturada en una maleta, en la bodega de un avión o en el portaequipajes de un tren, envuelta en una manta o dentro de una caja de zapatos. Y una joya de mil años de antigüedad puede atravesar los controles de un aeropuerto o una estación ferroviaria en la muñeca o el cuello de una pasajera.

—¿Y qué hay de los vendedores?

—Ésa es otra... Los marchantes de arte se supone que deben denunciar cualquier operación sospechosa al

Sepblac, la Comisión de Prevención de Blanqueo de Capitales, pero en lugar de eso realizan muchas transacciones bajo cuerda, hacen facturas simuladas, o ni eso, falsean sus libros de cuentas y declaran cantidades ficticias, para que uno no tribute y el otro multiplique sus beneficios cuando dé salida a las obras. Y si los investigas, usan como escudo el derecho de sus clientes a preservar su identidad, porque, entre otras cosas, se supone que quien se deshace de algo de tanto valor, que por lo general es parte de la herencia de su familia, es porque se ha quedado sin fondos, o fue un coleccionista importante y ahora está en bancarrota.

—Así que son inmunes...

—Salvo que cometan algún error... Por ejemplo, a veces los pillamos cuando hacen una póliza de seguros para sus tesoros. O cuando se ponen nerviosos, tal y como usted supone que ocurrió al recibir ese mensaje suyo en el que los amenazaba con tirar de la manta y escribir un artículo acerca de su trasiego de antigüedades, y dan un paso en falso.

—¿Y las casas de subastas? ¿También forman parte del mercado negro?

—Más de lo mismo: están obligadas a enviar sus catálogos a Patrimonio Nacional, donde hay inspectores de Hacienda y agentes de la Guardia Civil que controlan hasta donde es posible cada pieza y los antecedentes de sus propietarios; pero los defraudadores son listos y mantenerse en segundo plano es pan comido para ellos, no tienen más que buscarse un cómplice y meterle en el bolsillo un fajo de billetes lo suficientemente grueso como para que puje en su lugar, a cambio de una comisión y ofreciendo en la sala una cifra desproporcionada que en realidad no van a pagar, dado que han llegado bajo cuerda a un compromiso previo con la galería, por una cantidad menor, pero que sí utilizarán como punto de partida a la hora de revenderlo. ¿Me sigue?

—Perfectamente: fingen que les costó el triple de lo que desembolsaron y luego se lo colocan a otro por el doble de esa suma.

Asintió, complacido: como a todas las personas acostumbradas a dar órdenes, le gustaba que le entendiesen a la primera.

—Creo que si han ido a por usted no es porque les amenazara con levantar la liebre acerca de su colección de arte africano, sino porque al colocar el foco sobre ella podría descubrirse el pastel, hacer que alguien sumara dos y dos y viese claro que lo utilizan como tapadera para llevar a cabo una estafa tributaria de millones de euros, porque eso ya son palabras mayores, un delito que los pondría a los pies de los caballos y a las puertas de la cárcel.

—Y claro, a las autoridades les viene muy bien darles un escarmiento fiscal, que sirva de aviso a navegantes... En cualquier caso, ¿por qué me está contando esto?

—Podría tener varios motivos —dijo tanteando el terreno—. Uno, hacer que sea consciente de con quién se la está jugando, porque mi obligación es ponerle sobre aviso y en última instancia protegerle. Otro, que si llegara a darse el caso de que los imputaran, usted y la profesora Mónica Grandes, que además tiene la virtud de ser una voz autorizada en ese tema, dada su condición de arqueóloga, podrían testificar que vieron en El Repòs las máscaras, esculturas y demás, porque ellos las van a esconder y negarán su existencia. Finalmente, si sienten que usted está a la vez protegido por nosotros y dispuesto a buscarles problemas, es fácil que no aguanten la presión y, como mínimo, tengan que negociar con el fiscal y con el ministerio, salden su deuda y asuman la multa que les pongan.

Así que todo se iba a reducir a eso: un cheque, un número de siete guarismos, una firma y sanseacabó, como habría dicho mi madre, «aquí paz y después gloria».

—Vaya —exclamé, dejando esos pensamientos de lado—, no me diga que al final regresaremos al punto de partida y volveré a ser un testigo protegido.

—No como la otra vez, desde luego, porque las circunstancias son diferentes y tenga la seguridad de que, aunque lo solicitáramos, resultaría muy difícil, por no decir imposible, que un juez autorizase que se le pusiera escolta.

—Me hago cargo. Pero, aun así, correré el riesgo.

Dejó escapar una mezcla de suspiro y bufido, pasó las palmas de las manos por la mesa igual que si buscase alguna imperfección en la superficie y se me quedó mirando: su cara era un cuadrilátero redondo en el que peleaban la censura y la simpatía. Intentó amañar el combate y formar una expresión admonitoria, pero sus rasgos no colaboraron.

—Puedo asignar a uno o dos agentes de mi brigada para que le tengan bajo vigilancia. Eso lo puedo justificar sin mayores problemas, si llega el caso.

—¿En serio? ¿Y me seguirían hasta Tanzania? Porque es allí donde pienso marcharme. Nunca dejo a medias un trabajo.

—Ya no tiene para quién hacerlo. Se ha quedado sin cliente. Nadie le pagará las facturas. Nadie le dará las gracias.

—Puede ser. Sin embargo, eso no va a detenerme. Con lo que me adelantaron en su día al menos cubriré gastos. No es mucho, pero para mí lo es todo. No ganaré nada, pero tampoco perderé la dignidad. ¿Me deja que le diga algo? Estoy completamente seguro de que usted haría lo mismo.

Llamaron a la puerta. Entró un policía de uniforme, me miró de arriba abajo, con cara de desconfianza, dio unos golpes en la funda de su pistola, igual que si tratase de calmar a un animal salvaje que estuviera poniéndose nervioso y a punto de saltar sobre mí, y dejó un papel, lleno de sellos rojos y azules, sobre la mesa de su superior.

Aquel documento certificaba la puesta en libertad, en cuanto los médicos que lo atendían lo considerasen oportuno, de Edgardo Valdés Carballo. Me dio un vuelco el corazón. Ahí estaba la prueba que necesitaba, porque sus apellidos lo decían todo, por supuesto. El primero era el mismo del poeta mártir Gabriel de la Concepción. El segundo era de origen gallego, aparte de que lo definía a la perfección: traducida al castellano, significa *roble*. Uno era el que se les daba a los recién nacidos que eran abandonados en la puerta del hospicio de La Habana. El otro es muy frecuente en Cuba, por donde se extendió con la llegada de los esclavos de la Compañía Patriótico-Mercantil de Urbano Feijóo de Sotomayor. Pero lo más importante era que aquellas tres iniciales explicaban el apunte que había visto escrito al dorso de uno de los papeles de José González que me había dejado consultar Lluís Espriu, hecho en una letra que no era la del difunto y en el que se especificaba el ingreso que proporcionó la venta del piso del paseo de Gracia y los costes del entierro, el ataúd, las coronas de flores y aquel gasto que en su momento no pude entender porque se justificaba con un misterioso «pago evc»... Ahora ya sabía quién estaba oculto bajo esas tres letras: su «otra sombra», Edgardo Valdés Carballo. Las quinientas mil pesetas que constaban en ese documento eran la gratificación que le habían dado por asesinar al comandante.

Le conté todo eso al inspector Sansegundo, que me hizo un par de preguntas y tomó algunas notas, sin añadir ningún comentario. Le pasaría la información a los comisarios que se encargaban de ese asunto. Él estaba centrado en el caso del blanqueo de capitales de Narcís Espriu. Nos despedimos tras comunicarle que mientras preparaba mi viaje a Dar es-Salaam aceptaba de mil amores esos dos agentes que había ofrecido poner a mi disposición. Nos estrechamos la mano y salí de aquel despacho con una sonrisa de triunfo en la boca, mientras recordaba unos versos de la extraordinaria Rosalía de Castro, la escritora de cabecera de la temperamental Olalla Quiroga, que fue a conocer a su retiro en las Torres de Lestrove, en Padrón, y a cuya misa anual en la iglesia de San Domingos de Bonaval nunca faltaban Guifré Espriu y Aloia Quiroga: «*Galicia está probe, / i á Habana me vou... / ¡Adiós, adiós prendas / do meu corazón!*».

Mientras salía de la jefatura, marqué el número de Lluís Espriu. Esta vez no hubo demoras, ni buzones de voz, ni timbres que silbasen como balas perdidas: respondió de inmediato, igual que si estuviera aguardando mi llamada. Parecía sobrio y lo encontré mortalmente serio: no parecía haber en él, en aquella ocasión, ni rastro de su ironía pirotécnica o de su humor engolado. Le expliqué por encima lo que acababa de descubrir. Me escuchó sin interrupciones y ni siquiera dejó caer ninguna de sus frases chapadas a la antigua, del tipo de las que le gustaba leer en sus novelas de piratas y en sus biografías de exploradores por África; pero lo que no dijo resultaba muy revelador, y tuve la certeza de que en realidad lo que le estaba contando era un secreto que ya conocía y que, en todo caso, hubiera preferido no saber.

—No sigas —me interrumpió a mitad de una frase—. Me parece que esto es demasiado grave para hablarlo por teléfono. Nos vemos en media hora, en nuestro bar.

Confieso que entonces no lo pude entender: ¿era posible que, después de tanto buscarlo, aquel hombre lamentara descubrir lo que había pasado, cuáles fueron los motivos de que todo sucediera del modo en que ocurrió y quiénes habían dado las órdenes precisas para que el drama tuviese lugar? ¿Ya no tenía interés en conocer la auténtica historia de su familia? En aquel momento, me pareció inexplicable; pero tengo que confesar que si me lo preguntasen otra vez ahora, después de todo lo que nos ha sucedido al uno y al otro, creo que mi opinión sería muy distinta. Es lo que ocurre cuando te das cuenta de que a veces, y por raro que parezca, descubrir la verdad te hace echar de menos lo que no sabías.

Capítulo veintiséis

A esas horas, con el fin de semana en capilla y el buen tiempo que se disfrutaba en la ciudad, la Rambla de las Flores era un espectáculo maravilloso. Los transeúntes caminaban sin prisas por ese tramo de Barcelona donde el mundo real parece quedar entre paréntesis y ser desbancado por un paisaje onírico, en el que las rosas, los claveles o las margaritas dulcifican el aire y enardecen la mirada, con sus aromas tibios y sus colores llameantes.

La gente entraba y salía del Mercado de la Boquería, hojeaba libros y la prensa internacional en los quioscos del paseo y se detenía a mirar las estatuas humanas que se exhiben en las aceras y cobran vida cuando les das una moneda. Los turistas se sentaban a tomar el aperitivo en las terrazas y hacían fotos de la pastelería Escribà, con su maravillosa fachada modernista, o de la casa de los Paraguas, con su dragón chino y su farol. Y para recordarme a qué había ido allí, estaban la famosa tienda Gimeno, especializada en cigarros habanos, o el Palau de la Virreina, construido por el marqués de Castellbell con el oro que había ganado en Perú.

Se cuenta que el filósofo Immanuel Kant era tan puntual que los vecinos de Königsberg ponían sus relojes en hora al verlo pasar cada mañana ante sus casas, de camino a la universidad donde impartía clases. Guadalupe Espriu era justo ese tipo de persona y también llegó a la cita conmigo y con su pasado sin retrasarse ni adelantarse un solo minuto. Llevaba más de cincuenta años con aquel rito privado que consistía en acudir cada viernes, a la una y media de la tarde, al establecimiento en el que hacía ya más de medio siglo conoció al capitán José González, para comprar exactamente lo mismo que entonces, un gran ramo de ginestas amarillas como el que él se ofreció a llevarle hasta su coche, el Pegaso Z-102 último modelo que le habían regalado Biel y Olalla por su cumpleaños.

Al verme en la puerta esperándola, me miró sin demasiado interés, hizo una leve inclinación de cabeza y echó un vistazo en torno, sin duda por ver si descubría a los dos agentes de la Policía Nacional que le había anunciado que me estarían vigilando.

—Vaya al Café de l'Òpera —me dijo, secamente—. ¿Lo conoce? Frente al Gran Teatre del Liceu. Espéreme allí.

Hubiera preferido el Bar Marsella, por ir donde fueron en su día Picasso, Gaudí o Hemingway, pero no estaba allí para poner condiciones, sino para aceptarlas, así que con tal de hablar con ella habría dado por bueno un antro en el que las bebidas las preparase *madame* Lafargue, la envenenadora que protagoniza una de las novelas de Alejandro Dumas. Quizá Lluís Espriu la hubiese leído, aunque no fuera de piratas.

Para conseguir que se reuniese conmigo, había usado el método Vivaldi, es decir, el que idearon los dos estudiosos que habían conseguido localizar las partituras originales y en su mayor parte inéditas del autor de *Las cuatro estaciones,* tras dos siglos perdidas, para rescatarlo del olvido: como por más puertas a las que llamasen no conseguían el dinero que necesitaban para comprárselas a los dos coleccionistas en cuyas manos habían acabado, se les ocurrió pedírselo a dos comerciantes que habían perdido recientemente a sus hijos, a cambio de que cada una de las mitades de aquel legado, que se depositaría en la Universidad de Turín y a buen seguro iban a visitar hasta el fin de los tiempos los musicólogos de todo el planeta, llevara el nombre de sus pequeños,

Marco Foà y Renzo Giordano. Ellos les habían ofrecido la eternidad a unos padres sin consuelo. Yo tenté a la arisca viuda de El Repòs con un tesoro que para ella tenía un valor semejante: la verdad sobre la muerte de su marido. En cuanto aceptó la cita, saqué un billete para el primer puente aéreo de aquella mañana.

Entró en el local como una emperatriz en su palacio de verano, altiva y envarada, con una actitud que invitaba a tratarla con reverencia y a estar seguro de que si algo le disgustaba, hablaría con los jefes, y si ellos tampoco le daban una explicación satisfactoria, compraría el negocio y lo cerraría. A alguna gente se la respeta por lo que hace; a otra por lo que podría hacerte.

Iba vestida con su austeridad característica, completamente de negro; llevaba un sobretodo de cuello redondo, corte acampanado, cierre con doble botonadura y mangas con hojas bordadas que si Mónica hubiera estado allí habría reconocido como un diseño de Chanel. Yo no lo supe y tampoco puedo describirles el resto de su atuendo, aparte de los zapatos casi planos y el bolso Hermès de piel de cocodrilo, porque no se desprendió de él en ningún momento. La sortija *art déco* de platino y diamantes y la alianza de matrimonio seguían en sus dedos anulares y el pelo estaba como siempre, reluciente, teñido de un castaño suave, entre el café y la madera, aunque esta vez no lo llevaba peinado en una trenza de espiga, sino recogido en un elegante moño italiano que le añadía edad pero también distinción.

Me localizó con la mirada y se acercó a mí con sus pasos enérgicos, un poco castrenses, observando a las personas que se hallaban en el establecimiento como si fueran presuntos carteristas. Me puse en pie y quise apartar la silla para invitarla a tomar asiento, pero me detuvo con un gesto elocuente de la mano: déjese de monsergas, no necesito su ayuda. Tampoco me dio tiempo a preguntarle qué quería tomar, porque los camareros se acercaron a ella con gestos obsequiosos y mientras se movían a su alrededor como mariposas en torno a una bombilla encendida fueron poniendo sobre la mesa un juego de té, sin duda el mismo que debía de utilizar siempre que se dejaba caer por allí, y unos platos mínimos con *carquinyolis, panellets* recubiertos de clara de huevo y piñones y un par de esas almendras tostadas, envueltas primero en una pasta de avellana y leche y luego con otra de cacao, que se llaman *catànies:* unos dulces que ninguno de los dos probaríamos y que a mí me hicieron pensar con qué gusto los habría consumido mi madre. Cuando nos dejaron a solas, me observó a través del humo que salía de su taza. Sus ojos estaban apagados, pero quemaban. No se podía saber qué había en su interior, era como una maleta sin desempacar, una mujer tan distante que el espacio entre nosotros se podría haber medido en millas aéreas. Y seguro que desde su posición a los demás se nos debía de ver insignificantes.

—Le doy quince minutos —dijo, y miró su reloj, una antigualla de esfera microscópica, con números y agujas de oro, que por algún motivo di por hecho que había estado, antes que en la suya, en las muñecas de su madre, Olalla Quiroga, y su abuela, Montserrat Maristany.

—No es mucho, teniendo en cuenta que lleva más de cincuenta años esperando para saber lo que voy a contarle.

Sonrió, con amargura.

—Eso es lo que cree, ¿verdad? Que va a ponernos los puntos sobre las íes y a sacarnos del limbo. Que nos va a leer la cartilla. ¿Por quién me ha tomado y quién se piensa usted que es, señor Urbano?

—Alguien que sabe quién mató a su esposo, el comandante José González.

Pensé que dejaba caer una bomba, pero no hubo ninguna explosión. La señora Espriu, simplemente, se sirvió un poco más de té con una especie de desenvoltura acartonada y guardó silencio mientras las cintas de vapor que soltaba el agua hirviente se deshacían en el aire como las ataduras de un obsequio envuelto para regalo. Luego, volvió a taladrarme con la mirada, lo que en las novelas de detectives llaman *escudriñar,* un verbo que suena a «exprimir con los ojos», que era exactamente lo que ella hacía.

—Mi esposo, que en paz descanse, murió a causa de un desdichado accidente, fue víctima de la Brigada Político-Social o quién sabe si las dos cosas.

—¿Eso cree?

—Era una persona valiente. Si trataron de reducirlo, se defendería, y en ese caso tuvo que haber un forcejeo, su pistola se disparó y la bala fue a parar al hombre equivocado.

—No ocurrió así, quien lo atacó fue un empleado de su familia.

—Se refiere a Edgardo, como es lógico y natural —dijo, y me pareció que trataba de parecer irónica y darme la impresión de que se aburría, de que yo era un hombre muy previsible—. Está obsesionado con él, por lo que parece.

—Él ejecutó la sentencia, pero otros la dictaron...

—Se equivoca —dijo, pero de pronto estaba pálida—. Sin excepción alguna, nuestros empleados, los de ayer y los de hoy, sólo cumplen las órdenes que les da la familia.

—Y eso es exactamente lo que hizo.

La frase, ahora sí, dio en el blanco. La gran dama se mordió los labios, cerró los ojos unos segundos y sus rasgos angulosos parecieron borrarse igual que si fueran los de una estatua de arena deshecha por el viento. Miró una vez más la hora. Se ajustó las solapas del abrigo. Bebió un poco de té y luego se entretuvo en rebuscar algo en su bolso, aunque no pude saber qué, porque al final no sacó nada de allí. Inhaló una bocanada de oxígeno desmedida e hizo ademán de tantearse un poco el cabello, con la palma de la mano en dos o tres lugares, pero sin apenas rozarlo, lo mismo que si la acercase a una plancha caliente con la intención de calcular su temperatura, o a un animal por el que temiera ser embestida; y, de algún modo, verificar que estaba impecable pareció devolverle la calma, el ímpetu y la seguridad en sí misma.

—Cuénteme lo que sabe —ordenó, pero noté que de pronto le faltaba autoridad, que el peso de la duda lastraba el tono imperativo que intentó darle a esas cuatro palabras.

Hice lo que me pedía, mezclando lo que había averiguado con lo que imaginaba, los hechos con las deducciones. Escuchó sin intervenir, y sin apenas moverse, el relato entero: la animadversión de su familia hacia su marido, sus provocaciones y ofensas continuas, la reacción del militar cuando pusieron en entredicho la memoria de su padre, la afrenta que representaba para ellos tener en su propia casa a un miembro de las fuerzas represivas de la dictadura y que un hijo suyo heredase su imperio, que en el futuro el apellido González sustituyera en sus empresas al apellido Espriu.

—Era una lucha sorda pero feroz —dije—, en la que él ponía en riesgo el pasado y ellos veían peligrar el porvenir. Un combate a muerte en el que estaban en juego las cosas por las que suelen empezar todas las guerras: las clases sociales, el poder, el dinero, las creencias, la honra o el descrédito... Cuando su hermano Guifré, que era quien manejaba sus intereses, murió en aquel accidente ferroviario de 1968, su padre, Biel, que era un hombre volcado en la política y que encarnaba, si me permite la expresión, al icono racial, el purasangre nacionalista, no pudo soportar la idea de que todo lo que habían construido los Maristany, los Espriu y los Quiroga, o al menos la mitad de ello, fuese a parar a manos de su hijo Narcís, que también era su nieto, el mayor además, y sin duda lo querrían, pero que no llevaba su apellido y sí el lastre que para ellos constituían el pasado y el presente militar de su abuelo y su padre. La gota que pudo colmar el vaso fue saber que su esposo investigaba la historia de Joan Maristany y había dado con la pista de sus descendientes en Cuba, algo que podía poner en riesgo su patrimonio y llenar su árbol genealógico de manzanas envenenadas. Quizá pensaron que con usted al frente de su imperio, él acabaría heredándolo, y en realidad, si me permite que se lo diga, los acontecimientos demuestran a las claras que su sospecha de que le favorecería en detrimento de Lluís, a quien consideraban su delfín y propietario legítimo de su fortuna y sus negocios, no fue en absoluto equivocada. Me atrevería a decir que su manera de educarlos a uno y otro tampoco fue inocente, sino todo lo contrario: con la disculpa de ser más estricta con él que con nadie, le inculcó los valores del trabajo, el esfuerzo y la disciplina, mientras que en Lluís fomentaba el idealismo, la pereza y la anarquía. Para el primero, los bienes materiales, lo tangible; y para el segundo, las ensoñaciones, las quimeras. Ésa ha sido su venganza, y sólo me falta saber una cosa: si sabía o ignoraba lo que ocurrió.

Se tomó su tiempo para contestarme. Miró la pantalla de su móvil y respondió escuetamente a un mensaje. Por algún motivo, supuse que era de uno de sus temibles abogados, «alguno de esos jóvenes picapleitos de traje ejecutivo, corbata de seda, gafas de montura azul y raya al lado», me dije, atribuyéndole la primera cara que se me ocurrió, para así poder quitármelo de encima: somos seres racionales y no podemos concebir lo inconcreto. Para completar la entelequia, supuse que, a lo mejor, le hablaban de sus depósitos bancarios en cuentas opacas de Hong Kong, Suiza y las islas Caimán y de cómo mantenerlos fuera del alcance de Hacienda.

Me di cuenta de que estaba a punto de levantarse y dar por acabada la reunión. Y entonces hice algo que echó abajo sus defensas y la retuvo: puse frente a ella algunos de los papeles de José González que me dejó Lluís en su momento. Había colocado encima uno en el que aquel hombre íntegro y sentimental, enamorado de su mujer como un adolescente, había dibujado un corazón de tinta azul y escrito dentro de él: «Guadalupe, te quiero, eres lo mejor de mi vida». Se trataba de algo muy infantil, pero la desarboló por completo. Sus ojos se empañaron y la vi luchar contra las lágrimas. Miró la taza que tenía entre las manos, intentando recordar qué era y para qué servía. Después desvió la vista hacia un rincón en el que para mí y para el resto del mundo no había nada: fuera lo que fuese, sólo estaba ahí para ella. Pasó la yema de los dedos por aquella hoja como si acariciase un objeto sagrado, con tal delicadeza que parecía temer que se convirtiese en ceniza. Cumplió diez años frente a mí, en menos de un minuto. Después, guardó cuidadosamente esa página en su bolso. No hice nada por impedirlo.

—Esa inocencia, esa luz —dijo, y pareció una frase de otra conversación. Luego, hizo un gran esfuerzo para volver a parecer ella y preguntarme si había hablado de todo aquello con «su hijo Lluís».

—Por supuesto, era mi deber. Su sobrino está al tanto de mis investigaciones. Pero a él todavía no le he hecho la pregunta que acabo de hacerle a usted.

Se detuvo a escrutarme una vez más, con cara de tasadora, dedicándome una mirada apreciativa. Esa mujer nunca se precipitaba, ni siquiera en los momentos en que las circunstancias podían hacerla más vulnerable; sabía aquilatar sus juicios, pensárselo dos veces. Sin embargo, la dureza había desaparecido de su rostro y hubiese jurado que se sentía aliviada: la mejor forma de quitarse un peso de encima es que alguien te ayude a descargarlo; y ella lo había llevado sola demasiados años.

—Ponga su teléfono sobre la mesa y vuelva del revés sus bolsillos. Quiero asegurarme de que no lleva ninguna grabadora.

Lo hice. No la llevaba, así que no tenía nada que ocultar. Tampoco pretendía hacerle ningún daño, naturalmente: ella era la primera víctima de aquella historia.

—¿Satisfecha? No se preocupe, la entiendo.

—Me pregunta si no me asaltaron las dudas acerca de la muerte de mi esposo —dijo, tras otra larga pausa—. Sí y no. Tuve mis sospechas, pero no quise saber más. Aquellos temores me parecieron indignos, difamatorios. En cualquier caso, ¿qué importa? Los dos sabemos que todo aquello está muy lejos, es agua pasada, y aunque alguien hubiera hecho algo impropio, ya no queda nadie vivo a quien castigar.

—Queda Edgardo. El autor material del crimen. Porque fue eso, un asesinato, que ellos consiguieron hacer pasar a un segundo plano con aquella historia de conjuras militares e intrigas para liquidar al dictador. Esos rumores de alta traición cayeron como una losa sobre él, lo convirtieron en un proscrito, en un indeseable. Y por muy inverosímiles que pareciesen esas acusaciones o habladurías, está claro que en la España de 1970 nadie se hubiera atrevido a salir en defensa de un sospechoso de esos cargos.

Suspiró, de forma algo histriónica, y negó con la cabeza.

—Daría lo mismo: cualquier cosa que hubiera hecho en los años sesenta estaría prescrita. Pero además yo pongo la mano en el fuego por él. Su familia trabaja para la mía desde siempre, nosotros lo criamos, le hemos dado una educación, una casa y un modo de vida. La cicatriz que tiene se la hizo en un accidente de coche. Yo misma vi el estado en que quedó el vehículo, era el Aston Martin DB5 de mi padre, la joya de su colección, y si está pensando que lo estrellaron a propósito para tener una coartada, olvídelo: creo que antes de hacerle un arañazo de forma intencionada a aquel automóvil hubiera prendido fuego a El Repòs. Le costó una auténtica fortuna mandarlo a reparar a Inglaterra.

«Que es justo lo que ellos debieron de calcular», pensé: «Lo arrojamos contra una tapia, nos sirve de disculpa y luego lo hacemos desaparecer».

—Perdóneme, pero ¿realmente prefiere convencerse de eso a saber la verdad?

—No me haga reír. ¿Habla en serio? ¿Qué es la verdad? ¿Destruir todo lo que uno tiene? ¿Arrastrar tu nombre por los juzgados y servirles tu cabeza en bandeja a tus rivales y a la prensa amarilla? ¿En nombre de qué? La opinión pública no es un foro, es un circo, y los espectadores no pagan por verte andar sobre la cuerda floja, sino para verte caer. Mire, cuando todo aquello ocurrió, le confieso que me hundí, muy profundamente, y le puedo asegurar que tardé mucho en regresar a la superficie. No lo habría logrado sin la ayuda de mi madre, que Dios tenga en su gloria, pero salí del abismo y al hacerlo me juré que nunca más volvería a sufrir de aquella manera —dijo cerrando el puño como si el dolor fuera un insecto y lo hubiese atrapado en el aire—. Desde entonces, sólo he tenido un objetivo en la vida: conservar nuestro legado y asegurarme de que nada ponía en riesgo el bienestar de mis hijos. Y sí, señor Urbano, para mí ambos lo son, así que deje de ofenderme con lo que usted considera sarcasmo y yo calificaría como una simple falta de respeto.

Me encaró de nuevo. Tenía una expresión neutra y una mirada penetrante. Levantó la barbilla. Juntó las manos igual que si fuese a bendecir la mesa.

—Le pido disculpas —dije.

Me estudió una vez más, para ver si era sincero, y decidió que sí, al menos en parte. Su gesto se pacificó a la manera de un líquido puesto al fuego cuando se baja la llama.

—Pero en algunas cosas —continuó, ya más atemperada— tiene parte de razón, y lo admito; es cierto que al nacer Lluís parecía que llegaba el Mesías y que cuando vino al mundo Narcís no fue lo mismo. No se imagina lo que eso supone para una madre. Si embargo, la vida consiste en perdonar unas cosas, no olvidar otras y no rendirse nunca, ésa ha sido mi máxima desde que tengo uso de razón, y gracias a ella aún estoy aquí y he dejado atrás a muchas personas que parecían más rápidas, más listas o más fuertes que yo.

—Su guardaespaldas ha intentado matarme; está en el hospital, aunque según los cálculos de quienes le mandaron hacerlo soy yo quien tendría que estar en el cementerio.

—No sea paranoico y no confunda la realidad con sus novelas. Nosotros no nos dedicamos a eso, somos simples comerciantes.

—Es usted quien confunde lo que prefiere creer con lo que ha pasado. Hágase una pregunta: si ese individuo es capaz de hacer esto ahora, ¿por qué no iba a hacerlo en 1970? Entonces era casi un crío, pero ellos también saben usar una pistola...

Vi que vacilaba y que al final lograba sobreponerse. Tal vez no se atrevía a reconocer que, en el fondo, no le había descubierto nada que no se temiera ella misma desde el principio. Quizás es que toda su vida se basaba precisamente en el temor a saber, en su decisión de no levantar la venda para no enfrentarse a la herida. Dejé de tenerle miedo para tenerle lástima. Si se lo hubiese hecho saber, ella habría creído que salía perdiendo con el cambio: con el tiempo, hasta ella creería que era la persona que aparentaba ser ante los demás, esa gran dama cuyo nombre llevaba como séquito los adjetivos más insidiosos: rígida, huraña, escueta, glacial, desapacible, amargada...

—Quizá su fantasía le ha hecho ver visiones —dijo, para convencerse a sí misma—. Se ha dejado influenciar por Lluís y sus historias de piratas...

—Edgardo fue a mi casa, señora Espriu, la policía lo sabe porque lo encontró allí. Él no es un invento, ni tampoco lo es Verónica Flores Chevalier.

—No tengo la más mínima idea de por qué fue allí, pero puede estar seguro de que no volverá a acercársele. En cuanto a lo demás, no sé de quién me habla.

—Lo sabe perfectamente. Le hablo de una joven que lleva su sangre, que estaba en Cuba y a la que ustedes han llevado a Tanzania.

—Sea quien sea y esté donde esté, sigo sin saber a qué se refiere. ¿Quién la ha llevado ahí, cómo y para qué?

—De acuerdo, supongamos que lo ignora. En ese caso, resultaría evidente que Narcís actúa en solitario y a sus espaldas.

—No me haga reír, por favor. Usted no lo conoce. Él nunca haría algo así. Y además, ¿no se da cuenta de que todo esto es absurdo? Los bucaneros, los esclavos, las colonias, la familia perdida de ultramar, las plantaciones de azúcar... Se ha dejado engatusar por un hombre que tiene la mente nublada por lo que lee y lo que bebe; o quizás es que le interesaba el encargo que le hizo, por absurdo que fuera, y primero le ha seguido la corriente y ahora está ofuscado. Piénselo bien y verá lo ridículo que es tratar de resolver un asunto que supuestamente ocurrió hace siglo y medio.

—A mí no me parece una locura, sino un gesto muy hermoso.

—¿Cuál? ¿Ser un quijote?

—Querer reparar una injusticia.

Sonrió de forma condescendiente, negó con la cabeza y se puso la mano sobre el corazón, con los dedos muy extendidos, como si fuera a saludar con una inclinación reverencial a un auditorio. Había una gota de juventud en aquel gesto, un vestigio de alegría. Por alguna razón, hubiera apostado algo a que esa luz que vi encenderse y apagarse en su rostro, lanzar un destello plateado como el de un pez en el fondo de un estanque de agua sombría, fue una de las cosas que hizo que José González se enamorase de ella. Si no lo hubieran matado por puro fanatismo, para evitar que un infeliz se hiciese con el control de su fortuna o que un don nadie pusiera en tela de juicio su pasado, ahora estaría allí y su mujer le seguiría pareciendo muy bonita. Pero no era así, lo habían mandado al otro barrio, como hubiera dicho mi madre, igual que se aplasta a un insecto. Me volví a preguntar si fue por su desafío de escarbar en el pasado de la familia o por su estirpe modesta, y supuse que una cosa sirvió de disculpa para la otra y las dos fueron la tapadera que ocultaba el auténtico motivo: envueltos en sus banderas, no querían, bajo ninguna circunstancia, que se aireasen su connivencia con la dictadura y las ventajas comerciales que habían sacado de sus buenas relaciones con el autodenominado Movimiento Nacional, en una época en la que sólo pasando por el aro podías ser un león: El Pardo no otorgaba un contrato público a quien no agachase la cabeza ante la tiranía y, como es obvio, repartiera con ella el botín...

—He cambiado de opinión con respecto a usted, señor Urbano, le voy a confesar que empiezo a tenerle alguna simpatía. Me gusta la gente que pelea, que no abandona ni saca bandera blanca. Y quiero que sepa que le agradezco de todo corazón que me haya dado el manuscrito de mi esposo: para mí es muy importante, me recuerda que alguien me quiso una vez —dijo mientras se levantaba, dando por concluida la cita—. Pero sea listo y háganos caso: retírese a tiempo, envíe su factura, cobre su minuta y regrese a su mundo. En el nuestro no tiene nada que hacer.

—No me basta con eso.

—Sí, ya lo supongo, usted apunta alto; mi madre solía decir que el ambicioso siempre recibe menos de lo que le das. Pero tenga cuidado: también puede ocurrir que por querer sacar más de la cuenta se queden sin nada.

El plural nos incluía a mí y a Verónica Flores, por supuesto. ¿Qué esperaba? Guadalupe Espriu era coherente, como todas las personas inflexibles, y si para encumbrar a su hijo le cortó el paso, con buenas y malas artes, a su propio sobrino, que además era quien por edad estaba destinado a dirigir las sociedades de la familia, ¿cómo iba a aceptar que una extraña se llevase parte del pastel?

La observé mientras se alejaba con andares a la vez suntuosos y aprensivos, entre un enjambre de camareros que la halagaban sin límites, le abrían paso y revoloteaban en torno a ella con ademanes zalameros, frotándose las manos con rapacidad, tan ansiosos como una nube de gaviotas sobre un barco de pescadores. Les dio una propina que debió de ser mayor que la propia cuenta. A mí, bien mirado, me había ofrecido exactamente lo mismo: que aceptase unos cuantos billetes de color violeta y dejara de buscarle tres pies al gato.

Al final, no importa por qué camino vayas ni adónde, porque todo acaba en el mismo lugar y por la misma causa: el dinero, ese virus que infecta a la gente, la narcotiza, le nubla la razón, la vuelve inmoral, ruin, avariciosa, depravada, servil y, antes que nada, traicionera. Qué bien lo sabía yo desde el día anterior, cuando leí en internet un reportaje sobre la excavación de la que formaba parte Mónica, en la necrópolis de Qubbet el-Hawa, cerca de la ciudad de Asuán. Las expectativas eran inmejorables, aún no habían aparecido la dama Sattjeni y el gobernador Herjuf, unos hallazgos sobre los que pronto iban a correr ríos de tinta por medio planeta, pero las razones para el optimismo estaban «más que justificadas», porque «nuestros arqueólogos» tenían «la preparación, el entusiasmo y los medios que se requieren para encontrar los tesoros que guarden las laderas de aquella *casa de los vientos,* que es como se traduce el nombre árabe de la colina donde se halla este misterioso yacimiento, situado a orillas del Nilo», y contaban con una tecnología punta, a la que habían accedido «gracias a la financiación de la empresa patrocinadora» que hacía posible su búsqueda. Cuando leí el nombre, me quedé de piedra: se trataba de Biorefinery & Agribusiness Global Inc., la multinacional de los Espriu.

Seguro que habían llegado a un acuerdo ventajoso para las dos partes, a partir de la oferta que Narcís González puso sobre la mesa durante nuestra visita a El Repòs y ante mis propios ojos, aunque entonces yo no me diese cuenta: «A usted, de Egipto le interesan las pirámides; a mí el canal de Suez y que exporta ochocientas mil toneladas de verduras a la Unión Europea, lo que lo convierte en un país idóneo para instalar nuestros invernaderos de alta productividad», le había dicho, poco más o menos. Y ella seguro que lo cazó al vuelo, la bombilla se encendió dentro de su cabeza y supo que ahí estaba la oportunidad que aguardaban ella y su equipo para poder sufragar la expedición, y que esos trenes pasan una vez en la vida y no regresan, así que aceptó el trato y se efectuó el canje: ayuda económica a cambio de información y de silencio. Quizá de postre le había ofrecido lo mismo que me propuso a mí en su momento, unos días de vacaciones en sus propiedades de Tanzania con paradas en Dar es-Salaam, el Kilimanjaro, el parque Serengueti, la isla Pemba y, lo más tentador para ella: una visita privada a la garganta de Olduvai, donde se cree que está la cuna de la humanidad.

Imaginé que cuando cenábamos en el restaurante de Miami que hay donde estuvo la casa del poeta Juan Ramón Jiménez, o incluso unas horas después, cuando hacíamos el amor en el hotel, ella sabía que Edgardo iba a entrar en nuestra habitación del Meliá Cohiba para husmear en mis papeles, colocar micrófonos, cámaras o lo que fuera que pretendiese hacer allí. Y que unos días más tarde, ya de vuelta en La Habana, cuando se metió por sorpresa en mi ducha de los vestuarios de la piscina, lo hizo solamente para ganar tiempo, porque sabía que el enviado de los Espriu estaba a punto de colarse por segunda vez en nuestro cuarto, en busca de mis apuntes y mi ordenador. Esa vez, sin embargo, les fallaron las previsiones, porque volví antes de lo que habían calculado; o quizás es que él se entretuvo más de la cuenta en su registro; pero el resultado fue idéntico: acabé en el hospital porque tuve la fortuna de no hacerlo en una cámara frigorífica. «Sí», me dije, sintiendo que los ojos se me llenaban de unas lágrimas densas como gotas de mercurio que no supe si eran de dolor o de rabia, «ella tenía que estar al tanto, tenía que saber todo eso». Me estremecí y a la vez me puse furioso al preguntarme si también estaba al tanto de lo que iban a hacerle a la profesora Cabrera. ¿Lo sabía mientras nos entrevistábamos con los veteranos de El Encanto; mientras cenábamos a la luz de las velas en el restaurante que hay en la antigua casa de Juan Ramón Jiménez y le hablaba de sus poemas, «yo no quería volver / en mí, por miedo de darles / disgusto de árbol distinto / a los árboles iguales»? ¿Lo sabía mientras los policías me acosaban en el hospital, después de ser golpeado por Edgardo, y me enseñaban aquellas fotos trucadas de nosotros dos y Delia?

Las respuestas daban igual y los detalles eran lo de menos, en qué acertaba y en qué no, qué había ocurrido y qué eran nada más que imaginaciones mías. El caso es que estaba otra vez solo, por dentro y por fuera; que mi corazón volvía a ser exclusivamente una máquina de bombear sangre, con sus aurículas, sus válvulas y sus arterias, y que me había quedado sin testigos de lo que sucedió en La Habana y sin la persona que podía identificar las obras de arte que se guardaban en El Repòs y que probarían las actividades ilícitas de los Espriu. La doctora Grandes me había vendido.

Capítulo veintisiete

Los primeros días no hice nada. Absolutamente nada. Me sentía al margen de mí, ingrávido como un astronauta de paseo por la luna. El otro, ese alguien que vivía agazapado dentro de mí y con el que, al parecer, compartía el cuerpo, aunque tuviéramos ideas y necesidades muy diferentes, se ocupó en mi lugar de los asuntos ordinarios: comer latas de conserva, dormir, sentarse frente a la televisión durante horas... La traición aviesa de la doctora Grandes había sido un golpe tan duro como sólo pueden serlo aquellos que vienen de quien menos los esperas, y me sentía igual que un boxeador noqueado. La persona que dejé de ser al enamorarme de Mónica se tomaba la revancha, culpándome de no haber previsto lo que iba a ocurrir, mientras que él, por supuesto, lo supo desde el mismo día en que la vio. «Yo y cualquiera que tuviese ojos en la cara y dos dedos de frente», repetía. Me encerré en casa, no quería ver a nadie, ni dar explicaciones, ni atender el teléfono cuando me llamaban mis hermanas, porque con una sola lengua es imposible hablar mientras te lames las heridas.

A ella no traté de localizarla, no le envié ningún mensaje, ningún reproche, sólo una copia del artículo en el que se hacía referencia a la empresa de los Espriu, con su nombre subrayado en amarillo, el color de las ginestas que llenaban los jarrones de El Repòs y a las que algunas leyendas medievales atribuían el secreto de la inmortalidad: según los alquimistas, al final de su raíz más profunda había un fruto llamado panacea —igual que la diosa griega de la salud hija de Asclepio, inventor

313

de la medicina, y nieta de Helios, el sol—, que al ingerirse aclaraba la vista, teñía el pelo, fortalecía órganos y músculos, renovaba la sangre y devolvía la juventud. «Para ti ha sido, más bien, un veneno», me echaba en cara mi auténtico yo, dispuesto a no pasarme una.

Pero de todo se sale menos de la tumba, acostumbraba a decir mi madre cuando las cosas nos iban mal, y lo mejor es creerlo y sacar fuerzas de flaqueza, levantarse de la lona y volver a la casilla de salida. Superar una depresión es como aprender un idioma, hay que ir al país de la angustia, estudiar su vocabulario y traducir lo que sientes a su lengua, porque sólo podrás explicarte lo que puedas comprender: qué me ocurre, cómo ha sucedido, quién me lo ha hecho. Poco a poco, logré reponerme, volver a mi vida para empezar otra vez desde abajo, igual que quien entra de ordenanza en una empresa para ir ascendiendo lentamente en el escalafón, y a medida que pasaba el tiempo pude ver las cosas con más perspectiva, que es el arte de afrontar tus problemas guardando las distancias, lo mismo que si fuesen los de otro. No tardé en buscar refugio en el lugar de siempre, mi antidepresivo más eficaz: el trabajo. Tenía cosas con las que entretenerme: planificar mi regreso al instituto; acabar un par de mis biografías por encargo; decidir si escribía esta novela o me olvidaba de ella. «Recuerda que es un libro basado en hechos reales y, en consecuencia, si quieres acabarlo honradamente, antes tienes que saber el final de la historia», me advertí. Era cierto, necesitaba hablar con Lluís Espriu, convencerle de que me permitiera llegar al fondo del asunto. Lo llamé y trató de darme largas, pero le aseguré que tenía una información sobre su familia «que prefería transmitirle a él antes que hacerla pública» y conseguí que me diera una cita, dos días más tarde, en El Masnou y «en el bar de siempre».

Saqué mis billetes a Barcelona por internet y mientras llegaba el momento de tomar, una vez más, el

314

puente aéreo, seguí enclaustrado; mi única salida fue para reunirme una mañana con el inspector Sansegundo y sus subordinados en el Montevideo, transmitirle algunos datos que él ignoraba acerca de las actividades, tanto legales como ilícitas, de los Espriu i Quiroga en África, y recibir a cambio algunas confidencias sobre su trama de blanqueo de dinero, fuga de capitales y evasión fiscal. No es necesario detenerse en los detalles, ni hablar de los malabarismos que hacía su red de testaferros y asesores especializados en ingeniería financiera para falsear sus libros de cuentas, sacar los beneficios no declarados del país y ponerlos en la caja fuerte de un banco de Suiza, Hong Kong o las islas Caimán, porque en España eso ocupa a diario los medios de comunicación y cualquiera que lea un periódico, escuche una radio o ponga la televisión ya sabe cuáles son los mecanismos de los defraudadores.

Nada más entrar en casa, el teléfono sonó y vi en la pantalla que quien llamaba era la secretaria de Narcís Espriu, como le gustaba llamarse a sí mismo. Respondí, tras echar un vistazo a la calle y comprobar que los escoltas que me había puesto el inspector Sansegundo continuaban aparcados frente a mi casa, y me dijo que iba a tratar de pasarme con él: las personas importantes son así, te llaman ellas y lo primero que te dejan claro es lo ocupadas que están y la deferencia que tienen contigo al atenderte: su tiempo es oro y hacérselo perder es igual que robarles las joyas de sus antepasados. Deduje que no sabía nada de la operación abierta contra él y, por lo tanto, era imposible que sospechara que mi teléfono estaba pinchado.

—Buenos días, señor González —dije—. Antes de nada, permítame una pregunta: ¿tiene pensado mandar hoy a alguien a matarme?

—No sé de qué habla, pero en cualquier caso le aconsejo que reserve sus chistes para otra ocasión. Si yo fuera usted, me concentraría en buscar un buen abogado. Lo demandaremos por estafa, calumnias y atentado contra el honor.

—Yo prescindiría de lo último: cómo voy a atentar contra algo que usted no tiene... En cuanto a lo otro, no veo en qué podría basar la denuncia.

—En líneas generales, digamos que se aprovechó de un hombre desequilibrado para sacarle dinero.

—Se refiere a su primo...

—La persona a la que usted embaucó para que firmase un contrato que rescindiremos de manera unilateral, dado que en el momento de hacerlo no cumplía el requisito de estar en posesión de sus facultades mentales. Llegado el caso, podremos aportar el informe médico de la clínica psiquiátrica donde estuvo ingresado en esa época.

Me entraron unas ganas terribles de lanzarle que dentro de poco era a él a quien llamaría a declarar un juez, por ladrón, traficante y defraudador, pero me contuve.

—Tenga cuidado —dije—, si sigue apilando mentiras, en algún momento alcanzarán una altura que no podrá saltar.

—El que está al borde del abismo es usted, señor Urbano. Sólo habría que darle un último empujón para que cayese. Pan comido. *Bufar i fer ampolles,* como decimos nosotros.

El verbo *haber* en condicional lo decía todo: me estaba ofreciendo un trato. Si yo me retiraba, ellos no avanzarían.

«¿Por qué no?», pensé. «Si le sigo la corriente y finjo tener un precio, lograré sonsacarle algo que Sansegundo pueda usar contra él.» Me dije que no sería complicado, porque quienes piensan que en este mundo todos tenemos un precio no conciben que alguien pueda rechazar venderse. Son triunfadores, viven en el limbo de la buena estrella, se sienten por encima de los demás, sea cual sea la situación creen tener la sartén por el mango y el resultado de todo eso es que, aunque no lo sepan, su punto débil es sentirse invulnerables.

—Por ese camino, en mi caso, pincha en hueso. Pero hay otros, y se le dan mejor. Pruebe a ir por ahí, quizá llegue a alguna parte.

—¿Qué insinúa? Se lo advierto: no está en condiciones de exigir nada.

—Usted es un gánster de medio pelo y un hombre de negocios avispado. El primero no me asusta, pero el otro quizá tenga algo que ofrecerme.

Debió de quedarse boquiabierto, porque no se esperaba aquel giro. Pero, por otro lado, seguro que, en su interior, su mente había comenzado a evaluar los pros y los contras de mi sugerencia.

—¿Y usted? ¿Qué tiene usted para nosotros? ¿Pretende venderme su silencio? ¿No se le ha ocurrido que a lo mejor puedo hacerle callar gratis?

—¿Es otra amenaza? No me enseñe las uñas o se le notará que es sólo un gato.

—Es la ley de la oferta y la demanda, nada más.

—Magnífico, pero recuerde que yo no vendo silencio, sino justo todo lo contrario. A mí no se me cierra la boca con un cheque, como a la doctora Grandes —dije, y cuando le escuché reír al otro lado de la línea me dieron ganas de abofetearlo.

—Claro, es usted un hombre de principios —ironizó.

—No lo dude. Pero también tengo facturas que pagar. Y he pensado que usted estaría interesado en saber, por ejemplo, cómo murió en realidad su padre. Es una corta, oscura y triste historia, llena de fanatismo y crueldad —dije, parodiando el modo de hablar de su primo Lluís.

Sabía que me lo jugaba todo a una carta: que su madre no le hubiera hablado de eso, ni de nuestra conversación en el Cafè de l'Òpera. Sin embargo, algo me decía que Guadalupe Espriu no lo había hecho: en manos de su hijo, esa información era una bomba de relojería. Entre otras cosas porque tal vez estuviese tan lleno de complejos y resquemores que rozaba la demencia, pero no era en modo alguno estúpido, y por lo tanto se iba a plantear las mismas preguntas que yo: ¿ella lo sabía? En caso afirmativo, ¿desde cuándo? Y si no ignoraba lo que sucedió, ¿también estaba al corriente de quiénes dieron la orden y quién la ejecutó? ¿Por qué no hizo nada?

—No se atreva, ¿me oye?, no se atreva a faltarle al respeto a la memoria de mi padre, o le juro que es hombre muerto —escupió, con una voz que vibraba a causa de la ira lo mismo que un cristal a punto de resquebrajarse y estallar.

—¿Y eso me lo dice usted, que no lleva ni su apellido? —le respondí, fingiendo una carcajada irónica que lo sacase aún más de quicio.

—*Vaig a matar-te, maleït fill de puta!* Voy a acabar contigo —susurró, masticando las palabras como si hubiera alguien con él y no quisiese que oyera sus amenazas.

—Lo único que vas a acabar es en la cárcel. Quién sabe, igual coincides allí con tu Edgardo: él fue quien asesinó al comandante González por orden de tus abuelos, Biel y Olalla. Les pasaba lo mismo que a ti: se avergonzaban de él; para ellos, su nombre era una mancha en la bandera.

No cortó la comunicación, y eso era un buen síntoma.

—Estás mintiendo —dijo, pero supe por su tono que la duda se había metido en él y actuaba como la carcoma sobre la madera: horadaba galerías, dejaba un rastro de serrín...

—Es la verdad. Al echármelo encima, vio el cielo abierto, le hiciste un gran favor, porque librándose de mí liquidaba dos pájaros de un tiro y el más grande era el suyo, un auténtico quebrantahuesos: sabía que iba a desenmascararlo, él robó mi ordenador y mis papeles en La Habana para llegar a Verónica Flores antes que yo, pero al ver por dónde iban mis investigaciones se tuvo que dar cuenta de que estaba a punto de descubrir lo que sucedió en el paseo de Gracia. Y claro, no podía consentirlo, había llevado una existencia feliz desde entonces, las quinientas mil pesetas que le pagaron por el crimen eran una suma importante para la época, pero también eran lo de menos: lo más importante no fue lo que ganó, sino lo que le debían. Ya no eran sus dueños, sino sus cómplices. Y estaban en sus manos.

—Se lo está inventando —dijo regresando del tuteo al trato formal—. Es usted novelista. Y es también muy gitano. Sólo trata de confundirnos.

—Haga la prueba. Seguro que puede conseguir acceso a su cuenta bancaria y a su saldo, y si es así, comprobará que ingresó esa cantidad en aquellas fechas. Y si ese documento ya no existe, habrá otros que sirvan para lo mismo y que lo delaten.

Hizo una nueva pausa. Oí el sonido de un fósforo al encenderse, la pequeña explosión de azufre y el crujir leve del tabaco al arder. La sangre había dejado de hervir, pero la duda quemaba.

—¿Cuál era el trato que pensaba ofrecerme?

—Es muy fácil: yo me olvido de las esculturas del reino de Aksum y usted se acuerda de Cuba. O si lo prefiere, mantenemos oculto lo que esconden las máscaras a cambio de sacar a la luz a Verónica Flores Chevalier.

Por supuesto, no pensaba hacer nada de eso, sólo jugaba al gato y al ratón con aquel sinvergüenza. Y ya que estábamos, trataba de descubrir hasta qué punto temía aquel forajido de guante blanco que la UDEF del inspector Sansegundo llamara a su puerta.

—Se lo voy a repetir por última vez, señor Urbano: ni en mi familia ni en mi empresa conocemos a nadie con ese nombre.

—La pelota está en su tejado, González. Usted decide: le da a su pariente lo que es suyo o se lo da a Hacienda.

Y colgué.

Me sentí satisfecho. Le había cantado las cuarenta a aquel miserable. Le había puesto entre la espada y la pared. Había logrado que no le llegara la camisa al cuerpo... Mi madre lo hubiera resumido con alguna de esas frases de su repertorio. O puede que no. Puede que sólo me hubiese dicho: «Ten cuidado, no vendas la piel del oso antes de cazarlo», y que yo estuviese muy cerca de descubrir que en el futuro eso era lo que mejor explicaría lo que estaba a punto de pasar.

Capítulo veintiocho

El peso de la verdad puede hundir a quien la descubre, ser más carga de la que consiga soportar. A Lluís Espriu le había ocurrido precisamente eso y por muchas razones: era un hombre débil al que el alcohol volvía quebradizo; era un iluso rodeado de realistas; le sobraba entusiasmo y le faltaba constancia. En una novela del siglo XIX lo hubieran acusado de diletante, un anacronismo que sin embargo lo definía a las mil maravillas: el que cultiva o se interesa por algún campo del saber, pero sólo como aficionado; y, por extensión, el que realiza una actividad cualquiera de forma superficial o esporádica.

Cuando dio el salto de la ficción a la realidad, de los libros de piratas al libro de familia, probablemente con la idea de arrastrar de un mundo al otro las emociones que sobraban en una parte y faltaban en la contraria, lo hizo con la mejor de las intenciones y a partir de un anhelo romántico: él también iba a protagonizar su aventura, y en ella haría el papel de héroe justiciero, sería un dechado de virtudes, un paradigma de la nobleza, el altruismo y la caballerosidad. Lo único que necesitaba a la hora de poner en marcha su plan, dado que no era un hombre de acción y, por lo tanto, se reservaba el puesto de autor intelectual y de mecenas, era a alguien que se encargase del trabajo de campo y luego deshiciera el camino en dirección opuesta, transformando a los seres de carne y hueso en literatura y, de ese modo, emparentándolos a él y sus apellidos con los personajes y las narraciones que tanto le fascinaban. Yo había sido esa persona.

Efectivamente, estuve una vez más con Lluís, pero volvió a parecerme otro, en el mejor de los casos una versión abreviada de sí mismo, el modelo más barato de toda la gama, con su equipamiento de serie y sin accesorios extra ni detalles individualizados. No quedaba resto en su actitud de la persona a la que yo había conocido, desenvuelta, cimbreante, que se sentía blindada por su cultura, su ingenio y su patrimonio; que estaba convencida de poder enfrentarse a cualquier reto con una mano atada a la espalda. En su lugar, me vi ante un estándar: el individuo poderoso y lleno de cautela, abrumado por sus responsabilidades, que te mira de arriba abajo porque vive a otro nivel, a desmano de la gente normal, al que no le falta nada excepto algo que lo diferencie de los otros de su clase, pero que de manera incongruente no ve en eso un defecto, sino una virtud: los seres formales consideran distinguido justo lo que se atiene a un patrón y sigue el compás. Y para demostrarlo, ahí lo tenía a él, volcado en el molde de un traje oscuro que lo situaba, ya desde el propio atuendo, a años luz de la frivolidad veraniega y el inconformismo de salón que hasta entonces lo caracterizaban. ¿O sería al contrario? ¿Cuál de las dos vestimentas era el disfraz y quién era el auténtico Espriu: el jipi o el ejecutivo? Me acordé de lo que había dicho la primera vez que hablamos de su familia: «Puedo evitar ser como ellos, pero no uno de ellos; y si pudiese, tampoco querría». Ahora, ya era las dos cosas.

—Te agradezco enormemente tu celo profesional —me dijo, en un tono tan serio que casi me extrañó que no me hablase de usted—, pero entiende que la decisión de continuar con el encargo o darse por satisfecho soy yo quien tiene el derecho de tomarla. Y ya te dije el otro día que, en mi opinión, basta y sobra con lo que se ha conseguido.

—Es cierto: tú pagas, tú decides y yo obedezco. Ya me lo dijo una vez tu falso hermano: *pagant, sant Pere canta.*

—Sabes muy bien que no se trata de eso.

—Ah, ¿no? ¿De qué estamos hablando, entonces? Te lo digo porque desde que me contrataste hasta que me has despedido, a mí han estado a punto de matarme dos veces, una en La Habana y otra en Madrid. Y en los dos casos lo hizo tu mayordomo. Tú lo sabes, incluso es posible que también supieras que lo habían mandado tras mi pista: «Mantén los ojos bien abiertos», me dijiste, «si llegan antes...».

—Nadie te despide —respondió, saltándose la última parte del reproche—. Simplemente, has hecho lo que te pedí y la aventura ha acabado. Edmundo Dantés vuelve a ser el conde de Montecristro y el malvado banquero Danglars ha expiado sus culpas, queda libre y al ir a beber en un arroyo descubre que sus cabellos se han vuelto blancos.

—Sí, a él también lo vigilaba en su mazmorra un gigante pelirrojo «que parecía más bien un ogro que una criatura humana», como vuestro Edgardo. Sin embargo, las coincidencias se quedan ahí: en la novela de Dumas ganan los buenos.

—Los buenos, los malos... Los buenos y los malos... —dijo, como si tratase de hipnotizarme con un péndulo. Después abandonó la frase a medio acabar y se quedó mirando su copa con cara de extrañeza, igual que si hubiese descubierto un pez martillo nadando entre los cubos de hielo. Parecía avergonzado, incómodo.

—Ibas a traer a El Masnou a tus parientes de Cuba y a reparar el daño que les hicieron tus antepasados a los suyos. ¿Te acuerdas?

—Y lo hemos logrado, según tú mismo me contaste. ¿No dices que esa muchacha está en nuestras instalaciones de Dar es-Salaam, ocupa un buen puesto y trabaja en lo que le gusta? Entonces allí podrá realizarse, no le faltará de nada y será feliz.

—¿Te parece que basta con eso? Así nunca subirá la escalera de tu casa y verá en la pared el retrato de sus antepasados negreros, vestidos de lobos de mar y con un sextante en las manos.

—Lo que se le ha dado me parece infinitamente mejor que ser bióloga y trabajar de recepcionista en el turno de noche de un hotel.

—Si lo comparas con lo que tenía, ha salido ganando; si lo haces con lo que le pertenece, le habéis vuelto a robar.

Noté que el comentario le irritaba. Vi en sus ojos un chispazo de furia y una nube que anunciaba tormenta. Era lógico, estaba hablando de los suyos y él era «un bala perdida, pero que había salido de la misma pistola», tal y como se definió a sí mismo la mañana que desperté en El Repòs, al día siguiente de nuestra primera y última juerga. Pero su indignación no fue a más, la sangre no llegó al río, en ese caso la calma vino antes que la tempestad y logró reprimirse, bebió su copa de un trago e hizo una seña al camarero para que le trajese otra. Quizás había estado en el dique seco, pero ahora las compuertas se volvían a abrir. El detalle me interesó: donde hay una rendija, hay una oportunidad de entrar.

—Las cosas pertenecen a quienes las construyen —dijo—, y lo que tenemos los Espriu i Quiroga lo hemos levantado nosotros, piedra a piedra, con nuestras propias manos y sin que nadie nos regalase nada. Eso ya te lo expliqué desde el principio.

—Bueno, bueno... En la época del pirata Joan Maristany, me parece que las manos que cortaban la caña no eran las suyas; y en la de Feijóo de Sotomayor tampoco.

—Por favor, no seas demagogo. Tampoco Alejandro de Antioquía y Miguel Ángel Buonarroti iban a las canteras a extraer el mármol que necesitaban para hacer sus estatuas, y me parece que nadie piensa en eso cuando va al Louvre o al Vaticano a ver la *Venus de Milo* y la *Piedad*.

Era un argumento tramposo, pero me gustó oírlo, porque demostraba que el antiguo Lluís seguía ahí, con su cóctel de elocuencia rimbombante y labia sofisticada. Seguimos hablando. Me preguntó por Mónica, a quien suponía escandalizada por las malas noticias que llegaban de Irak y Siria acerca del saqueo y la venta a coleccionistas de Occidente y el golfo Pérsico de los tesoros milenarios de las ciudades de Ebla, Mari y Umma. Dudé si hablaba de eso para dejarme claro que no tenía nada que ver con la trama de blanqueo de dinero con obras de arte de la que Hacienda trataba de acusar a Narcís; o si mencionaba a la doctora Grandes de forma casual; y, finalmente, puse en tela de juicio si vinculaba una cosa con la otra para avisarme: las máscaras fang, punu y demás, las esculturas del reino de Aksum y el resto de las piezas se han esfumado y ella no declarará haberlas visto, así que no hay caso. Por mi parte, no le conté lo que había pasado, para no tener que oírlo: no se puede olvidar a una persona mientras hablas de ella.

—Y entonces, ¿qué fue de tu doctor Livingstone? —bromeé, para tratar de hacer las paces en su propio terreno—. Él no se conformó con las cataratas Victoria, no se detuvo hasta llegar al lago Tanganica.

—Nosotros tampoco: como sabes, la suma del lago y toda su región, más la isla de Zanzíbar, dio como resultado la actual Tanzania... Y ahí estamos... Pero ya que lo mencionas, déjame que te dé la enhorabuena, has hecho muy bien de Stanley, has encontrado lo que buscábamos y has reconstruido nuestra historia, que es para lo que contraté tus servicios; de manera que: *na zdorovie!* —exclamó alzando su vaso. Después, se quitó la chaqueta y fue a la barra a pedir otra ronda. Era como los aye-aye de Madagascar, esos estrafalarios lémures de ojos amarillos que buscan por las noches los frutos más fermentados de la selva, para beberse su alcohol. Íbamos por buen camino, así que mientras me daba la espalda volqué lo que quedaba en mi copa en la maceta con tulipanes de colores que había a mi lado. Cuando se volvió a mirarme, la levanté, para que viese que estaba vacía, y él me guiñó un ojo y me apuntó con el dedo, en un ademán muy norteamericano. No me hizo demasiada gracia, porque me acordé de una superstición indígena según la cual quien es señalado por un aye-aye con su largo dedo corazón muere en poco tiempo.

—No es suficiente, tú lo sabes —le dije en cuanto regresó.

—Es más que de sobra y, en mi humilde opinión, es un final feliz. Así que manda tu factura, cobra tu dinero y gástatelo con tu *lady* Mariana en una isla bonita —dijo haciendo referencia a la novia de Sandokán.

—Me gustaría hablar contigo.

—Ya lo estás haciendo.

—No, yo me refiero a la persona que eres en realidad, alguien que no quería dar limosna, sino hacer justicia.

—Justicia, justicia... Cuidado con las palabras demasiado grandes: serán las peores cuando tengas que tragártelas.

—Llámalo como quieras, pero tú pensabas que no podía ser que mientras los colonizadores y sus descendientes fundaban en España industrias, bancos y periódicos, acumulaban dinero y poder, los que permanecían en Cuba malviviesen en la isla, reducidos a «mudar de tiranos», como dice el poema de José María Heredia.

El hilo musical del establecimiento le venía bien a nuestra conversación: lo formaban temas instrumentales de estilo caribeño, y su alegría mansa tintineaba en los oídos, salpicándolos de maracas, timbales y bongos. También se escuchaban de fondo el graznar desafinado de las gaviotas y esos crujidos de maderas y sogas húmedas que emiten los embarcaderos al ritmo que marca el vaivén del agua y que convierten en un concierto fantasmal el tira y afloja de las estachas, los cabos y las maromas con los norayes, las bitas y las cornamusas. Es como el ruido de un somier oxidado.

—Los tiranos se van para el otro barrio, lo mismo que los demás —respondió Lluís Espriu, tras vaciar de nuevo su bebida, salir a fumar un cigarrillo y hablar unos minutos por teléfono, algo que yo aproveché para verter de nuevo la mía en la arena del tiesto y pedir otro par, la suya con tres cuartas partes de vodka y una de zumo de naranja, y la mía al revés.

Mientras discurseaba sobre revoluciones, guerrilleros y embargos, satisfecho por haber cambiado de tema, vi a las claras que Lluís Espriu empezaba a divagar y también a relajarse. La tensión a la que estaba sometido se había amortiguado hasta casi desaparecer, naturalmente con la ayuda inestimable del Beluga Gold Line, y ahora parecía cómodo, despreocupado, seguro de que yo daba por bueno dejar las cosas tal y como estaban. Para corroborarlo, se desabrochó los botones superiores de la camisa, una prenda que le veía usar por primera vez, se remangó e hizo, antes de volver a apurar su copa con un trago alarmante, un brindis políglota: *santé, cheers, prost, á vossa, kampai, ganbei* y, sobre todo, *na zdorovie!* El camarero apareció con nuevas remesas. «Ahora», me dije. «Ahora es el momento.»

—Tú ya lo sabías, ¿verdad? Sabías que tu abuelo ordenó matar al padre de Narcís —le solté, a bocajarro.

Se paró en seco y dio un brinco en su silla, igual que si le hubiesen acercado una llama a la piel. Hubo una desbandada en su rostro, del que se fue todo lo que en aquel momento estaba ahí: la confianza, la tranquilidad, la despreocupación... Su mirada revoloteó por el local. Después, aguzó la vista, intentando enfocarme y recordar quién era y qué hacíamos en aquel lugar. Pero no trató de discutir. No me preguntó qué me hacía creer semejante disparate, seguramente porque, en el fondo, se esperaba la pregunta. Miró hacia la calle como si ahí hubiese algo que ver y luego se pasó la mano por la cara, igual que si tratase de borrar lo que había escrito en un encerado. No lo consiguió: al quedar otra vez al descubierto, sus preocupaciones seguían allí.

Estaba atardeciendo, el sol escarlata y algunas nubes del color de los jacintos y los hematomas conformaban un cielo iracundo, leonado, de esos que a los pintores antiguos les gustaba atribuirles a las batallas navales.

—No fue así... En absoluto... ¿Un crimen? ¿Es eso de lo que hablas, de un crimen? —repitió, dándole vueltas al sustantivo para verlo desde todos los ángulos—. Has oído campanas y no sabes dónde —dijo, sin levantar la voz, con una especie de cansancio resignado. Su expresión había perdido el aplomo. Trastabillaba un poco al hablar, las palabras parecían obstaculizarse unas a otras, lo mismo que si fuesen pasajeros empujándose para acceder a un tren, en hora punta.

—Conque no fue así... Y entonces, ¿cómo?

—¿Sabes? No tengo por qué darte explicaciones —dijo tratando de escabullirse, aunque de forma muy poco convincente.

—Yo creo que sí: te repito que tu encargo casi me cuesta la vida.

—Te pedí encontrar a los vivos, no desenterrar a los muertos.

—¿Qué es lo que sabes, Lluís? ¿Cuándo y de qué manera lo descubriste?

Me miró, sopesándome. Luego, hizo un gesto de rendición con las manos. Sus ojos se empañaron y, de repente, pareció sentirse indispuesto, tal vez sufrir un mareo, aunque también podría estar haciendo comedia, dado su gusto por la sobreactuación. Respiraba de forma entrecortada, a rachas, y cruzó y descruzó tantas veces las piernas que, visto desde lejos, debía de parecer que trataba de enseñarme una tabla de ejercicios gimnásticos. Tenía razón su primo: Lluís era un hombre inconsistente, vivir en una burbuja lo había convertido en un licenciado vidriera

328

que se rompía en mil pedazos al más mínimo golpe. Así lo hizo su *mamadre*, que desde luego no había sido para él ninguna «lámpara encendida / para que todos viesen el camino / mientras la noche entera aullaba con sus pumas», como la de Neruda, sino justo lo contrario.

—Yo he podido tener alguna sospecha... Y cuando se lo dijiste a Narcís, fue a pedirle explicaciones, quién no lo haría... Pero no es lo que tú piensas, fue un accidente... Edgardo se lo contó... Nadie quería matar a nadie... Fue José González quien se puso nervioso y violento... El abuelo Biel sólo quería apretarle un poco las tuercas, que se asustara... Pero las cosas se torcieron... Hubo una discusión, después un forcejeo y al final, la mala suerte... Se le disparó el arma.

Su primo debía de haberle contado, a su manera y barriendo para casa, nuestra conversación telefónica, pero su teoría no tenía ni pies ni cabeza: si los Espriu mandaron al piso del paseo de Gracia a su lobo del Mackenzie mientras Guadalupe estaba con ellos en El Repòs no era desde luego para charlar, eso lo podían hacer ellos mismos. A un mensajero de esa calaña se recurre cuando no hay nada que decir, sino alguien a quien silenciar. A mí iban a contármelo...

—¿Se le disparó dos veces y con la primera hirió a Edgardo y con la segunda se voló la cabeza a sí mismo? ¿No ves que eso no se sostiene?

Pidió otro vodka y no me respondió hasta que no lo tuvo en la mano.

—¿Y qué importa ahora todo eso? Se pudieron hacer algunas cosas mal y tomar decisiones erróneas, de acuerdo; pero ante una sospecha de ese calibre, ¿tú qué harías? Lo mismo que cualquiera: dar un paso atrás...

—¿Un paso atrás, para qué? ¿Para no llegar a saber nunca la verdad?

—Para no hacer más daño. ¿No te parece acaso suficiente motivo? ¿Es que por ventura no te acuerdas de aquello que anotó tu comandante José González en sus cuadernos después del accidente en el que murieron mis padres? Yo te lo recuerdo: «¡Se acabó! ¿Cómo seguir con esto ahora? Bastante tienen ya...». Pues mira, yo opino exactamente lo mismo acerca de Narcís. ¿No puedes entenderlo? Fuera lo que fuera que pasase, el resultado indiscutible es que se quedó huérfano y eso no hay nada que lo contrarreste, ni quien lo neutralice. Eso no se lo puedo compensar.

—Pero sí que quieres ser justo —dije para animarle a que nos engañara a mí, a sí mismo o a los dos: las mentiras nos vuelven vulnerables.

—¿Lo dudas? Lo seré, a mi modo.

—Si tuviera una semana más, desenmascararía a tu primo, medio hermano o como quieras llamarlo.

—Si te la diésemos, nos lo mereceríamos. Pero eso no va a pasar. Mi obligación es protegerlo. A él y a nuestra familia.

—Fantástico —respondí, con una buena dosis de amargura y perdiendo al fin la paciencia—. Yo que tú cambiaba vuestra denominación comercial por la de González y Espriu Asociados.

—No nos conviene —dijo, riendo—. Mi abuelo sostenía que nunca hay que confiar en las empresas con dos nombres, porque tarde o temprano uno siempre querrá imponerse al otro y entre los dos terminarán hundiendo el negocio.

—En cualquier caso, no sufras ni te sientas obligado a indemnizarlos: ya se han tomado él y su madre la justicia por su mano. Y lo de tu primo tiene difícil solución, haberte suplantado le hace sentirse en el alero, vive con el terror de que cualquier día te despereces y reclames tu lugar. Es un cobarde disfrazado de gallo de pelea, sabe que su posición no se la debe a sí mismo, sino a los tejemanejes de su madre y a las circunstancias, algunas tan lúgubres como las muertes violentas de tus padres y del suyo.

—Eres una persona dura, Juan Urbano.

—Sólo sé sumar dos y dos.

—Yo, sin embargo, siempre he permitido que las cuentas me las hiciesen otros, y ése ha sido mi gran error. Pero se ha acabado. A partir de ahora, nadie decidirá en mi nombre —dijo con una solemnidad que le quedaba grande. Estaba preso; cada vez que intentaba escapar sentía el tirón de una cuerda, y en el otro extremo estaban sus antepasados.

—No te hagas ilusiones: te han puesto una correa larga, pero continúas siendo un perro atado.

—Es mucho más fácil: simplemente protejo lo mío y a los míos.

—No es tu nombre lo que vas a defender, sino tus apellidos, y ellos serán los que manden, no tú.

—Es tu opinión, pero no la comparto. Y sea como sea, ya te lo dije desde el primer día: estoy orgulloso de ser un Espriu, de lo que hemos construido y de lo que tenemos.

—Yo estaría orgulloso de lo que querías hacer antes, devolverle su familia a Verónica Flores, no de haber renunciado a esa hermosa idea.

—No hubiese funcionado. Las ideas hermosas no lo suelen hacer. ¿Sabes que las plagas de estorninos hacen perder millones de dólares al año a los agricultores de Estados Unidos? ¿Sabes cómo llegaron allí? Los llevó en un barco un fabricante de productos farmacéuticos de Nueva York empeñado en introducir en su país todos los pájaros que menciona Shakespeare en sus obras. Era un gesto poético, sin duda, pero desencadenó una catástrofe. ¿Me entiendes?

—¿Y qué importancia podría tener eso? No es a mí a quien pretendes convencer, sino a ti mismo.

—Trataba de poner un ejemplo que te sirviera como parábola. Hay que aprender de todos los fracasos, no sólo de los tuyos.

—¿Y qué pasa con Balzac? «*Le secret des grandes fortunes est un crime oublié.*»

—Así es el mundo, una cadena —divagó—. El talento y la suerte producen dinero, el dinero mueve la envidia, la envidia alimenta el rencor... Los ricos hacen fortunas y los otros, máximas difamatorias.

—¿Los otros? ¿Quiénes? ¿La gente normal? ¿La chusma? Eso que sientes es lo que llaman *aporofobia*. Ya sabes, ese neologismo que se usa para definir el miedo y la aversión a los pobres.

—No manipules mis palabras, no es digno de ti ni de mí. Sabes perfectamente que yo no quería decir eso.

—Tú sabrás lo que querías decir; yo sé lo que he oído.

—No, tú lo único que sabes es que no he dicho lo que te gustaría y te conviene escuchar. Son cosas muy distintas, aunque la gente no se dé cuenta: igual es que barrer para casa levanta mucho polvo y los ciega... No me des lecciones sobre cosas que no entiendes.

En su gesto había una burla solapada, un chispazo irónico que me hizo reconocer en él al mismo hombre que me había mandado buscar a Verónica Flores, igual que si lo viera en una de esas fotografías en las que por poco favorecido que salga el protagonista se nota que es él. Pero fue sólo un destello. ¿Puede un apellido ser un raíl del que no se pueda uno apartar? ¿Te marca igual que la carimba, el hierro al rojo vivo con el que los terratenientes etiquetaban a sus esclavos en los ingenios azucareros de Cuba? Quizá la espada del escudo de los Feijóo de Sotomayor la tenían hundida en el corazón todos sus descendientes, igual que Edgardo Valdés la llevaba en el dedo de su mano izquierda. Tal vez de una mansión como El Repòs se puede salir, pero no se puede escapar, vayas donde vayas te sigue, te rodea, mientras estás dentro es una casa; si tratas de dejarla atrás, se convierte en una prisión.

—Enhorabuena —solté, furioso—, ya eres igual que las personas contra las que luchabas.

No se molestó en contestarme. Sólo negó con la cabeza, se puso en pie, tambaleándose ligeramente, se despidió con un ademán ridículo, una reverencia que debía de haber aprendido en alguna de sus novelas de piratas, y lo vi salir del bar con pasos inciertos. Me pregunté si nos volveríamos a ver.

Estuve recordando aquella conversación durante mi vuelo de regreso a Madrid. Me sentía muy decepcionado; de hecho, al borde de la frustración; pero tal vez fuera por mi tendencia natural a meterme en donde no me llamaban, a poner demasiado énfasis en las cosas; en definitiva, a involucrarme más de la cuenta en lo que podría y quizá debería hacer nada más que por dinero, igual que tanta gente, y ése ya sería un buen motivo: si uno lo piensa dos veces, *ganarse la vida* es una expresión terrible, que nos deja muy claro que no es nuestra, que la tenemos en usufructo, que estamos en nosotros de alquiler, a prueba. En cualquier caso, es lo que hay y así es como funcionan nuestras sociedades, todas ellas opresivas e intolerantes, cicateras e hipócritas, voraces y utilitarias, serviles con el poderoso y crueles con el débil. «Dos linajes solos hay en el mundo, que son el tener y el no tener», escribe Miguel de Cervantes; y si lo dice él, es que es cierto.

«Déjate de citas y monsergas», me llamé la atención. «Acepta que has vuelto a apuntar demasiado alto y a hacer castillos en el aire; en lugar de resolver lo que se te había encargado, has querido arreglar el mundo por tu cuenta y riesgo. Así te va, te atas a un mástil para oír el canto de las sirenas y luego no sabes deshacer el nudo.» Puede que exagerase, pero seguramente no andaba tan desencaminado. «El ambicioso siempre recibe menos de lo que le das», me había dicho Guadalupe Espriu. Puede que ella también estuviese en lo cierto: debí hacerle caso, aceptar lo que me ofrecían y quitarme de en medio. La dueña de El Repòs había dado en el clavo. «Pero me es igual», me dije, pasando al contraataque, «nunca seré de los que se callan si algo les parece injusto. Si me callase, oiría voces».

En cualquier caso, todas esas zozobras y tribulaciones duraron lo que estuve en el aire; nada más aterrizar tuve otros asuntos mucho más urgentes que atender, porque mientras caminaba por la terminal del aeropuerto de Barajas, mi teléfono sonó y reconocí el tono que le había asignado en exclusiva al inspector Sansegundo. Y aunque no hubiera tenido su propia música, quién sino él iba a dejar un mensaje como el que vi en la pantalla, muy de su estilo, sin un adorno y directo a la mandíbula.

«Es el hombre que lo atacó, el tal Edgardo. Lo han encontrado muerto en su habitación del hospital. Estese listo y prepare una maleta, porque van a ir a detenerlo.»

Capítulo veintinueve

Pasé cuarenta y ocho horas en prisión preventiva y, después de eso, el juez me dejó en libertad condicional y, por fortuna, sin fianza, pero ordenó que me fuera retirado el pasaporte y me hizo saber que «hasta que se esclareciesen de forma categórica los hechos», debía presentarme todas las semanas en comisaría. Los médicos forenses habían concluido, en su examen preliminar y antes de llevar a cabo la autopsia, que la causa de la muerte de Edgardo fue un ataque al corazón, y se trataba de certificar si lo pudo inducir el golpe que yo le había dado con la estatua de mi diosa Seshat, haciéndola pasar de Guardiana de las Bibliotecas a martillo de Vulcano. Su señoría tuvo en consideración, sin embargo, dos aspectos clave: que aquel individuo estaba en Madrid y en mi casa «por razones indeterminadas», aunque habría que probar si entró allí a la fuerza o con mi permiso; y que, dada su profesión oficial, escolta privado con licencia de armas del tipo C, era improbable que una pelea le fuese a provocar un colapso: habría tenido muchos.

La toma de declaración había sido lenta, minuciosa y de una formalidad administrativa. El juez era un hombre circunspecto, neutral; tenía una manera de parecer inalterable que te hacía temer lo que podría ocurrir si lo encolerizabas; era parco en sus expresiones y frío en el trato, porque la equidistancia es parte de su oficio; y si de algún modo se puede ser educadamente autoritario, él lo era por deformación profesional. Hablaba desde las alturas de su cargo, consciente de que hasta sus preguntas más burocráticas sembraban la inquietud y sus respuestas sentaban cátedra. Las tuyas, recibidas por su parte en silencio y con una actitud hierática, siempre te hacían pensar que habías puesto la cruz en la casilla equivocada. Su poder inspiraba respeto, porque sus decisiones podían alterar el futuro de una persona como la crecida de las aguas cambia de dirección la corriente del río Tonlé Sap, en Camboya, que fluye una mitad del año hacia el Mekong y la otra mitad hacia un lago y en sentido opuesto al mar. Había roto muchos platos en su vida, pero ninguno era suyo.

Al salir del interrogatorio y mientras firmaba unos documentos que me habían entregado, pude ver tras una cristalera al inspector Sansegundo. Hablaba vehementemente con un par de hombres ataviados con elegantes trajes de tres piezas y con menos aspecto de policías que de fiscales o abogados. Incluso puede que fueran cargos ministeriales, políticos de segunda línea, dada la mezcla de sofisticación y prosopopeya que emanaba de su forma de conducirse y hablar. Sin duda, les gustaba creer que tenían empaque, pero sólo porque nunca habían mirado en el diccionario lo que significa esa palabra: «Seriedad, gravedad, con algo de afectación o de tiesura».

Regresé a Las Rozas de madrugada, en el coche de los dos escoltas que me habían sido asignados, sin tener muy claro si todo aquello estaba pasando realmente o no era nada más que una pesadilla: con un poco de suerte, al despertar nunca habría estado en Cuba, los Espriu i Quiroga serían producto de mi imaginación y a la doctora Mónica Grandes no la habría vuelto a ver nada más que en ese sueño. Me eché un vistazo en uno de los espejos retrovisores: tuve la sensación de que era otro, de que regresaba de un largo viaje y, en mi ausencia, el tiempo se había ensañado conmigo.

Mientras mis guardianes controlaban con una profesionalidad un poco grandilocuente nuestra salida del vehículo y mi entrada en casa, me pregunté si aún era necesaria esa protección, después de lo que había ocurrido. «Muerto el perro se acabó la rabia», habría dicho mi madre, pero ni que decir tiene que en la jefatura de policía no pensaban igual, ni por asomo. Y yo estaba a punto de descubrir que, en este caso, eran ellos quienes tenían razón. Es difícil prever lo que no puedes concebir, y les aseguro que lo que estaba a punto de pasar, al menos para mí, era completamente inimaginable.

Estaba agotado, pero no tenía ganas ni de cenar, ni de irme a la cama. Los acontecimientos de los últimos días se arremolinaban en mi cabeza y me mantenían en vilo. Me puse a escribir una carta a la profesora Delia Cabrera, para darle las gracias por el trabajo sobre Nicolás Guillén que me había hecho llegar y decirle que me había interesado mucho «lo escrito y "lo invisible por los ojos", como dice Quevedo». Ella lo entendería. También le pregunté, de la manera más indirecta y neutral posible, «en qué le afectarían los últimos acontecimientos ocurridos en Cuba» y le ofrecí «cualquier ayuda que pudiese necesitar» para «venir a España y dar algunas conferencias en varias instituciones culturales que yo podría gestionar que la invitaran». No estaba muy seguro de estar en disposición de lograr eso, pero sí de tener fondos para pagar su viaje, si ella quería hacerlo. Aún estaba lejos de poder permitirme una caja de Château Lafite Rothschild, una primera edición de *Poeta en Nueva York* de Lorca y una moto Triumph, pero, al fin y al cabo, pronto recuperaría mi puesto en el instituto... y mi nómina. Y, en el peor de los casos, con una de mis biografías a la carta también alcanzaba para comprarle el billete.

Así que como no podía dormir, porque en cuanto cerraba los ojos unos segundos las imágenes pasaban a la carrera por mi mente, se atropellaban unas a otras igual que niños bajando por la escalera de un colegio; y tampoco había sobre mi mesilla de noche una amatista natural como las que tenía Lluís Espriu en El Repòs, para que el cuarzo morado combatiese el insomnio, me entretuve en acabar la semblanza por encargo de aquel enólogo de Rota, Cádiz, que estaba a punto de cumplir cien años, cuyo nombre era Rubén Leiva y que en 1956 había sobrevivido al naufragio del transatlántico Andrea Doria junto al faro de Nantucket, Massachusetts, la isla que hicieron famosa Herman Melville en *Moby Dick* y Edgar Allan Poe en *La narración de Arthur Gordon Pym.* Su vida ya la había contado, de acuerdo con las informaciones que me proporcionó su familia, realzando los episodios más notables por el sencillo proceso de situarlos en su contexto histórico, para dar la impresión de que sus experiencias formaban parte de los grandes acontecimientos de su tiempo. «Cuando las bodegas de su familia empezaban a descollar y él daba inicio a sus estudios universitarios en Salamanca, el golpe de Estado de 1936 y la Guerra Civil transformaron los viñedos en campos de batalla y a los agricultores en soldados.» «La década de los cincuenta fue la del célebre *milagro español,* pero mientras el turismo inundaba el país de divisas, el apogeo de la construcción propiciaba una auténtica fiebre del oro rojo —el color de los ladrillos—, los Seat 600 circulaban a miles por nuestras carreteras y en regiones como Madrid, Cataluña y el País Vasco nacía la clase media, en otros lugares, por ejemplo Extremadura o Andalucía, la industrialización provocaba un éxodo rural masivo y llenaba las estaciones de tren de emigrantes con destino a Europa, especialmente a Alemania. La familia Leiva peleó sin desmayo por salvar su negocio y gracias a su esfuerzo pudo salir a flote, ganar terreno y hasta permitirse lujos al alcance de muy pocos, como el que se dieron Rubén y su esposa, Laura Zúñiga, aquel verano de 1956, al regalarse por su aniversario de boda un crucero a Nueva York en el esplendente Andrea Doria.»

Ya sólo me quedaba recrear el famoso naufragio y poner en prosa las imágenes y los datos del hundimiento. «Las cifras que explicaban aquel portentoso triunfo de la ingeniería», escribí, dándoles a mis palabras el tono enfático que solía gustarles a mis clientes, quizá porque les daba la impresión de que un lenguaje hiperbólico amplificaba y teñía de grandeza la historia de sus seres queridos, «parecían convertirlo en una máquina invulnerable: doble casco de acero, doscientos doce metros de eslora, veintisiete de manga y veintinueve mil toneladas de peso. Había tres piscinas en la cubierta y otras tantas salas de cine y salas de juego en el interior, donde las paredes estaban decoradas con reproducciones de Miguel Ángel y Rafael y de cuyos techos colgaban rutilantes lámparas de araña. El centro del salón de primera clase lo presidía una estatua de bronce del héroe nacional que le daba nombre al buque y que en el siglo XVI había derrotado a los españoles para declarar independiente la República de Génova».

«A las once y diez de la noche, el señor Leiva dormía, al igual que la mayor parte de pasajeros, cuando la proa afilada como el borde de un hacha del Stockholm, otro crucero que había salido poco antes de Nueva York con destino a Gotemburgo, Suecia, entró en el Andrea Doria por estribor y a una velocidad de veinte nudos. El ruido fue espantoso, todo salió volando y en minutos el agua inundó la nave y ésta se escoró irremediablemente a estribor. Los que estaban en la zona donde se produjo la colisión murieron en el acto. Él ayudó a evacuar a varios heridos y junto a su esposa fue finalmente salvado por un helicóptero. Los equipos de socorro habían realizado una gran labor, consiguiendo rescatar a 1.659 de las 1.705 personas a bordo.»

«El Stockholm fue reparado en los astilleros de Brooklyn», rematé el texto, «cambió muchas veces de propietarios y de nombre, siguió desarrollando su tarea en el Caribe, con La Habana como puerto de amarre, y hoy continúa en activo, haciendo trayectos desde Cuba a Jamaica, las islas Caimán, México o, en algunas ocasiones, hasta la India. Los restos del Andrea Doria, por su parte, se han convertido en una atracción para los buceadores que se acercan hasta el litoral de Boston, para bajar con trajes de neopreno y bombonas de oxígeno a ver a setenta y siete metros de la superficie sus vestigios fantasmagóricos en el fondo del mar».

Con eso bastaría. Envié el manuscrito a la imprenta con la que trabajaba, para que fuesen preparando unas pruebas. Cuando las hubiese corregido, le añadiríamos unas fotos y un desplegable de papel japonés con el árbol genealógico del protagonista. Y ya sólo quedaría la encuadernación en falsa piel. En tres semanas, el señor Rubén Leiva y los suyos tendrían sus recuerdos a salvo, los habrían vuelto casi inmunes al paso del tiempo y susceptibles de ser transmitidos de una generación a otra por sus descendientes, como las abejas llevan el polen desde los estambres de las flores hasta el panal.

En ese tipo de cosas pensaba, asuntos normales, sin mucha importancia, cuando decidí ver un rato la televisión, un canal de los que emiten noticias las veinticuatro horas del día. Qué casualidad, estaban hablando de los piratas del siglo XXI, que continuaban en activo e incluso vivían una segunda edad de oro en los mares de África, Latinoamérica o Asia. Los reporteros que firmaban la información daban cuenta, igual que las gacetas y los periódicos de hacía trescientos años, de sus abordajes, secuestros y batallas a sangre y fuego contra los buques de guerra que los perseguían. No eran tan fáciles de capturar, sin embargo, ahora que ya no llevaban un alfanje al cinto y un loro sobre el hombro, sino un lanzagranadas o un fusil AK-47.

En lugares de mucho tráfico y propicios a las emboscadas, como los estrechos de Malaca y Bab el-Mandeb, los nuevos corsarios hacían su agosto: por el primero, situado entre las decadentes Indonesia y Malasia y la próspera Singapur, circulaba el treinta por ciento del comercio flotante del planeta; el segundo, con Yemen a un lado y al otro la República de Djibouti, es un paso estratégico hacia el Mediterráneo, el canal de Suez, el mar Rojo y el océano Índico. En uno y otro, los asaltos eran continuos y el número de víctimas aumentaba de forma trágica.

En Somalia, los filibusteros saqueaban los mercantes que faenan en el golfo de Adén y secuestraban los cruceros y yates de lujo cuyo destino eran las islas Seychelles o Mauricio. Tenían su escondite en la ciudad de Eyl, que era una versión contemporánea de la isla de la Tortuga, el antiguo santuario de los bucaneros del Caribe, y desde allí pedían a los dueños de las embarcaciones que apresaban recompensas de cientos de miles y, a veces, millones de dólares. «Qué pequeño es el mundo», me dije, recordando que el antiguo Stockholm, por entonces rebautizado con el nombre de Athena, había sido atacado justo en aquel lugar en diciembre de 2008, mientras se dirigía a Australia, aunque salió indemne gracias a la intervención de un avión P3-Orion de las fuerzas del orden.

En el litoral de Guinea, antiguos oficiales y soldados del ejército de Nigeria habían montado una flota que esquilmaba los cargamentos y a los pasajeros de las naves comerciales y turísticas en ruta por la zona. En el lago Maracaibo, en Venezuela, los bandidos desvalijaban los pesqueros para vender su carga, sus motores y hasta sus aparejos. Rusia se vio obligada a llenar de portaaviones y destructores el mar de China, para defender sus petroleros. Estados Unidos y Gran Bretaña habían desplegado una auténtica flota militar que protegiese los barriles de crudo que viajaban hacia sus costas, y patrullaban desde los cielos con sus helicópteros Boeing MH6 Little Bird. Muchas de las bandas a las que perseguían estaban relacionadas con el tráfico de drogas y de armas, y se sospechaba que, en algunos casos, eran una de las líneas de financiación del terrorismo yihadista.

«En el caso de Egipto, hace tiempo que las autoridades locales y los servicios de espionaje de Occidente habían detectado conexiones inequívocas entre los integristas autóctonos del grupo Wilayat Sina, la banda criminal Al Qaeda, la somalí Al Shabab y otras facciones guerrilleras del autodenominado Estado Islámico», dijo el presentador. Subí el volumen, atónito. En la pantalla, aparecían unas imágenes de la necrópolis de Qubbet el-Hawa.

«Así que aunque el ataque a los arqueólogos españoles en Asuán todavía no ha sido reivindicado por ninguno de los grupos violentos que operan en la zona», añadió el corresponsal, «una de las hipótesis que se manejan es que pueda tratarse del último episodio de una larga serie de actos criminales llevados a cabo por los fundamentalistas en diferentes localidades, hace muy poco en dos iglesias coptas de Tanta y Alejandría, y antes desde la capital, El Cairo, la ciudad de Mansura, la provincia de el-Wadi el-Gedid o la mítica Luxor, donde como recordarán los telespectadores se llevó a cabo una cruenta masacre entre los numerosos extranjeros que se disponían a visitar el templo de la reina Hatshepsut, en la ribera occidental del Nilo».

La otra teoría que se barajaba era el intento de extorsión: unos delincuentes comunes habían tratado de llevarse a los profesores que buscaban a la dama Sattjeni y exigir un rescate para liberarlos, con la advertencia de que, si no se pagaba en cuarenta y ocho horas o se alertaba por cualquier medio a la Guardia Nacional, los ejecutarían. «En su área geográfica, Egipto es, con Líbano y Siria, el país del mundo en el que se producen más desapariciones forzadas cada año —terminó el locutor— y algunos de sus territorios, como la ciudad de Arish, en la frontera entre la península del Sinaí y Sudán, o el paso de

Rafah, junto a Gaza, están en la lista de los lugares más peligrosos del mundo, a los cuales recomienda no viajar el Ministerio de Asuntos Exteriores de España. Hoy en día, visitar la Esfinge o la pirámide de Keops se ha convertido en una aventura muy peligrosa».

Estaba paralizado por la sorpresa y era todo muy confuso, no quedaba claro qué les había ocurrido a Mónica Grandes y sus compañeros; pero fuese lo que fuese, algo me decía que detrás de ello estaba la alargada mano de Narcís González. «Primero le ha ajustado las cuentas a Edgardo y después a ella», me dije, «uno porque mató a su padre y la otra porque sabía demasiado». El pánico lo había enloquecido.

Supe que estaba en lo cierto al llamar al inspector Sansegundo para darle esa noticia y encontrarme con que él tenía otra para mí: Lluís Espriu había sufrido un accidente de coche en la C32, la carretera que lleva de Premià de Mar a El Masnou. Todo parecía indicar que le habían fallado los frenos.

—Y una cosa más —dijo—: Los forenses tienen pruebas irrefutables de que a Edgardo Valdés Carballo no se le paró el corazón de forma natural. Alguien le inyectó en vena una dosis de tetrodotoxina y dimetilmercurio capaz de tumbar a una manada de elefantes. No se preocupe, usted está fuera de toda sospecha, mis hombres lo han tenido a la vista de forma continuada. Por ese lado, puede estar tranquilo.

Sabía lo que eso significaba. El apocalipsis se había desatado. La fuerza conjunta de la ambición y el miedo había logrado romper los candados de la caja de Pandora. Y a partir de ahí, todo se vino abajo: era el famoso efecto dominó, pero esa vez con las fichas manchadas de sangre: Edgardo, Mónica, Lluís... Me imaginé cuatro heraldos del mal, disfrazados de médico, de yihadista, de mecánico y, el último, de pasajero en un avión con rumbo a Tanzania... Todos habrían recibido en sus bancos una cantidad indecente de dinero transferida desde una de las cuentas *offshore* de Narcís González en Hong Kong o las islas Caimán. Casi podía verlos, dirigiéndose a su objetivo: «El primero llevaba una bata de médico y un gorro quirúrgico; el segundo, un mono azul de trabajo; los otros dos, un uniforme de campaña, una *taqiyah* islámica y un traje de alto directivo», me dije. Mientras el más alto recorría los pasillos de un hospital, el más fuerte empujaba las puertas correderas de un garaje; el tercero, conducía un todoterreno y el último se dejaba arrastrar despreocupadamente por una de las cintas transportadoras de la terminal de un aeropuerto. Todos habían estudiado el lugar en el que se encontraban y, sobre todo, las posibles vías de escape: puertas de emergencia, túneles, desvíos, escaleras de incendios, montacargas...

Muchas personas se cruzaban con ellos, pero no habría demasiadas que fuesen capaces de describirlos, en el caso de que más adelante les preguntaran: no se puede ser invisible, pero sí evitar ser visto, y esos hombres sabían de qué manera escamotearles a los otros su figura, cómo rehuir las miradas ajenas, evitar que sus ojos se encontraran con los de los demás, desaparecer en las sombras y los ángulos muertos... Los pocos que los recordasen harían retratos robot tan diferentes que al compararlos se anularían entre sí.

Ninguno sonreía. Ninguno miraba hacia atrás, se oyese lo que se oyese a sus espaldas. Y había una cosa más en la que se asemejaban: todos ellos, sin excepción, tenían otra vida, una tapadera que jamás habían levantado ni los más íntimos, porque en su profesión, la única forma de no llevar una diana pintada en el talón de Aquiles es que los que te conozcan no sepan quién eres. Su estrategia consistía en que todo aquello que hiciesen quienes fingían ser volviera imposible relacionarlos con los que eran en realidad.

Los cuatro tenían un móvil comprado en una tienda de segunda mano en el que se había recibido un mensaje que decía: ha llegado la hora.

Pero, eso sí, en el caso de que mi composición de lugar fuese acertada, había una diferencia muy importante entre los tres primeros y el último: era muy posible que éste aún no hubiera llegado a su destino. Para tratar de interceptarlo, marqué el número del hotel *resort* Las Brisas, en Guardalavaca, Cuba.

—Por favor —le imploré a la persona que me atendió—, necesito hablar con Gloria Fernández. Ahora mismo. Es cuestión de vida o muerte.

Capítulo treinta

—Quizás hubo un tiempo en que los negocios no eran tan sucios y en los que la divisa del viejo Biel Espriu, «hay que ganar dinero de modo que los que te lo dan también salgan ganando», aún se podía sostener. Al menos, en parte.

—Ya, ya... Pero entonces tampoco serían hermanas de la caridad —dijo el inspector Sansegundo, sin quitar los ojos de la carretera. Los demás coches se apartaban a nuestro paso y nos dejaban el camino libre, porque, aunque llevaba la sirena apagada, sobre el techo de su vehículo daba vueltas una luz azul y detrás de nosotros iba una comitiva formada por otros cinco *zetas* que serpenteaba en las curvas igual que una anaconda metálica.

—Eran comerciantes, desde luego —le respondí—, pero en algunos casos había un cierto impulso cívico en lo que hacían. En Sevilla, por ejemplo, la dinastía Marañón Lavín se compró, con la fortuna que había ganado en Cuba gracias a la mano de obra forzada, la famosa Casa de la Moneda, que era donde antiguamente se fundían el oro y la plata que llegaban de las Indias, para convertirlos en doblones, y hasta les puso a las calles de esa zona, en recuerdo de sus posesiones en el Caribe, los nombres que aún hoy llevan: Habana, Güines o San Nicolás; pero también sufragó íntegramente la construcción del hospital de la Cruz Roja. Otro tanto puede decirse de los negocios de los Quiroga de Feijóo en La Coruña: es innegable que le proporcionaban a la gente servicios que necesitaba, da igual si hablamos de El Paraíso del Buzo, Cabotajes de Riazor, la cartera de segu-

347

ros marítimos La Garantía o de sus barcos de emigrantes. Y con los Maristany y los Espriu sucede lo mismo: su capital también provenía de la trata de esclavos y tenían a sus espaldas atrocidades como el asalto a la isla de Pascua, pero cuando se dedicaron al transporte de viajeros, además de obtener ganancias sustanciosas con su Gran Compañía del Camino de Hierro, les ilusionaba unir su pueblo, El Masnou, con Barcelona, y es evidente que aquel tren mejoró la vida de sus vecinos. Y seguro que lo mismo podría decirse de sus convicciones políticas y su lucha por el nacionalismo, porque financiar un diario como *La Renaixensa,* apoyar a organizaciones del tipo de la Lliga de Catalunya o patrocinar a otras dedicadas a recaudar fondos para la causa no eran sólo, ni siquiera básicamente, movimientos financieros. Después, la moral fue devorada por la ambición, y ya sabemos dónde conduce eso: «Lo mucho se vuelve poco con sólo desear otro poco más», como dice Quevedo.

—Así que eran al mismo tiempo idealistas y materialistas —respondió con sorna el policía.

—Probablemente sí, dependiendo de cuándo, con quiénes y para qué. Y seguro que seguían a rajatabla uno de los refranes que solía citar mi madre: «Detrás del mostrador no conozco al amigo, sino al comprador». El viejo Jacint Espriu, según parece, consideraba que su trabajo era descubrir lo que otros buscaban y conseguirlo antes que ellos, pero añadía que si el precio que les cobrabas no era justo, nunca iban a volver, y en ese caso estabas perdido, «porque la clientela no se hace con los que entran y salen, sino con los que regresan».

—Saltémonos la parte histórica y el anecdotario —dijo Sansegundo sin andarse con miramientos—, y céntrese en lo que nos ocupa, si es tan amable. Cuál es el papel en todo esto de doña Guadalupe.

—Es una mujer amargada, cuyo único fin ha sido colocar a su hijo al frente de las empresas familiares. Es inflexible y está muy sola. Entre bastidores, se la conoce como «la Estatua». Siempre viste de luto y por eso cualquier sitio donde esté se empapa de pesimismo, tiene una reverberación de velatorio. Por supuesto, es un hacha para los negocios, que la han hecho rica pero no feliz, porque eso no depende de lo que se te da bien, sino de lo te hace sentir bien. Para ella, seguir en este mundo debe de ser una especie de penitencia.

—¿No le duele que Narcís esconda el apellido de su esposo?

—Supongo que lo respalda *a pesar de eso*. Las madres quieren a sus hijos, aunque sea a regañadientes, por encima de sus debilidades o, quizás, a causa de ellas. Y él, además, es el tipo de persona que sabe dar lástima a cambio de obtener recompensas, hacerse la víctima para lograr una indemnización.

—En su opinión, ¿tiene algo que ver con el blanqueo de dinero y la evasión fiscal?

—¿Y en la suya?

—Creemos que en lo que se refiere a esa cuestión, no sabe por dónde van los tiros.

—Para mí, está al margen.

—¿Y su sobrino Lluís?

—No se ha enterado nunca de nada. Su tía lo educó para eso y él está en Babia, vive en un mundo de ficción, es una especie de don Quijote sedentario, al que los libros de aventuras y piratas le han nublado la razón y que de tanto fantasear con el rajá blanco de Sarawak y los adoradores de la diosa Kali no se había dado cuenta de que al auténtico villano lo tenía en casa.

—Se refiere, una vez más, a su primo Narcís, por supuesto.

—A quién si no. Es un ser acomplejado y, en consecuencia, peligroso, que firma como Narcís Espriu para ocultar su apellido y los humildes orígenes de su padre en Larache, Marruecos, y que daría un ojo de la cara por ser lo que él considera un Espriu de pura cepa. Según me contó una tarde su primo Lluís, las hazañas militares de su abuelo le avergüenzan, no quiere saber nada de cabilas que asedian Gomara y Ajmás o dinamitan la Fábrica de Harinas de Nador, ni de tropas de regulares que combaten a rifeños y yebalíes en Dar Akkoba; no le interesan Abd el-Krim ni el caíd Mohamed el Temsamani. Querría borrar todo eso de su historia, porque le parece que abarata su sangre, que lo empequeñece. Ha vivido siempre inquieto, poniéndose en tela de juicio, con la sospecha de que lo miraban por encima del hombro y murmuraban a sus espaldas; y nunca ha dejado de sentirse en vilo, a prueba, de paso por la cima a la que tanto le ha costado llegar y temiendo que su primo reclamara su puesto al frente de la empresa. Cuando éste, de algún modo, lo hizo y empezó a proclamar a los cuatro vientos que a partir de entonces se ocuparía de sus asuntos personalmente, aunque me imagino que la fuerza se le hubiese ido por la boca, como de costumbre, el otro lo vio también como a un rival, pensó que ya estaba aquí el monstruo dormido que tanto le angustiaba que despertase y en pleno ataque de pánico decidió eliminarlo, igual que a Mónica y a su propio guardaespaldas. Por suerte, dice usted que no lo ha conseguido...

—Está grave. La ambulancia llegó pronto al lugar del accidente, los enfermeros del SAMUR lograron estabilizarlo y los médicos se emplearon a fondo en el quirófano, pero se teme por su vida. Permítame añadir que su tasa de alcohol en sangre ofrecerá una gran coartada a quien pudiera resultar sospechoso de atentar contra él: sobrepasaba diez veces lo permitido.

—¿Y la doctora Grandes?

—He hablado con gente del Ministerio de Defensa. Un terrorista de Asuán le disparó tres balas, dos hicieron blanco, pero ninguna en órganos vitales. También saldrá de ésta, aunque es más que probable que le

350

queden secuelas. Tiene algún tipo de daño en la columna vertebral, no es fácil que pueda volver a caminar. El agresor fue abatido por las fuerzas de seguridad egipcias que vigilaban la excavación.

—No era de Asuán ni era un terrorista, era un sicario.

—Ahora ya no es nadie. Esa gente no hace prisioneros, los soldados egipcios tiran a dar.

—Ya lo supongo. Pero, aunque a él no puedan interrogarlo, podrán rastrear la pista del dinero que le ha pagado Narcís González.

—Puede estar seguro de que lo haremos y también de que no vamos a descubrir nada. Los pagos de esa clase se hacen en efectivo, a través de un mensajero y en mano, para no dejar huellas. Todo ello, dando por sentado que sus conjeturas sobre el señor González Espriu tuviesen algún fundamento.

—Los dos sabemos que lo tienen.

—Tiempo al tiempo —sentenció. Era un hombre de pocas palabras y no quería utilizar ninguna de ellas para decir algo de lo que luego tuviera que arrepentirse.

—Una cosa más —dije—: Si el mercenario que enviaron a por Mónica Grandes apretó tres veces el gatillo, ¿cómo es que no acertó de pleno con ninguna de las balas? Esos individuos tampoco suelen fallar.

—No lo hizo. A la arqueóloga la salvó su marido, que se interpuso entre el pistolero y ella. Actuó como escudo humano. Todo un héroe.

«¿Así que además estaba casada?», masqullé. «Se veía venir», dije, como suele hacerse cuando lo ocurrido ya ha pasado de largo. Traté de persuadirme de que no me importaba gran cosa. Me alegré de que hubiera sobrevivido y me parecía terrible la posibilidad de que acabase en una silla de ruedas, pero como me pasaría con cualquiera. Esa mujer me había hecho daño y no se me ocurría ninguna otra solución que esperar a que la herida se cerrara y llegase un día en el que pudiera tomarme aquella historia a broma: ya se sabe que la comedia es la suma del drama más el tiempo. Noté un sabor amargo en la boca al recordar mis planes de ir con ella a El Cairo, pedirle que se casara conmigo en nuestro hotel de la isla Gezira. O, aún peor, la vez que le dejé caer que quizás iba a comprarle un anillo de compromiso y salió del apuro poniéndose a hablar de Agatha Christie y su marido arqueólogo. Se me vino a la cabeza la fábula de Samaniego: «Bebiendo un perro en el Nilo, / al mismo tiempo corría. / "¡Bebe quieto!", le decía / un taimado cocodrilo. / Díjole el perro, prudente: / "Dañoso es beber y andar; / pero ¿es sano el aguardar / a que me claves el diente?"». Era mi historia, en otras palabras: me había detenido a querer a Mónica Grandes y ella me había devorado.

Mientras subíamos la colina que llevaba a El Repòs, pensé que Narcís González era una calamidad y que, por añadidura, no tenía suerte. Había tratado de matar a cinco personas, a Verónica, a Edgardo, que quizá se lo tuviese merecido porque quien muerde la mano que le da de comer la transforma en un puño, a Mónica, a Lluís y a mí, y el caso era que tres seguíamos vivas. Un auténtico desastre. Y aquélla era la historia de su vida: quiso ser un caudillo y sólo era un gerente; quiso ser un magnate y fue el encargado; quería ser un Espriu y era un González, con lo que ambas cosas significaban para él. Alguien debería haberle dicho hacía muchos años: «No muerdas más de lo que puedas masticar». Pero, seguramente, tampoco hubiera obedecido, porque de alguna manera estaba predestinado a la derrota, su sino era querer salirse con la suya y que ésta se hubiera ido con otro, tratar de superarse y quedar segundo.

Era un día soleado que muy probablemente yo vería lluvioso y con árboles de hojas amarillas cuando lo recordara años después. Aquella noche se esperaba que se viese en el cielo una lluvia de meteoros, las famosas lágrimas de San Lorenzo, que eran una buena metáfora de aquel personaje y de su más que previsible caída en desgracia: él también era un fragmento de aquel cometa empresarial, una partícula que se quemaba al entrar en la atmósfera; era una estrella fugaz en una noche de verano. Y al igual que les había ocurrido a tantos otros de su calaña, la avaricia había roto el saco, como hubiese dicho mi madre, y de tanto jugar con fuego estaba a punto de quemarse y, probablemente, de acabar reducido a cenizas, un estado del que sólo regresa a la vida el ave fénix; lo cual, cuando se conoce la leyenda entera, no es que ofrezca un gran consuelo, dado que lo hace a los quinientos años de haber ardido.

—En su opinión —dije, para volver al tema que nos importaba—, ¿la doctora Grandes confesará que Narcís la sobornó a cambio de que no hablara de las obras de arte con las que trafica para blanquear dinero? Porque de ser así, él mismo se habría puesto la soga al cuello. Y cuando ella sepa que ha intentado matarla...

—Su testimonio podría ser relevante, llegado el caso. Pero conviene ser cautelosos, ir por partes y esperar a ver con qué nos encontramos —dijo, tan prudente como si acabase de consumir una medicina cuyo prospecto desaconsejara conducir bajo los efectos del optimismo.

—No le gusta echar las campanas al vuelo...

—Mi objetivo no es lo que vuela, sino lo que hay que enjaular —sentenció. A veces, se le transparentaba el lector de novelas policíacas que seguramente era, aquel que al enviarme a mi refugio de El Masnou me regaló unas cápsulas de azul de Prusia y *El misterio de Pale Horse*, de Agatha Christie, para que aprendiese a reconocer los efectos del talio y supiera cómo contrarrestarlos.

—Y en este caso, ¿le parece que esta vez el pájaro acabará entre rejas?

—Si el señor González ha cometido delitos, también habrá cometido errores —dijo, muy a su modo, guardándose las espaldas con aquella cautela suya que se basaba en la construcción de frases ambiguas, similares a una puerta entornada que no dejase claro si era una invitación a pasar sin llamar o a darse la vuelta—. Pero tendremos que probarlo. Y el asunto meterá mucho ruido. Se hablará de ajustes de cuentas empresariales y de venganzas políticas. A la gente le cuesta un mundo entender que alguien que ha llegado tan arriba caiga tan bajo; se resiste a creerlo.

—En su caso, simplemente ha respetado una tradición familiar, cambiando el tráfico de personas por el de obras de arte. A lo mejor es que la única manera de acumular tanto dinero es ésa, ganarlo de forma oscura y luego blanquearlo.

—Bueno, ellos lo llaman *ingeniería financiera*.

—Sí, y a matar a alguien con un cuchillo lo llamamos *coserlo a puñaladas*. Pero ni los defraudadores construyen puentes ni los asesinos zurcen heridas, sino todo lo contrario.

—Sin embargo —dijo tras meditar unos segundos con cara de concentración, igual que si buscara en otras regiones de sí mismo—, usted cree que Narcís González es, en cierto sentido, un enfermo. El culpable y la víctima a la vez.

—No exactamente. Mi impresión es que todo fue bien mientras su madre llevaba las riendas del imperio —dije—, pero cuando empezó a echarse a un lado y le dio carta blanca, quiso ir por libre, eligió el mal camino y perdió el control. Ella es una mujer de armas tomar, pero sabe controlarse; él es el otro extremo: rabioso, variable y con la obsesión enfermiza de demostrarle al mundo lo que vale. Un desdichado, en muchos aspectos.

—O quizás una de esas personas que saltan con red, tienen quien les saque las castañas del fuego y, si algo falla, aplican la teoría de las cinco pes y en lugar de insensatas se sienten audaces.

—¿Ah, sí? ¿Y cómo es eso?

—«Prefiero pedir perdón a pedir permiso.»

Los dos sonreímos, él contra su costumbre. Me caía bien el inspector Sansegundo, era un tipo recto, un hombre de una pieza. Me pregunté cómo sería su vida privada, si tenía pareja, familia, dónde estaba su casa, qué haría para divertirse cuando no estaba de servicio... Recordé unos versos de Pasolini, muy criticados en su momento por los comunistas italianos: «Yo simpatizo con los policías / porque los policías son hijos de los pobres». Mientras pensaba en todo eso, le vi dar uno de sus giros de ciento ochenta grados y cambiar por completo de expresión. Tenía una forma de ponerse serio que recordaba al cemento que se solidifica.

—Las cámaras de seguridad del hospital donde estaba ingresado Edgardo nos han proporcionado un sospechoso: hay alguien que entra en su habitación vestido de médico, pero se presenta allí a una hora en la que no estaba pautada ninguna visita y, además, no se le ve la cara en ningún momento y eso lo señala: se esmera demasiado para que no se le pueda identificar.

—En ese caso, no será fácil hacerlo.

—Ni imposible. Los técnicos usan unas herramientas muy sofisticadas de reconocimiento facial, manejan un sistema llamado UVF, las siglas de un departamento llamado Unidad Vídeo-Forense, con el que pueden hacer un retrato robot en tres dimensiones y cotejar en segundos cualquier cara que haya sido grabada en el circuito cerrado de la clínica con una base de datos de la policía en la que hay cientos de miles de personas fichadas. Si alguna vez le han tomado a ese sujeto las huellas digitales en una comisaría y tiene antecedentes, dé por seguro que lo desenmascararemos.

Mientras el inspector Sansegundo impartía algunas órdenes por la radio, me acordé de su misteriosa llamada, unas horas antes, para preguntarme si me gustaría acompañarlo «a una pequeña excursión que me parece que será de su agrado». Y ahí estaba, aunque fuese para presenciar el espectáculo de lejos: al llegar a El Repòs me mandó quedarme en el coche, advirtiéndome que si me dejaba ver o divulgaba de cualquier modo mi presencia en aquella operación —hoy en día hay que tener muchísimo cuidado con los teléfonos móviles y las redes sociales—, le buscaría problemas muy serios.

La verja principal se abrió de par en par cuando un agente se acercó a la garita de los vigilantes y les enseñó su orden judicial. Los seis coches que formaban nuestra caravana subieron ceremoniosamente por el sendero que conducía a la mansión y pasaron junto al estanque de los patos de cabeza verde y bajo las copas de las palmas reales, que le añadían un trazo de horizonte caribeño a aquel cielo mediterráneo. Nos detuvimos frente a la escalinata. Vistos desde el aire, los automóviles debían de parecer fichas de dominó abandonadas a mitad de una partida. Ocho o diez puertas se abrieron y vi a Sansegundo y sus hombres subir los peldaños sin excesiva prisa. Quién me iba a decir a mí que presenciaría semejante escena, cuando vi por primera vez esa barandilla con sirenas de hierro, la vidriera de la entrada con su san Jorge y su dragón hechos de cristales esmaltados y todo lo demás, las torres con cubiertas en forma de pirámide, las cúpulas de aguja, la galería almenada, las mansardas... Tenía razón el comisario, ante aquella casa imponente era imposible no preguntarse las razones por las que alguien que lo tenía absolutamente todo decidía arriesgarse a perderlo, con tal de conseguir todavía más. Unos días antes había visto a Narcís Espriu en los periódicos, con la flor y nata de los empresarios catalanes, en un debate sobre el independentismo y las consecuencias que podría acarrear una posible ruptura con el resto de España, una polémica que hacía correr ríos de tinta en nuestro país. Su arresto no iba a ser más que el último escándalo de una larga lista encabezada por un antiguo presidente de la Generalitat y su familia, que se habían llevado millones de euros a Andorra durante los veintitrés años que el patriarca del clan ostentó el poder, y a la que se sumaban, día sí y día no, diversos altos cargos y sus compinches, que habían sido imputados y en algunos casos detenidos y encarcelados por saquear las instituciones que gobernaban, cometiendo una interminable lista de delitos que incluían la evasión de impuestos, el soborno, el fraude, el cobro ilegal de comisiones, la falsificación de documentos mercantiles, la estafa, la pertenencia a una organización criminal o el blanqueo de capitales. Es decir, exactamente lo mismo que los rivales con los que peleaban, unos y otros envueltos en banderas que usaban para ver de qué lado soplaba el viento y para engañar a quienes los seguían de buena fe, confirmando con sus actos que a menudo el patriotismo termina donde comienza el patrimonio.

Narcís apareció en el umbral rodeado de abogados y con su madre junto a él. Incluso a distancia, lo encontré pálido y daba la impresión de estar ausente, o al menos de sentirse allí sólo en parte. Pensé que, en aquel momento, hasta la más leve brisa podría derribarlo. También pensé en si alguien avisaría a su esposa, al menos en los papeles, y si Neus Millet Vilarasau vendría a España desde Brasil, aunque sólo fuese por guardar las apariencias.

En la entrada de El Repòs, Sansegundo le dijo algo a Narcís González, con seguridad que estaba detenido, los cargos que había contra él y que tenía que acompañarlo, y después les hizo un gesto a sus subordinados para que no lo esposaran. Él cerró los ojos, pero cuando otro inspector, en este caso de Homicidios, tomó la palabra, los abrió de una forma desmesurada, como si lo que veía no cupiera en ellos. Supuse que tras informarle los dos agentes de la ley de los cargos que había contra él por defraudar a Hacienda, un atolladero del que tal vez pensara que saldría fácilmente con el pago de una multa, le habían comunicado que también se le acusaba de encargar mi asesinato y los de su primo Lluís, el guardaespaldas Edgardo Valdés y la doctora Mónica Grandes. Trató de sonreír irónicamente, pero no le salió muy bien. Un mafioso de los años cuarenta hubiese dicho que había *un papel con su nombre en el sombrero del diablo.* Seguro que estaba asustado y temía lo que pudiera ocurrirle, como le pasaría a cualquiera en su lugar, porque nadie se hunde sin preguntarse qué habrá en el fondo del pozo.

Guadalupe pareció conmocionada por el giro que acababan de dar los acontecimientos. Lo miró con tal mezcla de asombro, espanto y decepción que por un segundo pensé que iba a abofetearlo, y después negó con la cabeza, como un médico que les da una mala noticia a los familiares de un paciente, a las puertas del quirófano. Sólo había dos opciones: era una gran actriz o no sabía nada de todo aquello. Cuando la policía ya se llevaba a su hijo, le puso una mano en el hombro, tal vez para disimular lo lejos que estaban uno del otro en aquellos instantes. Luego se volvió hacia donde yo estaba, noté que me reconocía y vi llamear el odio en su cara: sin duda, me hacía responsable de lo que estaba ocurriéndoles, tal vez porque no tenía más alternativa que ésa o aceptar la realidad, que era cruda y todos sus sinónimos: inclemente, brutal, despiadada, atroz... Si me hubieran dado a elegir, habría preferido cruzar la mirada con el sanguinario Narcís González Espriu antes que con ella: me caía simpática, me parecía en muchos aspectos una mujer notable y sentía de todo corazón que tuviera que pasar por aquel trago que, una vez más, era de hiel. Me dije que nunca sabría a ciencia cierta si llegó a creer que sus padres, Biel y Olalla, habían ordenado la muerte de su esposo. ¿O lo supo desde el primer momento y todo lo que hizo y dejó de hacer a partir de entonces era parte de su venganza? No pude evitar que se me pasase por la cabeza la visión de un imperio Espriu i Quiroga en el que Lluís no sobrevivía o quedaba impedido, Narcís pasaba treinta años en prisión y Verónica Flores Chevalier terminaba dirigiendo todas sus empresas. Claro que eso no iba a ocurrir, porque los últimos cuentos con final feliz los escribió Dickens y desde entonces lo más cerca de volar que puede estar la gente humilde es una caída. Me conformaba, en primera instancia, con que mis esfuerzos por salvarla hubieran dado su fruto y el asesino a sueldo que habrían enviado en su busca a Dar es-Salaam no hubiese conseguido encontrarla.

Los coches patrulla maniobraron al pie del palacete construido por el negrero Joan Maristany y pusieron rumbo hacia unas dependencias judiciales en cuya entrada ya estarían apostados los reporteros de las emisoras, los fotógrafos de los diarios y las cámaras de televisión. En los retrovisores de aquellos vehículos, El Repòs se iba empequeñeciendo según lo dejábamos atrás; en los informativos, el nombre y la imagen del empresario que uno de ellos llevaba dentro crecería como la espuma y era muy probable que se desvaneciese como ella en unas semanas, cuando un nuevo inmoral tomase su relevo. Ése era el signo de los tiempos.

Lo último que recuerdo de aquella escena es a Guadalupe Espriu inmóvil bajo el dintel del edificio, con un algo de mascarón de proa, dispuesta a cortar en dos las aguas más tempestuosas y resistir los vientos más dañinos, tan petrificada y solemne como si fuese otra pieza decorativa del edificio, una más entre los dragones simbólicos y las gárgolas que imitaban las de la casa de los Paraguas o el hospital de Sant Pau; con su dignidad a modo de estandarte y su vestido negro por bandera. A lo lejos, se entendía que la llamasen la «Estatua»; desde más cerca, los que lo hacían sin duda hubiesen visto una gran diferencia: el mármol no llora.

Al llegar a la comisaría y justo antes de entregarme una vez más al cuidado de mis escoltas, el inspector Sansegundo, que se había pasado todo el camino de vuelta comunicándose por radio con sus jefes y sus subordinados, y que por lo tanto no había vuelto a dirigirme la palabra, sacó de la guantera, con un gesto entre ceremonioso y apesadumbrado, igual que si echara mano de él sólo porque no tuviese más remedio, un sobre de color blanco. Era de un hospital. Tenía una cruz azul en el ángulo superior derecho y debajo uno de esos rectángulos de plástico transparente que hacen las funciones de ventana, para que se sepa a quién va destinado lo que contienen.

—Siga mi consejo y no lo haga —dijo mientras lo ponía en mis manos—. No siga adelante. Ocúpese de sus asuntos y no se meta donde ya no tiene nada que ganar. Váyase a casa. Empiece otra novela. Tómese unas vacaciones. No eche a andar por un camino que no lleva a ninguna parte.

Los dos sabíamos que no iba a hacerle caso. Puede que tuviera razón y puede que esta novela debiese terminar aquí, porque la historia ya ha sido contada y el malo va camino del interrogatorio y quizá de la prisión. Pero ya les advertí en su momento que no me gusta dejar las cosas a medias y que uno puede ser de los que ganan o de los que pierden, pero no de los que abandonan.

—No puedo no hacerlo.

—En ese caso, buena suerte —dijo, moviendo la cabeza como si asistiera con incredulidad a lo que él mismo estaba haciendo.

El nombre que aparecía escrito en aquella carta era el de Lluís Espriu i Quiroga.

Epílogo
(Dar es-Salaam)

Capítulo treinta y uno

Según los últimos hallazgos arqueológicos, la cuna de nuestra especie ya no se encontraba a dos pasos del lugar al que había ido, la garganta de Olduvai, en Tanzania; ni en Qafzeh, Israel; ni en Omo Kibish, Etiopía, sino en el yacimiento de Jebel Irhoud, al norte de Marruecos, donde un equipo de científicos había descubierto restos de *Homo sapiens* con una antigüedad de trescientos mil años. Me pregunté si Mónica Grandes ya conocería esa información, si le habría llegado al cuarto del hospital de Asuán donde se recuperaba de sus lesiones. Seguro que sí, que ya habría localizado Sidi Moktar, a medio camino entre Esauira y Marrakech, y que soñaría con ir allí a comprobar con sus propios ojos la magnitud del descubrimiento. «Podrá darse el capricho si ha guardado para ella algo del dinero que le pagó Narcís González por traicionarme», me dije, por aumentar su descrédito y estigmatizarla aún más, de esa forma en que lo hacemos con quienes nos abandonan o nos lastiman de cualquier manera, para convencernos de que, en el fondo, nos han hecho un gran favor, el de librarnos de alguien como ellos; pero después pensé que si los malos augurios de los doctores que la habían intervenido se confirmaban, ese viaje tendría que hacerlo, en todo caso, en silla de ruedas, y me sentí avergonzado. No me lo tengan en cuenta, estaba malherido y aún no distinguía el dolor del odio, como quien llora mientras nada en el mar y no sabe si el sabor a sal que nota en los labios es de sus lágrimas o del agua.

Acababa de leer esa noticia en mi ordenador portátil, en la edición digital de una revista científica a la que me había suscrito y en la que también hablaban de una expedición a la isla de Wrangel, en el océano Ártico, donde se habían extinguido los últimos mamuts hacía cuatro mil trescientos años, es decir, después de la construcción de las pirámides de Egipto; y del gran hallazgo, por parte de un arqueólogo español con el que Mónica Grandes había trabajado en varias misiones, de un jardín funerario a la entrada de la necrópolis tebana de Dra Abu el Naga, en Luxor, a poco más de tres horas y doscientos kilómetros de donde estaba ingresada, en el que había encontrado algo al parecer muy importante, los restos de un tamarisco, un árbol simbólico en el que, según las creencias de la época, se posaba el alma del difunto a esperar que Osiris, que entre otras cosas era el dios egipcio de la resurrección y el presidente del tribunal que juzgaba a los muertos, fuese a buscarlo. No me engañaba, sabía que continuar indagando en ese mundo al que ella me había aficionado no era lo mejor que podía hacer, porque me la recordaba, hacía más difícil que me la sacara de la cabeza; pero, por alguna razón, no podía evitarlo. Era posible que eso también lo hubiera aprendido de la doctora, maestra en la ciencia de mezclar el placer y el dolor. O simplemente somos así, nos curamos las heridas con sal, tiramos piedras contra nuestro propio tejado, perdemos el tiempo en lo que ya se ha ido y con gente a la que le damos igual. «Ahora yo no sé cómo tratarme», dice en uno de sus poemas Juan Boscán, el famoso camarada de Garcilaso de la Vega; y luego parece que se lo piensa dos veces y nos pregunta: «¿A qué aprovecha, encima de penar, / darse el trabajo de querer sanar?».

Le daba vueltas a todo esto mientras tomaba una cerveza Safari Lager junto a la piscina de mi hotel, el Kibo Palace, rodeado de turistas *mzungu*, como se llama a los extranjeros en suajili, que comían filetes de ñu, búfalo o antílope, *kebabs* de cordero con judías verdes y la célebre tarta de pimienta local, cuyos ingredientes me daban escalofríos al leerlos en el menú: cúrcuma, nuez moscada, cebolla, aceite, mantequilla, carne de ternera...

La carta ofrecía también otros platos típicos, como el *ugali,* un puré de mandioca, verduras y carne; o el *nyama chorna* de pollo, cuya elaboración y sabor me habían descrito en un inglés de andar por casa, pero con una paciencia y una amabilidad exquisitas, entre varios camareros, alguno de ellos tan joven que sus rasgos padecían la falta de definición propia de los adolescentes, en cuyas hermosas caras el destino aún se lo está pensando, y que pronto descubrirían que por su modo de sonreír y su carácter hospitalario eran muy parecidos a todo el mundo en aquel país donde las expresiones más repetidas son el famoso *hakuna matata,* no hay problema, y *pole pole,* tómatelo con calma.

Con el menú en la mano, supe que a la hora de pedir la cena yo dudaría durante cinco minutos entre el pez-tigre o la langosta de Zanzíbar... y al final pediría una ensalada. No estaba en aquel restaurante para degustar su cocina, ni en la ciudad de Arusha para hacer lo mismo que el noventa por ciento de la gente que bebía en las otras mesas cócteles de Afrikoko, vino Dodoma Pink o *kibgayi* de vodka y ginebra, que no era otra cosa que visitar los parques nacionales de Serengueti, Ngorongoro y Tarangire, quizá el lago Manyara y el monte Meru: yo estaba allí para encontrarme con Verónica Flores Chevalier y con el final de esta aventura que, si lo piensan bien, no dejaba de tener gracia que fuera a darse en el mismo territorio que había recorrido el misionero David Livingstone en sus expediciones. «Mi oferta es muy sencilla: te propongo que seas mi Henry Stanley particular», me había dicho Lluís Espriu cuando me encomendó el trabajo. Y le había respondido: «No me quedan bien los salacots, me hacen parecer un extra de *Las cuatro plumas*». Ahora, yo estaba allí y la pregunta era si él viviría para que se lo contase. Ojalá que así fuera, porque le había tomado cariño, estaba seguro de que, a pesar de sus fantasías, sus debilidades y sus contradicciones, era un buen tipo, un idealista que no encajaba en su mundo intoxicado por el dinero y el poder. Era un mirlo blanco en una jaula de oro llena de águilas, y de eso tuvo que darse cuenta, si es que no lo había hecho antes, cuando él y su primo Narcís descubrieron que su abuelo Biel había ordenado matar a su tío, José González, y dejado huérfano y viuda a sus propios nieto e hija. Parece increíble y sin embargo ocurre todos los días, porque con un fajo de billetes es fácil hacer magia negra: basta con agitarlo en el aire y que sus papeles timbrados suenen como las alas del Pájaro de la Codicia para que algunas personas se transformen en alimañas.

Por el camino, mientras el taxi que había contratado en Dar es-Salaam dejaba atrás Lushoto, las montañas Usambara, Moshi y el Kilimanjaro, no paraba de preguntarme si la joven a la que el heredero de los Espriu i Quiroga me había mandado ir a buscar a La Habana se presentaría a nuestra cita en Arusha, teniendo en cuenta que la habíamos concertado sin cruzar una palabra, a través de Gloria Fernández, su antigua compañera en el *resort* Las Brisas, de Guardalavaca, a quien yo había suplicado por teléfono, desde Las Rozas, que la advirtiese del peligro que corría.

Consulté la hora una vez más: ya hacía cuarenta minutos que debía haber llegado. Me pedí otra Safari Lager y miré de nuevo en mi teléfono móvil el mensaje tranquilizador del comisario Sansegundo, escrito con una aspereza de telegrama urgente muy propia de él: «Detenido sicario en Biorefinery & Agribusiness Global Inc. En el laboratorio de los biólogos. Lo estaban esperando. Llevaba cable para estrangular». No hace falta que las cosas ocurran para que nos hagan daño o nos conmuevan, igual que no necesitamos el frío para echarnos a temblar: lo que pudo suceder también da miedo, basta y sobra con imaginarlo. Por fortuna, esta vez los buenos habían llegado antes y los «potros de bárbaros atilas / o los heraldos negros que nos manda la muerte», como los llama el poeta César Vallejo, habían dejado un rastro de sangre y destrucción en Asuán, en El Masnou y en Madrid, pero unos ya cayeron y otros lo iban a hacer más pronto que tarde, porque los agentes informáticos de la UVF también habían logrado identificar al sospechoso de matar a Edgardo. Era un delincuente con un historial temible, sobre el que pesaban órdenes de busca y captura de la Interpol por robo con violencia, secuestro y homicidio, y lo habían localizado cerca de Salamanca, donde trataba de cruzar la Raya de Portugal. El tipo de rufián al que recurre una sabandija como Narcís González cuando se ve en peligro.

«Así que tu emisario había llegado hasta aquí y le pisaba los talones a Verónica cuando le pillaron con las manos en la masa», me dije. Supuse que para que le abriesen las puertas, habría interpretado el papel de posible inversor, presentándose como otro de esos cazadores de fortuna que trataban de servirse en su plato una porción de la tarta de los biocarburantes y los agronegocios, un mercado emergente que, según todos los indicios, no tardaría en convertirse en una mina de oro. En la propia Tanzania, en Mozambique, Liberia, Uganda, Etiopía, Kenia y Malaui se habían expropiado más de veinte millones de hectáreas para entregárselas en bandeja a las multinacionales llegadas de China, Estados Unidos y diferentes países de Europa, que pagaban jugosos alquileres a gobiernos dictatoriales que con aquellas incautaciones habían privado de su modo de vida a los nativos, que sobrevivían cultivando anacardos, té, sisal, café, tabaco, algodón, pimienta o clavo, para obtener a cambio maíz, arroz y trigo. Aparte de eso, los ecologistas no se cansaban de alertar del peligro medioambiental que suponían las semillas genéticamente modificadas, que necesitaban para crecer poderosos fertilizantes, herbicidas e insecticidas petro-químicos. «No siembran la tierra, sino la discordia; no son agricultores, sino vampiros. Y nunca han dejado ni dejarán de ser piratas, de una u otra forma; no lo pueden ni quieren evitar, es su condición. La Jolly Roger, la bandera de las tibias cruzadas y la calavera, es un invento español, un símbolo copiado de los caballeros de la Orden de Malta, que lo mandaban poner en sus tumbas, como puede verse en la iglesia de la Vera Cruz, en Segovia. Ellos se llamaban a sí mismos *los monjes del mar,* pero eran corsarios a sueldo de Carlos V, que los usaba para combatir a Turquía.»

Sin darme cuenta, me había dicho eso a la manera y hasta con la voz de la doctora Grandes, tan aficionada a aquel tipo de discursos. Recordarla me ofendió y me puso furioso, pero también me hizo estremecer: su nombre era la soga en casa del ahorcado, la sal en la herida, la madera que cruje en mitad de la noche como si recordara los pasos de la gente que ha vivido allí... Agité las manos lo mismo que si tratara de apartar de mí una medusa-cofre. Quererla fue un error; pensar que ella me quería a mí, una ingenuidad. En la *Divina comedia,* el Lucifer de Dante tiene tres cabezas y con sus tres bocas mastica eternamente a Judas y a los asesinos de Julio César, los conspiradores Casio y Brutus. El mío tendría una cuarta, para clavarle los dientes a aquella maldita arqueóloga que había desenterrado y vuelto a enterrar mi corazón. Me culpé de todo, por ingenuo. No estaba ahí por casualidad, fui por mi propio pie, no fue la mala suerte, sino la diana que me pinté en la espalda. La bala sabía lo que hacía, el que estaba perdido era yo.

Me di la vuelta para llamar la atención de alguno de los camareros, falsificando por alguna causa desconocida para mí mismo la manera de gesticular de Lluís Espriu, siempre a medio camino entre la afectación, la extravagancia y la parodia, con aquel modo de moverse que te hacía pensar que jamás hubiese ganado un concurso de imitadores suyos, y cuando volví a girarme, Verónica Flores Chevalier estaba frente a mí, con sus ojos azules, su piel de color café con leche, su pelo medio castaño, medio rubio y el parecido más que notable con su antepasada costurera y actriz, la que trabajó media vida en los almacenes El Encanto y de la cual había heredado el nombre y la apostura. Después de buscarla tanto, casi me pareció un ser irreal, una imagen envuelta en niebla y vapor, como si en lugar de tenerla delante la viese en una de esas fotos de estudio donde la persona retratada aparece con un aire de otro mundo, a un tiempo realzada y velada por luces y sombras estratégicas, sobre un fondo de humo azulado. Me acordé de mi amado Calderón de la Barca: «Pasen también nuestros turbados ojos / de un objeto a otro objeto su sentido, / que dichas podrá ver quien pudo enojos». Tenía razón, los maestros del Siglo de Oro siempre la tienen.

Me sonrió igual que si supiera lo que pensaba, y luego echó un vistazo a su alrededor, sin gran interés, de una forma que crease la ilusión de que no se encontraba allí, sino que sobrevolaba aquel escenario que debía de resultarle familiar: en Guardalavaca había trabajado en un sitio que, por fuerza, no tenía que ser muy diferente. «Ven conmigo a Zambia», le hubiera dicho un cuarto de hora más tarde, si ella y yo hubiésemos sido otros y las circunstancias también hubiesen sido distintas, «iremos a Chitambo, visitaremos el lugar donde estuvo el *mopani* a cuya sombra fue enterrado el corazón del doctor, misionero y abolicionista David Livingstone. Ese árbol, en el que sus asistentes grabaron su nombre y que años más tarde fue desarraigado y llevado como un trofeo a Gran Bretaña, ha sido sustituido por un monumento con una cruz, una placa y una tumba en forma de pirámide. Por lo que he visto, no merece en absoluto la pena hacer ese viaje, pero en nuestro caso es una obligación, un ritual que ayudaría a cerrar el círculo de esta peripecia: al fin y al cabo, yo estoy aquí y voy a cambiar tu vida porque tu pariente Lluís Espriu leyó su historia, y otras parecidas. En esta aventura, yo he hecho lo que me encargaron, de Henry Morton Stanley, y tú de Ben Gunn, el bucanero abandonado por sus compinches en *La isla del tesoro*. He venido aquí en un A319 de Iberia, pero también a bordo de La Perla de Labuán, el barco del Tigre de Malasia; del bergantín El Faraón, donde Edmundo Dantés aún no soñaba convertirse en el conde de Montecristo; del vapor Patna, de Joseph Conrad, "tan viejo como las colinas y tan esbelto como un galgo"; del Pequod, el buque de *Moby Dick,* o de la goleta Hispaniola, de Robert Louis Stevenson, con *Long* John Silver en la cocina y el bandido Perro Negro tras mi pista, navegando por mares infestados de corsarios y entre islas donde los esqueletos señalaban el camino al cofre sepultado. En cuanto a los villanos, no hay mucho que explicar, salvo que son los de siempre y hacen lo mismo que han hecho toda la vida, aunque sea por otros métodos: someter a los que son más débiles, explotarlos, quedarse con todo lo que tenían antes de caer bajo su dominio...».

Pero la realidad es que no dije nada de eso, sino que me limité a contarle, punto por punto, lo que cuenta este libro y, al acabar el relato, le entregué el manuscrito donde se recogía toda la investigación y el sobre que había puesto en mis manos el inspector Sansegundo, que contenía un estudio genealógico del ADN de Lluís Espriu. El policía se lo había pedido, bajo cuerda, a un médico del hospital donde estaba ingresado. Ni tenía por qué ni debía hacerlo, no necesitaba meterse en camisa de once varas y la herencia de los Espriu i Quiroga y su familia perdida de Cuba no eran asunto suyo; pero las personas de su clase defienden la justicia y la verdad por norma, incluso si para hacerlo tienen que saltarse las reglas.

La incredulidad, el asombro, la desconfianza, la emoción, la sospecha, el enfado, la alegría o el miedo, al saber que habían estado a un paso de matarla... Igual que si fuese un catálogo de jeroglíficos de ayer o emoticonos de hoy, el rostro de Verónica pasó por todas las expresiones posibles mientras me escuchaba. No era para menos. Hizo pocas preguntas y me habló con orgullo, cariño y gratitud de sus padres, la torcedora y empaquetadora de tabaco Kensia Chevalier, llegada a Cuba desde Haití, y el desdichado Camilo Ernesto Flores, al que ser hijo de un jefe revolucionario y llevar los nombres de los comandantes Cienfuegos y Guevara no le había librado de pasar por uno de aquellos campos de castigo que llamaban Unidades Militares de Ayuda a la Producción. Ella sabía algo de eso y casi nada de las actividades de su abuelo, Juan de la Salud Maceo Flores, del que le habían contado que fue ascensorista de El Encanto, en su sede de Varadero, pero no que tras ser nacionalizados los almacenes y hasta su destrucción a causa de un sabotaje se quedó en ellos para ejercer de comisario político. Tampoco me pareció que estuviera al tanto de su experiencia como represor a sueldo de los vencedores, y yo no le iba a abrir los ojos, por el momento, porque ya me parecía demasiada información para una sola noche. Ya lo haría, cuando me pareciese más oportuno. Del resto de sus antepasados conocía la parte épica de doña María de la Salud, el carácter que le había permitido tener su propio comercio, Sederías Valdés, en la esquina de las calles Galiano y San Rafael, pese a ser mulata; la inteligencia con que gestionó su venta a los grandes almacenes El Encanto o el modo en que se vanagloriaba de ser hermana del poeta, héroe y mártir Gabriel de la Concepción Valdés y defendía su legado; pero, obviamente, hasta que yo aparecí en Dar es-Salaam no supo una palabra de su amante español, Joan Maristany, ni mucho menos de la actividad de éste como tratante de esclavos. También estaba al corriente de las idas y venidas de su tatarabuela como sastra y e intérprete en sus horas libres, pero lo ignoraba prácticamente todo de su bisabuelo, Juan Gabriel Flores Ferrer, excepto que trabajó de ordenanza para las galerías fundadas por los hermanos Solís, en su caso en las delegaciones de Santa Clara y Holguín, y que se retiró de dependiente en la central de La Habana; pero no sabía de su poco entusiasmo socialista. Era más que evidente que le habían dado una versión retocada de su pasado.

Me pidió algunos datos, trató de decidir si yo era un iluminado, un ángel de la guarda o un timador. Le enseñé algunos de los mensajes del comisario Sansegundo, los billetes de avión que había usado para ir en su busca a La Habana y varias noticias sobre el atentado en la necrópolis de Qubbet el-Hawa, acerca de la turbia muerte de Edgardo Valdés Carballo, el accidente de coche de Lluís Espriu y la detención de Narcís González en El Masnou. Al final, supo que no le mentía, sin duda porque lo que le descubrí encajaba no sólo con aquellas pruebas que le mostraba, sino también con algunas de las cosas que ya sabía de sus antepasados. Y también porque a las palabras les sumé hechos y, para empezar, le di, sin pedirle nada a cambio, el dinero que necesitaba para hacerse los análisis que podían demostrar sus lazos de sangre con los Espriu i Quiroga y le dije que, naturalmente, si decidía acompañarme a España, le pagaría el viaje, un abogado y un hotel, dando por hecho que con lo poco que me quedaba y con el adelanto que me diese mi editorial por esta novela tendría bastante para afrontar esos gastos. Y de cualquier modo, en menos de tres meses estaría de nuevo en mi instituto y más o menos a cubierto, con mi sueldo en el banco a fin de mes.

Cuando ya estaba más relajada e iba asimilando las noticias que le había dado, le enseñé una fotografía de El Repòs. «Puede que pronto sea también tu casa», le dije, aunque estaba seguro de que Guadalupe Espriu jamás le abriría esa puerta, y le expliqué que, si demostrábamos que era quien yo creía que era y la justicia reconocía sus derechos, iba a pasar a formar parte de la aristocracia financiera que gobernaba en la sombra nuestro país. «España es de treinta familias. Como mucho. Pero podría ser peor. Otros países son de diez.» Esa sentencia la había hecho famosa un economista de gran prestigio, que la había pronunciado en los pasillos de un foro de empresarios. Y no era un modo de hablar, porque los datos le daban la razón: al analizar el reparto de la riqueza en nuestro país, la revista *Forbes* daba la misma cifra y revelaba que esos clanes acumulaban un capital de casi doscientos mil millones de euros, cerca del veinte por ciento del Producto Interior Bruto. Para darle la razón, al jefe de una multinacional que, por supuesto, formaba parte de esa lista de potentados y llevaba uno de los apellidos más reconocibles de la alta sociedad le gustaba definir el Ibex 35, que es nuestro principal indicador bursátil, como «el treinta más cinco». Naturalmente, los Espriu i Quiroga eran parte de ese club, y a la hora de justificar el origen de su patrimonio se hablaba de sus inicios como marineros y comerciantes en El Masnou y La Coruña, de sus inversiones históricas en el sector del transporte de mercancías y viajeros, tanto marítimo como ferroviario, y de sus nuevos horizontes en la esfera de los agronegocios. Pero, desde luego, del barco negrero de Urbano Feijóo de Sotomayor, el *Nuestra Señora del Rosario*, y de su plan de abastecer con trabajadores de Galicia las plantaciones de caña de azúcar de Cuba; o de la corbeta *Rosa y Carmen* y el galeón *Santa Catalina y San Mateo*, construidos en los astilleros de El Masnou para Joan Maristany, y de sus idas y venidas entre el golfo de Guinea y las playas de Fernando Poo hacia el Caribe no se decía nada. Suele afirmarse que la historia la escriben los vencedores; y si no es del todo cierto, no será porque ellos y sus intermediarios no lo intenten. *«Le secret des grandes fortunes est un crime oublié»*, volvió a repetirme Balzac, y esa frase unas veces estará en lo cierto y otras será injusta, pero de lo que no hay duda es de que el mundo sería mucho mejor si cada uno de sus habitantes, en lugar de tener lo que le ha tocado, tuviese lo que se merece cualquiera: una vida digna.

—Si eso ocurre... Si me instalo en España, moveré cielo y tierra para llevar allí a Gloria conmigo —dijo Verónica, y sólo con oírle esa frase supe dos cosas: que ella lo iba a hacer y que todo mi esfuerzo por encontrarla había merecido la pena. Era el único fin digno para esta historia, aunque el precio que habían pagado por formar parte de ella Mónica Grandes, su marido, Lluís Espriu y hasta el gigante Edgardo hubiera sido tan alto.

¿Habría actuado igual Narcís González si su nombre fuera otro? ¿Lo habría hecho si no tuviese un imperio que defender? ¿Y Olalla y Biel? Hablamos de gente que, casi con total certeza, mandó asesinar a su primo y a su yerno, uno por temor a que le arrebataran su poder; los otros, presumiblemente, para que ningún plebeyo empañara su linaje ni destapando su leyenda negra ni añadiéndose a él: con los árboles genealógicos funciona al contrario que con todo lo demás, en ellos no hay peor astilla que la que no es de la misma madera; cuanto más tupida es su sombra, menos se ofrece a cobijar extraños y, a menudo, si te posas en una de sus ramas, eres pájaro muerto. En el caso del envidioso y acomplejado Narcís, no dejaba de ser impresionante la espiral de violencia que había desatado un simple gesto altruista de Lluís Espriu. Pero su exhibición de fuerza y su locura, al final, no le habían servido de nada, porque a pesar de los pesares, como habría dicho mi madre, yo estaba allí, en la ciudad de Arusha, sentado frente a la mujer sobre la que quizás él estaría ahora pensando, en la soledad de su celda, que debió hacer que Edgardo matase en Guardalavaca, en lugar de darle una segunda oportunidad. Había perdido, tal vez porque no me vio venir, no supo entender que yo, si puedo evitarlo, nunca dejo un misterio sin resolver ni una historia a medio contar. Ya se lo advertí. Pero no me quiso escuchar, ni se detuvo a tomarme en serio; se sentía invulnerable, vivía cegado por su propio brillo y no comprendía lo que no entienden tantos de su clase: que de llegar a la cumbre a caer desde ella no hay más que un simple paso en falso.

En cuanto me ponga a repasar mis apuntes para las clases de Lengua y Literatura en el instituto, encontraré otros versos de mi amado Calderón de la Barca que también me gusta leerles a mis alumnos cuando estudiamos el Siglo de Oro y que tal vez debiera enviarle a la cárcel a Narcís, para que piense en las trampas de la ambición y no olvide lo que cualquier persona sensata haría bien en tener siempre muy presente, «que lo que tú más deseas / no es más que un soplo de viento. / No labres sin fundamento / máquinas de vanidad, / pues la mayor majestad / en un sepulcro se encierra, / donde está escrito con tierra: / aquí vive la verdad».

El tiempo tiene oídos
que escuchan silbar a la serpiente.
ROBERT LOWELL

Para María.
Para Dylan, Ariel y Paulino.
Y para mis hermanas María Ángeles y María Jesús.

Índice

Este libro se terminó
de imprimir en
Madrid (España),
en el mes de
mayo de 2018